Prag ist in Aufruhr. Der Weltuntergang steht bevor. Im Mai 1910 soll die Erde den Schweif des Halleyschen Kometen kreuzen – ein jeder blickt zum Himmel, und die Verbrecher auf Erden haben leichtes Spiel. Egon Erwin Kisch, berühmt-berüchtigter Reporter der »Bohemia«, ermittelt auf eigene Faust in seinem ersten Fall. Er lässt sich sogar als Schwerverbrecher ins Gefängnis sperren, um mit dem Kopf der Prager Unterwelt Portwein zu trinken. Zum Glück bekommt Kisch Hilfe: Vom tschechischen Zöllner Novák, der sich mit Panikattacken herumschlägt, dem schüchternen Sonderling Brodesser und natürlich von seiner kongenialen Partnerin Lenka Weißbach, eigentlich Medizinstudentin, die sich fürs Böse interessiert und wie ihr Kumpel Kisch in den engen Gassen von Prag zu Hause ist.

Martin Becker wurde 1982 geboren. Er schreibt Romane sowie Reportagen für den öffentlich-rechtlichen Rundfunk. Er hat in Prag gelebt und die »Gebrauchsanweisung für Prag und Tschechien« geschrieben. Martin Becker lebt mit seiner Familie in Halle (Saale). Gemeinsam mit Tabea Soergel wurde er 2016 mit dem Deutsch-tschechischen Journalistenpreis ausgezeichnet.

Tabea Soergel, geboren 1983, ist Absolventin des Deutschen Literaturinstituts in Leipzig. Sie schreibt Rezensionen und Radiofeatures, auch immer wieder zu tschechischen Themen. Sie lebt umgeben von viel zu vielen Büchern in Köln. Gemeinsam mit Martin Becker wurde sie 2016 mit dem Deutsch-tschechischen Journalistenpreis ausgezeichnet.

MARTIN BECKER
TABEA SOERGEL

DIE SCHATTEN VON PRAG

ROMAN

KISCHS ERSTER FALL

kanon verlag

Die Erstausgabe erschien 2024 im Kanon Verlag Berlin.

ISBN 978-3-98568-198-3

1. Auflage 2025

Belziger Straße 35, 10823 Berlin
info@kanon-verlag.de

Umschlaggestaltung: zero-media.net
Unter Verwendung eines Motivs von ©FinPic®, München
Herstellung: Daniel Klotz / Die Lettertypen
Satz: Ingo Neumann / boldfish
Druck und Bindung: Pustet, Regensburg
Printed in Germany

www.kanon-verlag.de

Martin Becker / Tabea Soergel

Die Schatten von Prag

1

Die Burg thronte müde über der Stadt. Der Mond blendete die Moldau, damit sie nicht auch noch einschliefe. Selbst die verrufenen Spelunken in den verwinkelten Gassen der Altstadt, letzte Zufluchtsorte für alle, die nicht nach Hause konnten oder wollten: wie leergefegt. Am endlos gewölbten Himmel leuchteten die Sterne stumm um die Wette. Die kälteste Nacht des Jahres 1910 war hell und frostig. Dazu eine gedämpfte Stille, als wäre gerade frischer Schnee auf das Kopfsteinpflaster und die hundert Türme der Stadt gefallen. Nur hier oder da zerschnitt eine spätabendliche Elektrische die eisige Ruhe. Prag hielt Winterschlaf.

Karel Novák fröstelte, obwohl er den zugigen Wind auf der Franzens-Brücke gewohnt war. Der alte Zöllner, klein und mit hagerem Gesicht, hockte in seiner schlecht sitzenden Uniform im steinernen Mauthäuschen. Auf der anderen Seite der Brücke hatte sein Kollege Honza gerade die Läden seines Fensters geschlossen. Wer den Fluss überquerte, musste bis zum Morgengrauen bei Novák bezahlen. Fußgänger zwei, Radfahrer vier, Einspänner zehn, Zweispänner zwanzig Heller. Die Preise waren in dieser Nacht allerdings nicht von Interesse. Selten sollte der Zöllner einen derart einsamen Dienst auf der Brücke verbringen.

Auf dem Weg zur Arbeit suchte Novák wie üblich den Himmel ab. Der Johannesburger Komet hatte vor einigen Tagen seine maximale Helligkeit erreicht. Man sah seinen Besuch allerdings nur als Vorboten des eigentlichen Unglücks: Die Erde, so wurde gemunkelt, würde im Frühjahr den gewaltigen Blausäureschweif des Kometen Halley passieren und darin vergehen. Ganz Prag starrte seit dem Jahreswechsel also nach oben und verlor den Boden unter den Füßen. Überall blühte das Geschäft mit der Himmelspanik. Wer wollte, konnte sich an eilig zusammengezimmerten Ständen von Kanarienvögeln und Wellensittichen die Zukunftskarten ziehen lassen. Je mehr man zahlte, desto besser wurden die Aussichten. In allabendlichen spiritistischen Séancen riefen die Bürgerkinder der Stadt die Geister der Vergangenheit an. Als wären sie von allen guten Geistern verlassen, fand Novák.

Zugegeben, auch er bereitete sich vor. Aber auf seine Art. Im Keller seiner Mietskaserne in Žižkow, der ausufernd wachsenden Vorstadt der tschechischen Arbeiterschaft, grub er in den freien Nächten im hintersten Winkel ein Erdloch. Mit bloßen Händen. Breit und tief genug, um die Apokalypse zu überstehen. Schlimmstenfalls will ich wenigstens ein bequemes Grab haben, schwor er sich, ganz für mich allein. Seine Frau war vor einigen Jahren an Typhus gestorben. Seitdem hatte er nichts mehr zu verlieren, nur das eigene Leben. Und das war ihm lieb. Nach getaner Arbeit verdeckte er sein künftiges Refugium unter Holzbrettern und Lumpen und versteckte auf dem Weg in seine winzige Bleibe die erdverkrusteten Hände in den Hosentaschen. Niemand würde jemals von seinem Versteck erfahren.

In den übrigen Nächten saß Novák auf der Brücke, allein mit der Moldau als Gefährtin. Ihr Plätschern war seine Gesellschaft. Wie er hatte sie alles gesehen und gehört. Wie ihn konnte sie nichts mehr überraschen. Sie litten gemeinsam und wurden zusammen alt. Sie waren immer da. Gerade baute man schon wieder eine neue Badeanstalt unterhalb vom Vyšehrad. Ab dem Sommer würden sich die Besseren und Betuchten dort amüsieren. Novák verstand nicht, warum alle ständig ins Wasser wollten. So sehr er seine Moldau auch liebte: Es wäre ihm nicht eingefallen, auch nur einen Fuß in die vom Abwasser verseuchte Brühe zu setzen.

Stunde um Stunde verging. Keine Menschenseele in Sicht. Wahrscheinlich sparten sich die wenigen Nachtgestalten die Gebühr und nahmen trotz der bitteren Kälte den Umweg über die Karlsbrücke in Kauf, deren Überquerung kostenlos war. Seit einigen Tagen konnte Novák allerdings nur davon abraten. Er glaubte nicht an Gespenster, ehrlich nicht, aber an seinem freien Tag letzte Woche hatte er eine Erscheinung gehabt. Auch an dienstfreien Tagen spazierte er nachts über die Brücken. Schlafen konnte er nicht, und der Fluss beruhigte ihn. Als er aber in jener ebenfalls schon kalten Winternacht über die einsame Karlsbrücke lief, waren plötzlich Schatten auf der Mauer gewesen. Gesichter. Münder. Augen, die ihn anstarrten. In diesem Augenblick hatte er aus unerfindlichem Grund sofort gewusst, wer diese Fratzen waren: die böhmischen Aufständischen. Vor Jahrhunderten hatten die Habsburger sie nach der Schlacht am Weißen Berg beim Blutgericht auf dem Altstädter Ringplatz exekutiert. Ihre abgeschlagenen Köpfe hingen zehn Jahre lang zur Abschreckung in eisernen Käfigen am Brückenturm. Und jetzt waren sie als Schatten zurückgekehrt und stierten ausgerechnet den Zöllner an. Novák hatte aufgeschrien und sich vor Schreck die Hände vors Gesicht gehalten: »Was wollt Ihr von mir?«

Er war weiter gestolpert. Dann ein heftiger Schlag.

»Verschwindet, lasst mich in Ruhe!«

»Was ist denn mit Ihnen los?«, hatte eine strenge Stimme gefragt. Novák war mit einem Polizisten kollidiert. »Ist Ihnen nicht gut, Herr Zöllner?«

»Was ist mit den Schatten?«

»Ruhig Blut, mein Herr.«

Der Polizist hatte Novák beschwichtigend die Schulter getätschelt.

»Haben Sie das auch gesehen?«

»Aber ja, Sie wissen doch, viel Licht, viel Schatten.«

»War wohl in Gedanken«, hatte Novák gemurmelt.

»Lieber nicht mit geschlossenen Augen durch die Weltgeschichte laufen, das kann übel ausgehen! Schönen Abend, der Herr.«

Der Polizist war lachend weitergezogen. Auch Novák hatte seinen Weg fortgesetzt und gewusst, dass der Polizist ihn verhöhnte.

Dass er als kauziger Sonderling galt, der einen Spaß vertragen konnte. Schlecht gelaunt und zittrig war er nach Hause gekommen. Vielleicht war ein Erdloch, hatte er beim Einschlafen gedacht, wirklich der beste Ort, um diese verfluchte Stadt zu überleben.

Im Januar hatte Novák Geburtstag gehabt. Er feierte ihn nicht, aber doch hatte er mit Honza, seinem Kollegen von der anderen Seite der Brücke, beim morgendlichen Dienstwechsel noch einen Tee getrunken. Und wieder wollte Honza ihn überreden.

»Eine bequemere Arbeit in der Verwaltung zu bekommen wäre ein Leichtes«, hatte Honza gesagt. »Wie kannst du das nur. Man lebt doch, wenn es hell ist.«

»Du vielleicht«, hatte Novák erwidert. »Du bist noch jung.«

Honza schüttelte den Kopf. Wie Nováks Vorgesetzter aus dem warmen Bureau der Stadtverwaltung. Er hatte den alten Mann allein aus Mitleid von der Brücke holen wollen. Aber der hatte stets die Arme verschränkt und gesagt: »Lasst mir meine Nacht.« Seine Logik: Je weniger Leuten er begegnete, desto geringer die Gefahr. Keine murrende Schlange vor dem Mauthäuschen, keine hitzige Diskussion über Sinn und Unsinn des neumodischen Brückenzolls, der den Reichen lästig war und die Armen um ihre letzten paar Heller brachte. Außerdem hatte Novák nicht mehr die Kraft, jedem drahtigen Kerl hinterherzuhetzen und wegen der lächerlichen Gebühr Leib und Leben zu riskieren. Drüben auf der Elisabethbrücke zum Beispiel hatte es neulich seinen Kollegen Jirka erwischt. Anstelle der Münzen zog ein Verrückter sein Messer aus der Tasche und steckte es dem Zöllner zwischen die Rippen. Aus Wut darüber, gab er später zu Protokoll, dass ihm der Eintritt in eine Wärmestube verwehrt worden war. Der Kerl versauerte jetzt im kalten Pankratzer Gefängnis. Jirka hatte zwar überlebt, aber unter die Menschen traute er sich nicht mehr, der arme Hund.

Der Zöllner lehnte sich zurück und lauschte in die Stille hinaus: In Nächten wie dieser war die Stadt fast wie früher. Brach der Tag erst an, dann blieb wieder kein Stein auf dem anderen. Überall wurde geplant und gebaut. Selbst die Brücke, auf der er hockte, gab es erst seit 1901. Der Kaiser persönlich war aus Wien zur Einweihung gekommen. Die vorher existierende Kettenbrücke hatte den stetig zunehmenden Verkehr nicht mehr bewältigen können, man hatte sie abgerissen. Auch die Josefstadt hatten sie schon dem Erdboden gleichgemacht. Angeblich wegen der Ratten und Seuchen. In Wahrheit, weil Prag bald wie Paris werden sollte. Das hatte Novák in der Zeitung gelesen und gedacht: Was für ein Unsinn. Brauchte es diese monströsen neuen Zinshäuser und ein riesiges Neues Rathaus? Musste die Stadt zu allen Seiten hin auswuchern? Sie lockte sowieso schon mehr und mehr Menschen an, die wie Strandgut am Ufer der Moldau landeten, oft mittellos. Ein bisschen Glück suchend und doch nur ihr Unglück vermehrend.

Prag hatte sich verändert. Nicht zum Guten, wie Novák fand. Die Stadt wurde enger und ungemütlicher. Auch das aufgepeitschte Gerede von Tschechen und Deutschen und ihrem Kampf um die richtige oder die falsche Sprache auf Straßenschildern mochte er nicht mehr hören. Ganz zu schweigen von der Feindseligkeit gegen die Prager Juden. Vor einigen Jahren waren reihenweise die Schaufensterscheiben ihrer Läden zu Bruch gegangen, bis endlich die Soldaten diese verfluchten Nationalisten aufhielten. Hass und Neid und Missgunst gärten weiter. Ein brodelnder Strom im Untergrund der selten goldenen Stadt, stinkend wie der Fluss unter dem Zöllner. Warum konnte man einander nicht einfach in Ruhe lassen? Novák war kein Pessimist, beileibe nicht, aber er hatte Augen im Kopf. Raub und Mord und Totschlag gab es mittlerweile jeden Tag. Und die Polizei kam nicht mehr hinterher. Viele Fälle blieben ungelöst, nur das Offensichtliche wurde bestraft.

Vor dem Morgengrauen trat Novák vor sein Häuschen und schaute hinüber zum Nationaltheater. Zeit für den täglichen Aufruhr. Seit einigen Wochen konnte er ihn Nacht für Nacht beobachten: Vom Dach des Theaters flog kreischend ein Vogelschwarm auf, drehte mehrere Runden über dem Fluss und landete wieder. Er glaubte nicht an böse Vorzeichen, ganz sicher nicht, aber irgendwann, nahm Novák sich vor, würde er jemandem von den verdächtigen Heimsuchungen der letzten Zeit erzählen. Gerade wollte er zurück in sein Häuschen und vor Dienstschluss die kaum nennenswerten Heller in der Kasse zählen, da zuckte er zusammen. Eine Gestalt in einem kuttenartigen Mantel eilte über die Brücke, ihre Kapuze tief ins Gesicht gezogen. »Guten Morgen, der Herr«, murmelte Novák, doch der Mann beachtete ihn gar nicht und lief im Stechschritt weiter. Novák sah ihm nach, aber dann zog etwas am Fluss im Mondschein seine Aufmerksamkeit auf sich. Der Zöllner zögerte, rieb sich die Augen, aber tatsächlich: Am Franzens-Kai saß jemand auf der Bank. Den Kopf nach hinten gestreckt, in den Himmel starrend. War das eine Falle? Eilig griff Novák nach der Eisenstange, die er für solche Fälle in seiner steinernen Hütte deponiert hatte. Seine Hände zitterten plötzlich, als er sich dem Franzens-Kai näherte, die Stange fiel zu Boden. Er stand vor dem Mann auf der Bank und sah in ein bleiches, leeres Gesicht. Der Mann war tot. Mit entsetzt aufgerissenen Augen und offenem Mund starrte er in den Sternenhimmel. Was auch immer er gesehen hatte im Moment des Todes: Es musste gewaltig gewesen sein.

2

Das Donnern des massiven Eisengitters hallte lange in den düsteren Katakomben nach. Dann ertönten schwere Schritte. Das mittelalterliche Gemäuer ließ keinerlei Rückschlüsse auf die augenblickliche Verwendung der modrig riechenden Räumlichkeiten zu: War es ein ehemaliger Kerker? Das Tunnelsystem unter einem verlassenen Kloster? Der als Lagerraum genutzte verwinkelte Keller einer Kneipe? Die Gestalten trugen schwarze Kutten. In diesem schummerigen Licht waren ihre Gesichter unkenntlich. Der Raum, in dem sie sich trafen, war karg und kalt. Lediglich einige Kerzen erhellten einen grob behauenen Tisch und wuchtige Stühle. Einer stellte eine Flasche Schnaps und Silberbecher auf den Tisch und goss reihum ein. Das Silber der Becher schimmerte im Kerzenschein, an den steinernen Wänden ringsherum bewegten sich Schatten wie schwarze Wogen. Minutenlang sprach niemand ein Wort. Dann räusperte sich einer der Männer, zog seine Taschenuhr hervor, starrte aufs Zifferblatt und wartete. Schließlich hob er den Kopf und sagte: »Nun ist es vollbracht. Die neue Zeitrechnung hat begonnen. Es gibt kein Zurück mehr.«

Jemand brummte zustimmend.

»Erweisen wir dem feinen Herrn der Prager Gesellschaft die letzte Ehre, trinken wir zum Abschied auf ihn!«

Schallendes Gelächter, das Scheppern der mit Schwung aneinander gestoßenen Becher, gleich wurde wieder Schnaps nachgefüllt. Die nervöse Unruhe, die zu Beginn noch geherrscht hatte, wich nun.

»Wo ist sie?«

»Schläft ihren verdienten Rausch aus.«

»Wird sie loyal bleiben?«

»Das sollte sie. Wenn nicht, dann jagen wir sie auch zum Teufel.«

»Wann machen wir weiter?«

»Wir haben keine Eile. Warten wir auf neue Befehle des Rates. Wenn der richtige Moment gekommen ist, werden wir es wissen.«

»Denkt dran«, erhob jetzt einer seine Stimme, der bis dahin geschwiegen hatte, der Plan ist größer als wir. Nur wenn wir siegen, sind wir endlich wieder frei.«

»Auf die Freiheit!«, schrie jemand und hob seinen Becher.

»Auf die Freiheit!«, wiederholten die anderen im Chor. Sie schenkten immer wieder nach und tranken gierig, dann stand der erste Mann auf.

»Die Nacht ist bald vorbei. Lasst uns hinausgehen und den ersten Coup im hellen Licht des Tages genießen.«

Auch die anderen Männer erhoben sich. Jemand blies die Kerzen aus, und in den alten Katakomben unter der Stadt breitete sich wieder Finsternis aus.

3

Der eisige Berliner Wind fuhr Lenka erbarmungslos ins Gesicht. Sie stand auf dem Askanischen Platz, die Reisenden strömten um sie herum, rempelten sie an, entschuldigten sich nicht. Das Chaos rührte sie, ihr kamen beinahe die Tränen. Das Geschrei, der Baulärm, die vor Aufregung geröteten Gesichter der Ankommenden und Abfahrenden, selbst das dümmliche Stolzieren des Reservisten mit seinem lächerlichen Bart und seiner Pickelhaube: Lenka wollte alles in sich aufnehmen, nichts vergessen. »Gebt mir noch diese paar Minuten«, sprach sie leise und wischte sich mit dem Handrücken über beide Augen. Sie beobachtete die Damen und Herren vor dem noblen Hotel Excelsior, dem prachtvollen Askanischen Hof, dem eleganten Preußischen Hof: Wie gern hätte sie sich jetzt in eines der luxuriösen Zimmer auf ein weiches Bett gelegt und ihre Abreise verschlafen.

Sie hörte den Zeitungsjungen rufen, seine Stimme schon ganz heiser und rau: »Riesensensation, erstes Foto vom Nordpol, große Pläne, Roosevelt will nach Berlin!« Ein humpelnder Bettler sprach sie an: »Bitte eine Gabe für einen frierenden Schlafgänger, meine Dame, die Nächte sind so schrecklich kalt.« Sie gab ihm viel zu viele Münzen. Ihr Gepäck hatte Lenka schon nach Prag vorgeschickt. Der Träger konnte heute an ihr nichts verdienen. Sie hatte nur einen kleinen Koffer mit den wichtigsten Dingen dabei, den sie nicht aus der Hand geben würde, auch wenn sie ihn am liebsten in Berlin gelassen hätte.

Ein knöchellanges blaues Kleid, ein Mantel, ein Hut. Dazu ihre weißen Wollstrümpfe, die sie mit trotzigem Stolz trug, seitdem ihre

Berliner Zimmervermieterin ihr zu verstehen gegeben hatte, dass sich dieser Aufzug nicht ziemte, auch wenn die Strümpfe bloß dann zwischen Schuhen und Kleidersaum aufblitzten, wenn man unweiblich große Schritte machte. Was Lenka wohlgemerkt häufig tat. Selbst hier fiel sie auf. Wie sollte das erst in Prag werden? Die feinen Herrschaften auf dem Graben, die sich so kleideten, als kämen sie gerade vom Nachmittagstee auf der Hofburg: Ohne Claire, die ihr Frotzeleien ins Ohr flüsterte, mit der sie skandalös laut über die empörten Gesichter um sie herum lachen konnte, würde sie daran keine Freude haben. Sie wollte nicht an die Stille denken, die an der Endstation ihrer Reise auf sie wartete, an die Trostlosigkeit.

Nun musste sie die Stadt verlassen, die keine Ruhe kannte. Fort von den Nachtlokalen, in denen Frauen fast so frei waren wie Männer. Vor allem: weg von Claire. Mit der sie gelernt hatte, beim Tanzen die Zeit anzuhalten. Sie war verloren. Vor diesem bitteren Morgen hatte sie den Anhalter Bahnhof immer gemocht. Claire und sie hatten sich manchmal ausgemalt, wohin sie reisen würden. Nichts war mit der Eisenbahn mehr unerreichbar. Der Ägypten-Express hätte sie bis nach Kairo getragen. Vielleicht wären sie auch nach Neapel gefahren. Oder nach Ostende, wo sie den Sommer im prächtigen Seebad verbracht hätten.

Sie legte den Kopf in den Nacken und vermaß die Weite der Halle, bis ihr schwindelig wurde. Zehntausende Menschen hatten hier gleichzeitig Platz. Der Bahnhof war größer als jede Kathedrale. Lenka passierte die prunkvollen Wartesäle, einer davon allein für den Kaiser und seine Gäste reserviert. Das Licht fiel durch die riesigen Fenster und stach ihr in die Augen. Sie blinzelte und beschleunigte ihren Schritt. Ab diesem Punkt gab es keine Rückkehr mehr. Sie suchte ihr Gleis, und ihr wurde übel. Die Menschenmenge, von der sie sich vorher kaum hatte trennen können, war ihr jetzt zuwider. Der Schnellzug nach Prag. Sie drängte sich hindurch zwischen grauen, großen Männern mit strengen Bärten und

Hüten. Vorn am Perron: lauter bellende und verängstigte Hunde. Es war ihnen nicht gestattet, in den Personenwagen mitzufahren. In enge Käfige gesperrt warteten sie auf ihren Transport. Die Tiere taten Lenka leid. Sie spürte den fehlenden Schlaf. Alles drehte sich, und ihr wurde schwarz vor Augen. Zum Glück fing sie jemand auf. Und zum Glück war es kein bärtiger Herr. Lenka lag in den Armen einer Frau, deren betörendes Parfüm ihr gleich zu Kopf stieg.

»Verzeihen Sie, mir war kurz schummerig«, sagte Lenka und richtete sich auf.

»Kommen Sie, meine Beste«, antwortete die Dame und hakte sich unter, »ich helfe Ihnen.«

»Es geht schon wieder«, erwiderte Lenka.

»Nein, ich bringe Sie zu Ihrem Platz. Keine Widerrede.«

Benebelt ließ Lenka sich helfen und reichte der Frau ihr Billet.

»Wir sitzen sogar im selben Coupé«, sagte die Dame, »das Schicksal meint es gut mit uns.«

Lenka sank auf ihren Fensterplatz und betrachtete die vor ihr stehende Frau. Ein bisschen älter als sie, leicht hervorstehendes, selbstbewusstes Kinn, dazu ein durchdringender Blick aus erstaunlich grünen Augen hinter einem Schleier: Auch unter anderen Umständen wäre Lenka so eingeschüchtert und fasziniert gewesen wie jetzt gerade. Die Dame war eine eindrückliche Erscheinung. Sie trug ein bodenlanges schwarzes Kleid unter einem reich bestickten, kurzen Jackett aus glattem Serge, dazu einen auffälligen Hut mit schwarzem Schleier und geradezu bedrohlicher Hutnadel.

»Wie können Sie darin laufen?«, fragte Lenka und deutete auf den eng geschnittenen Rock der Frau. Kurz hielt die Frau inne und taxierte Lenka mit einem Blick, den diese nie wieder vergessen würde.

»Nun«, sagte die Dame, »ich bevorzuge zu schweben.« Dann lachte sie auf. »Und jetzt passen Sie auf«, sagte sie und bückte sich. Sie öffnete einige versteckt eingearbeitete Häkchen oder Knöpfe. »Darin kann man sogar rennen«, sagte sie in verschwörerischem Ton. »Und nun sollten Sie sich ein wenig ausruhen.«

Lenka war zu kraftlos, um sich gegen die Bemutterung durch die Fremde zu wehren. Sie schmiegte sich in ihren Plüschsitz. Mit halb geschlossenen Augen betrachtete sie die vergoldete Leselampe und die aufwendige Strukturtapete, hob dann ihren Kopf zur seidenbespannten Decke, deren Jugendstil-Ornamente sich zu drehen begannen, wenn sie länger hinsah. Ruckelnd setzte sich der Zug in Bewegung. Sie schloss die Augen und merkte entsetzt, dass ihr Tränen über die Wangen liefen, obwohl die Kälte auf dem Perron geblieben war. Sie wischte sich mit dem Handrücken durchs Gesicht. Kurz vor ihrer erzwungenen Abreise hatte sie gelesen, Berlin sei dazu verdammt, immerfort zu werden und niemals zu sein. Das war ihr Gefühl. Das war ihr Daheim. Bis zum Ende der Nacht hatte sie in einem Lokal getanzt, von dem man in ihrer Heimatstadt nur träumen konnte: Es war ausschließlich Frauen vorbehalten. Claire und sie hatten viel getrunken, erst Champagner, dann Weinbrand, um ja nicht nüchtern zu bleiben. Gegen die Müdigkeit hatten sie sich ein Pulver geteilt, das Lenka aus der Charité hatte hinausschmuggeln können. Sie hatten sich neu und glücklich gefühlt. Und die Zeit blieb stehen, und die Nacht weitete sich ins Unendliche. Jetzt musste Lenka wieder in ihr altes, endliches Leben. Zurück in die stickige Provinz. Kaiserlich, königlich und kleinkariert.

Ihre Mutter hatte gerufen, und Lenka kam. Vor fünf Jahren war ihr Vater überraschend gestorben, der angesehene und hochdekorierte Prager Chirurg Doktor Samuel Weißbach. Er hatte so vielen Patienten ein neues Leben geschenkt, den Reichen, den Armen, den Tschechen, den Deutschen, egal ob aus Prag oder vom Lande. Das hatte ihn zu einer Legende gemacht. Und Lenka war seine größte Bewunderin. Denn ihr Vater war trotz seiner gewaltigen Autorität anders gewesen als die Männer, die sie als Kind kannte. So weich und lustig und gesellig. So warm und verständnisvoll. Während sie ihrer Mutter schon als Mädchen verschwieg, wenn sie in den Prager Gassen Unsinn getrieben hatte, konnte sie sich auf ihren

Vater verlassen. »Ärztliche Verschwiegenheitspflicht«, hatte er dann gesagt, wenn sie ihm etwas anvertraute, seinen Mund mit einem imaginären Schlüssel verschlossen und gelächelt.

Die himmelschreiende Ungerechtigkeit schmerzte Lenka bis heute: Ausgerechnet er, der alle gerettet hatte, die ihn brauchten, war selbst nicht zu retten gewesen. Vor der Hauptpost am Wenzelsplatz war ihm eines Nachmittags einfach das Herz stehengeblieben. Seitdem blieb Lenka allein die Mutter. Ihr verschwieg sie weiter, was sie wirklich beschäftigte, sie würde es ja doch nicht verstehen. Ihre Mutter entstammte einer anderen Zeit mit einem erstickenden Geflecht aus Regeln und Konventionen. An ihnen hatte sie sich orientiert, seitdem sie ein Mädchen war. An ihnen hielt sie nun umso krampfhafter fest, je unübersehbarer sich diese Zeit dem Ende neigte. Ihr Vater hatte liebevoll über seine altmodische, vornehme Ehefrau gespottet, Lenka machte die Förmlichkeit ihrer Mutter dagegen rasend. Dennoch riss sie sich ihr zuliebe jahrelang zusammen. Der einzig moderne Zug ihrer Mutter war ihr Glaube an Bildung. Auch nach dem Tod ihres Vaters stand außer Frage, dass Lenka studieren würde, ehe sie heiratete und eine Familie gründete. *Eine Frau, und dann noch Medizin, wie stolz er auf dich wäre.* Da es einfacher war, als sich offen zu widersetzen, spielte Lenka das Spiel mit, schrieb sich an der Deutschen Universität in Medizin ein und ließ sich von ihrer Mutter an den Wochenenden einen heiratswilligen jungen Tölpel nach dem anderen präsentieren. Dachte sich schon vor der Begegnung Ausreden aus, auf die ihre Mutter zusehends konsternierter reagierte: »Wählerisch und eigensinnig wie die Erzherzogin Erzsi, die Leute tuscheln schon.« Kurz bevor sie nach Berlin gegangen war, war zwischen Lenka und ihrer Mutter ein fragiler Frieden eingetreten. Sie wussten beide, dass Lenkas Zeit im Ausland eine Atempause wäre, für sie beide. Lenka hatte keine Vorstellung davon, wie es nun weitergehen würde. Nicht nur sie war in Berlin ein neuer Mensch geworden – in den letzten Wochen hatten die Nachrichten aus Prag immer besorgniserregendere Ausmaße angenommen. In kürzester Zeit hatte sich der Geisteszustand ihrer Mutter rapide verschlechtert. Sie schien den Verstand zu verlieren. Ging sie allein aus dem Haus, verirrte sie sich mittlerweile regelmäßig in den Prager Straßen, die sie schon ihr ganzes Leben kannte. Mehrmals war sie von der Polizei aufgegriffen und nach Hause gebracht worden, weinend, verängstigt und Unverständliches stammelnd. Jana, ihre Haushälterin, hatte berichtet, dass die Mutter nach diesen Episoden in tiefen Schlaf gefallen und scheinbar regeneriert erwacht war, doch bald darauf hatte es den nächsten alarmierenden Zwischenfall gegeben. So gut Lenka auch wusste, wie subtil die Mittel waren, mit denen ihre Mutter Macht auf sie ausüben konnte: Diesmal war es ernst. Die Mutter selbst wurde von einer allein in ihrem Kopf existierenden, unkontrollierbaren fremden Macht heimgesucht. Vor wenigen Tagen hatte Jana eigens bei Lenkas Vermieterin in Berlin angerufen und nach Lenka verlangt.

»Ich bleibe jetzt immer über Nacht, weil ich Angst habe, Ihrer Mutter stößt andernfalls etwas zu«, hatte sie erklärt, »aber, Fräulein Weißbach, ich habe einen Mann und einen eigenen Haushalt zu führen, ich kann nicht für immer in der Herrengasse bleiben. Ihre Mutter braucht Sie.«

Lenka hatte keine Wahl. Sie würde sich um ihre Mutter kümmern und wieder eine gute Tochter sein. Nicht weil sie wollte, sondern weil sie musste. Ob sie es auch konnte, war eine andere Frage.

Lenka schlug die Augen auf und spürte den Blick der Dame ihr gegenüber. Hatte sie Lenka etwa die ganze Zeit betrachtet, so wie Lenka zuvor die Details der Tapeten studiert hatte, die Jugendstil-Ornamente der seidenbespannten Decke?

»Mir ist gar nicht bewusst gewesen, wie furchtbar müde ich war«, sagte Lenka.

»Willkommen im Zeitalter der Ermüdung«, sagte die Dame. »Schön, wie alles zugrunde geht, nicht wahr?«

»Verzeihung«, antwortete Lenka, »was sagten Sie?«

»Fällt Ihnen nicht auch auf«, erwiderte die Dame, »wie alles prachtvoll vor die Hunde geht?«

Lenka nickte. »Immer eine Frage der Perspektive«, sagte sie.

»Alles Schlechte kommt vom Himmel her«, sagte die Frau, »darauf hat man sich doch neuerdings geeinigt.«

»Glauben Sie daran etwa wirklich?«, fragte Lenka, während die Dame sie neugierig taxierte.

»Ich glaube an gar nichts.«

»Wenn etwas dran ist am Zusammenstoß mit diesem Kometen«, sagte Lenka, »dann können wir immerhin in seinem Schweif feiern bis zum Schluss«.

Die Frau deutete ein Klatschen an. Ein Leuchten zog Lenkas Blick auf sich. Die Dame trug einen Smaragd am Finger, in dem sich momentweise das Licht der Wintersonne brach.

»Sie gefallen mir ausgesprochen gut«, sagte die Frau, »was haben Sie in Prag zu schaffen?«

»Meine Mutter«, sagte Lenka. »Und Sie?«

»Ach«, antwortete die Dame, »das ist eine lange Geschichte. Mögen Sie Prag?«

Lenka schüttelte sachte den Kopf. »Mein Vater hat sein Leben lang geglaubt, der Ort sei magisch. Wenn ich als Mädchen an seiner Hand spaziert bin, dann hat er manchmal gefragt: ›Spürst du die Kraft?‹, und hat auf das Kopfsteinpflaster gedeutet. Ich habe ihm eifrig zugestimmt, um ihn nicht zu enttäuschen. Aber ich habe nichts gefühlt. Das habe ich erst in Berlin.«

Lenka wusste nicht, warum sie der Unbekannten all das erzählte. Es war typisch für sie. Wie schnell sie sich anvertraute, wenn sie jemanden mochte. Ihre Stärke war auch ihre Schwäche.

»So übel wird die Stadt wohl nicht sein«, meinte die Dame.

»O doch«, sagte Lenka, »für mich schon. Sie vergiftet uns sogar.«

Die Dame stutzte.

»Inwiefern das?«

»Hat Sie niemand gewarnt?«, fragte Lenka.

»Gewarnt?«

»Hüten Sie sich vor dem Wasser aus den Leitungen. Die gelbe Brühe macht krank. Wirkt sofort, hat mein Vater immer gesagt.«

Die Dame lachte lauthals auf, geradezu unziemlich. Mit ihr, dachte Lenka, könnte man auf dem Graben so viel Aufsehen erregen wie mit Claire.

»Sie hingen wohl sehr an Ihrem Papa«, sagte die Frau, beugte sich nach vorn und strich ihr tröstend mit der Hand über die Schulter, woraufhin Lenka zusammenzuckte.

»Verzeihen Sie, ich wollte Sie nicht erschrecken«, sagte die Frau.

»Nein, Sie müssen verzeihen«, sagte Lenka, »ich bin heute ganz und gar außer mir.«

»Ich wüsste gern mehr über Sie«, sagte die Dame. »Sie scheinen mir ganz und gar außergewöhnlich zu sein.«

Wieder dieser Blick, dem sich Lenka nicht entziehen konnte. Sie fühlte das vertraute Flattern in der Magengrube, die Mischung aus Furcht und Vorfreude. Die Dame nickte ihr auffordernd zu. Und Lenka hörte selbst erstaunt dabei zu, wie es nur so aus ihr heraussprudelte. Wie sie immerzu nur fort gewollt hatte aus Prag. Wie überglücklich sie gewesen war, als sich die Gelegenheit auftat, nach Berlin zu gehen. Wie wenig sie sich daraus gemacht hatte, die einzige Medizinstudentin aus Böhmen an der Friedrich-Wilhelms-Universität zu sein. Es war seltsam befreiend gewesen, für alle anderen plötzlich nur die Böhmin zu sein oder sogar die Österreicherin, ohne sich sogleich für eine der drei Prager Zugehörigkeiten entscheiden zu müssen: deutsch, tschechisch, jüdisch. Sie zeigte der Dame ein Foto, das sie für ihre Mutter mitgebracht hatte. Der bildgewordene Nachweis ihres vermeintlich ernsten Interesses an ihren Studien. Lenka bei einer Sektion des berühmten Anatomen Carl Benda. Lieber berichtete sie allerdings von den ausgelassenen Damenbällen, wo sie Ritter und Pagen gewesen waren und schwarze Herrenanzüge getragen hatten. Von ihren trunkenen Streifzügen durch die überfüllte Friedrichstraße, in der sich ein schummeriges Lokal ans nächste reihte. Und später dann, wenn eine ordentliche junge Frau schon längst daheim zu sein hatte, ins Piccadilly, ins Gubarry oder in den sogenannten Damen-Kegelclub, wo sie auf den Tischen tanzten und keine Männer sie dabei störten. Die durchzechten Nächte in diesem schmutzigen, wuseligen Moloch. Wunderschön. Vorbei.

Die Dame nickte immer wieder beifällig, lachte, fragte nach – und gab von sich nichts preis.

»Vielleicht sind wir einander schon einmal begegnet«, sagte sie jetzt und blitzte Lenka aus ihren tiefgrünen Augen an.

»Nicht dass ich wüsste«, sagte Lenka.

»Die Demonstration«, sagte die Dame, »erinnern Sie sich?«

»Das ist ja unglaublich«, sagte Lenka. Sie war in einer Gruppe von Frauen unterwegs gewesen und verschwunden, bevor die Polizei die Versammlung auflöste. Es war die Zeit der großen Proteste. Die Wahlrechtsreform trieb die Menschen zu Zehntausenden auf die Straße. Sie protestierten gegen das Unrecht und für mehr Mitbestimmung: Wie konnte es sein, fragte sich ganz Berlin, dass wieder nur die Reichen und Mächtigen entscheiden, wer regieren soll?

»Und wieder vergessen sie uns«, hatte Claire zu Lenka gesagt und sie mitgerissen in ihrem Zorn: »Wer denkt an uns Frauen?«

Während sich die Berliner also über die Privilegien dreier Klassen an der Wahlurne stritten, waren Lenka und ihre Freundinnen für ihre Sache auf die Straße gegangen: das Frauenwahlrecht.

»Sie waren also auch mittendrin?«

»Das kann man wohl sagen«, antwortete die Dame. »Wir dürfen uns nichts mehr gefallen lassen.«

Lenka hielt dem Blick der Frau stand und lächelte. »Offenbar haben wir viel gemeinsam«, sagte sie überschwänglich, »vielleicht sollte ich Ihnen Prag zeigen. Hat ja auch ganz schöne Seiten, wenn man nur zu Besuch ist. Die Karlsbrücke, die Kleinseite, der Laurenziberg, ich glaube, all das würde Ihnen gefallen.«

Diesmal schüttelte die Dame den Kopf. »Ich muss Sie leider enttäuschen, meine Liebe. Ihr Angebot ehrt mich, aber mich zieht es morgen schon wieder fort. Haben Sie vielen Dank für das Gespräch, und nun entschuldigen Sie mich bitte, ich habe eine Verabredung im Speisewagen.«

Mit diesen Worten erhob sie sich. Und Lenka, entgegen ihrer sonstigen Zurückhaltung, sprang ebenfalls auf und sagte, ehe sie es sich noch einmal anders überlegen konnte: »Nehmen Sie mich mit.«

Sie standen voreinander und sahen sich an, das Lächeln der Dame hatte nichts Amüsiertes mehr, sondern zeigte reine, tiefe Zuneigung, jeden Moment würde sie nach Lenkas Hand greifen und sie aus dem Coupé herausführen. Dann fuhr der Zug ratternd über eine Weiche und schüttelte sie beide so heftig durch, dass Lenka beinahe das Gleichgewicht verlor und die Dame wieder eine Hand ausstreckte, um sie am Fallen zu hindern.

»Ich kann Sie nicht mitnehmen«, sagte sie sanft und trat einen Schritt auf Lenka zu, die den Blick abwenden musste. »Es geht um eine sehr private Angelegenheit.«

Eine Verabredung in der Eisenbahn? Sehr privat? Lenka errötete, ein wenig aus Scham, weil sie sich aufgedrängt hatte – ein wenig aber auch aus einer ihr unbekannten Eifersucht: Obwohl sie diese Dame gerade erst getroffen hatte, beneidete sie denjenigen, der im Speisewagen auf sie wartete. Lenka ließ sich zurück in ihren Sitz fallen. Auch dieser Abschied war nun besiegelt.

»Nehmen Sie das hier«, sagte die Dame und hielt Lenka die flache Hand hin.

Irritiert griff Lenka nach dem Fläschchen, das darauf lag. »Was ist das?«, fragte sie.

»Ein Gegengift«, sagte die Dame.

»Wogegen?«, fragte Lenka.

»Gegen alles, was du fürchtest«, sagte sie, beugte sich zu Lenka herunter und strich ihr über die Wange.

»Aber die Flasche ist doch leer«, sagte Lenka.

»Eben«, sagte die Dame, »Berliner Luft, wirkt sofort.«

Lenka lachte und ergriff die Hand der Frau, die sich rasch entzog. Die Dame ließ sie im Abteil zurück, bloß ihr Parfüm hing noch in der Luft, so intensiv, dass Lenka es zu schmecken meinte.

Nach ein paar Minuten schlief sie erschöpft und aufgewühlt ein, das Gegengift fest in ihrer Hand. Sie träumte davon, dass man ihr Gesicht mit Blütenblättern bedeckte.

Als sie aufwachte, fuhr der Zug gerade durchs Elbtal. Im ersten Augenblick freute sie sich sich sogar, die Elbe zu sehen. Sie mochte, wie sich das Gebirge geradezu anschmiegte an die Eisenbahn. Erst mit Verzögerung bemerkte sie, dass ihr mittlerweile ein Mann gegenüber saß. Ein schneidiger Kerl mit Schmiss, der sie angrinste. Das hatte ihr gerade noch gefehlt. Sie richtete sich auf und bedachte ihn mit einem kleinen harten Lächeln.

»Kann ich Ihnen helfen«, sagte sie.

»So schön, so schlau, so allein, meine Dame«, sagte er.

Lenka hörte den Prager Zungenschlag und stöhnte unwillkürlich auf. Sie wandte den Blick ab und antwortete: »Ersteres kann ich nicht beurteilen. Zweiteres ist möglich. Das Dritte wiederum soll Ihr Problem nicht sein.«

»Bitte verzeihen Sie«, sagte der Mann, »und geben Sie mir die Gelegenheit, es wiedergutzumachen. Haben Sie am Abend schon Pläne? Ich würde Sie gern zu einem Maskenball ausführen.«

Lenka schüttelte den Kopf. Als sie ihm einen verstohlenen Blick zuwarf, grinste er sie noch immer erwartungsvoll an. Ihr fiel ein Ekzem direkt unter seiner Nase auf und eine leichte Eindellung in seinem Nasenrücken. Syphilis, Stadium 2 bis 3, schätzte sie.

»Ich mag keine Verkleidungen«, sagte sie. »Und nun lassen Sie mich bitte wieder ausruhen.«

Sie drehte sich zum Fenster und betrachtete die Landschaft mit halb geschlossenen Lidern. So leichtsinnig, noch einmal einzunicken, war sie nicht. Sie kannte die Männer. Erst als er seinen Mantel nahm, eine Verbeugung andeutete und das Abteil verließ, wehrte sie sich nicht länger gegen den Schlaf.

Sie wurde von der Geschäftigkeit auf dem Gang geweckt: Bald würden sie in Prag einfahren. Erst sah sie die bäuerlichen Vororte, schon taten sich die ersten Fabriken auf, in denen Baumwolle und Leder, Möbel und Glas verarbeitet und produziert wurden. Mit jeder Kurve, die der Zug nahm, rückte die gefürchtete Enge näher. Das nennst du magisch, Papa, dachte Lenka, als sie die ersten Türme erblickte und die monströse Prager Burg, die ihr schon als Kind Angst eingejagt hatte. Sie würde gleich nach Hause kommen, ihre Mutter herzen und nichts erzählen von dem, was ihr schmerzlich fehlte. Sie würde sich ins von Jana frisch gemachte Bett legen und sich vorstellen, sie läge im Askanischen Hof, dicht neben Claires warmem Körper. Bis zum nächsten Morgen würde sie schlafen und begreifen, dass sie ab jetzt immerfort *sein* würde und nicht mehr *werden*.

4

Bei Mord und Totschlag hatte er ein schönes Leben. Jetzt gerade musste er aufpassen, sich nicht zu Tode zu langweilen. Er stand auf der Estrade des Festsaals und sah dem lächerlichen Umzug zu. Eine Blaskapelle spielte. Neben ihm schunkelte sein Kollege mit. Der einfältige Hradecky vom Prager Tagblatt, bei dem er sich lebhaft vorstellen konnte, wie er diese alberne Veranstaltung in den höchsten Tönen loben würde. Die Narren schoben jetzt die Nachbildung eines Kometen herein, gefolgt von einer sichtlich mitgenommenen Aeroplane. Das laute Gelächter dröhnte ihm in den Ohren. Sie feierten auf derart vulgäre Weise, dass er sich nichts sehnlicher wünschte, als dass der Komet die Erde noch in dieser Nacht mit voller Wucht träfe. Er war auf Anweisung hier und hatte noch keinen blassen Schimmer, was er über dieses Maskenkränzchen schreiben sollte. Ausgerichtet wurde es von der Burschenschaft Saxonia. Kisch war in seinen beiden außerordentlichen Semestern an der Universität dort sogar Ehrenbursch gewesen, ihm war es aber in erster Linie ums Fechten gegangen. Er liebte Duelle, immer noch. Ansonsten war ihm das Militärische so fremd wie alle deutschnationalen Tendenzen. Sein älterer Bruder war nach wie vor Mitglied der Saxonia, ließ sich aber schon den ganzen Abend nicht blicken – es sei denn, er war so überzeugend verkleidet, dass Kisch ihn nicht erkannt hatte.

»Paul, bist du es?«, fragte er eine vorbeistolpernde Schuhfabrik, doch die schüttelte vehement den Kopf.

Kisch würde es wie immer machen: die Angelegenheit übertreiben. Das Schönste erfinden. Einen Narren beim Anblick des nachgebauten Kometen zusammenbrechen und in die Irrenanstalt bringen lassen, um dem ereignislosen Abend ein bisschen Würde zu verleihen, wenigstens in der Zeitung.

Vor ein paar Jahren hatte Egon Erwin Kisch eines Abends im Café Central gesessen. Eine Runde von Dichtern und Schreibern und solchen, die es gern wären. Rilke hatte sich gerade in Rage geredet und verkündet, Poesie sei Liebe, und Liebe sei Gottesglaube. In diesem göttlichen Moment hatte sein alter Freund Meyerhoff von der BOHEMIA Kisch die Hand auf die Schulter gelegt und ihn im Flüsterton vom Tisch weggelockt: »Willst du Melzers Redakteursstelle? Es geht vor allem um Morde.« Kisch hatte noch am selben Abend zugesagt und das Ende von Rilkes Vortrag verpasst.

Seit einigen Jahren war er nun Reporter bei der BOHEMIA. Und die Leute liebten seine Geschichten. Wenn er hörte, dass es in manchen Familien zu Gerangel kam, weil jeder zuerst seine neue Gerichtsreportage lesen wollte, dann schmeichelte ihm das. Aber es reichte ihm nicht. Worauf Kisch seit Jahr und Tag lauerte, das war der große Scoop. Der Solokarpfen. Der ihn nicht nur in seiner Stadt, sondern im ganzen Land berühmt machen würde. Der ihn aus der Obskurität des Lokalreporters herauskatapultieren würde, diesem Grenzland zwischen Bürgertum und Bohème. Damit war bei dieser Veranstaltung sicher nicht zu rechnen, hier gab es nicht das Geringste zu erzählen, aber wenn Mord und Totschlag fehlten, musste der Platz in der Zeitung eben anders gefüllt werden. Zum

Beispiel mit Fasching. Normalerweise luden Kisch seine Streifzüge durch Prag mit Energie auf. Wenn er sich in einem zerlumpten Anzug mit den Ärmsten der Stadt am Schalter einer Volksküche drängte, mit ihnen Graupensuppe löffelte, ihre Gesichter sah und ihren Gesprächen lauschte, wusste er, dass er seiner Leserschaft anschließend eine Welt beschreiben konnte, die sie nie mit eigenen Augen sehen würden, von deren Existenz sie aber erfahren mussten. Der greise Bettler, der so stark zitterte, dass er die Hälfte seiner kostbaren Suppe verschüttete. Die Schulkinder, deren einzige Mahlzeit des Tages in einem Stück Mohnkuchen bestand. Auf diesem Kränzchen, zwischen all den milchkalbsgemästeten Burschen, fühlte er sich von Stunde zu Stunde kraftloser. Kisch brauchte das echte Leben, und hier war nichts und niemand echt.

Auf seinem Weg durch den Saal umarmte ihn plötzlich ein feister Pierrot: »Du bist doch der Kisch, nicht wahr? Wir singen heut' den Kometen vom Himmel! Schreib das auf, Kisch!«

Ein paar Meter weiter lief er dann auch noch dem sturzbetrunkenen Gruber in die Arme: in der Fantasieuniform eines kolonialen Herrschers, was sonst. Seine Kopfbedeckung hatte große Ähnlichkeit mit der Mütze, die Mitglieder der Saxonia trugen, wenn sie nicht gerade als Nordpol oder Reklamesäule für Maggis Suppenwürze verkleidet waren. Kisch zog einem in der Nähe vor sich hin wippenden Kartenspiel am Ärmel und fragte hoffnungsvoll: »Paul?« Aber auch das war nicht sein großer Bruder.

»Unser Schreiberling, der Kisch«, sagte Gruber, dessen Schmiss auf der Wange in dieser Montur mit Degen am Gürtel und Blechorden auf der Brust nur noch lächerlicher wirkte.

»Unser Imperator«, sagte Kisch, aber Gruber hatte ihn nicht verstanden und wiederholte nur stumpf: »Unser Schreiberling, der Kisch.«

Er nahm die rote Mütze ab, setzte sie kichernd Kisch auf den Kopf und betrachtete ihn für einen Moment.

»Fast könnte man dich für einen von uns halten«, lallte er. Er nahm ihm die Mütze wieder ab und grinste. »Aber du bist keiner von uns, nicht wahr. Du bist einer von«, Gruber begann zu gestikulieren, »von denen.«

Kisch wusste nicht und wünschte auch nicht zu erfahren, wer *die* sein sollten. Studienversager, Künstler, Freiheitsfanatiker, Privilegiertenhasser, Tschechenfreunde. Juden. Auf Kisch traf alles zu. Gruber starrte ihn herausfordernd an. Kisch hätte Lust gehabt, ihn zum Duell herauszufordern, hier und jetzt, und ihm einen weiteren, weniger schmucken Schmiss zu verpassen, doch es musste bei der reinen Vorstellung bleiben. Grubers Vater war Mitbesitzer der BOHEMIA. Er hatte seinen versoffenen Sohn vor einigen Wochen in der Redaktion installiert. Mitarbeiter ohne besondere Aufgaben, spottete Kisch, aber leider eben auch der unangenehme Sohn des Chefs. Wenigstens war er so betrunken, dass er schließlich ohne Fortführung des Gesprächs weiterzog. Was wusste der Kerl schon von richtiger Arbeit? Stunde um Stunde saß er in der Redaktion herum, starrte Kisch und seinen Kollegen frech über die Schulter, stand dauernd im Weg, als würde ihn die Hektik in der Redaktion nichts angehen: Täglich erschienen zwei Ausgaben, eine morgens um 6 und eine nachmittags um 5. Gerade das gefiel Kisch: dass bei der Zeitung alle ständig unter Strom standen. Dass er kommen konnte, wann er wollte, selbst mitten in der Nacht, wenn er nicht schlafen konnte – es gab immer genug zu tun. Hauptsache, am Ende kam er auf die erforderliche Zeilenzahl.

Bei diesem Ball wiederum konnte Kisch nicht mehr viel ausrichten. Er hatte genug gesehen. Noch ein bisschen mehr vom schallenden Lachen der aufgesetzt ausgelassenen Offiziere, und er selbst würde als tragischer Totschläger in der Morgenausgabe der BOHEMIA auftauchen. Er trat in den Prager Abend hinaus.

Kaum jemand war unterwegs, ab und an ein paar verhuschte Gestalten mit hochgeschlagenem Mantelkragen. Wer bei dieser Hundskälte nicht vor die Tür musste, war längst daheim. Kisch steckte sich eine Zigarette an und fröstelte. Er hörte die vereinzelten Pfiffe eines Wintervogels, sonst war es ruhig. Genau diese ungewohnte Stille der Stadt fürchtete Kisch. Wenn er selbst in den von ihm bevorzugten Kneipen allein vor seinem Bier hockte und irgendwann verzagt nach Hause ging.

Doch jetzt nahte Gefahr, mit anderen Worten: seine Rettung. Kisch hörte hektische Schritte und drehte sich um. Aus der schmalen Gasse kam der Botenjunge der Redaktion gerannt. Kisch grüßte. Der Junge beugte sich an sein Ohr und flüsterte ihm etwas zu, ganz außer Atem und geheimniskrämerischer als nötig, waren sie doch gerade allein auf der Straße. Kisch nickte, gab dem Jungen einen aufmunternden Klaps auf die Schulter und lächelte wie befreit. Nun gab es doch noch etwas zu tun.

Der nächtliche Todesnachrichtendienst war Kisch ans Herz gewachsen. Schlafen konnte er sowieso nicht, höchstens ein paar Stunden nach Anbruch des Tages, was gab es also Besseres, als auf Schlagzeilen zu lauern? Eigentlich war es ganz einfach. Tagtäglich klapperte Kisch das Sicherheitsdepartement der Polizei, die Lobbys der Hotels und die Kneipentische der Halbweltgestalten ab, um über jüngst geschehene oder sogar bevorstehende Verbrechen im Bilde zu sein. Ebenso wichtig war die Suche nach Toten oder, besser gesagt, die Jagd nach gerade noch Lebenden. Der Junge aus der Redaktion hatte Kisch bestätigt, was auch er im Laufe des Tages schon als Gerücht vernommen hatte: Der stadtbekannte Opernsänger Rudolf Altberg, hieß es, liege nach missglückter Operation in seiner Prager Wohnung im Sterben. Kisch würde also seine Rückkehr nach Hause so weit wie möglich hinausschieben, um vor der Wohnung des Sängers auf dessen endgültiges Ableben zu warten, dann in die Redaktion zu eilen und noch für die Morgenausgabe eine Schlagzeile zu verfertigen.

Aber der Opernsänger war noch nicht so weit. Kisch lehnte an einem Baum und rauchte eine Zigarette nach der anderen, spazierte zwischendurch auf und ab in dieser bitterkalten Nacht. Die Wohnung war dunkel. Der Todgeweihte rührte sich nicht. Nichts geschah. Und selbst wenn sich jetzt noch etwas täte: Die

Schlagzeile in der Morgenausgabe konnte er abschreiben. Als Kisch gerade seinen Todesnachrichtendienst unverrichteter Dinge abbrechen wollte, bemerkte er, dass er beobachtet wurde. Zuerst das Aufblitzen einer Gürtelschnalle im Schein der Gaslaterne eine Ecke weiter. Dann ein Rascheln aus dem Park hinter ihm, jemand versuchte, sich leise zu nähern. Aber Kisch hatte genug Erfahrung mit Ganoven aller Couleur, um sich des Nachts nicht überrumpeln zu lassen. Also weg vom Park, raus aus seiner schummerigen Beobachterposition, ins nahe Wirtshaus. Auf der Grenze, wie er es bei sich nannte, weil das neu errichtete Gebäude exakt auf der Trennlinie zwischen Alt- und Neustadt lag. Die Kneipe hatte zu dieser Stunde natürlich regulär schon längst geschlossen und wirkte von außen auch wie in Dornröschenschlaf versunken, aber sie würde, wie er wusste, noch gut besucht sein. Kisch beschleunigte, doch diesmal hatte er zu spät reagiert. Von der Seite und von hinten stürzten zwei Männer auf ihn zu. Er versuchte zu entkommen, aber da hörte er schon das Pfeifen und einen tschechischen Ruf: »Halten Sie an!«

Kisch blieb stehen. Die Polizisten holten ihn ein.

»Was machen Sie hier«, fragte der erste Wachmann, ein junger Bursche, schlaksig und groß gewachsen.

»Ich gehe spazieren«, antwortete Kisch, der gleich wusste, dass er wohl an die einzigen beiden Prager Wachleute geraten war, die ihn nicht kannten. Jetzt hatte er erst recht kein Interesse mehr daran, die Wahrheit zu sagen.

»Um diese Zeit, merkwürdig«, spottete der andere Polizist, älter und kleiner als sein Kollege.

»Ich kam von der Arbeit und wollte mir die Beine vertreten. Was ist daran verwerflich?«

»Die Beine vertreten! Von welcher Arbeit kommen Sie denn?«, fragte der Lange.

»Ich bin bei der Firma Haase angestellt«, antwortete Kisch wahrheitsgemäß.

»Ach was, bei Haase arbeitet man neuerdings nachts«, sagte der Alte.

»Es scheint wohl so zu sein«, antwortete Kisch.

»Sie scheinen mir auch wohl so zu sein«, sagte der Lange.

»Ihre Kollegen kennen mich alle«, sagte Kisch, um sich noch verdächtiger zu machen, »schließlich gehe ich bei Ihnen ein und aus.«

»Im Sicherheitsdepartement?«, fragte der Alte.

»Natürlich, grüßen Sie gern morgen die Herren Olic und Protiwenski.«

»Sie kennen Olic«, sagte der Lange, der nun eine große Sache witterte.

»Kann ich jetzt«, bat Kisch, »mir wird recht kalt, möglicherweise ist Ihnen auch aufgefallen, dass die Nacht sehr frostig ist.«

Der Ältere winkte ab und wollte schon umdrehen, aber der junge Polizist ließ sich das nicht gefallen.

»Sie gehen nirgendwohin, Sie kommen jetzt mit zum Kommissariat, und wir klären die Angelegenheit.«

»Das werde ich sicher nicht tun«, sagte Kisch.

»Lass doch«, flüsterte der ältere Polizist auf Tschechisch, aber sein Kollege war in Rage. »Letzte Chance, sonst dreh ich dir die Hände auf den Rücken, und dann geht es flott«, rief der Jüngere, und Kisch: schrie um Hilfe. Aus dem Waldfrieden strömten wenig später Menschen nach draußen. Eine sichtlich angetrunkene und abenteuerlustige Gruppe, die sein Rufen gehört hatte. Gleich umringten die Kneipengänger die Polizisten und Kisch. Ein Johlen brach los, als würde hier ein Fest gefeiert: »Wen haben Sie erwischt?« »Was ist passiert?« »Kennen wir den nicht?« Ein regelrechter Tumult in der bis dahin so stillen Prager Nacht. Der jüngere Polizist hatte Kisch schon am Arm gefasst, da trat ein Mann an sie heran: Anton Pester, ein Setzer der Zeitung, mit dem Kisch schon oft ein Bier vor Morgengrauen getrunken hatte.

»Soll ich Sie vielleicht legitimieren, Herr Redakteur? Ist das überhaupt nötig?«

Das reichte dem Polizisten, um Kisch loszulassen.

»Jetzt erkenne ich Sie«, sagte der Ältere, »Sie sind der Kisch!«

Peinlich berührt und wütend zog der Jüngere seinen älteren Kollegen zur Seite. Sie kehrten dem Trubel den Rücken. Kisch zündete sich sogleich eine Zigarette an, richtete sich auf und lief aufreizend langsam an den Polizisten vorbei.

»Grüßen Sie Herrn Olic bitte besonders herzlich von mir!«

Der alte Wachmann nickte ergeben und salutierte aus unerfindlichem Grund sogar vor dem Reporter.

»Komm«, sagte sein junger Kollege, »wir haben hier schon viel zu viel Zeit vergeudet. Und jetzt hinein mit euch«, rief er in die Menge hinein, »das ist ruhestörender Lärm.«

Nachdem die Polizisten verschwunden waren, kehrte Kisch um und bedankte sich beim Setzer. Er war drauf und dran, über den Hintereingang die Kneipe zu betreten und ihn auf ein Bier einzuladen, als ihm in der sich auflösenden Menschentraube eine junge Frau auffiel.

»Du lässt die Leute immer noch nicht schlafen, alter Quälgeist«, sagte sie.

»Was für eine Begrüßung, Frau Doktor«, erwiderte Kisch.

»Ich war gerade erst eingeschlafen«, log sie. In Wahrheit hatte Lenka die Stunden nach ihrer Ankunft im Bett verbracht, aber ohne Schlaf. Mit ihrer Ankunft waren auch die hämmernden Kopfschmerzen zurückgekommen, von denen sie in Berlin verschont geblieben war. Die gute Jana hatte ihr eine Suppe gekocht und kalte Lappen für die Stirn gereicht, ihre Mutter hingegen war zu nichts zu gebrauchen gewesen: Erst brach sie weinend an ihrer Schulter zusammen, dann saß sie stundenlang lethargisch murmelnd auf ihrer Chaiselongue und starrte hinaus in den trüben Prager Wintertag.

Als der Trubel vor dem Fenster losbrach, war Lenka schlecht gelaunt ans Fenster getreten und hatte Kisch gleich erkannt. Das letzte Mal hatten sie sich vor ein paar Monaten in Berlin gesehen. In der Stadt also, der Kisch nicht verzeihen konnte, dass er dort nie einen Fuß auf den Boden bekommen hatte. Nachdem Lenka dreimal überprüft hatte, dass ihre Mutter in ihrem Bett lag und tief und fest schlief, hatte sie die Wohnung verlassen und sich durch den dunklen Hausflur nach unten getastet. Bitte, lass sie nicht aufwachen, hatte sie gedacht, nicht jetzt. Das Hämmern in ihrem Kopf gab den Takt vor: nicht jetzt, nicht jetzt, nicht jetzt. Die Migräne war ein Fluch, doch wenigstens übertönte sie den Gedanken, dass Lenka ihre verwirrte Mutter schon in der ersten Nacht nach ihrer Rückkehr ihrem Schicksal überließ.

»Seit wann bist du denn zurück?«, fragte Kisch.

»Seit ein paar Stunden.«

»Wie geht es deiner Mutter?«

Lenka zuckte mit den Schultern, schüttelte verzagt den Kopf.

»Komm, wir gehen was frühstücken«, sagte Kisch. »Oder willst du etwa schon schlafen?« Nicht jetzt, gab Lenkas Kopf pochend zur Antwort, nicht jetzt. Sie sah für einen Moment ihre friedlich schlafende Mutter vor sich und ließ sich einfach mitziehen, immer weiter fort von ihr, obwohl sie nur ihr Nachtgewand trug, darüber einen langen warmen Mantel. Wer sollte sich in der Nacht schon an ihrer Toilette stören? Im besten Fall würde man sie für eine Irre halten und in Ruhe lassen. Kisch rief, und Lenka wollte mit. Das Merkwürdige: Er hatte sie immer genervt, seitdem sie ihn in einer Berliner Spelunke getroffen hatte. Ihre Begleitung an diesem Abend, eine Kommilitonin, kannte seinen Begleiter, und ehe Lenka es sich versah, saß Kisch neben ihr und verwickelte sie in ein Gespräch. Es war wirklich so, wie ihr Vater immer gesagt hatte: Prager erkennen einander am Geruch, ob er ihnen gefällt oder nicht. Lenka hatte Kisch früh zu verstehen gegeben, dass seine Komplimente ins Leere liefen. Nach dem zweiten Bier sagte sie: »Ach, Kisch. Ihre Avancen sind vergebliche Liebesmüh. Sie glauben gar nicht, wie vergeblich.«

Er probierte es trotzdem weiterhin, gab ihr aber andererseits das Gefühl, ehrlich interessiert daran zu sein, was sie zu erzählen hatte.

»Was meinen Sie, warum begehen Menschen Verbrechen?«, fragte sie ihn.

»Aufgrund ihrer äußeren Umstände«, sagte er.

»Und was ist mit ihren inneren Umständen?«, fragte sie.

»Das Soziale wiegt schwerer als das Psychologische«, sagte er, und Lenka versuchte sich ihre Enttäuschung nicht anmerken zu lassen. Er klang fast wie ihre Medizinprofessoren in Prag, die so taten, als ließen sich Körper und Seele sauber voneinander trennen und lediglich somatische Beschwerden seriös behandeln.

Irgendwann unterhielt Kisch die ganze Kneipe. Er gab Anekdoten aus Prag zum Besten, und die Anwesenden, die ihm an den Lippen hingen, brachen in regelmäßigen Abständen in Jubel und Gelächter aus. Sein Talent, einen Raum voller Menschen in ein Sonnensystem zu verwandeln, das um ihn als Zentralgestirn kreiste, fand Lenka anstrengend. Zumal er so übertreiben musste, dass es an Lügen grenzte: Wo in Prag sollte es, bitte schön, ein Lokal geben, in dem Tschechen mit Deutschen auf den Tischen tanzten? Gleichzeitig spürte sie selbst eine Anziehungskraft zwischen ihm und sich, die sie erst in der folgenden Nacht verstand.

Es war Kischs letzter Abend vor seiner Rückreise nach Prag, und er hatte Lenkas Kommilitonin und sie zu einem kleinen Abschiedsumtrunk eingeladen.

»Ein Glück, dass ihr hier seid«, rief er, als sie ins Bierlokal kamen, »in Berlin gibt es viel zu wenig lustige Mädchen.«

Sein Hotel war nicht weit von Lenkas Zimmer auf der Rosenthaler Straße entfernt, also begleitete er sie nachts nach Hause. Am Spreeufer machten sie halt und blickten auf den Fluss, auf dem sich schemenhaft die Kuppel des Doms spiegelte. Lenkas Augen tränten unablässig im Winterwind, und irgendwann stopfte sie sich das Taschentuch in den Mantelärmel und sagte: »Diese dummen

Tränen! Manchmal glaube ich, mein Inneres besteht ausschließlich aus Wasser!«

Kisch sah sie von der Seite an und sagte: »Sei froh. Ich habe nicht mal nach dem Tod meines Vaters weinen können.«

»Wie alt warst du?«, fragte sie.

»Fünfzehn.«

»Woran?«

»Herzschlag.«

Lenka nickte. »Alles wie bei mir.«

Auch Halbwaisen erkannten einander anscheinend am Geruch. So schnell hätte Lenka das Wiedersehen nicht gebraucht, aber jetzt war es so, wie es war. In ihr regte sich bei Kischs Anblick ein Gefühl, das sie *familiär* genannt hätte. Sie durchfuhr eine Erkenntnis: Er würde ihr noch oft genug entsetzlich auf die Nerven gehen, aber unbestreitbar Teil ihres Lebens bleiben. Wenigstens ist es mit Kisch eher Berlin als Prag, dachte sie, auch wenn er selbst sich darüber mokieren würde.

Sie gingen zum Café Kandelaber, einer der mobilen Teestationen unter freiem Himmel, an denen die Verlorenen der Stadt noch vor dem Morgengrauen für zwanzig Heller einen Tee mit Rum, eine Buchtel und eine Zigarette bekamen. Sie standen und froren dort eine ganze Weile. Kisch erzählte vom Maskenkränzchen der Burschenschaft und davon, dass ein Offizier beim Anblick des hereingefahrenen Kometen einen Nervenzusammenbruch erlitten hatte und in die Heilanstalt gebracht worden war. Lenka lachte und berichtete ihm ihrerseits von ihren nächtlichen Erlebnissen in Berlin, bei denen Kisch dann doch die Augen funkelten, so sehr er die Stadt auch zu hassen gelernt hatte, weil er, wie er behauptete, die Berliner allesamt für Ekel und Berlin für ein geschmackloses Moloch hielt. Spätestens bei der Episode von der Frau mit dem grünen Smaragdring und der Berliner Luft in ihrer Manteltasche hatte sie Kischs Aufmerksamkeit endgültig.

»Solche Geschichten würde ich auch gern erleben«, sagte er anerkennend.

»Dann musst du wohl doch wieder nach Berlin«, meinte Lenka und rempelte ihn übermütig an.

»Jetzt sind wir aber hier, Frau Doktor«, sagte Kisch.

»Aus mir wird kein Doktor«, sagte Lenka. Sie konnte selbst kaum glauben, dass sie das ausgesprochen hatte. Sie spürte wieder das Flattern in der Magengrube. »Ich werde mein Medizinstudium nicht beenden.«

»Du bist doch fast fertig«, sagte Kisch. »Wie viele Jahre noch, zwei, drei?«

Lenka schüttelte den Kopf. »Ich habe es meiner Mutter zuliebe aufgenommen. In Gedenken an meinen Vater. Um sein Werk fortzuführen. Aber ich bin doch kein menschliches Traueramulett.«

Kisch lachte auf, dann wurde er wieder ernst. »Was hast du stattdessen vor?«

»Ich weiß es nicht«, sagte Lenka. »Ich weiß bloß, was ich nicht mehr will. Offiziell bin ich noch in Berlin eingeschrieben. Bis zum Ende dieses Semesters kann ich mir also überlegen, wie es mit meinem Leben weitergeht.«

Kisch sah sie lange an und dachte nach. »Kannst du Maschine schreiben?«, fragte er schließlich.

Lenka nickte überrascht. »Frag mich bitte nicht warum, aber zum elften oder zwölften Geburtstag habe ich mir eine Schreibmaschine gewünscht, und der Wunsch wurde mir erfüllt. Ich bin ziemlich schnell.«

»Gut. In der BOHEMIA ist sehr kurzfristig die Stelle einer Schreibmaschinistin freigeworden.«

»Was ist mit der alten Schreibmaschinistin passiert?«

»Ihr hat jede Woche ein blasierter Feuilletonredakteur seine Meditationen zur Abschrift untergeschoben und sie ihm, als sie sich nicht mehr anders zu helfen wusste, ein Kind.«

»Dann hätte er sie nicht in diese Lage bringen sollen«, sagte Lenka. Sie beneidete Kisch um seine Leichtfertigkeit, die sich nur leisten konnte, wer wie er als Mann durch diese Welt ging. Er beobachtete sie mit zusammengekniffenen Augen durch den Qualm seiner Zigarette. Sie wusste nicht, wie oft er sie bewusst provozierte und wie oft es ihm nur unterlief.

»Und jetzt«, sagte sie, »soll ich also blasierte Meditationen abtippen?«

»Keine Sorge, es sind auch monotone Geschäftsbriefe dabei. Und Fräulein Schlupp, das war deine Vorgängerin, hat außerdem die Leserzuschriften beantwortet, für die es mehr weibliches Einfühlungsvermögen brauchte.«

»Die also unter eurer Würde waren«, sagte Lenka, aber Kisch hörte schon gar nicht mehr zu und blickte sich um.

»Die Leute erkennen mich mittlerweile überall, ich kann keine zwei Meter gehen, und schon ist Radau, du hast es ja selbst erlebt«, sagte er mit gesenkter Stimme, als befürchtete er, von den übrigen Gästen des Kandelaber belauscht zu werden. Ein mittelalter Mann versenkte methodisch einen Zuckerwürfel nach dem anderen in seinem Tee. Ein etwas jüngerer Mann daneben starrte, seit Minuten vor sich hin murmelnd, in den Sternenhimmel, während die Wirtin halbherzig Gläser polierte.

»Du könntest dich ab und an für mich umhören«, sagte Kisch leise.

Lenka wusste nicht, wie ihr geschah: War er betrunken? War das wieder nur eine Masche? Ein Scherz? Und wenn schon, dachte sie, wir werden ja sehen, was passiert.

»Ich bin nicht sonderlich charmant«, sagte sie. »Die Leute reden nicht so gern mit mir wie mit dir. Dafür kenne ich mich besser mit dem menschlichen Körper aus als du.«

»Wenigstens im toten Zustand«, sagte Kisch feixend.

»Wir machen es so«, sagte Lenka. »Bis zum Nachmittag sitze ich in der Redaktion und tippe, danach begleite ich dich an Tatorte oder in die Pathologie.«

Sie wusste nicht, woher sie den Mut nahm. Lag es an der Wirkung des Rums, an der eigenartigen Stimmung, die sie seit ihrer Abreise aus Berlin nicht loswurde? An den Kopfschmerzen, die stärker waren als ihre Skrupel? Egal, ihre neue Kühnheit gefiel ihr. Vielleicht reichte es, zu handeln wie ein Mann, um auch wie einer behandelt zu werden. Kisch nickte ohne sein übliches ironisches Lächeln.

»Dafür«, sagte Lenka, »steht über der großen Story, wenn sie denn erscheint, nicht nur dein Name, sondern auch meiner. Einverstanden?«

Sie hielt ihm die Hand hin. Ihr war es einerlei, ob ihr Name irgendwo abgedruckt wurde – aber Kisch nicht. Wenn er zustimmte, dann meinte er es wirklich ernst. Dann waren sie Partner. Er zögerte.

»Ich würde dich in jedem Fall namentlich im Artikel erwähnen«, sagte er.

Lenka funkelte ihn an.

»Können wir darüber noch einmal sprechen, wenn wir beide nüchtern sind?«, fragte er.

Wann bist du schon mal nüchtern, dachte Lenka. Aber nun hatte sie wenigstens etwas in den endlosen Stunden zu tun, die sie normalerweise in der Universität verbracht hätte.

Eine Weile standen sie schweigend da und blickten in die Prager Nacht. Der Standplatz der Droschken war verwaist. Sie hörten die ersten Elektrischen fahren. Und oben am Wenzelsplatz stoben Staub und Dreck auf, weil die Straßenreiniger mit ihren Kehrbesen die Arbeit begonnen hatten.

»Das ist doch fast Berlin«, sagte Kisch, aber Lenka lachte nicht, sondern trank den letzten Schluck ihres Tees.

Als sie gerade nach Hause gehen wollten und die Nacht sich langsam verzog, eilte der Botenjunge der BOHEMIA zu ihnen, der genau so wenig schlief wie Kisch. Selbst fürs Flüstern war er diesmal zu aufgeregt.

»Ein Toter«, stieß er hervor, »am Fluss liegt ein Toter.«

»Fantastisch!« Kisch drückte dem Jungen eine Münze in die Hand und umarmte ihn euphorisch. »Wenn es jetzt noch ein Mord ist«, sagte Kisch, »dann hat sich auch diese Nacht gelohnt.«

Lenka rollte mit den Augen. »Du findest heraus, ob es ein Mord war oder nicht«, sagte sie, »und ich gehe ins Bett.«

5

Kisch hatte nach der Nachricht des Botenjungen keine Zeit zu verlieren. Er eilte zum Moldau-Ufer und nutzte den Überraschungsmoment, drängte sich geschäftig an den trotz der frühen Morgenstunde in beträchtlicher Zahl erschienen Schaulustigen vorbei und nickte den am Franzens-Kai Wache haltenden Polizisten zu, als sei er Teil der Ermittlung. Allein dieses Selbstverständnis reichte mal wieder, um an den Ort des Geschehens zu gelangen. Als Kisch am Moldau-Ufer ankam, konnte er noch sehen, wie der Wagen mit dem Leichnam langsam in Richtung Gerichtsmedizin davonfuhr. Der alte Zöllner saß allein auf einer Bank und wartete. Novák schien sich nicht darüber zu wundern, dass sich der Redakteur der BOHEMIA neben ihn auf die Bank setzte. Wahrscheinlich stand er noch unter Schock. Ohne dass Kisch ihn drängen musste, gab er freimütig Auskunft.

»Ein Freund war der Herr Doktor Leidinger sicher nicht«, sagte der Zöllner, »das wäre zu viel gesagt. Aber wir waren Gefährten in tiefster Nacht, verstehen Sie mich, Herr Redakteur?«

Kisch nickte und machte mit fliegender Hand Notizen. Jederzeit könnte die Polizei ihn vertreiben, aber noch ließen sie ihn gewähren.

»Woher kannten Sie den Herrn Doktor Leidinger denn?«, fragte er.

»Der vornehme Herr war so schlaflos wie ich«, sagte der Zöllner und seufzte, »wir haben des Nachts auf der Brücke manchmal einige Worte gewechselt.«

Der Zöllner ließ sich kaum bremsen. Seine Hände, die zu Beginn des Gesprächs noch gezittert hatten, beruhigten sich, und mit lebendigem Blick erzählte er von seiner Bekanntschaft mit dem Toten, den er entdeckt hatte.

»Herr Doktor Leidinger hat mir von seinen Reisen erzählt, die ihn in die hintersten Winkel Böhmens führten. Ich wiederum vom Irrsinn, den ich auf uns zukommen sehe, Sie wissen schon, Herr Redakteur, bald wird dieser Komet die ganze Stadt in Schutt und Asche legen.«

»Wie haben Sie Herrn Doktor Leidinger denn vorgefunden?«

»Zuerst war da ein Mann wie ein Schatten, er rannte über die Brücke wie ein Gejagter, und als ich ihm nachsah, da fand ich den Doktor Leidinger.«

»Was haben Sie als Nächstes getan?«

»Ich bin zu ihm hin und habe ihn angesprochen, ihm an die Schulter gefasst, dann ist er bereits nach vorn umgestürzt. Er lag da, wo jetzt Ihre Füße sind, Herr Redakteur. Ich hab ihn noch umgedreht, wissen Sie, aber da war nichts mehr zu machen, der Herr Doktor Leidinger hatte seine Arme und Beine von sich gestreckt wie ein Käfer.«

Wie ein Käfer, notierte sich Kisch, das würde er in seiner Reportage über den Tod des vornehmen Herrn am Franzens-Kai erwähnen.

»War da sonst noch jemand?«, fragte Kisch.

»Nur dieser Schatten«, sagte Novák. »Aber davon sehe ich in letzter Zeit mehr als genug. Glauben Sie etwa, jemand hat Herrn Doktor Leidinger umgebracht?«

Weiter kamen sie nicht. Plötzlich entstand Unruhe, und Kisch blickte von seinem Block auf. Mehrere der Polizisten in Sichtweite standen Spalier, während sich ein elegant gekleideter Mann, wenig älter als Kisch, seinen Weg durch die Menge bahnte. Leopold von Hofmeister persönlich, der leitende Inspektor der Prager Kriminalpolizei.

»Guten Morgen, Herr Redakteur«, sagte Hofmeister und hob seinen Hut, als er vor Kisch und dem Zöllner stand. »Sie sind mal wieder schneller als wir, das muss man Ihnen lassen. Demnächst begehen Sie noch selbst Morde, damit Sie als Erster darüber berichten können.«

Kisch stand lächelnd auf, während Novák gedankenverloren mit gesenktem Kopf auf der Bank sitzen blieb und seine Hände betrachtete, die wieder leicht bebten.

»Guten Morgen, Herr Inspektor«, sagte Kisch und hob seinerseits seinen Hut, »zumindest wären Ihnen meine Motive damit ja von vornherein bekannt.«

Kisch hatte Sympathie für Leopold von Hofmeister, umgekehrt galt dies wohl auch, immerhin hatte er ihn nicht direkt verscheuchen lassen von den Wachmännern.

Hofmeister erwiderte Kischs Lächeln. »Ich würde jetzt gern mit den Ermittlungen fortfahren«, sagte er.

»Erlauben Sie, dass ich dem Zöllner noch eine Frage stelle?«

»Werter Herr Kisch«, sagte Hofmeister und schürzte die Lippen, »genug ist genug.«

Kisch verstand, dass für ihn hier nichts mehr zu gewinnen war. Er verabschiedete sich vom Zöllner, der abwesend eine Hand hob, und verneigte sich vor Leopold von Hofmeister, woraufhin dieser lachend den Kopf schüttelte. Kisch passierte das Nationaltheater auf der Ferdinandstraße und legte sich einen Plan zurecht. Er würde etwa eine Stunde brauchen, um seine Informanten in den Spelunken, Kaffeehäusern und Hotels abzuklappern. Danach wüsste er mehr. Müdigkeit verspürte er keine. Er war fest davon überzeugt, es mit einer großen Geschichte zu tun zu haben. Wenn der Chef der Prager Kriminalpolizei so früh am Tatort auftauchte, davon war Kisch überzeugt, würde es sich wohl kaum um einen schnöden Herzanfall am Fluss handeln.

6

Gleich nach ihrer Rückkehr war Lenka ins Schlafzimmer ihrer Mutter geschlichen. Nachdem sie überprüft hatte, dass ihre Mutter noch immer friedlich im Bett lag, hatte sie sich endlich ausruhen können. Der Rum brachte ihr einen tiefen und heilsamen Schlaf, obwohl es draußen schon wieder hell wurde. Im Traum schwammen sie am Himmel über Prag, Claire und Lenka. Seite an Seite. Sie tauchten zwischen den Sternen hindurch, die aus der

Nähe aussahen wie die runden Leuchten im Staatsbahnhof. Lenka flüsterte Claire leise zu, was in der Tiefe unter ihnen auftauchte wie ein Schiffswrack: Da unten, siehst du das? Das ist der Veitsdom. Lass ihn uns einfach kapern und darin heiraten! Sie sanken tiefer. Ließen sich durch die engen Gassen treiben, die Lenkas Vater so geliebt hatte. Und plötzlich, mit dem richtigen Menschen dicht neben sich, glaubte Lenka doch, etwas vom Goldstaub zu verstehen, den ihr Vater gemeint hatte, wenn er von Prag sprach. Und dann wurde sie fortgerissen von Claire. Es war wie … ein Schlag. Und Geschrei.

Lenka schreckte hoch. Zog sich die Bettdecke unters Kinn. Verstand erst nach einigen Sekunden, was gerade passierte. Die Flügeltüren ihres Zimmers waren mit lautem Getöse aufgeflogen. Ihre Mutter, endlich wieder die Alte, zeterte und schimpfte: »Was erlauben Sie sich eigentlich, hinaus aus unserem Haus, sonst rufe ich die Polizei!«

Kisch wand sich aus der Umklammerung der Mutter und drängte auch an der hilflosen Haushälterin vorbei.

»Das ist schon in Ordnung, es ist ein Notfall«, sagte er und blieb einfach vor ihrem Bett stehen.

»Was, um alles in der Welt, soll das, Kisch?«

»Ausgeschlafen, Frau Doktor? Ich darf doch sicher, oder?«

Kisch setzte sich ans Bettende und steckte sich eine Zigarette an, während sich Lenka unter der Decke vergrub und rief: »Verschwinde, du Quälgeist!«

»Gib mir zwei Minuten«, sagte Kisch.

»Raus hier«, sagte Lenka empört, aber Kisch ging nicht. Sie gab auf. »Ist in Ordnung, Mutter«, rief sie, »er ist gleich wieder weg. Lasst mich kurz allein mit ihm sprechen.«

»Das ist doch ungeheuerlich«, rief die Mutter, »eine Ungehörigkeit sondergleichen!«

Auch Jana wusste, wann ein Kampf verloren war, und redete beruhigend auf Lenkas Mutter ein, während sie sie hinausführte.

»Ich hoffe, du hast gute Gründe für diesen Auftritt«, sagte Lenka. Aber Kisch ging gar nicht auf sie ein.

»Leidinger heißt unser Toter. Vizesekretär bei der Arbeiter-Unfall-Versicherungsanstalt. Reiste gewissenhaft kreuz und quer durch Böhmen, kannte alle Fabriken und ihr Elend. Keine Feinde, jedenfalls nicht auf den ersten Blick. Sein einziges Problem: alleinstehend. Hat mir ein Kellner geflüstert. Also saß er abends des öfteren im Restaurant vom Platteis und wartete. Hat sich da aber nie eingemietet, meint der Portier. Hörst du mir überhaupt noch zu?«

»Habe ich eine Wahl«, fragte Lenka.

»Also. Gestern war Leidinger auch wieder im Platteis. In Gesellschaft einer auffällig eleganten Frau. Du weißt ja, wie das läuft.«

»Weiß ich das«, fragte Lenka.

»Ist ja auch egal, jedenfalls: Sie spricht ihn an. Er tut ganz überrascht, lädt sie an ihren Tisch ein. Da essen und trinken sie und unterhalten sich über Stunden. Die Frau: dort zuvor gänzlich unbekannt. Nimmt im Hotel ein Zimmer als Fräulein Margarete Schneider aus Berlin. Na ja, und wie das eben so ist«, sagte Kisch, »es läuft gar nicht schlecht für Leidinger. Er trumpft auf, macht Witze, erntet Gelächter. Er hatte wohl ganz gute Karten, endlich mal.«

Lenka stöhnte. »Komm zur Sache, Kisch.«

»Pass auf, gegen Mitternacht wird es merkwürdig. Haben mir zwei Gäste vom Nebentisch erzählt. Die Frau steht auf. Leidinger steht auf. Sie redet leise und verschwörerisch auf ihn ein, und sein Blick folgt ihrem Finger wie gebannt.«

»Ihrem Finger«, sagte Lenka.

»Na, wegen ihres Rings.«

»Wegen ihres Rings?«

»Sie trug einen auffälligen Smaragd.«

Jetzt war Lenka hellwach. »Wie war sie gekleidet? Haben die Zeugen das erwähnt?«

»Ganz in Schwarz, wie eine Witwe, sogar mit Schleier. Und Leidinger sei wie ein Hund gewesen, haben sie mir erzählt. Plötzlich steckt die Frau Leidinger was zu, verabschiedet sich und verschwindet. Er sinkt zurück auf seinen Platz, dann zahlt er wie benebelt und torkelt zur Tür hinaus.«

»Was hat sie ihm zugesteckt?«, fragte Lenka mit wachsendem Unbehagen.

»Ab Mitternacht verliert sich seine Spur«, sagte Kisch. »Warum geht er nicht nach Hause in dieser kalten Nacht? Weshalb begleitet er diese Dame, die ihn ganz offensichtlich fast bis zur Besinnungslosigkeit bezirzt, nicht noch ein Stück durch die Nacht? Warum setzt er sich bei diesen Temperaturen irgendwann auf die Bank am Franzens-Kai? Was meinst du, Lenka?«

»Vielleicht, damit er sich kein Geschwafel mehr anhören muss«, sagt Lenka.

Kisch schüttelte den Kopf. »Ich sage es dir. Weil er Gift trinkt. Ein tödliches Gift aus einem kleinen Glasfläschchen.«

»Warte«, sagte Lenka, schlang sich die Decke um ihren Körper und ging zum Schreibtischsessel, über den sie ihre Kleider geworfen hatte. Sie wühlte in der Tasche ihres Mantels.

»So ein Fläschchen etwa?«

Kisch nickte irritiert.

»Exakt so eines.«

»Das kann nicht wahr sein«, sagte Lenka. »Was hat sie mit ihm gemacht? Und was macht die Polizei?«

»Das kriegen wir heraus«, sagte Kisch, »jedenfalls haben wir jetzt einen Fall.«

»Warst du schon in der Pathologie?«, fragte sie.

Er schüttelte den Kopf. »Ich wollte gleich dorthin.«

»Warte draußen, ich ziehe mich rasch an«, sagte sie und ging in ihrem Bettdeckengewand zum Kleiderschrank. Was zog sie am besten an, damit sie kühn aussah, aber auch professionell und bestenfalls ein wenig älter, als sie war?

»Du solltest dich lieber noch ein wenig ausruhen, damit du um 2 Uhr nicht mehr aussiehst wie der Tod«, sagte Kisch.

»Danke. Was ist um 2 Uhr?«

Kisch ließ sich rücklings auf Lenkas Bett fallen.

»Erst treffen wir meinen Informanten an der Arbeiter-Unfall-Versicherungsanstalt, danach kannst du in der Redaktion vorsprechen, und wir sehen weiter.«

Lenka baute sich in ihrer ganzen daunenraschelnden Pracht vor Kisch auf und blickte auf ihn hinab. »Bist du eigentlich schon wieder nüchtern?«, fragte sie.

Kisch stutzte. »Nicht zu hundert Prozent«, sagte er fragend.

»Hast du über meine Forderung nachgedacht? Mein Name neben deinem Namen über dem Artikel.«

Er rieb sich über die Stirn. »Lenka, nicht jetzt. Ich bekomme Kopfschmerzen.«

Sie wedelte mit der Hand den Qualm der Zigarette fort, die Kisch sich ohne zu fragen angezündet hatte.

»Ich bin nicht die Assistentin«, sagte sie. »Ich bin deine Partnerin.«

»Erst mal machen wir eine ordentliche BOHEMIA-Angestellte aus dir«, sagte er. »Bis Punkt 2 Uhr in der Poritscher Straße.«

Er tippte mit dem Finger an seinen Hut, erhob sich vom Bett, öffnete die Flügeltüren und stolzierte hindurch. Im Vorbeigehen grüßte er freundlich Jana und Lenkas Mutter, die im Flur standen und starrten. Jana blickte sich hilflos zu Lenka um, die bloß lachend mit den Schultern zuckte, was wiederum auch Jana zum Lachen brachte: »Dann werde ich den Herrn mal nach draußen begleiten.«

Lenkas Mutter wiederum schaute entrückt zu Boden, schon wieder ganz versunken in ihrer eigenen Welt. Sie schlurfte zurück zu ihrer Chaiselongue am Fenster und hatte keinen Blick mehr übrig für ihre Tochter. Lenka brauchte eine Sekunde, um zu begreifen, dass sie all das nicht auch geträumt hatte. Ihr war, als wäre sie gerade Zeugin eines Naturschauspiels geworden.

7

Kisch verließ das Haus der Familie Weißbach in der Herrengasse, wechselte die Straßenseite und blickte hinauf zu Lenkas Balkon, genauer, er blinzelte in die hinter dem Gebäude langsam aufsteigende Wintersonne. Er zündete sich eine Zigarette an, nahm einige tiefe Züge und schloss die Augen gegen das gleißende Licht. Wieder hatte er nicht geschlafen. Und wieder merkte er nichts davon. Die Menschen, die auf dem Weg zur Arbeit an ihm vorbeieilten, hatten keine Ahnung, was sich letzte Nacht am Moldau-Ufer ereignet hatte. In diesem Augenblick gehörte Kisch zu einem knappen Dutzend Eingeweihter, die von Leidingers Tod wussten. Innerhalb der nächsten Stunden würde sich die tragische Nachricht in den Gassen der Stadt verbreiten wie ein Lauffeuer. Die Leute wären erschüttert, entsetzt, verunsichert. Und Kisch? Fühlte sich gut. Ausgerechnet die größten Unglücke beflügelten ihn, weil sie ihn spüren ließen, dass er am Leben war – und wie sehr er daran hing. Und weil sie ihm Gelegenheit boten, anhand des Schicksals einzelner Menschen von der Menschheit an sich zu erzählen, ihren ungeheuerlichsten Seiten wie ihrer ungeheuren Schönheit. Dass die Menschen seine Geschichten lesen wollten, dass sie ihnen Geld wert waren, dass sie ihn bewunderten und bald nicht mehr als bloßen Reporter, sondern als Schriftsteller mit anderen Größen aus Prag in einem Atemzug nennen würden, dagegen sträubte er sich natürlich auch nicht.

Als er den Glockenschlag des nahegelegenen Heinrichsturms hörte, setzte er sich in Bewegung. In zwei Stunden würde er mehr erfahren über die letzten Augenblicke im Leben von Josef Leidinger. Der Gerichtsmediziner würde ihm jedes noch so große Geheimnis anvertrauen, Kisch wusste das. Und er müsste sich beeilen, denn wären die Ergebnisse der Sektion nur spektakulär genug, dann gehörte ihm die Titelseite der BOHEMIA-Abendausgabe.

Bis zu seinem Termin mit dem Toten im rechtsmedizinischen Institut schlug er die Zeit tot. Er verließ die Herrengasse, steckte einem blinden Streichholzverkäufer an der Ecke einige Heller zu und bog in die Hibernergasse ein. Im Lokal Zum Marienbild schlug ihm der Küchendunst ins Gesicht. Der deftige Geruch des Gekochten vermischte sich mit dem herben Aroma von Maschinenöl. Hier kehrten vor allem die Eisenbahner nach Schichtende ein, weil das Restaurant nur wenige Schritte vom Bahnhof entfernt lag. Kisch mochte die Atmosphäre in dem engen stickigen Gastraum. Bis auf die Kellner kannte ihn hier niemand, was eine Seltenheit in Prag geworden war. Die Bahnbediensteten hielten sich übernächtigt und steif an der Tischkante fest, fixierten Suppe und Bier und hoben kaum den Kopf, als Kisch seinen Stammplatz am Fenster fand. Der Kellner trat zu ihm und nickte, Kisch nickte ebenso verbindlich zurück, damit war die Bestellung bereits erledigt. Kurze Zeit später kehrte ein junger Hilfskellner mit einem Teller heißer Suppe und einer Tasse Kaffee mit Schlagsahne zurück, ehe er Kisch einen Schwung Zeitungen auf den Tisch legte: die Blätter aus Wien, Berlin, London und Paris. Hastig trank Kisch seinen Kaffee, schlang die Kuttelsuppe herunter, die hier zum Frühstück serviert wurde, blätterte die Zeitungen durch und merkte sich kaum eine Schlagzeile – in Gedanken stand er schon im sterilen Licht der Rechtsmedizin, er musste sich zügeln, nicht schon vor der verabredeten Zeit dort aufzutauchen und die vermutlich gerade stattfindende Sektion voranzutreiben. Gut, dass Lenka bald für ihn arbeiten würde. Begleitet von einer Medizinerin könnte er sich solche Interventionen schon eher leisten. Kisch hob den Kopf und gab dem Oberkellner stumm ein Zeichen, der kehrte wortlos zum Tisch zurück und schenkte Kisch angesichts des wie üblich großzügig bemessenen Trinkgelds ein Lächeln. Ohne ein einziges Wort gesprochen zu haben, verschwand Kisch aus dem Lokal, dessen dumpfe Hitze ihm nun doch einen Anflug von Müdigkeit bescherte.

Noch hätte er genug Zeit gehabt, sich unbemerkt von seiner Mutter und der Haushälterin in die Wohnung zu schleichen und sich für eine Stunde in seinem Zimmer auszuruhen – aber das war gefährlich, er wollte keinesfalls die innere Spannung verlieren oder Gefahr laufen, seinen Termin zu verschlafen. Nach einem potentiellen Mord ging es ihm wie seinem Freund Graef, dem erfahrensten Inspektor der Prager Kriminalpolizei, der seit kurzem außer Dienst gestellt war. Der hatte immer gesagt: Die Spuren, die man unmittelbar nach der Tat übersieht, sind für immer und ewig verloren, als hätten sie nie existiert.

Anstatt sich auszuruhen, mäanderte Kisch nun also durch die Straßen seiner Stadt. Entdeckte ein neues Lederwarengeschäft auf dem Graben, das seit Jahresbeginn mit den angeblich günstigsten Preisen Prags sein Glück versuchte. Sah sich die Stände auf dem Kohlmarkt an. Beobachtete die alte Dame, die ihr mobiles Restaurant im Handwagen hinter sich her zog und seit dem Morgengrauen zuerst für die Marktfrauen Kaffee gekocht hatte und mittlerweile zur Zubereitung von Nudeln und Kartoffeln mit Gemüse übergegangen war. Kisch hatte eine kindliche Freude daran, der Kundschaft beim Essen zuzusehen: Es gab bei der Alten immer zu wenig Geschirr, also rissen die Wartenden einander die wenigen Teller förmlich aus den Händen. Kisch lachte laut auf, als ihm einfiel, wie er die Szenen später ausstaffieren würde: mit Hungrigen, die ihre Speisen von einer Hand in die andere warfen, bis sie kalt genug zum Verzehr waren.

Schließlich stand er vorm Altstädter Rathaus. Der Wachmann begann ihn nicht sehr unauffällig zu beobachten, sobald er Kisch entdeckt hatte. Wegen unliebsamer Berichterstattung, oder besser: wegen der offen tschechenfeindlichen Haltung der BOHEMIA, die Kisch nicht teilte, hatte ihn ein Abgeordneter vor geraumer Zeit aus den Amtsräumen werfen lassen. Das hatte einen Aufruhr gegeben, denn Kisch hatte sich gegen seine Demission mit Händen und Füßen gewehrt. Der Abgeordnete hatte später erklärt, er habe Kisch aus der Versammlung entfernen lassen, nicht weil er für ein deutsches Medium berichtete, sondern weil er Jude war. Kisch durfte seitdem nicht mehr über die Geschehnisse im Rathaus schreiben. Nun griff er sich freundlich an den Hut, der

Wachmann wiederum tat so, als hätte er den Gruß des Reporters nicht gesehen – und atmete auf, als Kisch sich umdrehte und anstelle des Rathauses die Apotheke Zum Einhorn betrat.

»Welch eine Freude, Sie zu sehen, Herr Redakteur«, rief der Apotheker Max Fanta, der aus den Tiefen seines barock anmutenden Ladens auftauchte und eine Verbeugung andeutete, »wie geht es Ihrer Frau Mutter?«

»Sie findet selten zur Ruhe«, antwortete Kisch wahrheitsgemäß, »aber das liegt wohl in der Familie.«

Fanta lachte. Dann sah er sich verstohlen um und sprach leise, obwohl sie allein im Laden waren: »Haben Sie schon etwas herausgefunden? Hat ihm wirklich eine grüne Hexe das Leben ausgehaucht?«

»Das ist aber arg abergläubisch, wir sollten nicht an Geister glauben am frühen Morgen«, antwortete Kisch. »Ich bin gerade dabei, mich der Angelegenheit zu widmen.«

»Recht so«, sagte der Apotheker und tätschelte Kisch über den Verkaufstresen hinweg die Hand, »so kommt Bewegung in die Sache.«

»Haben Sie die Ration schon beisammen?«, fragte Kisch. Er freute sich über die Schmeichelei des Apothekers, wurde aber langsam ungeduldig.

»Selbstverständlich«, sagte Fanta und schob Kisch ein ordentlich geschnürtes Päckchen zu. »Aber Ihre Frau Mutter möge es mit dem Sirolin nicht übertreiben, es reizt den Verdauungstrakt auf Dauer doch allzu sehr.«

»Keine Sorge, dafür hat sie ja Ihr Magensalz.«

Max Fanta schüttelte schmunzelnd den Kopf. Kisch zahlte und bedankte sich. Als er sich gerade zum Gehen wandte, trat eine junge Frau aus dem hinteren Teil des Ladens. Else Fanta, die Tochter des Apothekers.

»Herr Redakteur, stimmt es, dass Fräulein Weißbach wieder da ist?«

»Du kommst stets zur rechten Zeit«, sagte Max Fanta amüsiert zu seiner Tochter, »gerade wollte der Herr sich verabschieden.«

»Schon gut«, sagte Kisch, »die Frage ist ja goldrichtig. Doch woher wissen Sie schon alles über die Lebenden und die Toten von letzter Nacht?«

Der Apotheker lachte über Kischs Worte wie über einen gelungenen Scherz.

»Die Häuser haben hier Augen, das Pflaster hat Ohren«, sagte Else, und Kisch wusste genau, was sie meinte.

»Sollten Sie jedenfalls Fräulein Weißbach treffen, dann grüßen Sie sie herzlich von mir. Wir haben zusammen das Mädchen-Lyzeum besucht.«

»Ich bin mit Freuden stets zu Diensten«, erwiderte Kisch mit übertriebener Galanterie, was Else mit einem wissenden Lächeln quittierte.

Eine Zigarette später stand Kisch vor seinem Zuhause. Und wie immer, wenn er nach durchwachten Nächten zum ersten Mal zurückkehrte zum Haus Zu den zwei goldenen Bären, wenn er sich an die unschuldige Firmentafel mit der Aufschrift »S. Kisch und Bruder, Tuch-Handlung« vor dem Laden im Erdgeschoss erinnerte, den seine Familie viele Jahre lang betrieben hatte, wenn er an seinen vor neun Jahren verstorbenen Vater und an seine Brüder und an seine Mutter dachte, dann wurde sein Blick ganz weich.

Mittwochs nach Ladenschluss war sein Vater aus der Hintertür getreten und hatte sich einen Cigarillo angesteckt. Immer mittwochs, immer nur einen. Einen hatte er auch immer Methodius geschenkt, der beim Messerschmied Kokoschka aus dem Bärenhaus in die Lehre ging und im Innenhof die Scheren sämtlicher Tuchhändler aus dem Ledergässchen schärfte, während er tschechische Bänkellieder sang. Hatte er aufgeraucht, stieg Kischs Vater in die Wohnung hinauf und aß mit seiner Frau und seinen Söhnen zu Abend. Er erkundigte sich reihum nach ihren Erlebnissen des Tages und hörte ihnen allen mit Interesse zu, egal ob Wolfgang Streitgespräche mit einem Mitschüler Wort für Wort nacherzählte oder Arnold sich in der Beschreibung eines weißen Kiesels verlor, den er auf einem Spaziergang mit dem Kindermädchen in der Perlgasse gefunden hatte und deshalb für eine echte Perle hielt. Kisch erinnerte sich daran, wie sein Vater ihnen vor dem Schlafengehen vorgelesen hatte mit seiner weichen Stimme. Alles an Kischs Vater war weich gewesen. Seine Hände, die den ganzen Tag feine Stoffe befühlten, seine stets glattrasierten Wangen, sein feines Haar, sein Bauch. Seine Augen, wenn er Kisch einen Schlemihl nannte. Vor allem aber sein Herz. Kein Wunder, dass es irgendwann einfach stehengeblieben war.

Das zarte Licht der Melantrichgasse und seine bleischwere Müdigkeit sorgten dafür, dass Kisch die Augen tränten, als er jetzt die mächtige Pforte des Bärenhauses öffnete. Das ist der fehlende Schlaf, beruhigte er sich, gleich bist du wieder der Alte. Er schritt so leise wie möglich durch die Räume ihrer großzügigen Wohnung, seine Mutter war unterwegs, die Haushälterin wirtschaftete in der Küche herum. Kisch wollte niemandem begegnen. In seinem Zimmer öffnete er das Päckchen aus der Apotheke und prüfte die Vollständigkeit seiner am Tag zuvor aufgegebenen Bestellung: Sirolin zum Schutz vor Tuberkulose, das eigentlich nur auf Rezept erhältlich war, aber der alte Fanta wollte nicht auf Kisch und seine Informationen aus erster Hand verzichten, Magensalz, Purjodal zur Blutreinigung, Califig zum gelegentlichen Abführen, Guderin für blutarme und nervöse Zustände, Larix gegen Heiserkeit. Sirolin und Guderin nahm er gleich, das schien ihm zu seiner Stimmung an diesem Morgen zu passen, den Rest verstaute er wieder in der Kiste, die der alte Fanta ihm ausgehändigt hatte, und versteckte sie im Schrank. Seit dem Tod seines Vaters hatte er eine Furcht vor Krankheiten entwickelt, deren wirksamste Gegenmittel er sich in der Apotheke von Max Fanta besorgte. Hierfür musste er nicht lügen, wohl aber die Wahrheit ein wenig strapazieren, wie er es als Reporter gelernt hatte: Da ihm seine eigene Schwäche so unangenehm war, schob er bei den Bestellungen seine Mutter vor. Bei einer älteren Witwe zweifelte angesichts einer übergroßen Zuneigung zu medizinischen Mitteln aller Art niemand an ihrem

Verstand. Außerdem hatte Kisch der Mutter in der Tat schon häufiger ausgeholfen mit Pastillen oder Säften aus seiner Hausapotheke. Er war also kein Lügner, er wusste lediglich die Klaviatur der Wahrheit auch in diesem Fall kunstvoll zu bespielen. Jetzt amüsierte er sich über sich selbst und hatte den kurzen Anflug von Kummer schon wieder vergessen. Vielleicht wirkte das Guderin heute auch nur besonders rasch. Er zog sich um, wählte ein Hemd und eine Krawatte aus und entschied sich für den grauen Wollanzug mit farblich passendem Hut, betrachtete sich zufrieden im Spiegel und verließ das Bärenhaus, ohne von jemandem bemerkt worden zu sein. So wie er die geballte Aufmerksamkeit nach Belieben auf sich ziehen konnte, so konnte er sich auch unsichtbar machen wie ein Geist, wenn es nötig war. Zum Glück war das sehr selten nötig.

8

»Wen dürfen wir melden?«, fragte der blonde Junge durch den Türspalt und starrte Kisch unverwandt an.

»Kisch«, sagte Kisch.

»Was ist Ihr Aufgabengebiet?«

Kisch verdrehte die Augen. »Sie kennen mich doch. Ich bin es, der Herr Redakteur von der BOHEMIA.«

»Ich melde also Kisch, den Herrn Redakteur von der BOHEMIA.«

Mit diesen Worten drückte der junge Mann die Tür zurück ins Schloss, und Kisch verstand nicht, was hier gespielt wurde: Seit Jahren ging er ein und aus im Treitz-Institut, man kannte ihn dort, aber seit Janosch Pledl die Pathologie leitete, hatte sich die Stimmung verändert. Seine unnützen Assistenten waren angehalten, jeden Gast genauestens zu überprüfen, und zwar bei jedem Besuch aufs Neue. Nach etlichen Minuten öffnete sich endlich die Tür der Rechtsmedizin.

»Herr Direktor Pledl erwartet Sie«, sagte der junge Mann in seinem unnatürlich großen weißen Kittel, der mehr an ein

Messgewand erinnerte als an medizinische Kleidung. Er sah Kisch nicht an, doch sobald dieser sich in Bewegung setzte, lief er eng an Kischs Seite und folgte ihm bis in den Sektionssaal.

»Mein lieber Kisch!« Pledl breitete die Arme aus, und seine tiefe Stimme hallte durch den Raum. »Schön, wenigstens Sie heute früh so lebendig zu sehen!«

»Das beruht auf Gegenseitigkeit«, erwiderte Kisch und hob seinen Hut. Rechts von Pledl stand bereits der andere Assistent, ebenfalls lang und blond und auch in viel zu großer weißer Kleidung, und wartete auf neue Anweisungen. Der junge Mann, der Kisch begleitet hatte, stakste festen Schrittes durch den Saal und postierte sich links von Pledl. Sie sahen aus wie Pledls etwas minderbemittelte Wachhunde, wie sie dort so standen und starrten. Wo um alles in der Welt, fragte sich Kisch, hatte er diese Kretins nur aufgesammelt? Kisch reckte den Hals und entdeckte den mit einem Tuch verhüllten Leichnam auf dem Sektionstisch in der Mitte des Saals: Immerhin war er also nicht zu früh. Seine Neugierde blieb nicht unbemerkt, aber so schnell würde Pledl ihn nicht erlösen. Glatzköpfig, schwitzend und schnauzbärtig stand er da, stemmte seine Hände in die Hüften und betrachtete Kisch von Kopf bis Fuß.

»Wie lange ist es schon wieder her?«

»Ein paar Wochen vielleicht.«

Hektisch blickte Pledl sich um. »Nun steht doch nicht bloß dumm da, bringt mir und dem Herrn Redakteur gefälligst eine Tasse Kaffee, aber auf der Stelle!«

Er klatschte in die Hände, und tatsächlich war es so, als erwachten seine Assistenten aus einer Hypnose. Im Stechschritt verließen sie stumm hintereinander den Saal.

»Wie unangenehm, dass Sie diese Taugenichtse erleben müssen. Aber wissen Sie, ich habe sie einst aus der Gosse geholt und zu richtigen Menschen gemacht, ich bringe es einfach nicht übers Herz, sie wieder auf die Straße zu schicken. Für ein Medizinstudium sind sie zu dumm, aber sie sind schlau genug, um mir zu dienen. Außerdem: Können Sie sich vorstellen, wie loyal sie sind? Sie würden sterben für mich, jederzeit. Zückte ich mein Skalpell und schnitte ich einem von beiden die Kehle durch, der andere würde nur wie eine Wachtel den Kopf schräg legen und mir auch seinen Hals darbieten. Und jetzt entschuldigen Sie mich kurz, ich muss mich noch vom Blut dieses Herrn dort befreien, denn Sie glauben nicht, wie schwer es sich auswaschen lässt, wenn es erst eingetrocknet ist.«

Kisch lachte pflichtschuldig und laut, während Pledl bereits den Saal verließ. Der ganze Typ war Kisch ein Rätsel, seitdem er ihn kannte. Ein Mann von etwa vierzig Jahren mit seltsamen Neigungen. Unverheiratet, selbstverständlich. Kisch verstand nicht, warum man ihm die Leitung der Rechtsmedizin überhaupt anvertraut hatte. Fachlich mochte er einer der fortschrittlichsten Pathologen Böhmens sein, menschlich hingegen fand Kisch ihn abstoßend. Und das wollte etwas heißen bei den Gestalten, mit denen er sich täglich umgab. Er ertrug das Schauspiel und das Gerede geduldig, denn nur hier kam er an Informationen, die sonst niemand besaß. Und auf die würde er sich auch in Zukunft verlassen können, dafür hatte er selbst gesorgt.

Nicht weit von der Pathologie hatte es vor geraumer Zeit einen Skandal gegeben. In der Gifthütte, einer bei Prager Medizinstudenten beliebten Kneipe, ging es in den Nächten wild und zügellos zu. Das allein rechtfertigte natürlich nicht, dass die Lokalität von heute auf morgen geschlossen wurde und die Geschehnisse wochenlang ein Thema in der Stadt waren: Alkohol und Substanzen allein hatten den Studenten nicht mehr genügt, sie hatten begonnen, Abend für Abend die Toten wiederauferstehen zu lassen. Wenigstens einige Tänze lang. Wer auch immer damit angefangen hatte: In der Gifthütte wurde mit Leichen getanzt. Mit an Altersschwäche gestorbenen bürgerlichen Damen ebenso wie mit von Holzbalken erschlagenen jungen Arbeitern aus der Vorstadt. Die namentlich bekannt gemachten Studenten hatte man, als die Perversion ans Tageslicht kam, auf der Stelle aus dem Studium verbannt. Und einer hatte geplaudert, als Kisch ihn des Abends in der Kneipe abgefangen und ihm ein Bier nach dem anderen ausgegeben hatte. Glaubhaft hatte er versichert, dass Janosch Pledl persönlich einige Leichen als Tanzpartnerinnen mit in die Gifthütte gebracht hatte. Kisch hatte Pledl, gerade zum angesehenen Direktor des rechtsmedizinischen Instituts berufen, mit den Vorwürfen des Studenten konfrontiert. Er war puterrot angelaufen, hatte geschnaubt und gedonnert: »Schnüffeln Sie von mir aus überall herum, aber lassen Sie mich aus der Gifthütte raus.«

Kisch hatte in seinem Artikel über den Tanz der Leichen genug Details erwähnt, damit seine Geschichte tagelang in aller Munde war. Einzig der Name Pledl kam nicht darin vor. Auf diese Weise hatte Kisch dem Pathologen einen Tauschhandel angeboten, und der war bereitwillig darauf eingegangen: Kischs Schweigen gegen Pledls Auskünfte.

Jetzt wurden die Türen des Saals aufgestoßen, wie die Pferde trabten von der einen Seite die Assistenten heran mit jeweils einem Tablett mit Kaffee und Wecken, während durch die andere Eingangspforte Pledl in den Saal zurückkehrte.

»Nun denn, mein lieber Freund«, eröffnete Pledl den eigentlichen Teil des Gesprächs, »ich nehme an, Sie möchten das Wesentliche hören.«

»Ich wäre Ihnen sehr verbunden, Herr Doktor.«

Pledl wartete, aber seine Assistenten standen wie schockstarr da. Er pfiff laut auf zwei Fingern, woraufhin die blonden Gehilfen die Tabletts auf dem großen Tisch am Rande des Saals abstellten und davoneilten, die Flügeltüren hinter sich verschließend.

»Nun haben wir endlich Ruhe«, sagte Pledl, »wie der feine Herr dort unter dem Tuch. Der Abend lag ihm schwer im Magen. Schweinebraten, Knödel, Rotkraut. Er war noch ganz und gar damit beschäftigt, seine Erlebnisse zu verdauen.«

Pledl lachte.

»Außerdem?«, fragte Kisch.

»Außerdem? Das ist leider banal. Es löst sich gut in Wasser, aber nur schlecht in Alkohol. Es muss fürchterlich geschmeckt haben.«

»Bittermandel?«

»Nicht schlecht, Herr Redakteur, irgendwann brauchen Sie mich gar nicht mehr.« Janosch Pledl trat an den Tisch, nahm einen kräftigen Schluck Kaffee und setzte fort: »Ich fürchte, es wird dennoch keine große Schlagzeile für Sie dabei rausspringen.«

»Ich glaube schon. Eine Dame war bei ihm und hat ihm das Fläschchen ausgehändigt. Sie hat ihn mittels Hypnose dazu gebracht, daraus zu trinken. Im Platteis ist alles beobachtet worden.«

»Mag ja sein«, erwiderte der Gerichtsmediziner, »aber getötet hat er sich aus freien Stücken, man könnte sogar sagen: nach Plan.«

Seine festen Schritte hallten durch den Sektionssaal, er griff nach einem papiernen Beutel und drückte ihn Kisch in die Hand. Kisch öffnete den Beutel. Ein offizielles Dokument, der schnauzbärtige Mann auf der Fotografie hielt seinen eleganten Hut neben sich und lächelte verlegen.

»Leidinger.«

»Ach, Sie kannten einander?«

»Flüchtig«, sagte Kisch.

»Er war einer von Ihnen, wussten Sie das?«

Kisch nickte vorsichtig, ratlos angesichts der seltsamen Bemerkung des Gerichtsmediziners.

»Neben seiner Karte für die Elektrische steckte noch etwas in seiner Manteltasche. Das Bekenntnis eines verpfuschten Lebens.«

»Sie sprechen von einem Abschiedsbrief?«

»So ist es. Leidinger hatte panische Angst vor dem Kometen. Aber noch mehr vor dem giftigen Schweif seiner eigenen Verfehlungen.«

»Moment«, unterbrach Kisch den Gerichtsmediziner, bevor dieser sich wieder in einem Redeschwall verlor, »sollte ich ihn nicht lieber selbst lesen? Zeigen Sie mir den Brief.«

»Das ist leider unmöglich. Er ist nicht mehr hier. Längst haben meine fleißigen Helfer ihn zum zuständigen Ermittler in die Bartholomäusgasse getragen. Inspektor von Hofmeister erbittet übrigens äußerste Diskretion in dieser Angelegenheit. Ich weiß, das alles ist sehr enttäuschend, lieber Freund, aber ich möchte Ihnen keinen Sand in die Augen streuen.«

»Was meinen Sie mit seinen eigenen Verfehlungen?«, fragte Kisch.

»Das müssen Sie vertraulich behandeln, schwören Sie mir das?«

»Selbstverständlich«, sagte Kisch.

»Also: Herr Leidinger hatte ein Hausmädchen. Eine korrekte Deutsche, ein wirklich hübsches Mädchen aus Leipzig, ich weiß in diesem Fall, wovon ich spreche, aber darauf kommen wir noch. Leidinger räumt in seinem Brief jedenfalls freimütig ein, ihr mitunter nachgestellt zu haben. Erfolglos. Aus Frustration über sein zweckloses Werben hat er sie schließlich mit immer größerer Härte behandelt. Ihr Angst gemacht. Kurzum, seine Stellung aufs unanständigste ausgenutzt. Und jetzt stellen Sie sich vor, mein lieber Kisch, vor zwei Wochen hatte ich dieses Mädel hier auf dem Tisch. Riss der Hauptschlagader als Folge eines Fenstersturzes aus der Wohnung Leidinger. Sie hatte während Leidingers Abwesenheit einen Wasserhahn abgebrochen und war so untröstlich, dass sie lieber aus dem Fenster gesprungen ist, anstatt sich dem cholerischen Zorn ihres Herrn auszusetzen. Leidinger hat mit dieser Schuld nicht leben wollen. Dazu seine irrationale Panik vor dem Kometen, den er schon als himmlische Strafe empfand. Er verabredete sich also mit jener Dame aus Berlin im Platteis und kaufte ihr verabredungsgemäß das tödliche Gift ab. Das war es.«

»Das soll alles sein? Wozu dieser Aufwand? Weshalb ist er nicht einfach ins Wasser gegangen? Oder auch aus dem Fenster gesprungen?«

»Geschätzter Herr Redakteur«, sagte Pledl mit einem Lachen, »das müssen Sie den Herrn selbst fragen, noch steht er Ihnen Rede und Antwort, sofern Sie mit den Toten kommunizieren können.

Und jetzt nehmen Sie gefälligst einen Schluck vom Kaffee, er ist ausgezeichnet.«

Kisch hatte genug gehört und wollte weiter, er glaubte kein Wort dieser ganzen Geschichte, die abenteuerlicher klang als seine eigenen Erlebnisse, über die er für gewöhnlich mit viel Übertreibungskunst schrieb. Aber Pledl dachte nicht daran, ihn auf der Stelle gehen zu lassen.

»Wenn Sie wirklich etwas schreiben wollen«, hob er an, »dann sehen Sie sich das hier mal an.«

Pledl holte ein dickes großformatiges Kuvert aus seiner am Rand stehenden Instrumentenkommode hervor und breitete eine ganze Reihe von Bildern auf dem Tisch aus. »Schauen Sie nur hin. Was für ein armes Kind.«

Kisch betrachtete die Photographien der Sektion, die Pledl neben seine Kaffeetasse schob, bloß oberflächlich.

»Milada. Ein sechs Jahre altes Mädchen aus Žižkow. Lauter frische und verheilte Knochenbrüche. Schlimm genug, aber die Wahrheit ist noch viel grausamer. Sie ist am Hunger gestorben. Ihre Eltern haben sie nur dünnen Kaffee trinken lassen, keine feste Nahrung, über Wochen nicht, wenn nicht sogar über Monate.«

»Eine schreckliche Geschichte«, sagte Kisch, »die Armut grassiert immer noch unter den tschechischen Arbeitern.«

Pledl schüttelte energisch den Kopf. »Ich hätte mehr von Ihnen erwartet, Herr Redakteur. Das ist doch keine Frage der Armut! Das ist eine Frage des Anstands und der Haltung.« Er bekam einen hochroten Kopf und zerdrückte mit zittriger Hand eines der Photos in seiner Faust. »Das sind keine Menschen, Kisch, das sind Viecher.«

»Leider erwartet man mich in der Redaktion«, sagte Kisch kühl, »ich danke Ihnen für Ihre Unterstützung.«

»Verzeihen Sie«, Pledl hatte sich wieder gefangen, »Sie können ja nichts für dieses Unrecht.«

Kisch bestand darauf, den Weg nach draußen allein zu finden. Auf dem Rückweg über den Karlsplatz atmete er tief durch:

Etwas stimmte hier nicht. Und dieses Gefühl hatte weniger mit dem toten Leidinger zu tun als mit dem ganz und gar lebendigen Leiter des gerichtsmedizinischen Instituts, der die Leichen mehr liebte als die Lebenden.

9

Lenka stand an der gleichen Stelle wie Kisch einige Stunden zuvor. Mit dem Unterschied, dass sie in der Herrengasse nicht zu ihrem eigenen Balkon hinaufschaute, sondern das Kommen und Gehen auf dem Bürgersteig einige Häuser weiter beobachtete. Dort befanden sich die Redaktion und die Druckerei des Prager Tagblatts. Sie sah die Dienstboten über die Straße eilen, die sich ihrer Wichtigkeit bewussten Redakteure rauchend ins Kaffeehaus schreiten, auch die Drucker machten sich schon auf den Weg, um die Maschinen für die Abendausgabe vorzubereiten. Als Heranwachsende war Lenka fasziniert gewesen vom Zeitungsalltag direkt vor ihrer Haustür. Und, das hatte sie ihm nie verraten, schon damals hatte sie Kisch im Blick gehabt. Der hatte seine Karriere als Reporter hier begonnen, beim Prager Tagblatt in der Herrengasse. Und schon damals war er oft genug das Zentrum gewesen, umschwärmt von Assistenten und Neugierigen und Informanten, die ihm mitunter vorm Zeitungsgebäude aufzulauern schienen, was Kisch, dachte Lenka heute, als jungem Redakteur für den Prager Lokalteil furchtbar gefallen haben musste. Das Prager Tagblatt hatte sie stets für die bessere Wahl gehalten, die Zeitung war liberaler, freier als die konservative BOHEMIA – aber Kisch hatte das Angebot der BOHEMIA als Chefreporter für Kriminalfälle nicht ausschlagen können, auch wenn er deren politischer Richtung nichts abgewinnen konnte. Lenka verstand ihn. Sie würde sich jetzt ja sogar als Schreibkraft verdingen, um der Antwort auf die eine Frage näherzukommen, die sie wirklich interessierte: Was unterschied Verbrecher vom Rest der Gesellschaft? Sie war sicher, dass jeder Mensch einen Abgrund in sich barg, unter einer dünnen Schicht der Zivilität versteckt. Was musste geschehen, damit sich diese Schicht auflöste und der Abgrund die Oberhand gewann? Kisch behauptete, Voraussetzung der meisten Delikte sei gesellschaftliche Benachteiligung, begünstigt durch eine Verkettung mehrerer Zufälle sowie fehlende Willenskraft.

»Um es zusammenzufassen: Armut, Pech und persönliche Schwäche«, hatte er gesagt.

»Aber was macht die eine Person schwach und die andere in vergleichbaren Lebensumständen nicht?«, hatte Lenka ihn gefragt. »Was prädisponiert den einen für kriminelles Verhalten und schützt den anderen davor?«

Nach Nächten wie dieser spürte sie den Abgrund auch überdeutlich in sich selbst. *Die alte Dame da vorne an der Haltestelle – wie wäre es, wenn du sie einfach vor die einfahrende Straßenbahn stießest?* Diese Gedanken waren wie Steine, die sie in die Schwärze in ihrem Innern fallen ließ. Das wiederholte sie so lange, bis sie nicht mehr erschrak.

Sie fühlte sich zittrig vor Müdigkeit. Vielleicht hätte sie auch nicht so viel Kaffee trinken sollen, er half ja doch nicht, wenn einem der Schlaf mehrerer Nächte fehlte. Wieder tränten ihr die Augen, der strahlend blaue Himmel über Prag tröstete sie nicht, sondern wirkte auf sie wie eine blanke Emaille-Schüssel, die man über die Stadt gestülpt hatte. Den Vormittag hatte sie mit ihrer Mutter und Jana verbracht. Jede Kleinigkeit hatte ihre Mutter über Berlin wissen wollen und sich nicht zufriedengegeben, wenn Lenka einsilbig antwortete. Nach einer Weile hatten sich ihre Fragen wiederholt, was Lenka einen Stich versetzt hatte: Ihr Zustand war noch schlechter als erwartet. Vor lauter Verzweiflung hatte sie ihre Mutter im Herbst in die Kur geschickt, im Waldsanatorium des Nervenarztes Doktor Woltär bei Aussig sollte sie zur Ruhe kommen, stattdessen traktierte man sie tagelang mit Strombehandlungen und Radonbädern. In Berlin hatten ihre Freundinnen den Kopf geschüttelt, wenn sie davon erzählt hatte, zu

Recht. Als ihre Mutter sie nach den Plänen für die kommenden Tage fragte und Lenka erklärte, dass sie ihren Professoren Rechenschaft über ihre Erfahrungen in Berlin ablegen und im folgenden Semester ihr Wissen zu Psychologie und Anatomie vertiefen würde, glaubte sie es für einen Moment sogar selbst.

Sie war froh über die Möglichkeit, in der BOHEMIA zu arbeiten. So hatte sie einen Grund, jeden Tag die Wohnung zu verlassen, und müsste nicht stundenlang im Park spazieren gehen. Außerdem schrieb sie für ihr Leben gern auf der Schreibmaschine. Tätigkeiten, die ablenkten und zugleich nicht allzu sehr forderten, waren eine eigene Kategorie von Glück.

Lenka machte sich auf den Weg und stand ein paar Minuten zu früh vor der Arbeiter-Unfall-Versicherungsanstalt, zählte die vorbeifahrenden Pferdedroschken und kam bis zehn. Automobile hingegen sah sie kaum. Die geschäftig vorbeiflanierenden Damen und Herren kamen ihr vor wie auf einem Kostümball. Konnte es sein, dass die Zeit hier schon vor Jahren einfach stehengeblieben war? Sei nicht so hochnäsig, rief sie sich zur Ordnung, denk dran, wie Papa es hier geliebt hat. Inmitten der Passanten entdeckte sie Kisch, auf die Minute pünktlich und wüst winkend. Sie lächelte. Ein Lichtblick, überraschenderweise.

»Hast du endlich ausgeschlafen, Frau Doktor?«

»Wir Damen waren schon längst zu Tisch, wie es sich für einen ordentlichen Haushalt gehört«, antwortete Lenka und hätte Kisch am liebsten geknufft.

»Und was gab es? Eine Karaffe Spinatsaft?«, fragte er. Sie hätte ihm nicht erzählen sollen, dass sie sich seit einer Weile fleischlos ernährte.

»Unsere Haushälterin hat zur Feier des Tages einen Guglhupf gebacken«, sagte sie. »Dazu wurde Himbeersaft gereicht.«

In diesem Moment öffnete sich die Tür des Versicherungsgebäudes, und die Angestellten strömten heraus. Einer von ihnen blieb vor ihnen stehen, hager, mit großen, abstehenden Ohren und so braun gebrannt, als käme er gerade aus den Winterferien. Als Kisch einen Schritt auf ihn zutrat, legte der Mann den Kopf neckisch zur Seite und sagte: »Herr Redakteur, ich bin hocherfreut, Sie so munter anzutreffen.«

»Der Feierabend ist der beste Freund des Angestellten, erst recht, wenn er täglich so früh eintrifft«, erwiderte Kisch, und die beiden Männer lachten und rempelten einander leicht mit den Schultern an wie zu groß geratene Schulbuben.

»Wie kann es sein,« dachte Lenka, »dass sie sich diese Ausgelassenheit ihr ganzes Leben bewahren können, während Frauen …«

Kisch unterbrach diese Gedanken.

»Lenka, darf ich dir meinen Freund Franz vorstellen«, sagte er.

»Lenka Weißbach, sehr angenehm.«

»Kafka, das Vergnügen ist ganz meinerseits.«

Sie reichten einander kurz die Hände, und Lenka entdeckte in Kafkas dunklen Augen Wärme und Spott zu gleichen Teilen. Es freute sie.

»Lasst uns ein paar Schritte gehen«, sagte Kafka, »dann können wir uns in Ruhe unterhalten.«

Nach einigen Metern blieben sie vor einem Erfrischungskiosk stehen.

»Ich gebe eine Runde Limonade aus«, sagte Kisch. Kafka schüttelte vehement den Kopf. Als Kisch zurückkehrte und sorgfältig den Rand der Gläser mit einem Tuch abwischte, verzog Kafka den Mund: »Das hilft nicht im Geringsten.«

»Lenka kennt sich mit Bakterien aus«, sagte Kisch.

»Keine Gefahr«, sagte Lenka, aber Kafka winkte ab.

»Was sagst du zu Leidinger?«, fragte Kisch unvermittelt.

»Eine Tragödie«, antwortete Kafka. Er senkte die Stimme. »Wenn du mich fragst, hat er sich nicht selbst das Leben genommen.«

»Es gibt einen Abschiedsbrief«, sagte Kisch. »Die Zeugenaussagen stützen alle das offizielle Untersuchungsergebnis. Die einsame Tat eines einsamen Manns. Die polizeilichen Ermittlungen sind schon abgeschlossen.«

Kafka runzelte die Stirn.

»Weshalb sollte er das getan haben? Gestern habe ich noch gesehen, wie er scherzend über den Flur lief. Ich halte das für ganz und gar unmöglich.«

»Man sieht Menschen ihre Verzweiflung nicht immer an«, sagte Lenka. Kafka nickte mit abwesendem Blick.

»Hatte er denn Feinde?«, fragte Kisch.

»Leidinger? Kaum.«

»Leute, denen er zu nahe getreten ist?«

»Mir fiele niemand ein. Er war überall beliebt und überkorrekt, aber«, sagte Kafka und zögerte, »das wird von uns ja auch erwartet.«

Kisch nickte. »Neben Leidinger und Franz gibt es derzeit nur einen einzigen anderen Angestellten mosaischen Glaubens in der gesamten Arbeiter-Unfall-Versicherungsanstalt«, sagte er zu Lenka. »Und das bei mehreren Hundert Mitarbeitern.«

»Wenn ich jemanden umbringen will«, sagte sie, »dann bringe ich ihn doch einfach um. Mit einem Messer, mit einer Pistole, von mir aus auch mit einer Eisenstange. Wozu dieser ganze Aufwand?«

Kafka lachte. Kisch zuckte mit den Schultern. »Mein Gefühl sagt mir, dass irgendwer genau diesen Aufwand wollte. Und das war nicht Leidinger.«

»Menschen beschließen aus heiterem Himmel, dass ihr Leben nicht mehr lebenswert ist«, sagte Lenka. »Nur weil dir ein Selbstmord nicht spannend genug ist, musst du nicht gleich ein Komplott daraus machen.«

»Zwar wittert unser Freund mitunter Verschwörungen, wo es nur ein paar unheilvolle Zufälle gibt«, sagte Kafka. »Aber in diesem Fall bin ich seiner Meinung.«

»Kannst du dich ein bisschen umhören, Franz? Vielleicht gab es ja doch etwas, Rivalität, Eifersucht, unsaubere Abrechnungen. Ich will es ja nur verstehen.«

»Ich werde es versuchen. Versprochen.«

Kisch brachte die beiden Limonadegläser zurück und klatschte in die Hände wie ein Turnlehrer. »Wir werden in der Redaktion erwartet. Lenka tritt jetzt nämlich auch in den Dienst der BOHEMIA.«

»Hoffentlich nicht mit ihm als Chef, das wäre Ihnen nicht zu wünschen«, sagte Kafka zu Lenka, und Kisch drehte sich zu ihm und blies ihm den Rauch seiner Zigarette ins Gesicht, woraufhin Kafka hustete und fluchte.

»Kommst du heute Abend mit? Wir fangen im Café Central an, und dann sehen wir weiter.«

»Heute muss ich passen«, sagte Kafka, »mir ist schon jetzt ein wenig flau im Magen.«

»Wie bedauerlich«, sagte Lenka.

»Sie wissen doch, Fräulein Weißbach, Prag ist klein genug, um sich nie mehr als ein paar Tage aus dem Weg gehen zu können.«

Sie trennten sich am Josefsplatz voneinander. Während Kafka den Heimweg in die Pariser Straße antrat, gingen Kisch und Lenka über die Zeltnergasse und den Altstädter Ring zum Annenhof.

»Aus Franz hätte ein gescheiter Reporter werden können«, meinte Kisch, »ich glaube, er kann wirklich schreiben.«

»Was schreibt er denn so?«, fragte Lenka.

»Geschichten. Gute Geschichten. Vor einem Jahr hat er auch etwas für die BOHEMIA gemacht, über eine Flugschau in Italien, die er besucht hat, eine kleine Sensation. Sie haben ihm dafür sogar die Titelseite gegeben. Die Aeroplanen sind zwar etwas zu kurz gekommen, aber dafür waren die Einsamkeit der Piloten am Firmament und die Toilette der Damen im Publikum mit Händen zu greifen. Die meiste Zeit schreibt er allerdings über Unfallverhütungsmaßnahmen bei Holzhobelmaschinen und dergleichen.« Kisch lächelte ironisch. »Ich glaube, er verschwendet sein Talent.«

Die Sonne stand hoch am Himmel über Prag. Der scharfe Wind hatte sich gelegt, als Lenka und Kisch den Annenplatz erreichten. Lenka versuchte, ihr Haar halbwegs in Ordnung zu bringen, so weit das ohne Kamm und Spiegel möglich war. Sie war unruhig, aber nicht mehr vor Müdigkeit, sondern vor Aufregung. Zuletzt hatte sie sich nach ihrer Ankunft in Berlin so gefühlt. Wie hilfreich es war, ein fest umrissenes Ziel zu haben, und wenn es nur klein war wie eine Schreibmaschine auf einem Schreibtisch in der Redaktion einer Zeitung, die Lenka bisher freiwillig nicht gelesen hatte. Aber all das sagte sie Kisch nicht, sondern lief stumm neben ihm her, während er sich eine Zigarette an der anderen ansteckte.

»Eine Sache noch«, sagte sie, bevor sie das aufgelassene Kloster erreichten, das mittlerweile die Redaktionsräume der BOHEMIA beherbergte, »ab jetzt sind wir keine Freunde mehr.«

Kisch blieb stehen. »Und wie soll ich das verstehen, Frau Doktor?«

»Jedenfalls nicht in der Redaktion. Ich will nicht, dass alle meinen, ich wäre bloß …«

Er unterbrach sie mit einer gebieterischen Geste. Lenka klopfte sich Zigarettenasche von ihrem Ärmel.

»Du sollst doch für mich schnüffeln«, sagte er.

»Wie ich dir gestern Abend schon erklärt habe«, sagte Lenka, »werde ich das nicht tun.«

Kisch fuhr unbeirrt fort. »Da wäre es sowieso von Nachteil, wenn bekannt würde, dass jedes Wort, das du aufschnappst, unverzüglich bei mir landet. Es kommt mir also entgegen, wenn wir in der BOHEMIA nur Kollegen sind.«

»Danke vielmals, Herr Redakteur«, sagte Lenka und machte einen Knicks. Sie ließ ihn mit seiner Zigarette und seinem zufriedenen Lächeln vor dem Redaktionsgebäude stehen und ging allein hinein.

10

Stundenlang hatte Karel Novák auf seiner Pritsche gelegen, aber nicht in den Schlaf gefunden. Die Kälte kroch durch jeden Fensterspalt in sein düsteres, feuchtes Hinterhofzimmer, das er seit dem Tod seiner Frau bewohnte. Er hatte keine Notwendigkeit gesehen, in ihrer ehemals gemeinsamen Wohnung zu bleiben. Jedes der wenigen

Möbelstücke hätte ihn bloß Tag für Tag an seine Frau erinnert, die nicht mehr da war. Ich werde, dachte er sich, jeden Monat eine schöne Summe an Kronen sparen, und Gesellschaft hat noch niemandem geschadet. So war er also in diese für Žižkower Verhältnisse übliche Bleibe gezogen. Im ganzen Haus lebten einfache tschechische Männer, manche in einem einzigen Zimmer mit Frau und Kindern, Ruhe gab es praktisch nie. Seine Nachbarn arbeiteten wie er in der Nacht, draußen in den Ringhoffer-Werken in Smichow, wo nicht nur Lokomotiven und Straßenbahnen, sondern auch Maschinen für Zuckerfabriken oder Kühlhallen gebaut wurden, als Nachtwächter, Straßenkehrer oder Kutscher. Wortkarge Böhmen vom Land, deren Namen er oftmals noch nicht einmal kannte. Nach Feierabend soffen sie in den letzten noch geöffneten Löchern Schnaps und Bier und kamen torkelnd und lärmend nach Hause zurück. Das stundenlange rhythmische Schnarchen, das Novák durch die dünnen Wände seines Zimmers hörte, beruhigte ihn oft und half ihm selbst einzuschlafen. Aber nicht heute. Er tat kein Auge zu. Natürlich war Leidinger nicht der erste Tote gewesen, den Novák in seinem Leben gesehen hatte. Aufgedunsene Wasserleichen von Selbstmördern, die am Ufer der Moldau angeschwemmt worden waren, entdeckte er mehrmals pro Jahr. Aber von Leidinger, den er noch dazu gekannt hatte, der vielleicht kein Freund, aber doch ein Bekannter der Nacht geworden war, war eine Unruhe ausgegangen, die für Karel Novák zum Beginn dieses unheilvollen Jahres passte. Wäre er nicht so erschöpft gewesen, er hätte zur Beruhigung stundenlang weiter an seinem Erdloch im Keller gegraben. Er fühlte sich so elend, am liebsten hätte er sich krank gemeldet, aber das war kein einziges Mal in seiner Zeit als Zöllner vorgekommen. Selbst mit seiner Rippenfellentzündung, die sich wenigstens nicht als Tuberkulose erwiesen hatte, schleppte er sich im letzten Winter auf die Brücke, obwohl ihm jedes Husten höllische Schmerzen bereitete. Er stand nun auf, holte eiskaltes Wasser, wusch sich an der Schüssel Gesicht und Oberkörper, aß ein paar Bissen von dem trockenen Brotkanten, den er unter seiner Liege deponiert hatte, zog sich seine Uniform an und fühlte sich langsam wieder bei Kräften. Eigentlich hatte er allen Grund zur Freude: Vor der Schicht würde er seinen besten Freund besuchen. Novák verließ seine Behausung und staunte über das warme, helle Nachmittagslicht, dem auch der beißende gelbe Qualm der Žižkower Kaminöfen nichts anhaben konnte. Er wartete auf die Elektrische und fuhr in die Stadt. Sein Freund Josef Brousek wohnte auf der Kampa-Insel. Mit seiner Frau und seinen Kindern lebte er in einem einzigen Zimmer im berühmten Haus mit dem Bild der Jungfrau Maria. Der Legende nach war bei einer verheerenden Flut im 18. Jahrhundert jenes Marienbild fortgespült worden, doch der damalige Hausbesitzer habe sich in die Moldau gestürzt und das Gemälde vor dem Verschwinden bewahrt. Ein Held, den man bis heute verehrte. Ein wenig wie Josef Brousek. Er saß auf seiner Bank vor dem Haus, von der aus er den Fluss überblicken konnte. Er winkte überschwänglich, als er Novák entdeckte. Die beiden Männer umarmten einander zur Begrüßung wie Brüder. Und das waren sie im Grunde auch: Beide stammten aus Althütten, einem böhmischen Dorf nicht weit von Prag entfernt. Sie waren zusammen aufgewachsen und hatten fast zeitgleich beschlossen, in die große Stadt zu gehen. Brousek hatte irgendwann eine Arbeit als Hausmeister in jenem wunderschönen Haus auf der Kampa-Insel gefunden, außerdem erlaubte man ihm, nebenher seinen Bootsverleih zu betreiben. Novák hatte sich in den ersten Jahren seiner Prager Zeit als Floßknecht verdingt und durch seine Zuverlässigkeit und Freundlichkeit schließlich die Stelle als Zöllner gefunden. Novák bewunderte seinen Jugendfreund, denn er war erwiesenermaßen ein Draufgänger. Wenn er nicht im Haus beschäftigt war, dann saß er auf der Bank und beobachtete genau das Geschehen auf der Moldau, allein schon, um die von ihm verliehenen Boote im Blick zu behalten. Im Laufe der Jahre hatte es immer wieder Unglücke gegeben – und Brousek war in den mitunter reißenden Fluss gesprungen und hatte sie alle gerettet: Handwerker, die vom Gerüst an der Karlsbrücke in den Fluss gestürzt waren, Schuljungen, die ihrem Leben ein Ende setzen wollten und dann doch angesichts des eiskalten Wassers um Rettung flehten, ein

Kind, das beim Spielen einen falschen Schritt in die Moldau gemacht hatte. Novák zählte nicht mehr mit. Brouseks Wagemut imponierte ihm. Vielleicht erhoffte er sich insgeheim, dass jener Mut auf ihn abfärben würde, gerade an einem Tag wie heute, wo er sich vor der Nacht fürchtete. Ein Bier lehnte Novák ab, er trank schon lange keinen Alkohol mehr, und dann saßen die Männer nebeneinander auf der Bank und starrten auf den Fluss. Novák fragte nach Frau und Kindern, Brousek erkundigte sich nach seiner auskurierten Erkrankung, sie brauchten nicht viele Worte für eine angenehme Gesellschaft. Sie blickten auf die Moldau und waren zufrieden. So hatten sie hier auch im noch tiefen Winter vor einigen Wochen gesessen, als der Fluss zugefroren war und die Flößer das Eis brachen, um es in Pferdekutschen in die Kneipen und Restaurants zu liefern, wo es dringend benötigt wurde. Es waren jene zauberhaften Tage, da ganz Prag an den Wochenenden auf dem Fluss unterwegs war und flanierte. Diese kurze Zeit des Jahres, in der es nicht zwangsläufig eine Brücke brauchte, um von der einen Seite der Stadt auf die andere zu gelangen. »Mám strach«, sagte Novák irgendwann, um das Schweigen zwischen ihnen zu brechen, das ihm mit Brousek niemals unangenehm war. »Ale proč?«, fragte Brousek zurück und sah Novák in die Augen. »Ich habe Angst.« »Aber wovor?« Auf Tschechisch fiel es Novák leicht, seinem ältesten Freund das Herz auszuschütten. Es sprudelte nur so aus ihm heraus. Er erzählte vom Kometen und vom Erdloch, das er seit Wochen grub. Von den bösen Vorzeichen, die er auf der Karlsbrücke neulich entdeckt hatte und die ihn entweder am Zustand der Welt oder, das wollte er nicht ausschließen, an seinem Verstand zweifeln ließen. Und dann kam er auf Leidinger zu sprechen. Dass er eine Falle gefürchtet hatte, als er ihn da sitzen sah. Dass das, was er vorfand, aber noch schlimmer gewesen sei, als ausgeraubt zu werden. »Du bist etwas dünnhäutig«, sagte Brousek, »der Winter tut dir nicht gut. Schau doch mal, der Fluss fließt schon wieder dahin, und in ein paar Wochen werden sie auf meinen Booten wieder kreuz und quer über die Moldau fahren. Der Frühling kommt ganz sicher, Karel. Und Menschen sterben nun mal.«

»Und wenn es unser letzter Frühling ist?«

Brousek gab Novák einen sanften Schlag in den Nacken. »Red keinen Unsinn. Der Herrgott wird uns schon nicht verrecken lassen.«

Novák musste lachen. Wie albern sein Freund seine Ängste finden musste. Wie ernst er sie trotzdem nahm. Brousek selbst wäre im letzten Jahr fast gestorben: Bei einem seiner Rettungsmanöver hatte er sich Typhus im Fluss geholt und war wochenlang mehr tot als lebendig gewesen. Auch das hatte er überstanden und ging weiterhin ohne zu zögern in die Moldau, wenn die Not es gebot. Als hätte er Nováks Gedanken erraten, sagte er zu ihm: »Wenn die Schatten heute Nacht kommen, dann springst du in den Fluss und rufst nach mir, und ich hole dich raus.«

Das war eine derart absurde Vorstellung, dass Novák den Kopf schüttelte, ganz und gar überzeugt davon, wieder genug Kraft zu haben für die kommenden Nächte. Es stimmte ja, was Brousek sagte. Bald schon würden die Tage spürbar länger werden, und selbst die nächtlichen Vögel über dem Nationaltheater kämen ihm nicht mehr bedrohlich vor, sondern wie die übermütige Vorhut eines erblühenden Jahres.

»Komm«, sagte Brousek jetzt, »du kannst mir helfen, noch ein paar Boote zu flicken.«

»Ist gut«, sagte Novák, und so machten sich die beiden Männer schweigend an die Arbeit, während die mittlerweile tief stehende Sonne die Moldau in ein goldenes Licht tauchte. Bald schon würde es in ein Orange übergehen und der Fluss für ein paar Minuten so aussehen, als stünde er in Flammen.

11

»Was soll das bedeuten?«, Kisch war sichtlich aufgebracht und stand vor Grubers Schreibtisch, der überlegen auf seinem Stuhl saß und sich gar nicht erst die Mühe machte aufzustehen.

»Es war Eile geboten, und ich denke, wir müssen die Sensation nicht größer machen, als sie ist.«

»Ich bin ganz und gar nicht einverstanden mit Ihrer Entscheidung«, sagte Kisch.

»Damit werde ich wohl leben müssen. Und nun machen Sie sich an die Arbeit, Sie werden nicht fürs Herumstehen bezahlt.«

Kisch biss sich vor Zorn auf die Lippen, aber den Triumph, dass er die Beherrschung verlor, wollte er Gruber nicht auch noch überlassen, also nickte er kurz und entschieden und drehte sich um.

Gruber hatte ihn gleich zu sich gerufen, nachdem er die Redaktion betreten hatte. Lenka stand bei Wenzel, beide nickten ihm kurz zu, bevor Gruber Kisch gebeten hatte, die Tür zum Bureau zu schließen. Seit wann hatte Gruber überhaupt ein eigenes Bureau, hatte Kisch sich gefragt, aber dann begann Gruber schon mit seinem Vernichtungsmonolog. Zuerst eröffnete er Kisch, dass er ab sofort die neu geschaffene Position des Revisors einnähme. Da grinste Kisch noch und dachte bei sich, dass der verwöhnte und versoffene Junge offenbar weggelobt werden sollte, bevor er überhaupt richtig angekommen war in der BOHEMIA. Aber dann erzählte Gruber von den ihm ab sofort verliehenen Befugnissen, dass er etwa vorübergehend die redaktionelle Hoheit über die Vergabe von Themen habe und dieses Privileg auch nutzen werde, allerdings immer nur dann, wenn er es für nötig halte.

»Die BOHEMIA«, sagte er Kisch unverfroren ins Gesicht, »muss wieder ein Ort der Wahrheit und des freien Denkens werden, nur so holen wir uns die Leser zurück. Sie wissen ja um die schlechten Zahlen der letzten zwei Monate.«

Zu diesem Zeitpunkt ahnte Kisch noch nicht, dass das hohle Gerede lediglich die Ouvertüre darstellte zu einem Drama, von dem er sich zumindest heute nicht mehr erholen würde. Musste er sich gerade allen Ernstes von diesem Jüngling, den er tags zuvor voll wie eine Haubitze und in einem läppischen Potentatenkostüm beim Maskenkränzchen belächelt hatte, auf despektierliche Art und Weise über das Zeitungswesen belehren lassen?

»Ich würde jetzt gern an die Arbeit gehen«, sagte Kisch, »und Ihnen wünsche ich natürlich ein glückliches Händchen bei Ihren Revisionen.«

Gruber setzte ein theatralisches Leidensgesicht auf. »Leider musste ich meine Befugnisse bereits heute nutzen, und die Angelegenheit betrifft Sie, Herr Redakteur.«

Kisch erwiderte Grubers Blick argwöhnisch.

»Ich habe den Artikel über den Suizid von Leidinger für die Abendausgabe selbst geschrieben.«

Kisch wusste nicht, was er sagen sollte, also steckte er die Hände in die Hosentaschen und ballte sie zu Fäusten.

»Wissen Sie, Kisch, alle Mutmaßungen und Phantasien verbieten sich in so einer sensiblen Angelegenheit. Ich hätte das gern früher mit Ihnen besprochen, aber Sie waren vormittags ja offenbar unpässlich.«

Gruber streckte sich, demonstrativ gelangweilt. Er hatte Kisch also ohne Not eine Geschichte weggenommen. Er würde sich, dachte Kisch, als er wutentbrannt in die Redaktion stapfte und sich unauffällig nach Lenka umsah, über Gruber beschweren. Aber bei wem? Er war protegiert von ganz oben, offenbar war seine Aufgabe die des Unruhestifters, bloß verstand Kisch nicht warum und wozu.

Als Kisch an Wenzels Schreibtisch trat, hielt er sich daran fest, als sei ihm schwindlig.

»Sind Sie in Ordnung, Kisch?«, fragte Wenzel, der seinen Kollegen lange genug kannte, um zu sehen, wie aufgebracht er war.

»Leidlich«, sagte Kisch. Bloß keinen Aufruhr, nicht jetzt. »Ich sehe, die neue Schreibkraft ist bereits gefunden?«

Lenka saß mit geröteten Wangen am Platz, an dem bislang Fräulein Schlupp gearbeitet hatte, zwischen dem Empfang und den Schreibtischen der Redakteure. Unter Fräulein Meyers konsterniertem Blick hackte sie in Windeseile mit allen zehn Fingern auf die Tastatur der Schreibmaschine ein. Kisch hatte Wenzel erzählt, Lenka sei die Bekannte einer Bekannten, die nach dem Tod des Vaters ihr Studium nicht fortsetzen könne und dringend auf der Suche nach einer Anstellung sei. Alles keine direkten Lügen, ohne direkt der Wahrheit zu entsprechen.

»Ich habe ihr einen Artikel von Bachmann zur Abschrift gegeben«, sagte Wenzel. »Sie kennen ja seine Hieroglyphen. Sie hat keinerlei Schwierigkeiten damit, sie zu entziffern, und schauen Sie sich an, wie flink sie tippt! Wo hat das Mädchen das gelernt?«

»Im Selbststudium, soweit ich weiß«, sagte Kisch.

»Sie scheint nicht auf den Kopf gefallen zu sein«, sagte Wenzel, »aber auch nicht so hochfliegend wie eine verbildete Akademikerin. Sie könnte mühelos beim Redaktions-Briefkasten aushelfen wie Ihre Vorgängerin.«

»Wenn es nicht gerade um Kleidungsfragen geht«, erwiderte Kisch und lachte.

»Wir machen schon noch eine echte Dame aus ihr«, sagte Wenzel und zwinkerte ihm zu. »Niedlich ist sie ja.«

Ehe Kisch darauf eingehen konnte, winkte Wenzel einen der anderen Redakteure heran. Brodesser, den alten Stoffel.

»Sehen Sie die Kleine da vorne?«, fragte Wenzel. Brodesser drehte sich nach Lenka um und nickte.

»Vielleicht können wir sie für die Frauen-Zeitung gebrauchen, oder was meinen Sie?«

»Dazu müsste ich mich erst einmal mit ihr unterhalten«, sagte Brodesser.

»Bitte nicht«, sagte Wenzel, »in neun Monaten will ich ihre Stelle nicht wieder neu besetzen müssen.«

Kisch verkniff sich eine Bemerkung, während er Wenzels harmlos-vergnügtes Großonkelgesicht betrachtete.

»Das Fräulein wird ab sofort den Handschriften-Spiegel übernehmen«, sagte Wenzel.

Der Handschriften-Spiegel war eine der beliebtesten Rubriken in der Prager Frauen-Zeitung, die jeden Sonntag der BOHEMIA beilag.

Leserinnen und Leser reichten eine mit einem Kennwort versehene Probe einer Handschrift ein, und eine angeblich »erfahrene und wissenschaftliche gebildete« Graphologin lieferte das zur Schrift passende Psychogramm. Wenzel, der redaktionell für die Frauen-Zeitung zuständig war, hatte mehrfach unverblümt erklärt, ihm gehe es in erster Linie darum, die Seite Woche für Woche zu füllen und die Leserschaft bei Laune zu halten.

»Aber …«, sagte Brodesser zaghaft, der rosarot angelaufen war. Er hatte in den letzten Monaten alle graphologischen Analysen verfasst und schien in dieser Aufgabe voll und ganz aufzugehen. Bislang hatte Wenzel keine Einwände dagegen gehabt.

»Solange ich der zuständige Redakteur bin, treffe ich die Entscheidungen«, sagte Wenzel in seltsam feierlichem Ton.

»Kann das Fräulein denn schreiben?«, fragte Brodesser hilflos.

»Muss man das denn für die Frauen-Zeitung?«, fragte Wenzel.

Die Männer lachten, und Lenka blickte für einen Moment auf.

»Ich hoffe, Fräulein Weißbach sieht nicht nur pfiffig und beflissen aus, sondern ist es auch. Sie wissen ja, wie sehr die Leute diesen Schmarren mögen. Kommen Sie, meine Herren, wir verkünden ihr die frohe Botschaft.«

Kisch ging vor, weil das nun mal seine Art war, und schenkte Fräulein Meyer sein bezauberndstes Lächeln. Wer in die BOHEMIA wollte, musste an ihr vorbei, und wehe dem, der diesen Grundsatz nicht beherzigte. Zum Glück hatte sie einen Narren an ihm gefressen, so wie die meisten Frauen, denen er über den Weg lief. Lenka erhob sich von ihrem Sessel und blieb abwartend stehen.

»Fräulein Weißbach, wir haben kurz Rücksprache gehalten, nachdem wir uns von Ihren Fähigkeiten an der Schreibmaschine überzeugen konnten«, sagte Wenzel. »Wir trauen Ihnen auch zu, kleine Texte unter der Rubrik Handschriften-Spiegel zu verfassen. Wann könnten Sie beginnen?«

Lenka warf Kisch einen fragenden Blick zu, was Fräulein Meyer nicht entging.

»Texte im Handschriften-Spiegel?«, fragte Lenka.

»Ach, nichts Großartiges«, sagte Wenzel, »aber etwas abwechslungsreicher als das stumpfe Abtippen, das eine einfache Stenotypistin erledigt.«

»Aber was ist mit der Stelle der Schreibmaschinistin?« Lenka war ein wenig blass geworden.

»Da machen Sie sich mal keine Gedanken. Schreibmaschinistinnen gibt es wie Sand am Meer«, sagte Wenzel.

»Ich besitze leider keinerlei graphologische Erfahrung«, sagte Lenka.

»Nicht nötig«, sagte Wenzel. »Briefe geschrieben haben Sie doch schon einmal?«

»Natürlich«, sagte Lenka.

»Na also. Wann, sagten Sie, könnten Sie beginnen?«

»Sofort«, sagte Lenka.

»Gut. Kommen Sie morgen früh um 9 Uhr wieder«, sagte Wenzel, »dann erledigen wir die Bureaukratie. Auf ein Arbeitszeugnis können wir in Ihrem Fall verzichten, aber wir brauchen natürlich noch die Zustimmung Ihres Vaters.«

»Seit dem Tod meines Vaters ist mein Onkel mein Rechtsvertreter«, sagte Lenka, »aber er wird nichts dagegen haben, dass ich diese Stellung annehme.«

Wenzel nickte. »Herr Brodesser«, er gestikulierte vage in dessen Richtung, »wird sie anschließend in die Abläufe einführen.«

Lenka nickte bemüht dankbar und bescheiden.

»Es gibt übrigens eine kleine Änderung bezüglich der redaktionellen Zuständigkeiten. Ab morgen ist Herr Brodesser für die Frauen-Zeitung verantwortlich.«

Brodesser blickte hilflos von Wenzel zu Lenka zu Kisch zu Fräulein Meyer und wieder zurück. »Ich betreue die Beilage?«, fragte er, als habe man ihm gerade sein Todesurteil präsentiert.

»Freut Sie das denn nicht?«, fragte Wenzel. »Sie lieben die Frauen-Zeitung doch so innig.«

Brodesser begann sich wieder umzusehen, als hoffte er, einer der Anwesenden würde diesen grausamen Scherz aufklären, und sie könnten endlich alle gemeinsam darüber lachen. »Ich war ganz zufrieden mit meiner bisherigen Funktion«, sagte er.

»Der Handschriften-Quargel ist doch keine Aufgabe für einen Mann«, sagte Wenzel.

»Und Ihre neue Position, Herr Wenzel?«, mischte sich Kisch ein. Er hatte den leisen Verdacht, dass Gruber etwas mit dieser Ressort-Rochade zu tun hatte.

»Im Mosaik«, sagte Wenzel. »Der letzte Schritt vorm Feuilleton. Brodesser, suchen Sie doch für Fräulein Weißbach die letzten zwei, drei Ausgaben der Frauen-Zeitung heraus, damit sie sich den Handschriften-Spiegel zu Hause anschauen kann.«

Brodesser nickte und setzte sich in Bewegung.

»Ich begleite Sie noch hinaus, Fräulein Weißbach«, sagte Wenzel. »Freut mich, dass Sie uns ab sofort zur Seite stehen werden. Und glauben Sie mir, Sie können sich auch freuen, die BOHEMIA zum Arbeitgeber zu haben. Hier arbeiten, wie Sie wissen, einige der klügsten Köpfe Prags.« Er klopfte Kisch auf die Schulter, der sich aufrichtig geschmeichelt fühlte. Die Heiterkeit verging ihm, als er Gruber grinsend in der Tür von dessen Bureau stehen sah.

»So hatten wir also doch noch das gleiche Ziel, verehrtes Fräulein«, sagte Gruber zu Lenka. »Willkommen bei der BOHEMIA.«

Lenka schüttelte ihm flüchtig die Hand, ehe er ihr einen Handkuss aufzwingen konnte, und wandte sich zu Brodesser um, der sich mit einem Stoß Zeitungen näherte. Kisch eilte hinaus und sah sich nicht mehr nach Gruber um. Auf dem Annenplatz zündete er sich mit zittrigen Fingern eine Zigarette an.

»Woher kennst du diesen Hund?«, fragte er Lenka eine Spur zu heftig, als sie mit den alten Ausgaben der Frauen-Zeitung im Arm zu ihm trat.

»Aus dem Zug. Gestern hat er plötzlich in meinem Abteil gesessen und zudringliche Fragen gestellt.«

»Das passt zu ihm«, sagte Kisch. »Nimm dich vor ihm in Acht, ja? Er ist schlimmer, als ich jemals sein werde.«

Lenka lachte ein nicht zu deutendes Lachen und fragte: »Warum bist du eigentlich so bleich?«

Kisch zuckte resigniert mit den Schultern. »Ich muss jetzt auf der Stelle etwas trinken. Dann erzähle ich dir die ganze Geschichte.«

12

Sie fanden einen Tisch im Café Central, das zu jeder Tageszeit gut gefüllt war. Mit Malern, Komponisten, Schriftstellern, erfolglosen Künstlern und erfolgreichen Maulhelden. Der Kaffeehaustisch wurde spätestens ab dem Nachmittag zur Bühne, wenn neben jeder Tasse Kaffee mindestens ein Wein oder Bier oder Cognac stand. Diejenigen, die einen Brotberuf hatten, kehrten nach Feierabend hier ein. Und diejenigen, die sich als Lebenskünstler verstanden, saßen seit dem Vormittag in wechselnder Besetzung da und entwarfen hochtrabende Pläne für Prag und das gesamte Kaiserreich. Lenka sah sich erstaunt um, als Kisch sie durch den Saal führte. Es schien so, als kannte er jeden einzelnen Gast persönlich. Obwohl das Café Central in der Herrengasse lag, wenige Schritte entfernt von Lenkas Geburtshaus, war sie doch nur ab und zu als Mädchen mit ihrem Vater hier gewesen. Meist hatte der keine Zeit dafür gehabt, aber wenn er sich nach Gesellschaft jenseits des Krankenhauses sehnte, dann saß er mit seiner Tochter hier und durchblätterte die Zeitungen, während Lenka sich schon damals über die sich wild gebärdenden Männer wunderte, die einander mit ihren übertriebenen Geschichten und erfundenen Erlebnissen übertrumpften. Nie hätte sie sich träumen lassen, nun selbst mit dem pfauenhaften König der Prager Geschichtsschreibung an einem Tisch zu sitzen. Als Gesprächspartnerin und nicht als austauschbares Objekt seiner Begierde. Tatsächlich rechnete sie das Kisch hoch an: dass er sie wie ein echtes Gegenüber behandelte.

»Das hier, Lenka, ist nicht das richtige Leben«, sagte Kisch, nachdem sie sich gesetzt hatten und er für sie Heißgetränke und

Rum bestellt hatte, »wir müssen bloß die Zeit bis zum Abend verschwenden.«

Das richtige Leben. Lenka fragte sich, was Kisch darunter verstand – und ob ihre Vorstellungen davon sich einander auch nur annähernd ähnelten.

»Was hat dich gerade so aufgebracht?«, fragte Lenka. Sie hatten die ersten Schlucke vom Rum genommen, und der Alkohol stieg ihr schon zu Kopf. Kisch machte eine abfällige Handbewegung.

»Gruber ist ein Rindvieh, du hast ihn ja selbst erlebt. Er hat mir die Geschichte von Leidinger weggenommen.«

»Mit welchem Recht?«, fragte Lenka.

»Das ist es ja gerade. Ich habe es noch nicht herausgefunden. Er soll einen österreichischen Großonkel haben, der kürzlich viel Geld in die BOHEMIA gesteckt hat. Es heißt, Gruber habe ein exzellentes Journalistikstudium in Berlin absolviert, bloß hat seine Exzellenz dort meinen Quellen zufolge nie jemand gesehen.«

»Wieso kann er einfach entscheiden, wer was schreibt?«

»Bis vor ein paar Wochen war alles noch wie immer. Ferdinand Harras hat die Lokalredaktion geleitet und uns freie Hand gelassen. Dann hat ihn die Tuberkulose erwischt, und er kriegt sie nicht richtig auskuriert. Sitzt irgendwo bei Brünn im Sanatorium und ist wohl nur noch Haut und Knochen. Als Ersatz hat man uns Gruber geschickt. Niemand hat ihn ernst genommen. Ich auch nicht, bis heute. Aber das hat er nur ein einziges Mal mit mir gemacht.«

»Was willst du tun?«

»Mittel und Wege finden«, sagte Kisch und grinste Lenka an, »das wäre nicht das erste Mal.«

»Übrigens vielen Dank für deine Hilfe.«

»Noch habe ich nichts getan. Wenn du einen Monat durchgehalten hast, kannst du mir immer noch danken«, sagte Kisch. »Hat dir Wenzel schon die goldene Regel der BOHEMIA eingeschärft?«

»Lass mich raten«, sagte Lenka. »Der Tscheche ist immer schuld?«

Kisch lachte. »Wir muten unserer Leserschaft kein Gran der tschechischen Sprache zu. Aus Bohumil wird Gottlieb, Blažena heißt Beatrice. Die Palacky-Brücke bleibt bis in alle Ewigkeit die Podskaler Brücke.«

»Ich bezweifle, dass Blažena und Bohumil Handschriften-Proben einsenden werden. Wie hältst du das schon so lange aus, Kisch?«

»Bislang hatte ich freie Hand. Mich lassen sie sogar am hellichten Tag aus der Redaktion mit tschechischen Beamten telefonieren. Auf Tschechisch! Du hast ja heute gesehen, welch ein greiser Haufen die Belegschaft zum Großteil ist. Die BOHEMIA braucht mich, weil ich jung bin.«

Lenka war auch jung, aber sie bezweifelte, dass die BOHEMIA sie jemals brauchen würde.

»Und verscherz es dir nicht mit Fräulein Meyer«, sagte Kisch. »Sie besitzt mehr Macht, als die meisten Redakteure wahrhaben wollen.«

So vergingen die Stunden. Sie aßen Strudel und lasen sich kichernd hanebüchene Analysen aus dem Handschriften-Spiegel vor. Freunde und Bekannte von Kisch kamen an ihren Tisch, grüßten knapp oder wechselten ein paar Worte mit ihm. Lenka stellte er ihnen als Kollegin vor, die für die Arbeit in der Redaktion der BOHEMIA aus Berlin zurückgekehrt sei, und sie fühlte sich durchaus geschmeichelt, wenn man ihr anerkennend zunickte. Kisch war mit Mitte zwanzig schon eine Prager Berühmtheit, und wenn er jemanden als Kollegin bezeichnete, dann bedeutete das etwas. Sie war nicht eine der üblichen Damenbekanntschaften, mit denen Kisch sich, das hatte sie schon in Berlin verstanden, wie mit seinen Reportagen voller Eitelkeit schmückte. Sie war kein Accessoire, sie war selbst jemand. Zwischendurch wurden die Abendausgaben der Zeitungen geliefert, Kisch sprang auf und holte sich ein Exemplar der BOHEMIA.

»Wäre ich nicht so angetrunken, wäre ich jetzt wütend«, sagte er, nachdem er den Artikel über Leidingers Tod überflogen und an Lenka weitergereicht hatte. Ein blumig formulierter und an sich belangloser Nachruf. Im letzten Absatz ging der – namentlich nicht genannte – Autor auf den Suizid von Leidingers Hausmädchen ein und die erdrückende Last der Schuld, die auch Leidinger in den Freitod getrieben habe. Eine Tragödie, schloss der Artikel, ein unverdientes Ende für alle Seiten. Kisch schüttelte den Kopf. Er hoffte nichts mehr, als dass niemand ihm diese Zeilen zuschrieb.

»Ein unfundierter Schund, das ist unserer Zeitung nicht würdig«, sagte er zu Lenka, und vor Empörung glänzten seine Augen.

Schließlich ging es auf zehn Uhr abends zu, der Lärm im Café Central ebbte längst nicht ab.

»Ich gehe nach Hause, ich habe es ja nicht weit«, sagte Lenka. Sie fühlte sich wie ausgelaugt und wollte am nächsten Morgen keinesfalls unausgeschlafen in die Redaktion kommen, aber Kisch sah sie völlig entgeistert an.

»Es geht doch gerade erst los, Lenka! Die wahren Wunder warten jetzt auf uns!«

Lenka hätte es wissen müssen, schon nach den zwei Abenden mit ihm in Berlin. Und natürlich duldete Kisch auch diesmal keinen Widerspruch. Er wartete unten vor der Haustür auf sie, während sie in der Wohnung nach dem Rechten sah. Ihre Mutter lag tief und fest schlafend im Bett, das einmal das gemeinsame Ehebett von Lenkas Eltern gewesen war. Auf dem Nachttisch stand ein Glas mit den Resten des Schlaftrunks, den Jana angerührt hatte.

»Nur noch dieses eine Mal«, flüsterte Lenka. Sie wusste nicht, wem sie dieses Versprechen gab – ihrer Mutter, sich selbst, ihrem Vater. Sie schlich durchs dunkle Treppenhaus nach unten, und kaum stand sie wieder auf der Straße, zog Kisch sie schon davon in die Prager Nacht.

Obwohl das Café Batignolles gerade erst seine Türen geöffnet hatte, war es schon die verqualmte und heiße Hölle, die es bis zum nächsten Morgen bleiben sollte. Das Lokal war ein kaum noch geheimer Treffpunkt der nächtlichen Existenzen der Stadt, ein großer

Erfolg vom ersten Tag seiner Eröffnung vor einigen Monaten an. Selbst die Polizei ließ das Treiben im Batignolles weitgehend unbehelligt zu, der Krach aus dem Lokal störte nicht die nächtliche Ruhe in den umgebenden Gassen, wo sich die bürgerlichen Bewohner darüber hätten mokieren können.

Das Batignolles hatte von zehn Uhr abends bis zehn Uhr morgens geöffnet und kannte keine Regeln. Kam es in Kaffeehäusern wie dem Central oder dem noch vornehmeren Arco durchaus darauf an, wie man sich gab, was man sagte, wer man war und was man tat oder nicht tat, schienen alle Grenzen des sogenannten guten Benehmens mit dem Betreten des Batignolles keine Gültigkeit mehr zu besitzen. Auf der Bühne saß ein sehr dicker Pianist, hackte auf die Tasten des Klaviers ein, sang schief deutsche, französische, englische, tschechische Lieder und kippte zwischen den Stücken ein Bier nach dem anderen. Die Gäste des Batignolles nannten ihn »den Satthals«. Ein reiner Schmähname, dachte Lenka, bis sie den Pianisten zum ersten Mal aus der Nähe sah und feststellte, dass er tatsächlich einen ausgeprägten Kropf hatte. Eutope Struma diffusa II. Grades. Erstaunlich, wie dünn die Stimme war, die aus diesem dicken Hals drang. Vielleicht stammte er aus der Steiermark oder aus der Schweiz, dachte sie. Dort waren Satthälse endemisch. Kisch erzählte später, dass er jede Nacht exakt bis zum Ende des vierzigsten Glases sang und spielte, um danach wüst den Klavierdeckel zuzuschlagen und nach Hause zu wanken. Auch suchte man die sonst übliche sprachliche Trennung hier beim Bier vergeblich: Tschechisch und Deutsch vermengten sich, nicht die Sprache war ausschlaggebend, sondern die Lautstärke, mit der man sich Gehör verschaffte. Im Publikum mischte sich alles, was sonst so strikt nebeneinander existierte: Künstler und Kleinkriminelle, Bürgersöhnchen und arme Schlucker. Kisch war ganz in seinem Element, selbst Lenka konnte der Versuchung nicht mehr widerstehen und nahm von ihm eine Sport, die sie hustend rauchte. Immerhin war dies ihre letzte Nacht in Freiheit, die allerletzte Ausnahme von der Regel, die da lautete: Sie war eine gute Tochter.

»Endlich bist du richtig angekommen«, frohlockte Kisch. Er bestellte neues Bier, obwohl Lenka ihr Glas noch nicht einmal halb ausgetrunken hatte. Sie konnte sich die Namen der Frauen und Männer nicht merken, die sich zu ihnen gesellten, die mit Kisch anstießen, die ihn zum wilden Tanz aufforderten, irgendwann tanzte auch sie, mit Frauen und Männern gleichermaßen, und immer dann, wenn ihr ein Säufer zu nahe trat oder vulgär wurde, baute Kisch sich neben ihr auf und wies den Kerl mit derben Worten in seine Schranken, üble Beschimpfungen auf Deutsch beherrschte er nämlich ebenso wie das Tschechisch der Gosse. Lenka wusste noch, dass sich irgendwann ein gewisser Hašek zu ihnen gesellte, ein pausbäckiger und offenbar mittelloser Schriftsteller, der auf Kischs Rechnung umso mehr Schnaps bestellte und immer dann, wenn Kisch sich gerade umdrehte, einen kräftigen Schluck aus dessen Bierglas nahm. Sie war auch noch ganz bei sich, als der schiefe Rhythmus des schlecht gestimmten Klaviers ihr irgendwann einen Lachanfall bescherte, wovon sie in Kombination mit zu viel Alkohol und Zigaretten am nächsten Tag heiser sein würde, Kisch bestellte Absinth für alle, und ab diesem Punkt wurden ihre Gedanken und Wahrnehmungen langsam undeutlicher. Sie wusste lediglich, dass sie in dieser Stadt noch nie so glücklich gewesen war.

13

Fast hätte sie das Haus ohne ihren Hut verlassen. Jana lief ihr bis ins Treppenhaus nach und schwenkte ihn wie ein großes graues Taschentuch.

»Gnä' Frau«, sagte sie und reichte ihn Lenka mit einem kleinen, ironischen Lächeln.

»Kann ich mich so blicken lassen?«, fragte Lenka. Jana musterte sie von Kopf bis Fuß, vom weichen Hut bis zu den leicht zerschrammten, aber immerhin geputzten Schnürstiefeln, die unter dem Rocksaum hervorlugten. Ihr konnte auch nicht entgangen sein, dass Lenka einen Herrenmantel trug.

»Sie haben nicht gefrühstückt«, sagte Jana.

»Ich habe auch keinen Hunger«, sagte Lenka und schluckte mühsam, ihr Mund fühlte sich so an, als hätte sie ihn mit zehnprozentigem Lysol gespült. »Vielen Dank, Jana.«

Das Dienstmädchen zuckte die Schultern und machte einen angedeuteten Knicks. Beinahe rannte sie die Treppe zur Wohnung hinauf. In Augenblicken wie diesem war kaum zu übersehen, wie jung sie noch war. Sie mussten im gleichen Alter sein, aber Jana kam ihr viel jünger vor als sie selbst, viel unbeschwerter trotz der täglichen harten Arbeit. Lenka wusste nicht viel über sie. Verheiratet war sie mit irgendeinem Tapezierer oder Zimmermaler namens František, mit dem sie in Žižkow lebte. Janas Schritte hallten dröhnend in Lenkas Kopf nach. Alles dröhnte. Was hatte Kisch ihr am Ende des Abends im Batignolles eigentlich vorgesetzt? Nach dem ersten Gläschen Absinth verloren sich ihre Erinnerungen im Nebel. Aus den Schlieren hörte sie ihn noch fragen: »Na, bekommst du den Spundus?« Dann nur noch ein fernes Rauschen. Was hatte er sich bloß dabei gedacht? Er wusste doch genauso gut wie sie, dass heute ihr erster Arbeitstag war und sie einen passablen Eindruck machen musste als die Neue, die Junge, die gescheiterte Medizinerin, die Graphologin ohne graphologische Erfahrung, das Fräulein.

Die Redaktionsräume waren hoffnungslos überheizt. Lenka knöpfte ihren Mantel auf und sah sich nach jemandem um, der ihn ihr abnehmen würde, doch die Redakteure liefen geschäftig hin und her oder saßen gebeugt an ihren Schreibtischen, Bleistifte oder Zigaretten zwischen den Lippen, in einem Fall auch den Daumen, und Fräulein Meyer unterhielt sich mit einer anderen Frau, vermutlich der Schreibmaschinistin aus dem Nachtdienst. Als die Frau schließlich gegangen war und Fräulein Meyer sie immer noch ignorierte, fasste sich Lenka ein Herz.

»Wären Sie so freundlich, mir zu sagen, wo ich meinen Mantel aufhängen darf?«, fragte sie.

»Ihnen auch einen schönen guten Morgen«, sagte Fräulein Meyer.

Lenka hatte sie gegrüßt, als sie die Redaktionsräume betreten hatte, und war sich sicher, dass Fräulein Meyer es auch gehört hatte.

»Guten Morgen«, sagte Lenka jetzt und lächelte Fräulein Meyer zu. »Verzeihen Sie, ich bin ein wenig nervös vor meinem ersten Tag, das verstehen Sie vielleicht.«

»Nein, das verstehe ich ganz und gar nicht«, sagte Fräulein Meyer, die das Lächeln nicht erwiderte. »Es geht doch wie immer: Weil Sie auf der richtigen Schule waren, den richtigen Namen tragen und die Herren Redakteure auch sonst an ihre eigenen Töchter erinnern, werden Ihnen noch vor Ihrem ersten Tag Aufgaben anvertraut, für die sich die meisten Leute erst über Jahre beweisen müssen. Egal was Sie tun oder lassen, Fräulein Weißbach, nichts davon wird Folgen für Ihre Anstellung hier haben. Folgen hat es bloß für uns anderen, an die niemand irgendwelche Erwartungen richtet, die unsere Gehaltsstufe übersteigen – es sei denn, es gilt hinter jemandem wie Ihnen aufzuräumen. Warum sind Sie also nervös?«

»Aber so ist es nicht«, sagte Lenka.

»Ach, nein?«, sagte Fräulein Meyer. »Sie sind über Nacht zur ausgebildeten Graphologin geworden und haben es verdient, für den Handschriften-Spiegel zu schreiben?«

»Ich kann auch einige Abschriften übernehmen, wenn das helfen würde«, sagte Lenka und machte ein paar Schritte auf den Schreibtisch zu, an dem sie am Vortag gesessen hatte. »Ist das mein Platz?«

»Für die Abschriften haben wir schon jemand anderen gefunden. Sie haben Herrn Wenzel ja gehört: Schreibmaschinistinnen gibt es wie Sand am Meer. Und Sie, Fräulein von Weißbach, müssen nicht hier vorne beim Fußvolk sitzen, wo denken Sie hin.«

»Es ist nur Weißbach«, sagte Lenka hilflos, »ohne *von*.« Ihr wurde heiß. Fräulein Meyer begann zu lächeln, und Lenka war kurz erleichtert, bis sie begriff, dass die freundliche Miene jemand anderem galt. Sie blickte sich um. Wenzel kam aus den Tiefen der Redaktion auf sie zu.

»Da sind Sie ja, Fräulein Weißbach«, sagte er und streckte die Hand aus. Lenka betrachtete sie einen Moment zu lang. Die gelblichen Verfärbungen an Zeige- und Mittelfinger, die breiten Fingerkuppen mit den gewölbten Nägeln, die auf ein geschwächtes Herz oder eine kranke Lunge hindeuteten.

»Ich freue mich sehr«, sagte sie und schüttelte die Hand so energisch, wie ihr schmerzender Kopf es zuließ. » Mein Onkel hat noch einen geschäftlichen Termin, aber er wird um 10 Uhr hier sein, um alle Formalitäten mit Ihnen zu erledigen. In der Bibliothek meiner Eltern habe ich tatsächlich einen Band über Graphologie entdeckt, der mir bei den Analysen …«

Wenzel unterbrach sie. »Denken Sie sich einfach irgendetwas aus«, sagte er. »Das haben wir bislang auch so gehalten, und den Lesern scheint es zu gefallen.«

Er blickte knapp über ihre Schulter und rief nach jemandem. Lenka drehte sich um. Brodesser stand im Mantel und mit seinem Hut in der Hand neben einem Aktenschrank und lächelte schuldbewusst. Sie konnte selbst aus der Entfernung die Schweißperlen auf seiner Stirn erkennen.

»Das ist Brodesser«, sagte Wenzel, »er wird Ihnen alles Relevante zu den Handschriftenanalysen erklären. Was, wie gesagt, nicht sehr viel ist.«

»Ich habe Herrn Brodesser gestern schon kennengelernt«, sagte sie.

»Ach ja?« Wenzel lachte und griff sie am Ellenbogen. »Normalerweise merkt sich niemand sein Gesicht, geschweige denn seinen Namen.«

Er führte sie an den anderen Schreibplätzen vorbei in den hinteren Bereich des Bureaus, zu einem schmalen Holztisch und einem Schemel mit gesprungenem Fuß beim letzten Fenster.

»Ist das mein Platz?«

»Ja, Fräulein Weißbach, das ist Ihr Platz. Hören Sie, die Analyse haben Sie schon zu zwei Dritteln geschrieben, wenn Sie nur die Überschrift der Schriftprobe und das Pseudonym des Absenders lesen. Nehmen Sie das Ganze um Gottes willen nicht so ernst.«

Sie setzte sich an den Tisch und legte sich den gefalteten Mantel auf ihren Schoß. Der Schemel wackelte. Aus dem hohen Fenster blickte man auf das Buttergelb des gegenüberliegenden Gebäudeteils. In ihrem Rücken befand sich die Tür zu den Waschräumen. Sie konnte die dumpfen Stimmen von Männern hören, die sich dort anscheinend köstlich amüsierten. Durch den Fensterrahmen drang Winterluft, die wie ein Skalpell die stickige Wärme durchschnitt, und Lenka warf sich ihren Mantel über die Schultern. Den Hut legte sie neben sich auf den Tisch.

Ihr Onkel Bertel war kein Blutsverwandter, sondern der älteste Freund ihres Vaters, ihr Nennonkel und seit mehreren Jahren ihr Vertreter in sämtlichen rechtlichen Angelegenheiten. Er hatte ihrem Auslandssemester in Berlin zustimmen müssen, so wie er nun ihren Eintritt in die BOHEMIA-Redaktion ermöglichte. Lenka war noch nicht volljährig, und sie war eine Frau. Auch nach ihrem 24. Lebensjahr würde Bertel oder ein anderer Mann all ihre Entscheidungen prüfen und gestatten oder untersagen. Wegen ihres Geschlechts stellte der Staat jede Frau, egal welchen Alters, mit Kindern, Verrückten, Blinden und Taubstummen gleich. Zum Glück war Bertel ein großzügiger Vormund. Er hatte noch nie etwas, was Lenka sich vornahm, infrage gestellt und gab immer seine Zustimmung. Auch bei der monatlichen Ausstattung für ihre Mutter und sie hatte er sich freigebig gezeigt.

»Es ist Samuels Geld«, hatte er damals gesagt. »Er würde nicht wollen, dass ihr euch jeden Wunsch vom Munde absparen müsst.«

Ehe er die Redaktion verließ, blieb er noch kurz an Lenkas Schreibtisch stehen. »Wie geht es deiner Mutter?«, fragte er sie mit melancholischem Blick.

»Sie lässt dich herzlich grüßen«, sagte Lenka, was nicht der Wahrheit entsprach. Ihre Mutter wusste nichts davon, dass Lenka für die BOHEMIA arbeitete. Einstweilen würde sie zu Hause Studentin der Medizin bleiben.

»Komm uns doch bald einmal besuchen«, sagte sie zu Bertel.

Er lächelte. »Das werde ich.«

Sie wussten beide, dass er nicht Wort halten würde. Er hatte zu viel mit seinen Geschäften zu tun. Früher hatte er Holz und Kohle gehandelt, mittlerweile war es Kautschuk, soweit Lenka wusste. Außerdem hatte ihre Mutter mit Bertel nie viel anfangen können und ihn das immer spüren lassen. Lenka fragte sich, ob er ihr deshalb so treu ergeben war. Brodesser blickte vom Blatt auf und nickte freundlich.

»Das können wir so lassen«, sagte er. Auf der Stirn hatte er immer noch den Abdruck seines Huts.

»Hätten Sie das auch gesagt, wenn ich dreißigmal ›Gib's auf!‹ geschrieben hätte?«, fragte Lenka. »Seien Sie ehrlich.«

Sie wusste nicht, wo sie die Frechheit ihm gegenüber hernahm. Sie war furchtbar müde und spürte, wie sich die zarten Spitzen einer Traurigkeit über sie legten, aber in Brodessers Nähe hatte sie nicht das Gefühl, sich schicklicher benehmen zu müssen, als das ein Mann an ihrer Stelle getan hätte. Vielleicht hatte auch Wenzels Respektlosigkeit seinem Kollegen gegenüber auf sie abgefärbt. Sie wollte lieber nicht darüber nachdenken, was es zu bedeuten hatte, dass der Mann, dessen Name sich angeblich niemand merkte, ihr Supervisor war.

»Nein, das ist wirklich gut«, sagte er. »Viel kohärenter als die meisten Auswertungen, die ich in den letzten Monaten zustande gebracht habe.«

»Es gab also nie eine ›erfahrene und wissenschaftliche gebildete‹ Graphologin«, sagte sie.

Er schüttelte leicht den Kopf, immer noch lächelnd. »Finden Sie mal eine in Prag«, sagte er, »die dann auch noch gut genug schreibt.«

»Haben Sie die Mode-Baronin auch erfunden?«

»Das nicht«, sagte er. »Aber eine echte Baronin ist sie selbstverständlich nicht.«

»Und in Paris war sie wahrscheinlich auch noch nie?«

Brodessers Gesicht nahm einen wehmütigen Ausdruck an. »Paris«, sagte er leise.

Sie konnte sich nicht helfen, sie mochte ihn. Er steckte sich den Bleistift umständlich in die Brusttasche und kehrte an seinen Schreibtisch zurück, der ihrem am nächsten stand. Sie nahm die nächste Einsendung vom Stapel auf ihrem Tisch. »Voller Hoffnung« hatte zwanzig Zeilen aus dem unterhaltsamen Roman abgeschrieben, den die BOHEMIA gerade in Fortsetzungen abdruckte. Die Schrift ließ auf eine Verfasserin schließen, zierliche Buchstaben mit schwungvoll gerundeten Schleifen, ihren eigenen nicht unähnlich. Lenka stellte sich vor, wie die junge Frau – denn sie musste unbedingt jung sein, wenn sie allen Ernstes hoffte, durch die Handschriftendeutung etwas Neues über sich zu erfahren – am Küchentisch saß und im Schein einer Lampe mit zusammengekniffenen Augen den Roman aus der Zeitung Wort für Wort auf einen Briefbogen übertrug, während sie stumm die Lippen dazu bewegte. Lenka bemerkte kein Mitgefühl, sondern Wut.

Mach was aus deinem Leben, du alberne Gans, dachte sie, anstatt darauf zu warten, dass es zufällig geschieht, in Form einer Begegnung auf der Straße oder des Textes einer erfundenen Graphologin in der Frauenbeilage einer Zeitung, die niemand ernst nimmt. Du wirst niemals einem Verbrecher gegenüberstehen und ihn in seinen innersten Tiefen begreifen, wie du es dir in deinen Blütenträumen ausmalst – und falls es doch eines Tages geschieht, wirst du vor Angst kein Wort herausbekommen. So schrieb sie sämtliche Analysen für die kommende Ausgabe an diesem Tag: indem sie sich vorstellte, sie selbst sei die Absenderin und sehne sich nach der gerechten Strafe. Für all ihre Versäumnisse, all ihre Lügen, all ihre Illusionen und falschen Entscheidungen. Wahrscheinlich war es auch eine falsche Entscheidung gewesen, diese Stelle anzutreten. Die mit Sicherheit falscheste Entscheidung von allen war es aber gewesen, am vorigen Abend mit Kisch auszugehen.

Ihr Katzenjammer wuchs sich langsam, aber sicher zu veritablem Weltschmerz aus. Am frühen Nachmittag zog sie ihren Mantel an und verabschiedete sich von den Redakteuren, an deren Schreibtischen sie vorbeiging. Die meisten nickten nur geistesabwesend, während sie an ihren weltbewegenden Artikeln arbeiteten, auch Wenzel blickte kaum auf. Als sie schon an der Tür war, rief jemand ihren Namen. Brodesser stand einige Schritte hinter ihr und hielt etwas Graues in der Hand.

»Richtig«, sagte sie, »mein Hut.«

Der Heimweg führte sie über den Graben. Sie betrachtete die Damen, die an den Schaufensterauslagen vorübertrippelten und in ihren schmalen Kleidern unter den ausladenden Hüten mal an aufgespannte Sonnenschirme erinnerten und mal an wandelnde Pilze. Eine Frau, vermutlich nur wenig älter als Lenka, trug einen pelzbesetzten Muff und auf dem Kopf einen großen Hut, den ein wogender, schillernder Tuff zierte. Paradiesvogel, dachte Lenka. Das arme Tier war gestorben, damit eine Modedame in Prag sich eine Saison lang mit seinen Federn schmücken konnte. Sie fühlte sich sehr provinziell in ihrem schlichten dunklen Kleid, dem grauen Lodenmantel und mit dem grauen Filzhut auf dem Kopf. Zwischen all den herausgeputzten Herrschaften auf dem Graben war sie so gut wie unsichtbar. Hätte ihre Mutter sie in diesem Augenblick sehen können, hätte sie die Hände in die Luft geworfen und gerufen: »Lenko, warum kleidest du dich wie eine arme Volksschullehrerin vom Lande?« Oder sie hätte den schwarzen Samtkragen des Mantels wiedererkannt und gar nichts gesagt, während sich ihr Blick gleichzeitig in der Ferne verloren und nach innen gerichtet hätte. Der Mantel hatte Lenkas Vater gehört. Er war ein zierlicher Mann gewesen, es hatten wenige Veränderungen genügt, um seinen Mantel in ein manierliches Damenstück zu verwandeln. Um Zeit zu schinden, bevor sie endgültig nach Hause ging, blieb sie vor dem Schaufenster der k.u.k. Hofzuckerbäckerei am Wenzelsplatz stehen, um die mit Obst und Nüssen überladenen Cremetorten, Bonbonnieren und mit Zuckerblüten dekorierten Blumenkörbchen aus Schokolade in der Auslage zu betrachten, doch die Wintersonne überzog das Glas mit einem undurchdringlichen Glanz. Sie sah sich selbst in ihrem altmodischen Kleid auf dem Trottoir stehen und ein Stück dahinter, zwischen den Passanten, eine weitere reglose Gestalt. Im ersten Moment dachte Lenka, ihre Augen spielten ihr einen Streich, doch auch nachdem sie mehrmals geblinzelt hatte, stand die Dame aus dem Zug noch da und beobachtete sie. Ihre Blicke begegneten sich in der Spiegelung, und Lenka spürte ein Flattern in der Magengrube. Sie drehte sich um. Die tiefstehende Sonne blendete so sehr, dass sie die Augen schließen musste. Sie spürte eine zarte Berührung an der Schulter. Als sie ihre Augen wieder öffnete, sah sie unter dem Nachbild der Sonne eine von Kopf bis Fuß in Schwarz gekleidete Person zwischen den anderen Menschen auf dem Platz verschwinden.

14

Am Morgen nach der langen Nacht im Batignolles blieb Kisch im Bett. Nicht etwa, weil der Kater ihm zu sehr zu schaffen machte, damit hatte er schon seit Jahren keine Schwierigkeiten mehr. Bloß fühlte er jetzt, nach dem Rausch des gestrigen Tages, wie niedergeschlagen er war, wortwörtlich. Er konnte sich Grubers Manöver einfach nicht schönreden, man hatte ihn degradiert, gedemütigt, verspottet. Ausgerechnet ihn, der doch spürte, dass er sich mit den Jahren selbst die höchste Anerkennung der gebildeten älteren Kollegen erworben hatte, die schon so viel mehr gesehen und geschrieben hatten als er. Er reagierte, wie er es immer tat nach solcherlei Rückschlägen: Er blieb in seinem Zimmer. Das Bärenhaus war seine Bastion. Auch die Haushälterin wusste, was es bedeutete, wenn aus dem Zimmer des Herrn Redakteurs nur ein jämmerliches Husten zu vernehmen war. Sie stellte ihm ein Tablett mit starkem Kaffee und einer Buchtel vor die Tür und klopfte zaghaft, woraufhin ein klägliches »Haben Sie herzlichen Dank!« aus dem Zimmer schallte. Er hatte eine friedliche Kindheit und

Jugend gehabt. Wohlbehütet war er als zweiter von fünf Söhnen aufgewachsen, er hatte seine Brüder, mit denen er heute noch oft Zeit verbrachte, ebenso sehr geliebt wie seine Eltern.

An einem Morgen wie diesem sehnte er sich zurück nach den seligen Jahren seiner Kindheit. Der Verkaufstisch hatte den Laden seines Vaters und seines Onkels in der Mitte geteilt. Egon hatte sich ein Lager gebaut und die Kundschaft auf der Suche nach erlesenem Tuch beobachtet. Er hatte den Geruch der Stoffe in krapproter, apfelgrüner, steingrauer, preußischblauer, greller und sanfter Farbe gemocht, während der geschäftigen Ladenöffnungszeiten hatte er sich geborgen gefühlt. Und er sammelte sie, seit er denken konnte: die noch bunteren Geschichten der Kunden, die in den Laden kamen. Für Herrn Meyer, einem Bankier aus der Heinrichsgasse, hatten sie beispielsweise stets englische Stoffe aus Manchester bestellt, und sein Vater hatte Witze gemacht über den Gespensterglauben des Herrn. Herr Meyer entpuppte sich kurze Zeit später als Betrüger und schreibender Spiritist, der unter dem Namen Gustav Meyrink Loblieder auf das magische Prag sang, die selbst für Kisch mitunter eine Spur zu blumig gerieten. Auch hatte in einer schlecht einsehbaren Ecke des schummrigen Ladens die Karriere des Reporters begonnen. Als Kind hatte er sich nach und nach drei Garnituren von Bleibuchstaben besorgt und druckte eifrig und regelmäßig seine erste Zeitung mit Namen »Zeitung«. Auch damals faszinierten ihn schon die Ganoven, die Listigen, die kleinen und großen Untaten, kurzum, die Störungen des bürgerlichen und braven Lebens, das sich auf den ersten Blick allzu geradlinig durch die engen Gassen vor der Schaufensterscheibe bewegte. Dass niemand jemals die gedruckten Ausgaben seiner Zeitung zu Gesicht bekam, spielte für Kisch keine Rolle. Er wusste einfach, dass er irgendwann bessere Geschichten erzählen würde als alle anderen.

Wahrscheinlich ließ ihm deshalb die aktuelle Angelegenheit keine Ruhe. Kein Mensch würde in einigen Tagen mehr an Leidinger denken, der bald bestattet und vergessen wäre. Kisch hingegen wälzte den Fall, der für ihn immer noch einer war, unentwegt im Kopf hin und her. Immer wieder ging er die Varianten seines nie geschriebenen Artikels durch. Was hätten seine Recherchen ergeben? Und wenn er die Frau gefunden hätte? Wäre es ihm möglicherweise gelungen, mit einem Coup sogar Gruber bloßzustellen, weil Kisch mehr gewusst hätte als Gerichtsmedizin und Polizei zusammen?

Es hatte keinen Sinn. Er musste nur geduldig sein. Der nächste Mord käme bestimmt, und dann wäre er schneller als der Rest. An den folgenden Tagen erledigte er routiniert seine Arbeit, ließ sich aber tagsüber in der Redaktion nicht sehen. Zu groß war seine Scham vor den Kollegen, zu sehr war er insgeheim auch beleidigt, dass niemand ihn in Schutz genommen hatte vor dem hinterrücks ausgeführten Angriff von Karl Gruber. Vergeblich wartete er auf den Botenjungen, vergeblich klapperte er nach Anbruch der Dunkelheit seine Anlaufstellen ab, Hotelportiers, Kleinkriminelle, Oberkellner, es passierte nichts, was für einen Kriminalreporter von Belang gewesen wäre. Weil er aber dennoch sein Zeilenpensum zu erfüllen hatte, trank er an den Abenden möglichst unauffällig zwei, drei Bier und kam erst nach Mitternacht in die Redaktion der BOHEMIA, denn dann war die Gefahr gering, seinen Kollegen zu begegnen. Er setzte sich an die Schreibmaschine und hackte in den Nächten so lange lustlos auf die Buchstaben ein, bis es ihn doch forttrug und er Zeit und Raum vergaß. Er schöpfte aus seinen Erlebnissen, reicherte sie, um auf die entsprechende Zeilenzahl zu kommen, mit den Ausblühungen seiner Phantasie an. Nein, für seine Begriffe erfand er nichts, die Phantasie durfte sich seiner Meinung nach in einem Zeitungsartikel nicht entfalten, wie sie lustig ist – aber der schmale Steg zwischen Tatsache und Tatsache, der war zum Tanz freigegeben. Und so tanzte er. Er schrieb über Prager Verzehrungssteuerbeamte, die es auf ihrer Jagd nach Schmugglern plötzlich mit Wölfen, Löwen und Bären zu tun bekamen. Er widmete sich der sogenannten Gemeindetruhe, einem städtischen Transportvehikel für die schwer Betrunkenen, die in den Nächten in den kärglichen Wagen gepfercht und auf dem Hof des Arrestgebäudes ausgekippt wurden. Er fuhr nochmals mit den Flößern über die Moldau und landete schließlich über die Elbe in Magdeburg. Es war immer noch dunkel, als Kisch seine Reportagen aus der Schreibmaschine nahm und die Blätter kommentarlos auf dem Tisch des jeweils zuständigen Kollegen drapierte. Nach ein paar Nächten konzentrierter Arbeit spürte er, wie seine Kräfte zurückkamen. Er war nicht geschlagen, im Gegenteil. Er würde stärker als zuvor zurückkehren und den Grubers die Stirn bieten, bis ihm endlich sein großer Scoop gelänge.

15

In den folgenden Tagen bekam Lenka Kisch also kaum zu Gesicht und wusste nicht warum. Ein bisschen enttäuscht war sie von ihm. Vielleicht war Kisch die Tragweite ihrer Forderung klar geworden: Indem er sich bereiterklärte, den Ruhm mit ihr zu teilen, sollte er beweisen, dass er sie beide für gleichberechtigt hielt. Natürlich war die ganze Sache eher ein Gedankenspiel als ein Abkommen. Wer wusste denn schon, wann seine große Story erscheinen würde, ob sie das jemals täte. Vielleicht wäre Lenka dann schon längst wieder in Berlin. Doch all das spielte keine Rolle: Sie mussten beide daran glauben, um einander mit dem Respekt zu behandeln, den sie verdienten. Sie verbot sich die Wut auf Kisch, die in ihr aufwallte, wenn sie sich vorstellte, dass er sie mit der Anstellung in der BOHEMIA abspeisen wollte, auch wenn sie wusste, dass er ja genauso wenig davon hatte wie sie selbst, wenn sie nicht nach ihren offiziellen Diensten privat mit ihm recherchieren würde. Was brachten ihm ihre Handschriftenanalysen? Als sie gerade dabei war, dem Einsender einer Schriftprobe unter dem Kennwort »Friedrich Nietzsche« Ambitionen zu attestieren, die in keinem Verhältnis zu seinen intellektuellen Kapazitäten standen, erhob sich im vorderen Bereich der Redaktion schallendes Gelächter. Sie blickte auf. Am Platz vor ihr war Brodesser in einer Bewegung erstarrt, den Bleistiftstummel in der linken, einen Bogen Papier in der rechten Hand. Von hinten wirkte es so, als hielte er sogar den Atem an. Lenka bemerkte die feuchten Flecken unter seinen Hemdsärmeln. Sein Jackett hing über der Stuhllehne, während sie sich zum Schutz gegen den schneidenden Luftzug wieder ihren Mantel übergeworfen hatte. Anscheinend hielt das Fenster, an dem Brodesser saß, besser dicht als ihres, oder er war einfach besser durchblutet als sie.

»Wer ist gekommen?«, zischte Lenka ihm zu.

Brodesser drehte sich um, sein Gesicht war ausdruckslos. »Kisch«, sagte er.

Und da war er, besser in Form denn je. Sie sah ihn an den Schreibtischen der Redakteure vorbeischreiten wie ein Boxer auf dem Weg in den Ring. Er packte ausgestreckte Hände, haute auf Schultern und Rücken, deutete Backpfeifen an. Lenka wandte sich wieder ihrer Analyse zu. *Er ist bei aller Kälte der Empfindung eine genußsüchtig veranlagte Natur, von großer Gefallsucht und Koketterie und einem launenhaften, eigenwilligen Wesen,* schrieb sie. *Inbezug auf seine eigene Person ist er der Schmeichelei leicht zugänglich und will bei seiner Eitelkeit überall bemerkt sein.*

»Herr Magister Brodesser«, hörte sie Kisch ganz in ihrer Nähe sagen. »Sie sitzen jetzt wohl für immer in der dritten Klasse fest, was.«

Brodesser lachte unglücklich. Dritte Klasse also. Dort, wo Lenka ganz selbstverständlich von Beginn an saß.

»Manche Menschen sind zu stolz, dritter Klasse zu fahren, schämen sich aber nicht, mit einer drittklassigen Fahrkarte einen Platz in der ersten Klasse zu beanspruchen«, sagte sie. »Das ist eine Charakterfrage, wenn Sie mich fragen.«

Kisch funkelte sie amüsiert über die leicht zusammengesackte Gestalt Brodessers hinweg an. »*Humor des Auslands*, nicht wahr?«, sagte er. »Den Scherz habe ich dort heute auch gelesen.«

Die Männer lachten. Lenka spürte, wie ihr das Blut in Hals und Wangen stieg. Dennoch gelang es ihr, den Blick nicht zu senken, sondern auf einen Punkt neben Kischs linkes Auge zu heften. Jochbein, os zygomaticum. Leitet den Hauptdruck ab, wenn die Molaren zusammengepresst werden.

»Anders als Sie lese ich nicht nur in unserer Zeitung«, sagte sie, »sondern arbeite auch für sie.«

»Apropos«, sagte Kisch. »Wie gehen Ihnen die Analysen von der Hand, Fräulein Weißbach? Haben Sie schon einen Schwerverbrecher anhand der spitzen Oberlängen seiner Majuskeln ermittelt?«

»Nicht jeder watet gern im brackigen Wasser der Prager Kanalisation umher, Herr Kisch«, sagte Lenka und griff nach ihrem Bleistift. Er gab ein kleines, schnaufendes Lachen von sich, aber sie empfand angesichts dessen keine Genugtuung, sondern den schalen Nachgeschmack einer persönlichen Niederlage. Vielleicht sollte sie sich die Wut auf diesen Aufschneider jetzt doch zugestehen.

Jana war noch da, als Lenka an diesem Tag nach Hause zurückkehrte. Ihre Mutter war schon zu Bett gegangen.

»Nach dem Mittagessen hat sie sich sehr aufgeregt«, sagte Jana. »Ich habe ihr den neuen Quirl vorgeführt, um sie aufzuheitern, aber der Zwischenfall hat sie sehr erschöpft.«

»Worüber hat sie sich denn so erregt?«, fragte Lenka. Jana hatte ihre Hände auf die Lehne eines Esszimmersessels gelegt. Die Haut war rau und gerötet. Lenka versteckte unwillkürlich ihre eigenen blassen, weichen Hände hinter dem Rücken.

»Ich weiß nicht«, sagte Jana. »Sie hat darauf bestanden, Tschechisch zu sprechen. Ich habe gesagt: Frau Weißbach, hören Sie doch, mein Deutsch ist sehr gut! Aber Ihre Mutter hat davon nichts wissen wollen. Irgendwann ist sie in Tränen ausgebrochen, also habe ich mich den Rest des Tages mit ihr auf Tschechisch unterhalten. Entschuldigen Sie, Lenka.« Sie schüttelte den Kopf.

»Ich meine: Entschuldigen Sie, Fräulein Weißbach.«

Lenka lächelte. »Das ist in Ordnung, Jana. Gehen Sie ruhig nach Hause. Ihr Gatte wartet bestimmt auf Sie.«

»Das fürchte ich auch«, sagte Jana. »Er hat seine Anstellung verloren und sitzt den ganzen Tag untätig herum.«

»Werden denn nicht in der Josefstadt immer Handwerker gesucht?«

»Doch, das werden sie.« Jana schien noch mehr sagen zu wollen, blieb aber stumm.

Lenka zog den Sessel unter dem Tisch hervor und setzte sich. Jana tat es ihr gleich.

»Darf ich Sie in einer persönlichen Sache um Rat fragen?«, sagte Lenka.

»Natürlich, Fräulein Weißbach.«

»Wenn wir schon so beieinander sitzen, dann nennen Sie mich bitte Lenka«, sagte sie. »Damit mich nicht der Mut verlässt.«

Jana nickte. »Ganz wie Sie möchten, Lenka.«

»Ich weiß nicht, ob ich in diese Stadt gehöre«, platzte es aus Lenka heraus. Sie erschrak selbst darüber, fuhr aber fort. »Manchmal fühle ich mich hier wie die Angehörige einer ganz fremden Spezies. Sie glauben nicht, wie oft ich an Berlin denken muss. Dort hatte ich zwar die Befürchtung, dass mich die Geschwindigkeit jeden Moment von den Füßen reißt, aber kein anderer Ort hat sich jemals stärker angefühlt wie meine Heimat.«

Sie dachte an das letzte Kostümfest in der Bernburger Straße. Daran, wie sich ihr Kleid um sie gedreht und gedreht und gedreht hatte. An Claire im Pagenkostüm neben ihr.

»Vielleicht sollte ich einfach zurückgehen«, sagte sie.

Jana runzelte die Stirn. »Ihre Mutter«, sagte sie. »Ihr Zustand verschlechtert sich so schnell. Sie braucht Sie jetzt. Gestern hat sie vergessen, wie man die Tür zu ihrem Schlafzimmer aufsperrt, also habe ich den Schlüssel abgezogen und versteckt. Heute hat sie vergessen, wie man Deutsch spricht, also spreche ich Tschechisch mit ihr. Wenn sie morgen nicht mehr weiß, wer ich bin, was ist dann?«

Lenka betrachtete zerstreut den Ofen in der anderen Ecke des Zimmers, die glänzenden jadegrünen Kacheln und gusseisernen Klappen.

»Haben Sie genügend Kohle für die Nacht nachgefüllt?«, fragte sie. Jana sah sie verblüfft an, dann begann sie zu lachen.

»Lernt man das an der Universität?«, fragte Jana.

»Lernt man bitte was an der Universität?«

»Eine Diskussion zu gewinnen, indem man urplötzlich das Thema wechselt.«

Jana grinste. Für einen Moment hob sich die Last von Lenka, die sich mit ihrer Rückkehr nach Prag auf sie gelegt hatte.

»Im Ofen ist genug Kohle bis morgen früh, wenn ich wieder hier bin«, sagte Jana und unterdrückte ein Gähnen. Sie sah plötzlich so müde aus, dass Lenka den Blick abwenden musste, bevor sie murmelte: »Ich habe das Gefühl, dass ich ersticke, wenn ich hierbleiben muss.«

Sie sah aus den Augenwinkeln, dass Jana langsam nickte. »Das ist nicht gut«, sagte sie. Wieder wirkte es so, als wollte sie weitersprechen, und wieder blieb sie stumm.

Bevor sie ging, eilte Lenka ins Badezimmer und durchstöberte die Waschkommode. Als sie gefunden hatte, was sie suchte, lief sie in die Diele und reichte Jana einen kleinen Tiegel.

»Glycerin-Honig-Gelee«, sagte sie. »Für Ihre Hände.«

Mitten in der Nacht rissen sie Schreie aus dem Schlaf. Sie brauchte einige Sekunden, um sich in der Dunkelheit zu orientieren: Der Lärm kam nicht aus der Wohnung, sondern von der Straße, es war also nicht ihre Mutter, die aufgewacht war und Hilfe brauchte. Ihre Erleichterung wich neuerlicher Anspannung. Aufgebrachte Stimmen auf der Straße verhießen nie Gutes. Sie setzte sich auf, atmete tief ein und aus und trat ans Fenster, ohne Licht zu machen. So würde man von der Straße aus nicht sofort entdecken, dass in dieser Wohnung im zweiten Stock jemand zu Hause war. Sie zog behutsam den Vorhang ein Stück beiseite und spähte hinaus. Sie konnte gerade eben das gegenüberliegende Trottoir erkennen, dort war niemand, bloß das verschlossene Tor des Palais Kaunitz in seinem gewaltigen Steinportal. Die Menschen, deren Stimmen sie gehört hatte, mussten direkt vor ihrem Haus stehen. Sie hörte sie noch immer, wenn auch etwas leiser, und zum Glück gab es weder das Klirren von zerberstenden Fensterscheiben noch dumpfe Schläge gegen die Eingangstür. Vielleicht war es nur eine Auseinandersetzung zwischen Betrunkenen. Als sie den Vorhang wieder schließen wollte, sah sie einen Wachmann schräg über die Straße hasten. Ehe er aus ihrem Blickfeld verschwand, rief auch er etwas. Lenka war sich ganz sicher, dass sie ihn richtig verstanden hatte: »Wer liegt dort?« Sie öffnete so lautlos wie möglich die Tür und huschte im Morgenmantel auf den Balkon. Der Mond war hinter Wolken verborgen, von der Straße aus würde man sie nicht einmal schemenhaft wahrnehmen. Sie tastete sich zur Brüstung vor und sah hinab. Auf dem Trottoir direkt vor ihrem Haus, in einer Pfütze aus gelblichem Laternenlicht und umgeben von Wachleuten und anderen Nachtgestalten, lag ein Mann flach auf dem Rücken. Mehr noch als seine Haltung zeugte sein Blick davon, dass er tot war. Er starrte geradewegs zu Lenka auf den Balkon hinauf. Sie musste sich die Hand auf den Mund pressen, um sich nicht zu verraten.

16

Wenige Minuten später nahm das Schauspiel seinen erwarteten Lauf. Kisch tauchte in der Herrengasse auf. Und ob sie es wollte oder nicht, Lenka war erleichtert, ihn zu sehen. Wie auch immer er sie erkannt hatte in der Dunkelheit auf dem Balkon: Er lächelte, und Lenka lächelte zurück.

Nachdem er sich ihr gegenüber zu erkennen gegeben hatte, schritt er stumm und leise voran. Der Leichnam lag noch auf dem Bürgersteig, Gendarmerie, Kriminalpolizei und der diensthabende Arzt hantierten am Toten herum, während Kisch vom

Botenjungen schon in der Melantrichgasse über die wesentlichen Details informiert worden war. Auf dem für diese Uhrzeit und für ihn vollkommen unüblichen Weg in die Redaktion war Kriminalreporter Platschek tot zusammengebrochen, sein etwas träger, aber dennoch zuverlässiger Kollege des Prager Tagblatts. Kisch folgte seinem Bauchgefühl, stahl sich unerkannt an der Szenerie vorbei und betrat selbstbewusst die Räumlichkeiten des Prager Tagblatts. Den beiden vor dem Eingang postierten Polizisten nickte er verbindlich zu, die jungen Kerle ließen sich blenden und schöpften erst recht keinen Verdacht, als Kisch den alten Nachtwächter grüßte, den er aus seiner Zeit als Redakteur beim Tagblatt noch kannte. »Entschuldigen Sie bitte, ich bin mit der Angelegenheit betraut, wo war noch gleich Redakteur Platscheks Schreibtisch?«

»Ganz hinten links unter dem Fenster«, teilte ihm der überrumpelte Wachmann mit, und Kisch ließ ihn stehen und eilte in die Redaktionsräume. Er wusste, er hatte ab jetzt keine Zeit zu verlieren. Hastig durchstöberte er die Unterlagen auf dem Tisch, Schreibmaschinenseiten, Zeitungsbogen, ausgeschnittene Artikel aus dem Prager Tagblatt, da hörte er schon die Stiefelschritte aus dem Vorraum. Ein einziges Blatt erschien ihm von besonderem Interesse, handbeschriftet. OPERATION KOMET, hatte der Kollege auf die Oberseite des Papiers notiert, der Rest war in einer rätselhaft verschnörkelten Schrift geschrieben. Kisch faltete das Blatt mehrfach zusammen und steckte es sich in den Schuh, ehe die Polizisten die Redaktion stürmten. »Bleiben Sie stehen, fassen Sie nichts an!«

Kisch wusste, dass es keine Diskussion geben würde. Mehrere Polizisten drückten seinen Oberkörper auf den Schreibtisch, man durchsuchte ihn, förderte allerdings nur Zigaretten, Streichhölzer, ein leeres Notizbuch und ein paar Kronen und Heller zutage.

»Raus jetzt mit dir, du verdammter Ganove!« Sie schubsten und schoben ihn aus den Räumen des Prager Tagblatts. Kisch war sich sicher, dass er den Rest der Nacht in Untersuchungshaft verbringen würde. Aber er hatte, wie so oft in brenzligen Situationen, wieder mal Glück. Der Tote wurde gerade für den

Abtransport vorbereitet, und vor ihm stand seine Rettung. »Losmachen, auf der Stelle.«

»Aber er hat sich unbefugt Zutritt verschafft und die Unterlagen des Verstorbenen durchwühlt!«

»Habe ich mich unklar ausgedrückt? Sofort losmachen.« Leopold von Hofmeister schüttelte verärgert den Kopf, Kisch wusste nicht, ob das Unverständnis ihm galt oder den uniformierten Kollegen. »Was treiben Sie sich schon wieder hier herum, Kisch?«

Er zuckte mit den Schultern. »Ich habe gerade einen Kollegen verloren.«

Von Hofmeister nickte versonnen. Etwas kleiner als Kisch und ein paar Jahre älter, in einem noblen Winterpelz und mit einer runden Brille, die den Intellekt des amtierenden leitenden Inspektors für Kapitalverbrechen unterstrich. Kisch mochte den ehrgeizigen Leopold von Hofmeister, und der wiederum hatte, seit er vor einigen Monaten sein Amt in verhältnismäßig jungen Jahren angetreten hatte, auch etwas für Kisch und seine unnachgiebige Art übrig.

»Was Sie hier getan haben, kann allerdings nicht ohne Konsequenzen bleiben«, sagte von Hofmeister. »Ich erwarte Sie morgen um zehn Uhr in meinem Bureau.«

Kisch nickte.

»Wir sind hier noch eine Weile beschäftigt, und Sie möchte ich jetzt hier nicht mehr sehen. Guten Abend, Herr Redakteur.«

»Guten Abend, Herr Inspektor. Ich bin schon weg.« Kisch wechselte die Straßenseite und machte in einem unbeobachteten Moment eine Geste, er hatte sich einfach blind darauf verlassen, dass Lenka auf dem Balkon warten würde. Und so war es tatsächlich gewesen.

Sie trafen sich am Dienstboteneingang. Kisch nahm sich nicht viel Zeit für Erklärungen, zu groß war die Gefahr, entdeckt zu werden. »Es ist Platschek vom Tagblatt. Es hat ihn erwischt wie Leidinger. Diesmal werden wir schneller sein.«

»Du bist übergeschnappt«, sagte Lenka, aber Kisch fingerte schon an seinem Schuh herum und zog das aus der Redaktion entwendete Blatt Papier hervor. »Nimm das und pass gut darauf auf. Es könnte uns noch enorm nützlich sein. Jetzt muss ich gehen.«

»Du bist wirklich übergeschnappt«, wiederholte Lenka nur, und Kisch vergaß sich für einen Augenblick und umarmte sie lang und fest.

»Schlaf noch ein wenig, morgen wird ein langer Tag.« Kisch drehte sich um und verschwand, und Lenka fühlte seit der Nacht im Batignolles zum ersten Mal wieder, dass sie am Leben war. Sie wusste, dass sie das einmal mehr Kisch zu verdanken hatte, auf den sie doch eigentlich lieber wütend gewesen wäre, anstatt sich von ihm umarmen zu lassen.

17

Kisch rauchte auf dem Johannisplatz noch eine Zigarette und behielt das schwere Eisentor des Sicherheitsdepartements in der Bartholomäusgasse im Auge. Lieber als in seinem Bureau hätte er Leopold von Hofmeister hier abgefangen, sich in gewohnter Umgebung eines Kaffeehauses mehr Sicherheit verschafft für das unangenehme Gespräch, das ihn nun erwartete. Aber von Hofmeister kam nicht. Wahrscheinlich war er vom Leichenfund in der Herrengasse gar nicht erst zurückgekehrt in seine Familienvilla in Streschowitz. Man erzählte sich, der leitende Inspektor nächtige oft auf einer einfachen Pritsche in seinem Bureau und empfange seine Gäste dennoch stets akkurat rasiert und gekleidet. Kisch konnte es drehen und wenden, wie er wollte: Er hatte Sympathien für den jungen Inspektor. Für seinen Ehrgeiz, der mitunter an Wahnsinn zu grenzen schien – er spiegelte sich darin.

Um Punkt zehn Uhr betrat Kisch das Sicherheitsdepartement und wurde direkt in das lichtdurchflutete Bureau geführt. Von Hofmeister lächelte freundlich, stand auf und reichte Kisch die Hand: »Ich wette, Sie haben ähnlich wenig geruht wie ich. Trinken Sie auch einen starken Tee?« Mit leiser Stimme wies von Hofmeister seine Vorzimmerdame an, die gleich mit einer Auswahl erlesenen

Gebäcks und einer Kanne duftenden schwarzen Tees erschien. In gewisser Weise gab es, obwohl sie gänzlich unterschiedlichen Charakters waren, eine gewisse Ähnlichkeit zwischen Kischs Freund Graef, dem Vorgänger im Amt des leitenden Inspektors, und dem jungen Leopold von Hofmeister. Kisch hatte das Gefühl, dass sie ihm beide wie einem ebenbürtigen Gegenüber und stets ehrlich begegneten. Dass er sich auf ihr Ehrenwort verlassen konnte. Dass sie ihn respektierten für seine Arbeit als Redakteur – auch wenn er dauernd die Regeln brach und aus Sicht der Kriminalpolizei Ermittlungen gefährdete wie letzte Nacht.

Von Hofmeister entstammte einer adligen Wiener Familie, die kurz vor seiner Geburt nach Prag gezogen war. Ein prächtiges Haus hatten sie sich oben in Streschowitz bauen lassen, die Prager Burg und das Strahov-Kloster in Sichtweite. Vielleicht war dies das engste Band zwischen dem Inspektor und dem Redakteur. Um Materielles hatten sie sich nie kümmern müssen, aber gerade deshalb um so mehr um den Status, den sie in der Welt hatten: Sie wollten besser sein als alle. Sie jagten beide dem großen Coup nach, der sie reicher machen würde, als es mit Geld zu ermessen wäre. Sie tranken ihren Tee und redeten über Belangloses.

»Haben Sie schon die neuen Vorstellungen im Varieté gesehen? Die zusammengewachsenen Schwestern sind verstörend, aber sensationell«, sagte von Hofmeister.

»Ein vierfüßiges, vierhändiges, zweiköpfiges Fabelwesen«, erwiderte Kisch. »Sie sollen schwanger sein, wussten Sie das? Als Vater vermutet man den Herrn Direktor.«

»Erzählen Sie keine Märchen«, sagte von Hofmeister.

»Sie werden es bald in der BOHEMIA lesen können. Ich warte bloß auf einen günstigen Moment, die Geschichte zu veröffentlichen.«

Von Hofmeister stand auf und sah aus dem Fenster. Er nahm seine kleine Brille ab und putzte sie. Kisch ahnte, dass es jetzt ernst werden würde.

»Ihren Reportergeist in Ehren, Herr Kisch«, sagte von Hofmeister, »Ihr Verhalten von letzter Nacht ist nicht zu tolerieren.«

Kisch schwieg. Der scharfe Ton imponierte ihm tatsächlich.

»Ob Sie es glauben oder nicht: Es gibt eine gewisse Vertrauensbasis zwischen den Zeitungen und uns. Die sollten wir uns um jeden Preis bewahren, finden Sie nicht?«

»Durchaus«, sagte Kisch, »allerdings bin ich nicht der Ansicht, dass ich Ihr Vertrauen missbrauche, wenn ich möglicherweise sogar zu den Ermittlungen beitrage.«

»Herr Redakteur, ich weiß, dass Sie zu Inspektor Graef ein freundschaftliches Verhältnis pflegten und pflegen. Er hätte Ihnen alles durchgehen lassen und dafür seinen eigenen Ruf riskiert. Dazu bin ich nicht bereit.«

Nun wagte Kisch einen Vorstoß. »Der Redakteur Platschek ist der zweite Tote innerhalb weniger Tage, der Gift eingenommen hat. Wie soll ich dem nicht nachgehen?«

Hofmeister trat an seinen Schreibtisch und schlug mit der flachen Hand darauf. »Herr Redakteur, Sie gehen keinen Hirngespinsten mehr nach. Sonst lasse ich Sie beim nächsten Mal direkt in den Arrest sperren, haben Sie das verstanden?«

»Was unternehmen Sie denn gegen diese offensichtlichen Morde?«

Resigniert ließ sich Hofmeister auf seinen Stuhl fallen. »Was reden Sie denn da? Platschek hat einfach erfahren, dass es da diese Dame gibt, bei der man Gift bekommt. Sein unendlicher Liebeskummer, falls Ihnen das bislang entgangen sein sollte, war seit Monaten bekannt. Dass er nicht mehr sein wollte, hat er ganz ungeniert mehrfach verkündet – und dies letzte Nacht in die Tat umgesetzt.«

Kisch schüttelte energisch den Kopf. »Das glaube ich nicht.«

»Zumindest unsere Arbeit verträgt sich nicht mit Glaubensfragen, Herr Redakteur. Wir halten uns an das, was wirklich war.«

Kisch lachte ein wenig spöttisch.

»Das Prager Tagblatt hat auf mein gutes Zureden hin auf eine Anzeige verzichtet. Das war das letzte Mal, Kisch. Und jetzt entschuldigen Sie mich bitte, ich muss gleich in eine andere Unterredung.«

Kisch zog den letzten Trumpf, den er sich bis zu diesem Moment aufgehoben hatte. »Was wissen Sie über die Operation Komet?«

Offenbar traf er bei Hofmeister einen Nerv. Der wurde bleich, sah Kisch durch seine Brillengläser hindurch ungläubig an. Verstohlen überzeugte er sich davon, dass die Tür zum Vorzimmer fest verschlossen war. Der Inspektor atmete durch, beugte sich vor und sah Kisch nun direkt an, dann sprach er in gedämpftem Tonfall weiter.

»Sie sind klug, Herr Redakteur. Ich kenne Ihre Quellen nicht, aber sie müssen gut sein. Ich schlage Ihnen eine Vereinbarung vor: Sie verbreiten keine Panik wegen des toten Redakteurs Platschek, seine Angehörigen haben mich darum gebeten. Und ich erzähle Ihnen von der Operation Komet. Sie können darüber schreiben, aber erst in der Morgenausgabe.«

Hofmeister hielt Kisch die Hand hin. Kisch schlug ein.

»Ihr Kollege Platschek wusste viel über unsere Pläne. Er wollte demnächst darüber berichten. Jetzt können Sie es tun.«

»Mit außerordentlichem Vergnügen«, sagte Kisch und nickte eifrig.

»Ich nehme an, Sie kennen den Namen Václav Kubitza«, sagte Hofmeister mit gesenkter Stimme.

»Natürlich«, erwiderte Kisch, »er sitzt wegen eines Raubmords oben in Pankratz.«

»Er sitzt nicht nur, er lässt vor allem für sich tanzen«, erwiderte Hofmeister. »Seitdem er im Gefängnis ist, hat er seine Macht schier unendlich ausgedehnt. Das klingt paradox, aber so ist es. Es ist ihm von dort oben aus gelungen, die halbe Prager Unterwelt unter seine Kontrolle zu bringen. Alles schaut zu ihm auf. Eben wie zu unserem Kometen. Sie wissen ja selbst: Es ist etwas außer Kontrolle geraten in unserer schönen Stadt Prag, und wir haben alle Mühe, es wieder einzuhegen.«

»Und das soll sich nun ändern?«

Hofmeister schürzte die Lippen und nickte. »In der kommenden Nacht führen wir die Operation Komet durch. Wir werden in ganz Prag Hasardspieler-Razzien durchführen. Es wird kombinierte Streifungen geben in einem Ausmaß, das die Stadt noch nicht erlebt hat. Postgasse, Husgasse, Perlgasse, Obstmarkt, keine dunkle Gegend und Spelunke werden meine Männer verschonen. Wir werden die Handlanger festnehmen und aus dem Verkehr ziehen und uns so bis nach ganz oben vorarbeiten. Am Ende dieser Nacht wird Kubitzas faulige Pracht in Trümmern liegen.«

»Danke für das Vertrauen«, sagte Kisch. Er war beeindruckt, und zugleich kränkte es ihn fast ein wenig, dass es Hofmeister gelungen war, einen solch großen Schlag geheimzuhalten – selbst vor ihm. Auch Kisch als bestens informierter Kriminalreporter hörte das alles gerade zum ersten Mal. Der Inspektor hatte das Sicherheitsdepartement fester im Griff, als Kisch das für möglich gehalten hätte.

»Ich denke, daraus werde ich eine brauchbare Geschichte machen.«

Von Hofmeister stand auf, das Signal für das Ende ihrer Unterredung. Er brachte Kisch zur Tür und gab ihm die zentrale Botschaft noch einmal mit auf den Weg.

»Bitte erst in der Morgenausgabe, versprechen Sie mir das.«

Beschwingt traf Kisch bei der BOHEMIA ein. Er würde von Hofmeisters Informationen anreichern mit seinen eigenen Recherchen zum Fall Kubitza und zum organisierten Verbrechen, das sich in den nächtlichen Gassen verbreitet hatte und in den letzten Monaten ausgeufert war. Im hinteren Bereich der Redaktion entdeckte er Lenka und zwinkerte ihr zu. Er würde sie einweihen, sobald er Gelegenheit dazu hätte. Gerade wollte er den ersten Satz seines Artikels über die Operation Komet zu Papier bringen, da tauchte Karl Gruber auf. Mit hochrotem Kopf und Zornesader am Hals. »Kisch, sofort zu mir«, schrie er durch den Raum.

Sämtliche Gespräche verstummten. Und Kisch stand auf, lächelte Lenka zu, machte eine alberne Geste und äffte Grubers Auftritt stumm nach. Lenka lächelte zurück.

»Guten Morgen, Herr Revisor«, sagte Kisch nach dem Betreten von Grubers Bureau provozierend, doch Gruber ging gar nicht darauf ein.

»Sie sind beim Tagblatt eingebrochen.«

»Immer langsam«, sagte Kisch, »das war eine Recherche zu einem Zeitpunkt, als noch unklar war, ob …«

»Sie sind allen Ernstes beim Prager Tagblatt eingebrochen. Haben Sie eigentlich den Verstand verloren, Kisch? Die Reputation der BOHEMIA steht auf des Messers Schneide. Durch Sie.«

Kisch beschloss, diesmal all das nicht an sich heranzulassen. Sollte Gruber doch toben, er fühlte sich äußerst siegesgewiss, solange er jemanden wie Hofmeister auf seiner Seite hatte.

»Ich entziehe Ihnen hiermit Ihr Ressort. Ab sofort übernimmt Wenzel Ihre Aufgabe.«

»Das können Sie nicht«, sagte Kisch.

»Es ist bereits geschehen«, erwiderte Gruber und verzog höhnisch den Mund. »Widmen Sie sich bitte ab sofort der Prager Lokalberichterstattung und den Anliegen der Leser, derer sich Fräulein Schlupp bis zu ihrem Ausscheiden angenommen hat. Sie können froh sein, dass wir Sie nicht auf der Stelle entlassen. Und jetzt gehen Sie wieder an die Arbeit.«

»Wir werden ja noch sehen, wem von uns diese Entscheidung mehr schadet«, sagte Kisch, auch wenn er schon in dieser Sekunde wusste, wie viel er selbst dadurch verlieren würde: alles, was sein Leben ausmachte.

Spät in der Nacht, Kisch hatte es vorgezogen, an diesem Abend weder im Café noch in der Spelunke zu sein, hörte er einen Pfiff und trat auf die Terrasse des Bärenhauses. Es war der Botenjunge.

»Was willst du hier?«, zischte er in die Gasse hinab. »Hast du es nicht gehört? Ich darf nichts mehr schreiben.«

»Überall Razzien, Herr Redakteur, Sie sollten es wenigstens erfahren.«

»Lass mich in Frieden damit«, sagte Kisch, aber der Junge ließ sich nicht so leicht abwimmeln.

»Polizeibeamte, Detektive, viele in Zivil, sogar die Geheimpolizei ist dabei. So etwas gab es hier noch nie.«

Der Junge starrte mit kindlicher Begeisterung zu ihm herauf, und Kisch tat es leid, dass er so barsch zu ihm gewesen war. Er nestelte nach einer Münze und warf dem Botenjungen zwei seiner Sport-Zigaretten hinterher.

»Und jetzt los, hau ab und schau dir das Spektakel aus der Nähe an, so schnell kommt es nicht wieder«, sagte Kisch heiser. »Mich brauchst du heute nicht mehr zu informieren.«

Er räusperte sich. Nicht dass er sich zu allem Überfluss auch noch erkältet hatte. Er musste gleich seine Hausapotheke konsultieren.

»In Ordnung, Herr Redakteur«, rief der Junge. »Schlafen Sie gut!«

»Gute Nacht, Fritz.«

Wie ihm all das ab morgen fehlen würde. Wie es ihm jetzt schon fehlte.

18

Und die Moldau schwoll an und zog sich wieder zurück und schwoll wieder an, als sei sie ein langsam atmendes, uraltes Lebewesen. Und unterhalb der Palacky-Brücke zogen Kanalräumer die Leiche einer Frau aus dem Wasser, deren Brillantohrringe verrieten, dass sie den besseren Ständen angehört hatte. Und ein gesuchter Dieb, der mit einem Komplizen auf der Oberen Neustadt einen Wachmann angeschossen hatte, wurde, hinter Damenröcken versteckt, im Kleiderschrank seiner Geliebten in Žižkow gefunden. Und in Wien starb der amtierende Bürgermeister und fanatische Judenhasser Karl Lueger unter großer Anteilnahme der Öffentlichkeit an den Folgen seiner Zuckerkrankheit. Und in einem Bach bei Königgrätz wurde die zerstückelte Leiche einer jungen Näherin gefunden, die von ihrem Liebhaber ermordet worden war, was die wenig anteilnehmende Öffentlichkeit dem Opfer selbst anlastete. Und ein notorischer Betrüger, der als italienischer Edelmann, Magister der Pharmazie, Reserveoffizier und Mitglied des tschechischen Nationaltheaters aufgetreten war, wurde in Prag, wo er ironischerweise lebenslanges Aufenthaltsverbot hatte, zu sechs Wochen Arrest verurteilt. Und in Wien duellierten sich der Konzipist der niederösterreichischen Statthalterei und ein Kavallerieoffizier mit Pistolen, was nur einer der beiden überlebte. Und auf der Hetzinsel bei den Eiswerken wurde die Leiche einer jungen Frau mit braunem Haar aus der Moldau gezogen, die bereits längere Zeit im Wasser gelegen hatte und ein gestreiftes Kostüm und schwarze Schuhe und Strümpfe trug. Und ein Milchhändler aus Žižkow wurde von zehn Rekruten überfallen und durch Messerstiche schwer verletzt, bevor er bewusstlos auf seinem Milchwagen von einem Unbekannten nach Hause geschafft wurde. Und im Vergnügungslokal Eldorado in der Obstgasse erschoss ein junger Mann eine Kellnerin und anschließend sich selbst, nachdem er auf die Wand seinen Namen und einen unvollendeten Satz in fehlerhaftem Deutsch gekritzelt hatte. Und die Geliebte eines Einbrechers und Polizistenmörders wurde mit einem Koffer voller gestohlener Uhren gefasst, die sie in Prager Leihhäusern zu Geld machen wollte. Und am Kleinseitner Ende der Franzens-Brücke sprang an Nováks freiem Tag eine Frau ins Wasser. Ihre Leiche wurde nicht gefunden. Auf der Brücke ließ sie eine graue, dunkel gestreifte Jacke zurück.

Keine unnatürlichen Todesfälle in Prag – mit Ausnahme der unglückseligen Frauen, die sich in die Moldau stürzten oder von zu kurz gekommenen Männern erschossen wurden, und der unglücklichen Kinder, die sich vor Züge warfen. Gruber veröffentlichte in der BOHEMIA einen Artikel über die Verweichlichung der Jugend. *Die Lasten der Schule sind mit den Jahren immer leichter geworden; aber die Gemüter, denen sie aufgebürdet sind, werden schwächer und schwächer.* Über das gesellschaftliche Verschwinden der »Dame« hatte er auch schon in Aufsatzform philosophieren lassen, vielleicht, dachte Kisch, war ihm einmal zu oft Lenka in ihrem Herrenmantel über den Weg gelaufen. Während Kisch früher auch nach durchzechten Nächten jeden Morgen mehr oder weniger pünktlich in der Redaktion aufgetaucht war, erschien es ihm nun, ohne seine Kriminalfälle, oft der Mühe nicht wert. Gedanken nachhängen und rauchen konnte er auch zu Hause auf der Terrasse, auf der er früher mit seinen Brüdern Fußball gespielt hatte. Dort lag sogar noch ein verwitterter Lederball, den er manchmal gedankenverloren gegen die Steinbrüstung trat, bis seine Mutter von innen an die Türe klopfte.

»Machen dich denn wirklich bloß Mord und Totschlag glücklich?«, fragte sie.

»Mord, Totschlag und Zigaretten«, sagte er und zuckte mit den Schultern.

Beim Trafikanten in der Rittergasse begegnete ihm Sindelar, der Morgenredakteur des Prager Tagblatts. Sie schätzten einander sehr. Als Sindelar atemlos von den Tagen vor Platscheks Tod zu erzählen begann, hätte sich Kisch am liebsten mit einer fadenscheinigen Ausrede davongestohlen, aber ihm waren die Zigaretten ausgegangen, ein mittlerer Notfall, er konnte nicht einfach wieder gehen. Sindelars Nervosität war mit Händen zu greifen. Seine Bewegungen waren fahrig, seine Stimme bebte, er scharrte mit den Hufen. Ja, ja, er hatte einen langjährigen Kollegen verloren, möglicherweise einen Freund, doch Kisch war gerade dabei, seinen Lebenssinn und seine Daseinsberechtigung zu verlieren, sah man das denn nicht? Er suchte in sich nach den passenden Worten und starrte dem Kunden vor sich ein Loch in den Rücken.

»Die Briefe, die Platschek in letzter Zeit erhalten hat«, hörte er Sindelar neben sich sagen.

Er nickte ja, ja, der Kunde hatte den Trafikanten, der Kisch doch nur ein Schächtelchen Sport verkaufen sollte, in ein längliches Gespräch über die neue Rennsaison im Hippodrom verwickelt.

»Manches könnte man durchaus als Drohschreiben bezeichnen«, sagte Sindelar. Kurz erwachte der Kriminalreporter in Kisch, er setzte zu einer Frage an, doch dann verpuffte der Impuls, und Kisch nickte wieder nur. Der gesprächige Kunde verabschiedete sich endlich vom Trafikanten. Kisch verlangte drei Schachteln Sport, klopfte Sindelar auf die Schulter und ging zurück ins Bärenhaus. Er war kein Kriminalreporter mehr. Er wusste nicht, was er stattdessen war.

»Seien Sie doch froh, dass Sie ausnahmsweise genug Schlaf bekommen und sich anderen Dingen widmen können«, sagte Graef im Spielzimmer des Maxim zu ihm. Kurz fragte sich Kisch, ob sich sein alter Freund mit seiner Mutter zusammengetan hatte, um ihn mit Gewalt aus der liebgewonnenen Melancholie zu reißen. Vielleicht versuchte Graef aber auch bloß, ihn und auf diesem Wege sich selbst zu trösten, da sie nun das Schicksal teilten, beruflich aus der Prager Halbwelt verbannt worden zu sein. Graef mischte und verteilte die Holzsteine. Kischs Freunde spielten lieber Billard oder Poker, schon aus Prinzip, aber mit seinem Vater und seinen Brüdern hatte er früher auch immer Domino gespielt. Graef und er spielten es seit neun Jahren miteinander. Seit dem Jahr, in dem Kischs Vater gestorben war.

Auf dem Rückweg vom Friedhof hatten Onkel Samuel und Paul als ältester Sohn ihre weinende Mutter gestützt. Kisch hatte sich gefühlt wie im Traum, als sähe er von oben zu, wie er und seine drei jüngeren Brüder im Pulk dahinter liefen. Seine Hände waren immer noch feucht. Es war so kalt, dass sie nach dem Waschen einfach nicht trocknen wollten. Er traute sich nicht, sie an seinen Kleidern abzuwischen. Er hörte das unterdrückte Schniefen und Schluchzen von Arnold und Friedrich, sah, wie sich Wolfgang verstohlen über die Augen wischte. Er dachte: Sie sind alle noch so klein, erst sechs, zehn und dreizehn. Er dachte: Ich bin erst fünfzehn, und fühlte nichts dabei. Bis er doch etwas fühlte. Eine große Hand legte sich auf seine Schulter. Das musste sein Vater sein, denn der fehlte als Einziger. Als ihm einfiel, dass sie gerade der Reihe nach drei Schaufeln Erde in dessen Grab geworfen hatten, hätte er fast aufgelacht. Er drehte sich um, und neben ihm lief Herr Graef. Kisch wusste, dass Herr Graef Polizeiinspektor war, was ihn schon immer sehr interessiert hatte, und dass er zur Bestattung gekommen war, obwohl sein Vater ihm weniger Stoffe verkauft hatte als anderen Kunden, die nicht einmal im Traum daran gedacht hätten, ihm das letzte Geleit zu geben. Der Friedhof war trotzdem voller Menschen gewesen. Immerhin waren die Kischs Nachfahren von Judah Löw, dem Schöpfer des Golem, den dieser auf dem Dachboden der Altneu-Synagoge zerstört hatte. Während der drei Gottesdienste im Jahr, die ihn in die Synagoge führten, dachte Kisch sich meist nur Möglichkeiten aus, wie er unbemerkt auf den Dachboden gelangen und nach den Überresten des Golem suchen könnte.

»Was ist das schlimmste Verbrechen, das Sie jemals aufgeklärt haben?«, hörte sich Kisch fragen, und Herr Graef antwortete ohne Umschweife: »Der Mord an der kleinen Sladká.«

Kisch erinnerte sich gut. Er hatte davon im Prager Tagblatt gelesen, das er heimlich vom Frühstückstisch mitgenommen hatte, als er selbst nicht viel älter als das ermordete Mädchen gewesen war. Ein Irrer hatte sie am hellichten Tag aus der Wohnung ihrer Eltern entführt und in die eiskalte Moldau geworfen, wo sie ertrunken war. In den Wochen danach hatte Kisch fieberhaft nach Leichen Ausschau gehalten, wenn er am Flussufer war, hatte aber schließlich nur den aufgeblähten Kadaver einer Kuh im Wasser treiben sehen und sich vor Ekel fast übergeben. All das erzählte er Herrn Graef nicht, sondern er begann zu improvisieren.

»Für die Schule sollen wir einen Aufsatz über eine bedeutende Prager Persönlichkeit verfassen«, sagte er. »Dürfte ich über Sie schreiben, Herr Graef?«

»Natürlich«, sagte Herr Graef. »Es wäre mir eine Ehre.«

Jetzt wurde Graef von einem heftigen Hustenanfall geschüttelt.

»Die kaputte Lunge«, sagte er heiser, als er wieder sprechen konnte. Er räusperte sich und blickte entschuldigend zwischen den beiden anderen Spielern am Tisch hin und her, aber sie hatten von Anfang an ihren Steinen mehr Aufmerksamkeit geschenkt als ihm und Kisch. Mehr noch als diesen Umstand bedauerte Kisch die beiden Männer. Was war denn, hätte er sie um ein Haar gefragt, verdammt noch mal interessanter als ein Kriminalreporter und ein Polizeidetektiv? Graef hatte alle blutigen Tragödien gesehen, die man sich vorstellen konnte, und er hustete nicht etwa, weil er ein kränklicher Pensionär war, sondern weil er vor Jahren im Dienst beinahe erstickt wäre, als ein flüchtiger Mörder den Strohschober angezündet hatte, in dem Graef mit gezücktem Revolver nach ihm suchte. Kisch setzte darauf, dass wenigstens die Kiebitze, die in der Nähe standen, die Ohren spitzten. Die meisten hatten wahrscheinlich schon berufsbedingt Bekanntschaft mit Graef gemacht.

Graef konnte nicht anlegen und seufzte. »Was ist mit dem Text übers Nachtasyl?«, fragte er Kisch und betrachtete schwermütig seine verbliebenen Spielsteine. »Sie sprechen seit Monaten davon. Jetzt ist die Gelegenheit.«

Und weil er Graef nicht enttäuschen wollte, besuchte Kisch am nächsten Abend mit einem Bündel Lumpen unter dem Arm seinen alten Freund Oskar im Petersviertel. Dort trank er zur moralischen Stärkung und in der Hoffnung, dass sich die Aufregung, die er normalerweise vor solchen Streifzügen empfand, künstlich erzeugen ließe, einen Tee mit Rum und legte sein maßgeschneidertes Bürgerkostüm ab. Als er in ausgeblichenen, durchlöcherten Kleidern in den Wohnungsflur trat und Oskar unwillkürlich die Nase rümpfte, wusste Kisch, dass er überzeugend genug aussah. Auf seinem Weg zur Klemenskirche musterte er die Gesichter der Entgegenkommenden, er wünschte sich abschätzige oder konsternierte Blicke, die er in seinem Aufzug sicherlich selbst in diesem einfachen Wohnviertel verursachen würde, doch wenn ihn überhaupt jemand ansah, dann war es mit einem matten und desinteressierten Ausdruck. Kisch fühlte, wie die beflügelnde Wirkung des Rums nachließ und er in einen Zustand zurückglitt, den er aus seiner Zeit als einfacher Lokalreporter kannte: Er war anwesend abwesend. Er registrierte alles, was sich vor seinen Augen und Ohren abspielte: das Quietschen und leise Gackern von einem mit zugedeckten Hühnerkäfigen beladenen Handwagen, den ein alter Mann hinter sich herzog; die Hosenträger, die von dessen Hüften hinabbaumelten wie Zaumzeug; die Pfützen, durch die er mit seinen durchweichten Patentschuhen schlurfte. Kisch begann, seine Eindrücke zu filtern und in brauchbare und unbrauchbare zu sortieren: Die beiden Kinder mit ihren knochigen Knien und rutschenden Wollstrümpfen, die sich ein Hörnchen teilten, waren brauchbar; die Dame im kostspieligen Kostüm, die ihm im Vorbeigehen zunickte, war unbrauchbar; der aus einem Fenster schallende Gesang war brauchbar, wenn man das gesungene Lied änderte, genauso wie das verstummende und wieder beginnende Zwitschern Dutzender kleiner Vögel in einer Hecke, an der er vorbeilief – aber nichts davon berührte ihn. Er kam sich vor wie eine ausgeklügelte Aufnahmeapparatur.

Vor der Klemenskirche schloss er sich den Frauen und Männern an, die in verstreuten Gruppen und Grüppchen darauf warteten, ins Nachtasyl eingelassen zu werden. Noch ehe sich die schweren Holztüren öffneten, hatte er einigen von ihnen ihre Lebensgeschichten entlockt. Ein Junge, der in Triest auf dem Bau gearbeitet hatte, war gerade zu Fuß nach Prag gekommen, wovon auch seine schlammbespritzten Schuhe und Hosenaufschläge zeugten. Ein arbeitsloser Geschäftsdiener mit fiebrigem Blick konnte von nichts anderem als der Suppe reden, die sie später als Nachtmahl bekommen würden, denn zuletzt hatte er vor anderthalb Tagen etwas gegessen. Ein älterer Fabrikarbeiter ohne Anstellung, der sich ein Taschentuch um den Kopf gebunden hatte – Kisch wusste nicht, ob in Ermangelung eines Hutes, oder weil er Zahnweh hatte –, und ein Gelegenheitskanalräumer mit buschigem Bart und eingedellter Melone zogen einander mit der Zahl der Einträge in ihrem Arbeitsbuch auf. Fabrik- und Feldarbeiterinnen schwatzten miteinander, starrten in den sich verdunkelnden Himmel oder warfen den Männern unduldsame Blicke zu. Hier war nichts unbrauchbar. Sobald man sich dort wiederfand, wo es ums nackte Überleben ging, war alles relevant. Kisch machte sich im Geist Notizen: die beiden Polizisten, die sie in kurzer Distanz mit argwöhnisch-hochmütigen Gesichtern bewachten; der feiste Herr mit Uhrkette, der ihn und die anderen als billige Müllergehilfen anwerben wollte; die zwei Frauen, die den nicht ganz und gar mittellos aussehenden Menschen unter ihnen ein privates Zimmer zu einem horrenden Preis anboten. Die Wartenden kamen ihm nicht halb so schäbig vor wie diese Geschäftemacher, die ihre Not ausnutzen wollten. Er stellte sich vor, wie jemand wie Kafka abwechselnd nicken und den Kopf schütteln und irgendwann mit der Faust auf den Tisch hauen würde, wenn er ihm von dieser Kaltherzigkeit erzählte, und diese Aussicht verlieh ihm die nötige Kraft, hinter den anderen her zur Pforte des Asyls zu trotten. Er besaß natürlich kein Dienstbuch, das er dort hätte vorzeigen können, aber da er sich eine plausible Ausrede zurechtgelegt hatte, ließ man ihn trotzdem ein. Es schadete nicht, dass er nahezu sämtliche Beamten der Prager Polizei beim Namen kannte. In der Nacht tat er kein Auge zu. Während er im Stockdunkeln auf dem Strohsack lag und dem Schnarchen, Murmeln und Jammern der bis in die Knochen erschöpften Männer lauschte, mit denen er sich das Zimmer teilte, wiederholte er stumm die Details, die er nicht vergessen wollte. Der Asylbedienstete, der ihn als Lausbuben beschimpfte, weil er sich aufs Bett gesetzt hatte, um in die steifen Lederpantoffeln zu schlüpfen; die dünne Suppe im Blechnapf, die seine Kompagnons gierig getrunken hatten, ohne die ausgeteilten Zinnlöffel anzurühren; die halbe Zigarette, die er dem alkoholkranken Kutscher geschenkt hatte, der das Stück wiederum klaglos mit dem Zuckerbäckergehilfen aus Graz geteilt hatte.

Am nächsten Morgen verwandelte er sich bei seinem Freund in der Sametzgasse wieder in einen Angestellten der BOHEMIA zurück und rief in der Redaktion an, um sich für den Tag krankzumelden. Danach nahm er ein Bad und schlief traumlos bis zum frühen Abend.

Gruber ließ sich nicht erweichen, ihn wieder über Verbrechen schreiben zu lassen. Seine Nacht im Asyl für Obdachlose bot Kisch ihm gar nicht erst an, denn mit an Sicherheit grenzender Wahrscheinlichkeit hatte dieser Todel weder einen Sinn noch eine Verwendung für dieses Thema. Da Kisch trotzdem sein Zeilenpensum erfüllen musste, schusterte er halbherzig Artikel für die Vergnügungschronik zusammen oder beantwortete Zuschriften an die Redaktion. *Nikotin. Den meisten Nikotingehalt haben von den angeführten Zigarrensorten Kurze 1.88, Kuba 1.51, Virginier 1.47 und Portorico 1.41.*

Er drehte sich nach Lenka um, die ihn neuerdings, da sie endlich gemeinsam in der dritten Klasse saßen, gekonnt ignorierte und lieber mit Brodesser tuschelte, diesem zu groß geratenen Schulbuben. Kisch bereute es, ihr vorgeschlagen zu haben, dass sie sich in der Redaktion lediglich als entfernte Bekannte begegneten und nicht als Freunde. Er langweilte sich fürchterlich, was sich innerhalb von Stunden in fürchterliche Betrübnis verwandelte. Um Lesern zu erklären, welche Schleife am besten zum Smoking passte, war er nicht Reporter geworden. Er meldete sich für eine ganze Woche ab.

*

Zweifellos wollte die Frau das Paket um jeden Preis ersteigern. Enthalten waren ein Herrenmantel, vier schartige Messer und eine Decke. Jedes Gebot überbot sie auf der Stelle um zehn Heller. Kisch stellte sich vor, was er in einem Text daraus machen könnte: wie sich die Frau am Ende selbst in schwindelerregende Höhen steigerte. Er sah sich in der Auktionshalle um, die dank des Sonnenlichts, das durch die gläserne Decke des Lichthofs fiel, so gut ausgeleuchtet war wie ein Operationssaal. Einen Teil des Publikums kannte er aus den Weinstuben von Žižkow und der Josefstadt oder dem Dunstkreis ums Café Kandelaber auf dem Altstädter Ring. Neben ihm stand ein kleiner dünner Mann, der sich sogar auf die Zehenspitzen stellte, sobald der Ausrufer neue Ware präsentierte.

Die wild entschlossene Frau ersteigerte das Paket für knapp 18 Kronen und schleppte ihre Beute durch die Reihen der Kauflustigen. Kisch entdeckte unter ihnen einen weiteren Bekannten: Fritsch, den ewigen Unruhestifter in Prager Gassen, Auktionssälen und Beiseln. Er blickte sich lauernd um, wahrscheinlich war er wieder auf der Suche nach zwei Männern, die sich leicht gegeneinander aufhetzen ließen.

»Ist das nicht aus Polizeibeständen?«, fragte der kleine, dünne Mann neben ihm. Kisch betrachtete den Mantel, der auf dem Auktionstisch ausgebreitet war. Feiner Stoff, dunkelrote Aufschläge.

»Nicht unbedingt«, sagte er. »Könnte auch einem Beamten von der Statthalterei gehört haben.«

»Vielleicht etwas für den nächsten Fasching!«, rief Fritsch auf Tschechisch, und ein paar Vertreter der inoffiziellen Genossenschaft der Prager Kleinhändler unterbrachen ihre internen Verhandlungen und lachten über seinen Scherz oder seinen unüberhörbar deutschen Akzent.

»Wie viel soll er kosten?«, fragte Kisch seinen Nebenmann. Wenn er schon nicht mit dem Herzen dabei war, dann wenigstens mit der Zunge.

»28 Kronen 40 Heller Ausrufpreis«, sagte der dünne Mann, »dafür bekommt man fünf Mäntel ohne königlich-kaiserliche Vergangenheit. Ich würde es mir gut überlegen.«

»Sie kennen sich wohl aus?«, fragte Kisch.

»Ich habe einen Laden in Holešowitz«, sagte der Mann eifrig. »Antike Tuch- und Silberwaren, nicht weit vom Schlachthof. Leider habe ich gerade keine Karte bei mir«, er klopfte sich wie zum Beweis auf die leere Brusttasche seines Jacketts, in der vermutlich noch nie eine solche Karte gesteckt hatte, »aber in Holešowitz kennt man meinen Laden, Sie können ihn gar nicht verfehlen.«

Nach der letzten Auktion sah Kisch den Mann bei einer jungen Frau stehen, der Kleidung nach eine Fabrikarbeiterin. Sie wiegte in der Nähe des Eingangs, dicht am Ofen, einen schreienden Säugling im Arm. Sie und der Mann blickten lange einem gelbhaarigen Hünen nach, der mit einer Kiste voller abgenutzter Gegenstände – ein Eisentopf, aus dem die Stiele von Kochgeschirr ragten; ein Paar Stiefel; ein kleiner Spiegel; ärmliche Kleider – zur Tür hinausdrängte.

»Der angebliche Trödelhändler aus Holešowitz war wahrscheinlich da, um zurückzukaufen, was er verpfändet hatte«, sagte er ein paar Abende später im Spielzimmer zu Graef.

»Und dann hat jemand mehr geboten als er«, sagte Graef.

»Wenigstens hatte es die kleine Familie im Lärm der Auktionshalle wärmer als in ihrer Wohnung am Zentral-Schlachthof«, sagte Kisch und spürte, wie sich endlich etwas in ihm regte: Er war wieder da. Solange er Graef davon erzählte, begann ihn die Geschichte selbst zu interessieren, sogar zu bewegen. Er beschloss, dem Mann, sollte er einmal über ihn schreiben, seinen bescheidenen Traum zu erfüllen und ihn zu einem Trödelhändler aus der Fabrikvorstadt zu machen.

»Und wen werden Sie in Ihren Texten aus mir machen?«, fragte Graef und nahm einen Schluck von seinem Bier. Er wischte sich den Schaum vom Schnurrbart.

»Ich dachte an einen Halunken, der in Pankratz ein- und ausgegangen ist«, sagte Kisch.

Der amüsierte Blick, den Graef ihm zuwarf, erinnerte Kisch an seinen Vater. Wie er ihn manchmal vermisste. Bevor er sentimental wurde, schob er nach: »Habe ich Ihnen übrigens schon von meiner kurzen, heftigen Bühnenkarriere am Deutschen Theater erzählt?«

»Bitte«, sagte Graef, »ich höre. Und wehe, Sie bleiben bei den Tatsachen.«

Für seinen alten Freund lieferte Kisch im Spielzimmer des Maxim eine Aufführung ab, die die Vorstellung von »Wallensteins Tod«, bei der er als Statist im Heer des Feldherrn aufgetreten war, in den Schatten stellte. Er verschwieg Graef die Überwindung, die es ihn gekostet hatte, am Abend seines Engagements überhaupt das Bärenhaus zu verlassen und, als er einmal auf der Straße stand, nicht auf direktem Wege in die nächste Schnapsbutik zu gehen. Während Kisch erzählte, wobei er manches ausließ, einiges ergänzte und alles zuspitzte, während Graef laut auflachte und in die Hände klatschte, kehrte der Gedanke zurück, der sich in Kisch geformt hatte, als er in den Kulissen des Theaters auf seinen Auftritt wartete, und den er mit aller Macht festzuhalten versucht hatte: Die feindseligen Bühnenarbeiter, der gelangweilte Darsteller des Wallenstein, der großspurige Komparsenkollege – all das waren Wahrheiten, die er bloß noch mit Brücken und Stegen verbinden musste, um nach Herzenslust darauf zu tanzen.

In dieser Nacht aber, nach dem Abschied von Graef, tanzte Kisch mit Revoluce im Batignolles, bis sich von einem seiner Schuhe die Sohle löste. Er kickte beide Schuhe weg, sie landeten irgendwo in der brodelnden Menge, und dann tanzte er barfuß weiter, Revoluces Lachen im Ohr, ihren Geruch von Laub, Erde und Schießpulver in der Nase.

»Du riechst wie eine Räuberhöhle«, rief er ihr über den Lärm hinweg zu, und sie schrie zurück: »Ich bin das Räuberhauptquartier!«

Früh am nächsten Morgen trat er mit fremden Schuhen und Blasen an den Füßen aus dem Salon Gogo, wo er weitergetanzt hatte, weitergetanzt und weitergetrunken, irgendwann ganz allein in der abgegriffenen Pracht der Plüschmöbel, vergoldeten Spiegel und Samtvorhänge. Ihn überfiel Sehnsucht nach der Moldau. Er wollte ohnehin noch nicht nach Hause, das kostete ihn um diese Uhrzeit bloß ein Sperrsechserl und nutzte ihm nicht das Geringste, also zündete er sich eine Sport an und folgte den Altstadtgassen am Annenhof vorbei, wo er in ein paar Stunden wieder am Schreibtisch sitzen und Artikel verfassen würde, die ihn nicht interessierten. Die Erinnerungen an den Abend und die Nacht erschienen ihm im fahlen Tageslicht wie ein Traum. Am Moldau-Ufer lehnte sich Kisch gegen den Wind und die Eisenbrüstung. Auf der anderen Seite des Flusses thronte die nächtliche Burg, ein Anblick, den er immer schon geliebt hatte. Als Junge hatte er sich vorgestellt, wie einsam und erhaben man sich fühlen musste, wenn man allein in einem ihrer Säle stand und aufs schlafende Prag hinabblickte. Er zündete sich die nächste Zigarette an, spürte das Nachglühen der Schnäpse und des Šlapáks, ließ den Blick übers dunkel glitzernde Wasser schweifen und dachte: Wie lange noch, Kisch, wie lange noch. Die Frau im nachtschwarzen Kleid mit verschleiertem Gesicht, die im Schatten zwischen zwei Gaslaternen stand und ihn beobachtete, bemerkte er nicht.

19

Und beim Zöllner auf der Franzens-Brücke klagte ein Geschäftsdiener, der mehrere Spiegel auf dem Rücken trug, über Schmerzen in der Brust und brach tot zusammen, bevor er sich auf den Sessel setzen konnte, den Novák ihm gebracht hatte. Und eine Handschuhmachersgattin wurde mit Genickstarre in der Isolierbaracke des Allgemeinen Krankenhauses interniert. Und ein Poet und Neffe des Prager Polizeidirektors wurde mit Symptomen einer Wurstvergiftung ins Allgemeine Krankenhaus eingeliefert. Und ein Untersuchungshäftling starb in der Isolierbaracke des Allgemeinen Krankenhauses an den Blattern. Und in Frankreich absolvierte die erste Frau weltweit eine Pilotinnenprüfung. Und alle Kliniken und Abteilungen des Allgemeinen Krankenhauses waren derart überfüllt, dass die Patienten auf dem Fußboden liegen mussten. Und aus der Landes-Irrenanstalt wurden Hunderte Pfleglinge entlassen, um Platz für dringendere Fälle zu schaffen. Und in Nürnberg gründete Sigmund Freud mit anderen Psychoanalytikern die »Internationale Psychoanalytische Vereinigung«. Und Damen in engen, bodenlangen Röcken stürzten Treppen hinunter oder aus dem Wagen aufs Pflaster oder wurden auf der Straße angefahren, weil sie sich bloß mit winzigen Schritten vorwärtsbewegen konnten. Und in Paris zog sich die Seine gegen Ende eines 35 Tage währenden Jahrhunderthochwassers, in deren Verlauf wie durch ein Wunder niemand ertrunken war, langsam wieder in ihr Flussbett zurück.

Die Kälte lockerte endgültig den eisernen Griff, mit dem sie Prag schon so lange umklammert hielt. Wenn der Südwind wehte, trug er jetzt manchmal eine erste Andeutung von Frühling heran. Auf dem Rückweg aus der Redaktion spürte Lenka in den Gassen der Altstadt etwas Weiches unter der Härte des Winters, zart wie Weidenkätzchenflaum. Nicht mehr lang, dachte sie.

Sie sperrte das Haustor auf. Mit einer kleinen Verbeugung reichte ihr der Hausbesorger einen Stapel Briefe, die Lenka am Fuß der Treppe durchsah. Zwischen einem Schreiben des Sanatoriums und einer Postkarte von der Côte d'Azure war ein Brief aus Berlin. Claires schnörkellose, sachliche Schrift unter dem Profil der kämpferischen Germania mit Krone und Brustpanzer zu 40 Pfennigen.

Bevor sie den Brief tief in ihre Manteltasche schob, blickte sich Lenka unwillkürlich nach Zeugen um. Natürlich beobachtete sie niemand, auch der Hausbesorger war wieder in seine Loge zurückgekehrt und hatte die Tür geschlossen. Und selbst wenn sie jemand gesehen hätte – es war bloß ein Brief. Sie stieg die Treppe hinauf und spürte den Umschlag heiß am Bein. In seiner Glut brannte alles, was Claire und sie sich in ihren wildesten Momenten ausgemalt hatten. Lenkas Stoßgebet, weder ihrer Mutter noch Jana über den Weg zu laufen, ehe sie den Brief unter ihr Kopfkissen geschoben hatte, wurde erhört.

Nach dem Abendessen, ihre Mutter war zu Bett und Jana nach Hause gegangen, öffnete sie den Briefumschlag mit zitternden Fingern. Darin waren ein eng beschriebener Briefbogen und eine Photographie. Sie legte das Bild achtlos beiseite und las, was Claire ihr geschrieben hatte. Anschließend faltete sie den Brief sorgfältig wieder zusammen, steckte ihn in den Umschlag und legte ihn neben sich. Ihr Herz hämmerte. Sie tastete nach ihrem Puls und zählte mit. 97 Schläge pro Minute. Das war zu viel. Sie griff nach dem Photo, das Claire geschickt hatte, und betrachtete sie durch einen Tränenschleier. Einatmen, ausatmen, sich nicht dem Beben in der Brust hingeben. Das Bild zeigte Claires Schwimmverein in der Badeanstalt Mariendorf an einem Nachmittag. Auch Lenka war für ein paar Monate Mitglied gewesen, als erste und einzige

Böhmin, das kannte sie ja bereits. Sie erinnerte sich daran, wie unwohl sie sich im ungewohnt freizügigen Badekostüm gefühlt hatte, wie sie versucht hatte, sich hinter Claire zu verstecken, die ihrerseits übermütig dem Fotografen salutierte. Während Lenkas Badeanzug, nun nutzlos geworden, auf einem Bügel im Kleiderschrank hing, gleich neben dem Medizinerkittel mit gesticktem Monogramm, den ihre Mutter ihr zum Studienbeginn geschenkt hatte, würde Claire ganz gewiss von April bis Oktober mehrmals in der Woche in die Badeanstalt gehen, bis ihre Schultern wieder diesen goldenen Schimmer hätten. Lenka stellte sich vor, wie sich Claire vom Sprungturm abstieß, in einem perfekten Bogen durch die Luft glitt und ins Becken eintauchte, lautlos und geschmeidig wie ein Wasservogel. Lenka war ein einziges Mal hinter ihr die Leiter hinaufgestiegen. Oben spürte sie den Wind auf der nassen Haut und sah unter sich die Köpfe der anderen Schwimmenden. Claire hatte gelacht, als sie Lenka die Leiter wieder hinunterklettern sah.

»Na, hat dich der Mut verlassen, Lenchen?«

Lenka fiel etwas ein. Sie zog die Hutschachtel unter ihrem Bett hervor, in der sie Erinnerungsstücke aus Berlin aufbewahrte. Den Kamm, mit dem sie im Labor ihr Haar hochgesteckt hatte. Eine Seidenrose vom Rummel. Zwei Eintrittskarten für den Luna-Park. Eine Spitzenmaske, die sie gekauft und dann nie getragen hatte. Ganz unten, noch unter einem gefalteten Bogen Papier, in dem ein ganzer Strauß gepresster Blüten raschelte, lag eine kleine Feder, die aussah wie aus zwei unterschiedlichen Teilen zusammengesetzt. Claire hatte sie bei einem Spaziergang im Tiergarten gefunden und ihr geschenkt.

»Guck, das sind wir beide«, sagte Claire. »Das hier«, sie zeigte auf die graubraune Hälfte, »das bist du. Und das hier«, die andere Hälfte war leuchtend blau gebändert, »das bin dann wohl ich.«

Lenka hörte Schritte im Wohnungsflur, die Stimme ihrer Mutter. Sie warf den Brief und die Photographie in die Hutschachtel und schob sie wieder unters Bett. Ihre Mutter stand im Dunkeln vor der Wohnungstür und rüttelte an der Klinke.

»Zavřeli mě!«, sagte sie fassungslos.

»Niemand hat dich eingesperrt, Mama«, rief Lenka. »Die Tür ist bloß zur Nacht verschlossen.«

»Co jsi říkal?«

»Mama, ich bin es. Lenka.« Lenkas Stimme zitterte. Sie machte Licht, ihre Mutter zuckte zusammen und hob den Arm zum Gesicht.

»Prosím, pomoz mi«, sagte sie.

»Willst du denn wirklich gar kein Deutsch mehr sprechen, Mama?«

»Prosím!«

Lenka nahm ihre Mutter an der Hand und führte sie zu ihrem Schlafzimmer. Sie half ihr ins Bett und betrachtete das vertraute runde Gesicht, die vertrauten grünen Augen, hinter denen sich Dinge abspielten, von denen Lenka keine Ahnung hatte.

»Was ist das?«, fragte ihre Mutter plötzlich.

Auf der Bettdecke zwischen ihnen lag die kleine zweigeteilte Feder, die Lenka aus der Hand gefallen sein musste.

»Bloß eine Feder«, sagte Lenka. »Schlaf gut, maminko.«

»Schlaf du auch gut, Leničko. Du musst ja morgen wieder den ganzen Tag studieren.«

Lenka schluckte. »Dobrou noc, Mama.«

Am nächsten Morgen steckte Lenka die Feder an ihren Hut, ehe sie in die Redaktion aufbrach. Als sie im Treppenhaus war, hörte sie Jana ihren Namen rufen. Sie hob die Hand zum Kopf. Natürlich.

»Bei uns im Hinterhof brüten Eichelhäher«, sagte Jana, als sie ihr atemlos den Hut reichte. »Das Männchen ist so laut, dass es mich nachts weckt.«

»Ach, diese Feder stammt von einem Eichelhäher?«, fragte Lenka.

»Sagen Sie bloß, das wussten Sie nicht!«

»Ihre ornithologischen Kenntnisse übersteigen meine offenbar deutlich«, sagte Lenka.

»Dafür können Sie dank Ihrer medizinischen Kenntnisse meinen gebrochenen Knöchel schienen«, sagte Jana, »wenn ich demnächst wegen des verdammten Eichelhähers vor Müdigkeit die Treppe runterfalle.«

Lenka lachte. »Ich werde allerdings keine Chirurgin«, sagte sie. »Ich will mich auf die Psychiatrie spezialisieren.«

Sobald sie es ausgesprochen hatte, begann sie sich zu schämen. »Das wird Ihnen wahrscheinlich nichts sagen«, fügte sie schnell hinzu.

»Doch, durchaus«, sagte Jana. »Auch wir Tschechen aus Žižkow haben eine lebendige Seele, wissen Sie.«

»Das meinte ich nicht«, sagte Lenka. »Entschuldigen Sie, ich wollte Sie nicht beleidigen. Manchmal sage ich so furchtbar einfältige Dinge.«

Sie griff nach Janas Händen. So standen sie für einen Moment da, Janas raue, warme Hände in Lenkas weichen, kühlen Händen.

»Hilft das Glycerin-Honig-Gelee ein wenig, das ich Ihnen gegeben habe?«, fragte sie. »Benötigen Sie mehr?«

»František will nicht, dass ich deutsche Produkte verwende. Ich habe gesagt: Es ist bereits gekauft und bezahlt, ein Verzicht ändert nichts! Er hat es trotzdem in den Kübel geworfen.«

»Ist es Ihrem Ehemann denn recht«, fragte Lenka vorsichtig, »dass Sie bei uns in Anstellung sind?«

Jana seufzte. »Ich lasse Ihre Mutter lieber nicht so lange aus den Augen.«

»Sie haben recht. Ich muss mich auch beeilen. Bis heute Abend, Jana.«

Jana griff in ihre Schürzentasche und zog einen kleinen grünen Apfel hervor. Sie polierte ihn kurz an der Schürze, ehe sie ihn Lenka reichte.

»Für Ihre Mittagspause«, sagte Jana. Sie lächelte, als Lenka ihn in ihre Manteltasche steckte. »Kommen Sie heute bitte nicht so spät zurück. Ich muss pünktlich um sieben Uhr zu Hause sein.«

Sie nickten einander zu, dann stieg Jana die Treppe hinauf, so vorsichtig, als hätte sie Angst, hier und jetzt vor Müdigkeit zu stürzen, und so schwerfällig, als laste das neuerliche Wissen auf ihr, dass niemand in der Nähe war, der ihr helfen könnte. Lenkas Vater hätte im Schlaf gewusst, wie man einen gebrochenen Knöchel versorgt. Lenka konnte zwar jeden einzelnen Knochen benennen, kannte die Lage sämtlicher Organe im menschlichen Körper und bestimmte mühelos den Verlauf von Sehnen, Adern und Nerven, doch wie man einen Patienten tröstet, der Schmerzen hat, oder mit welchem Druck man die Hand einer Sterbenden hält, das wusste sie nicht und würde sie vermutlich auch nie wissen. Das Fürsorgliche, das ihr Vater im Übermaß besessen hatte, ging ihr vollständig ab. Ihr Talent lag in der Analyse, nicht in der Pflege. Was bedeutete, dass niemals eine gute Ärztin aus ihr werden würde, denn welche Ärztin konnte sich schon diese Unsicherheit leisten, diese Angst davor, den Kranken wehzutun? Sie hörte, wie im zweiten Stock die Wohnungstür ins Schloss fiel. Sie setzte ihren Hut auf und stieg die Treppe hinab, zurück in die Welt, die sie und ihr Vater seit fünf Jahren nicht mehr gemeinsam bewohnten und sie und Jana bloß auf den ersten Blick.

Fräulein Meyer saß am Empfang und behielt die Tür im Blick. Als sie Lenka hereinkommen sah, schien aller Glanz aus ihren Augen zu weichen. Sie hatte wahrscheinlich auf Kisch gehofft. Ihm lachte sie offen ins Gesicht, wenn er sie grüßte, manchmal errötete sie dabei vor Freude. Nun wandte sie sich einem Schriftstück auf ihrem Tisch zu und presste die Lippen aufeinander. Lenka wusste nicht, woran Fräulein Meyer Anstoß nahm. Vielleicht an ihrer wenig damenhaften Kleidung. Oder sie hatte mitbekommen, dass Lenka und Kisch ins Du verfielen, wenn sie nicht aufpassten, und vermutete ein geheimes Verhältnis. An Lenkas Konfession konnte es nicht liegen, Kisch hatte dieselbe. Vielleicht, dachte Lenka, hatte sich auch hinter »Rosenzüchterin« oder »Elefantenbaby« Fräulein Meyer verborgen, und nun konnte sie Lenka nicht verzeihen, was sie aus ihrer Handschrift herausgelesen hatte.

Der Vormittag verging wie jeder Vormittag in der Redaktion langsamer, als es ihr lieb war. Als sie dem Absender »Ich liebe Theaterbonbons« Genusssucht und krankhafte Oberflächlichkeit attestiert hatte und sich fühlte, als sei sie vor lauter Unruhe dem Paroxysmus nah, warf sie Papierkügelchen auf Brodessers Schreibtisch und lächelte unschuldig, als er sich nach dem dritten Mal zu ihr umdrehte.

»Lassen Sie sich nicht vom Herrn Professor erwischen«, sagte er und warf das letzte Kügelchen zurück.

»Herr Brodesser«, sagte sie, »könnten Sie bei Gelegenheit einen Blick auf eine Formulierung von mir werfen?«

Während er kurz darauf neben ihr stand, tief über ihr Blatt gebeugt, flüsterte sie ihm zu: »Treffen wir uns in der Pause am Brunnen?«

Er schüttelte lachend den Kopf. »Warum flüstern Sie?«, fragte er.

»Weil sich das doch nicht gehört«, flüsterte sie. »Ich bin ein ehrenwertes Fräulein, Herr Brodesser.«

Ihr war es im Grunde einerlei, ob es sich gehörte oder nicht, sich mit einem unverheirateten Kollegen im gleichen Alter an einem öffentlichen Ort zu verabreden. Es war ihr auch einerlei, was Fräulein Meyer und die Schreibmaschinistinnen über sie dachten, die sämtliche Mittagspausen gemeinsam verbrachten. Auch dass sie Lenka nie in ihre Runde eingeladen hatten, war ihr einerlei. Es war bloß so, dass sie sich die Geheimhaltung ihres Privatlebens so zu eigen gemacht hatte, dass sie manchmal nicht mehr damit aufhören konnte.

Lenka spazierte eine Runde um den Annenhof. Brodesser ließ sich Zeit. Wie üblich machte sie einen Bogen um die Steinfigur an der Ecke Liliengasse und Goldene Gasse, die ihr schon als Kind, an der Hand ihres Vaters, unheimlich gewesen war. Damals war sie allerdings auch so groß gewesen wie Lenka und hatte ihr geradewegs ins Gesicht gestarrt. Ihr Vater hatte ihr immer wieder geduldig erklärt, dass es bloß ein alter Prellstein war, der verhindern sollte, dass an der Kreuzung dieser beiden schmalen Gassen Kutschen die Hausecke beschädigten.

»Aber warum haben sie ihn wie einen Menschen gemacht?«, hatte sie gefragt.

Die Figur sah so aus, als habe sie sich schon bis zur Brust aus dem Boden gewunden, der sie doch niemals ganz freigeben würde. Ihre Augen waren leere Löcher, ihr Mund zu einem ewigen stummen Schrei geöffnet. Als Kind hatte Lenka gedacht, dass eine dicht vorbeifahrende Kutsche den Steinmann zu Tode erschreckt haben musste. Bis heute war sie bei seinem Anblick zwischen Mitleid und Angst hin- und hergerissen.

Als sie wieder auf dem kleinen Platz vor der BOHEMIA anlangte, stand Brodesser am Brunnen und hob die Hand.

»Was gibt es so Wichtiges, dass Sie Ihr Mittagessen ausfallen lassen?«, fragte er.

Lenka stutzte. »Ich esse nicht zu Mittag«, sagte sie.

»Das sollten Sie aber«, sagte er. »Gerade Sie als Medizinerin müssten doch wissen, wie wichtig …«

Sie unterbrach ihn. »Haben Sie Hunger?«, fragte sie, und er zuckte mit den Schultern. Sie griff in ihre Manteltasche und hielt ihm den Apfel hin, den Jana ihr mitgegeben hatte. Er lächelte.

»Nach meinen Bibelstudien sollte ich es besser wissen«, sagte er, »aber ich bin ein schwacher Mann und gebe der Versuchung nach.«

»Sind Sie religiös?«, fragte Lenka erstaunt. Brodesser winkte ab.

»Böhmisch-katholisch«, sagte er.

»Auf Evas Schuld können wir uns in dieser Stadt ja glücklicherweise alle einigen«, sagte Lenka.

»Wollen Sie meine persönliche Theorie hören? Der Baum der Erkenntnis war in der Tat eine Prüfung Gottes, aber wer sie nicht bestanden hat, ist Adam. Der Sündenfall war unumgänglich, um die Menschen von den Tieren zu scheiden. Schafe gab es ja bereits in ausreichender Zahl. Wie dem auch sei, was wollten Sie mir nun erzählen?« Er biss in den Apfel.

»Haben Sie jemanden, Heinrich?«, fragte sie und zwang sich, weiterhin seinen Blick zu erwidern.

»›Jemanden‹ im Sinne einer Auserwählten, die ich in absehbarer Zeit zu heiraten gedenke?«, fragte er kauend.

Sie nickte.

Er schüttelte den Kopf. »Dann habe ich niemanden«, sagte er. »Und Sie, haben Sie – jemanden?«

Während er sehr sorgfältig den Apfel verspeiste, begann sie von Berlin zu erzählen. Von Claire. Sie zögerte kurz, bevor sie Ausdrücke wie ›magisch‹, ›hypnotisch‹ oder ›für immer‹ verwendete, doch Brodesser grinste nicht ironisch, er runzelte nicht einmal die Stirn, sondern hörte zu und nickte, als wüsste er genau, wovon sie sprach. Sie mochte ihn wirklich. Zu spät fiel ihr ein, dass er Reporter war und alle Männer seines Fachs dieses Nicken perfektioniert hatten, mit dem sie Gesprächspartner aus der Reserve lockten, auch bei Kisch hatte sie das zur Genüge erlebt. Wie dem auch sei, nun war es zu spät, Gesagtes ließ sich nicht zurücknehmen, und sie musste sich auf seine Gutherzigkeit verlassen.

»Haben Sie eine Freundin, der Sie sich anvertrauen können, damit Sie all das nicht mit einem dahergelaufenen Junggesellen wie mir besprechen müssen?«, fragte Brodesser, als sie auch von Claires letztem Brief berichtet hatte und erschöpft schwieg. Sie spürte einen leichten Schwindel, der von den vielen Worten herrühren konnte, von der Aufregung oder doch vom Hunger.

»Hier in Prag habe ich bloß meine Mutter und unsere Haushälterin«, sagte sie. »Und Kisch.«

»Dann muss wohl so lange ich genügen«, sagte er und drückte kurz ihre Hand.

Sie ging so früh wie möglich nach Hause, um Jana nicht in Schwierigkeiten zu bringen. Sie war noch nie in Žižkow gewesen und hatte bloß eine vage Vorstellung von der Vorstadt, aber sie wusste, wie weit Janas Heimweg war.

Am frühen Abend verließ ihre Mutter ihr Schlafzimmer und bat Lenka in den Salon. Jana hatte gerade neue Kohlen nachgelegt, die Ofenklappe stand noch offen, Lenka hörte den Wind im Rohr heulen. Ihre Mutter setzte sich auf einen der beiden Medaillonsessel, die mit einem Seidenbezug im gleichen Jadegrün wie die Ofenkacheln bezogen waren. Lenka fand die Sessel hübsch, aber äußerst unbequem, und ließ sich auf der Récamiere gegenüber nieder.

»Ich habe die Sohrs für Sonntag zum Tee eingeladen«, sagte ihre Mutter ohne Umschweife. »Die Eltern und den Sohn.«

Lenka kannte solche Manöver bereits, meist veranstaltete ihre Mutter sie nach einer ihrer Bridge-Runden, zu denen Jana sie neuerdings begleiten musste. Die Damen schienen sich dort ausschließlich über die Heiratspläne ihrer Töchter und Söhne auszutauschen. Lenka unterdrückte ihre aufschäumende Wut. »Und ich soll dann auch zugegen sein, nehme ich an?«, sagte sie. »In meinem schönsten Kleid?«

»Albert Sohr ist ein solider Charakter«, sagte ihre Mutter. »Er wird bald das Eisenwarengeschäft seines Vaters übernehmen. Außerdem sind wir mit der Familie schon seit Jahrzehnten bekannt. Es wird keine unliebsamen Überraschungen geben.«

»Für dich nicht, nein«, sagte Lenka. Ihre Mutter zog die Augenbrauen hoch und schnalzte missbilligend. Wie konnte dieselbe Frau nachts durch die Wohnung irren und auf Tschechisch um Hilfe flehen wie ein Kind? Simulierte sie bloß, dachte Lenka in einem Anflug klinischer Kälte, um sie unter Druck zu setzen?

»Sei vernünftig, Lenko. Ich werde nicht jünger. Du im Übrigen auch nicht. Warum noch länger warten. Und außerdem …«, ihre Mutter lächelte ein kleines sardonisches Lächeln, »außerdem wird eine Verlobung deinen Ruf wiederherstellen, den du seit einer Weile mutwillig riskierst. Gut, dass dein Vater das nicht mehr erleben muss. Wie ordinär du dich in den Gassen der Altstadt benimmst. Wie du dein Studium vernachlässigst.«

Lenka fühlte sich für einen Moment wie der Prellbock in Menschengestalt in seinem Steingehege, der stumm die vorbeirollenden

Wagenräder anschrie. Sie erhob sich und setzte sich auf den Sessel neben ihrer Mutter.

»Mama«, sagte sie, »ich muss dir von jemandem erzählen.«

20

Und beim Begräbnis von Dr. Lueger in Wien, dem Hunderttausende die letzte Ehre erwiesen, stürzte sich eine junge Frau in den Donaukanal, wurde aber mit Hilfe eines Kahns gerettet. Und in Britisch-Indien begann ein Aufstand gegen die Kolonialherrschaft, wovon man in Prag wenig Notiz nahm. Und genauso wenig Nachhall hatte dort die Ermordung des ägyptischen Ministerpräsidenten durch einen jungen Medizinstudenten. Und die deutschen Schüler der Kunstgewerbeschule in Prag traten aus Protest gegen die Entlassung eines deutschen Mitschülers tagelang in den Schulstreik. Und eine deutschsprachige Gemeinde in Österreich nach der anderen erklärte ihren Namen für unübersetzbar. Und in Prag wurde ein Heim für deutsche Gastwirtslehrlinge eröffnet, um der Verwahrlosung der gewerblichen Großstadtjugend entgegenzuwirken. Und im Vortragssaal der Lese- und Redehalle der deutschen Studenten hielt der Schriftsteller Stefan Zweig einen Vortrag. Und die Stadtgemeinde Prag kündigte der Prager Polizei den Mietvertrag für die Wachstube im Palais Sylva-Tarouca auf dem Graben. Und die neuen Haupt- und Ersatzgeschworenen für die kommende Schwurgerichtsperiode am Landes- und Strafgericht in Prag wurden ausgelost. Und für die zehn dressierten Seelöwen und zwei Alaskaseehunde, mit denen ein englischer Kapitän im Theater Varieté auftrat, wurden täglich 250 Pfund frischer Seefisch auf Eis als Expressgut von Rotterdam nach Prag gebracht.

*

Else hatte Lenka eine Karte geschickt. Zunächst hatte Lenka nicht begriffen, wer ihr da schrieb, sie kannte keine Else Bergmann, so gründlich sie ihr Gedächtnis auch durchforstete, und die eckige, wenig mädchenhafte Handschrift kam ihr nicht bekannt vor. Erst etwas später hatte sie gesehen, dass Else unter ihrer Unterschrift in winzigen Buchstaben ihren Mädchennamen ergänzt hatte. Diese Else also: Else Fanta. Lenka und sie waren beide aufs Mädchen-Lyzeum gegangen, aber nicht in dieselbe Klasse, Else war etwas älter als sie. Ihre Väter waren miteinander bekannt gewesen, und bei gegenseitigen Besuchen hatten sich Lenka und Else hin und wieder gesehen und gut verstanden. Nachdem Lenkas Vater gestorben war, hatte Lenka jeglichen Antrieb verloren, diesen oder einen ihrer anderen Kontakte zu pflegen. Sie hatte ihre Mutter nicht mehr zu Teekränzchen begleitet, war nicht zum Tanzunterricht gegangen, zu keinem Ball oder Fest, hatte Einladungen ihrer Klassenkameradinnen ausgeschlagen und die Abende und Wochenenden in ihrem Zimmer verbracht, umgeben von Büchern. Ihr einziges Ziel war es gewesen, ihrer Mutter, die sie mit ihrer Trauer schier erdrückte, aus dem Weg zu gehen, bis sie zum Medizinstudium zugelassen war.

Else kam an einem Sonntagnachmittag zum Tee in die Herrengasse. Lenka hörte mit Genugtuung, wie herzlich sie Jana begrüßte, die ihr die Tür öffnete. Lenkas Mutter ließ es sich nicht nehmen, die ersten zehn Minuten des Besuchs mit ihnen im Salon zu verbringen und Else nach ihren Eltern zu befragen, ehe sie sich wegen ihrer »aufwallenden Neurasthenie« entschuldigte.

»Ein zur Zeit weit verbreitetes Leiden«, sagte Else in bemüht neutralem Ton, als Lenkas Mutter die Schlafzimmertür hinter sich geschlossen hatte.

»Eine Modeerscheinung, meinst du wohl«, sagte Lenka.

Else zuckte die Schultern. »Zu uns kommen jeden Tag Dutzende Neurastheniker«, sagte sie, »in erster Linie Damen aus der besseren Gesellschaft.«

»Arbeitest du in der Apotheke deines Vaters?«, fragte Lenka.

»Wenn es nach ihm ginge, würde ich sie sogar einmal übernehmen«, sagte Else. »Aber du kennst ja die Lage. In jedem Fall steht es fest, dass Otto nicht als Nachfolger infrage kommt. Er studiert Philosophie.«

Sie unterhielten sich über die vergangenen Jahre, ihr Leben nach dem Lyzeum. Else hatte nicht so viel Zeit in Berlin verbracht wie Lenka, aber auch sie liebte die Stadt sehr. Lenka war verblüfft, wie viel Ähnlichkeiten es zwischen ihnen gab. Else hatte ihrem Vater nachgeeifert und Pharmazie an der Karls-Universität studiert, als erste Frau überhaupt. Sie war in der Frauenbewegung aktiv und gab nicht viel auf Konventionen. Sie erzählte Lenka von einem Hosenkleid, das sie auf einer Photographie aus Paris gesehen hatte und sich so bald wie möglich nachschneidern lassen wollte.

»Mein armer Vater«, sagte sie lachend. »Ich kann mich noch an sein Gesicht erinnern, als meine Mutter das Haus zum ersten Mal im Reformkleid verlassen hat. Er hat sie tapfer bis auf den Graben begleitet, aber es war nicht zu übersehen, wie unwohl er sich dabei gefühlt hat.«

Elses Stolz auf ihre Mutter war mit Händen zu greifen. Das war der größte Unterschied zwischen ihr und Lenka.

»Meine Mutter lebt noch im letzten Jahrhundert«, sagte Lenka. »Sie wird keine Ruhe geben, bis ich nicht endlich unter der Haube bin. Das ist ihr wichtiger als mein Doktorat.«

»Meine Mutter lebt in der Zukunft«, sagte Else, »und trotzdem war sie überglücklich, als ich Hugo geheiratet habe. Deine Mutter will, dass du sicher versorgt bist, und anders kann sie das nicht gewährleisten.«

»Nicht, solange wir nicht wählen dürfen«, sagte Lenka.

Else lächelte sie an. »Du würdest dich gut mit meiner Mutter verstehen«, sagte sie. »Sie hat gerade erst eine englische Suffragette für einen Vortrag im Frauenfortschritt gewinnen können. Anschließend hatte ich kurz das Gefühl, dass eine andere, gerechtere Welt in Reichweite ist.«

Lenka erinnerte sich an den Beitrag in der BOHEMIA, in dem der Vortrag angekündigt worden war. Sie wäre gern hingegangen, doch er hatte an einem Mittwoch stattgefunden und sie bei ihrer Mutter zu Hause bleiben müssen.

»Hast du von der Demonstration in Berlin gehört?«, fragte sie. »Im Februar?«

Else nickte begeistert. »Frauen, die auf die Straße gehen, die Marseillaise singen und das allgemeine Wahlrecht verlangen.«

»Unvorstellbar in Prag«, sagte Lenka. »Sie werden uns für immer so behandeln, als wären wir unzurechnungsfähige, hilfsbedürftige Närrinnen.«

»Noch«, sagte Else. »Im Frauenfortschritt hatten die Kundgebungen einen nachhaltigen Effekt, sagen meine Mutter und meine Tante«

»Ich kann mir schon den Artikel in der BOHEMIA zu Demonstrationen von Prager Frauen vorstellen. Eine Suffragette, die in der Londoner Oper protestiert hat, wurde dort vor kurzem als Frau mit dünner Nase, dünner Brust und dünner Stimme bezeichnet.«

»Warum liest du überhaupt dieses Spießerblatt?«, fragte Else. »Bist du auch so verzückt wie mein Bruder von den nach Schweiß und Schnaps duftenden Reportagen dieses … dieses Lausbuben?«

Lenka musste lachen. Kisch war wirklich ein Lausbube. Sie erzählte Else von Brodesser, und sie stellten fest, dass er und Elses Mann Hugo gemeinsam aufs Altstädter Gymnasium gegangen waren, einen Katzensprung von der Einhorn-Apotheke ihres Vaters entfernt. Als Else sich nach ihrem Studium erkundigte, war Lenka kurz davor, ihr die Wahrheit zu gestehen, sie wollte Else, die so liebenswürdig und offen war, nicht anlügen, doch wer wusste schon, ob ihre Mutter wirklich schlief. Sie gab Else eine vage, oberflächliche Antwort und wechselte das Thema.

Einige Tage nach Elses Besuch machte Lenka in ihrer Mittagspause einen Ausflug in die Einhorn-Apotheke. Hinter der Verkaufstheke stand Elses Vater, Lenka erkannte ihn sofort, der gleiche gepflegte Backenbart, derselbe neugierig-belustigte Blick. Als sie ihn nach Else fragte, kam diese schon im wehenden weißen Kittel aus einem der hinteren Räume gelaufen.

»Lenka!«, rief sie. »Ich habe gerade an dich gedacht!«

»Voilà«, sagte ihr Vater, »die verlangte Tochter.«

Sie spazierten über den Altstädter Ring, Else hatte sich bei ihr untergehakt. Lenka hatte das Gefühl, in ihrer Gegenwart laut aussprechen zu können, was auch immer ihr durch den Kopf ging.

»Ich fühle mich wieder wie zu Schulzeiten«, sagte sie, »bloß dass jetzt nicht mehr ich das Kind bin, sondern meine Mutter. Jeden Abend sitze ich in meinem Mädchenzimmer und denke daran, was ich in Berlin erleben könnte, wohin ich dort gehen würde, aber Prag ist nicht Berlin, und ich kann nirgends hin, außer dienstags für drei Stunden, wenn Mama zum Bridge geht. Wenn die Einsamkeit zu groß wird und ich ganz sicher bin, dass sie ihr Barbital genommen hat und tief und fest schläft, schleiche ich mich nachts manchmal hinaus und trinke ein Bier im nächsten Wirtshaus. Wenn ich Glück habe, ist Kisch auch da. An seinem Tisch lässt man mich wenigstens in Ruhe.«

»Ach ja, Kisch«, sagte Else, »der Retter aller unglücklichen Mädchen.«

»Ich weiß«, sagte Lenka, »aber zur Sperrstunde in zweifelhaften Lokalen mein Mittel zum Zweck.«

Else dachte nach.

»Morgen ist Dienstag, morgen Abend kannst du ohne Schwierigkeiten aus dem Haus«, sagte sie. »Interessierst du dich für Kosmologie?«

»Meinst du so etwas?«, fragte Lenka. Sie zeigte auf das astronomische Zifferblatt der Rathausuhr, unter der sie gerade entlanggingen. Die Figur des Sensenmanns, die einmal in der Stunde im Fenster rechts daneben auftauchte, erinnerte sie immer an ihren Vater. Ihre Kindheitsfantasien zum Arztberuf und der Anblick des goldenen Skeletts waren untrennbar miteinander verschmolzen, und diese Verbindung hatte bis heute Bestand, auch wenn Lenka mittlerweile jeden Knochen im menschlichen Körper in drei Sprachen benennen konnte.

»So in der Art«, sagte Else, »aber von weniger Mythen und Legenden umrankt. Morgen gibt es im Salon meiner Mutter einen Vortrag über den Halleyschen Kometen. Der Direktor der Sternwarte hält ihn. Du musst auch kommen!«

Lenka hatte schon vom Fantakreis gehört. Kisch hatte ihr erzählt, dass Freunde von ihm hin und wieder zu Lesungen und Vorträgen im Einhorn-Haus gingen. »Mir ist das alles zu theoretisch«, hatte er gesagt. »Und es gibt auch zu wenig lustige Mädchen dort, wenn du mich fragst.«

Lenka hatte nie in Erwägung gezogen, selbst einmal den Fanta-Salon zu besuchen, und auch an den Kometen hatte sie bis jetzt keinen unnötigen Gedanken verschwendet, doch wenn Else sie so überschwänglich einlud, wollte sie nicht nein sagen. Bevor sie sich in der Apotheke voneinander verabschiedeten, bat Lenka Else um eine Salbe für besonders strapazierte Hände.

»Die gängigen Marken helfen nicht«, sagte sie.

»Falls du noch ein paar Minuten hast«, sagte Else, »könnte ich etwas anrühren.«

»Das wäre wunderbar«, sagte Lenka. »Und meinst du, du könntest es auf Tschechisch beschriften?«

Als sich Lenka für den Abend im Fanta-Salon umgezogen hatte und nur darauf wartete, dass ihre Mutter und Jana, die sie wie üblich zum Bridge begleiten würde, die Wohnung verließen, hörte sie erregte Stimmen. Im Flur stand Jana im Mantel, in der Hand den Hut, den ihr Lenkas Mutter für die Abende im Café Louvre geschenkt hatte, und sprach auf die geschlossene Tür ein, hinter der das Schlafzimmer von Lenkas Mutter lag.

»Was ist geschehen?«, fragte Lenka.

»Sie hat sich eingesperrt«, sagte Jana.

»Haben Sie nicht den Schlüssel versteckt?«

»Doch, aber jetzt hat sie die Tür mit einem Stuhl verklemmt.«

»Tam nejdu«, rief ihre Mutter aus dem Schlafzimmer.

»Warum will sie nicht gehen?«

»Ich weiß es nicht«, sagte Jana. »Ich hatte ihr schon in den Mantel geholfen und die Schuhe geschnürt, da ist sie plötzlich ins Zimmer gerannt und kommt seitdem nicht mehr heraus.«

»Mama, es ist Dienstag«, rief Lenka durch die Tür, »und dienstags gehst du immer zum Bridge.«

»Tam nejdu«, rief ihre Mutter wieder.

Zum Glück wohnte Brodesser nicht weit entfernt. Seine Eltern waren ausgegangen, also brauchte sich Lenka keine Ausreden einfallen zu lassen.

»Denken Sie daran«, sagte Lenka, als sie mit Brodesser durch die Herrengasse ging, »wir kennen uns über Hugo und Else Bergmann.«

Brodesser nickte überrascht, aber freundlich. In der Wohnung baute sich Lenka vor der Schlafzimmertür ihrer Mutter auf und rief: »Mama, ich möchte dir jemanden vorstellen. Entschuldige bitte, dass ich dir den Besuch nicht eher angekündigt habe, das ist jetzt alles ein wenig spontan, aber Heinrich ist hier.«

Von innen hörte man ein Scharren, dann öffnete sich die Tür, und Lenkas Mutter trat strahlend in den Flur.

»Mutter, das ist Heinrich Brodesser«, sagte Lenka. »Heinrich, das ist meine Mutter.«

»Guten Abend, gnädige Frau«, sagte Brodesser, ergriff die Hand ihrer Mutter und deutete einen Kuss an.

»Guten Abend«, sagte Lenkas Mutter. »Sie glauben ja nicht, wie sehr es mich freut, endlich die Bekanntschaft meines künftigen Schwiegersohns zu machen.«

Lenka stellte Jana bei ihrer Ankunft im Fanta-Salon als Freundin aus Berlin vor – unüberlegt, da Jana natürlich nicht den ganzen Abend schweigen konnte. Berta Fanta war eine geübte Gastgeberin und hatte sie gleich nach der Begrüßung in ein kurzes Gespräch verwickelt. Ihr musste Janas tschechischer Akzent aufgefallen sein, auch wenn sie nicht nachgehakt hatte.

Während des Abendessens saßen Lenka und Jana bei Else und Hugo. Lenka, Else und Hugo unterhielten sich angeregt über die

Karls-Universität, an der sie alle studiert hatten oder, in Lenkas Fall, offiziell noch studierten. Zwischendurch sah sich Lenka aufmerksam um. Vor diesem Abend hatte sie nicht geahnt, welch interessante Runden sich hinter den Fassaden der Prager Bürgerhäuser verbargen. Berta Fanta hatte ein knappes Dutzend Menschen versammelt, eine Mischung aus Intellektuellen und Künstlern, die sich wie sie für Philosophie, Naturwissenschaften und Spiritualität interessierten. Ein Architekt, der am Umbau der Universitätssternwarte im Klementinum mitgewirkt hatte. Ein Abstinenzler und Hauslehrer für Mathematik, Chemie und Physik aus Wien. Ein Beamter der Prager Postdirektion, der Theaterkritiken schrieb. Ein Mineraloge, der an einer Promotion über das Verhalten eisenaffiner Elemente bei der Entstehung der Erde arbeitete. Ein Dichter. Wer weiß, was Lenka möglicherweise seit Jahren verpasste. Jana neben ihr hob den Kopf nur dann etwas, wenn sie an ihrem Wein nippte.

So unerschrocken und lebendig Else im Gespräch wirkte, so leise und bescheiden war Hugo, doch sein Respekt einflößendes Wissen blitzte selbst in beiläufigen Bemerkungen auf. Lenka wusste, dass er nur deshalb nicht längst habilitiert war und eine Philosophieprofessur innehatte, weil er sich weigerte, zum Christentum überzutreten. Er lud Lenka zu einem Matinée-Vortrag ein, den Martin Buber im April im Jüdischen Rathaus halten sollte.

»Ein Sonntag«, sagte Else und schüttelte mit einem bedauernden Lächeln den Kopf. »Lenka kann leider nur Dienstagstermine wahrnehmen.«

»Eine kuriose Runde, nicht wahr«, sagte der Architekt zu Lenka, als sie vom Speisezimmer in den Salon gewechselt waren.

Der junge Postbeamte schritt mit den Händen auf dem Rücken durch den Raum und betrachtete die gerahmten Kupferstiche an den Wänden. Der Abstinenzler, ein schmaler, blasser Mann unbestimmten Alters, nippte hin und wieder an seinem Glas Tee und starrte vor sich hin. Als ihm das Dienstmädchen der Fantas auf der Runde durch den Salon Portwein und Likör anbot, wehrte er es pikiert ab. An der Stirnseite des Raums redete der Dichter auf den Mineralogen ein, der offensichtlich nicht zuhörte, er nickte pausenlos, während sein Blick in die Ferne geschweift war. Jana saß still und dunkel wie ein Schatten neben Lenka.

»Wissen Sie, was der Herr dort für Gedichte schreibt?«, fragte Lenka den Architekten, der sie daraufhin mit freundlich-ratloser Miene ansah. Sie bemerkte, dass er seinen Kopf zur rechten Seite geneigt hielt. Chronischer Schiefhals. Sie nahm an, dass er schon lange an Schwerhörigkeit litt und sich deshalb diese Pose angewöhnt hatte. Das Dienstmädchen der Fantas trat zu ihnen.

»Ein wenig Portwein oder Chartreuse, die Damen, der Herr?«, fragte es.

»Ich hätte gerne etwas Portwein«, sagte Lenka.

Jana nickte bloß stumm.

»Wenn Sie so freundlich wären«, sagte der Architekt, streckte seine Hand mit dem Glas aus und wandte sich schon wieder Lenka zu, während ihm das Dienstmädchen nachschenkte. »Wie lautete Ihre Frage, mein Fräulein?«

»Bitte schön, die Damen, der Herr«, sagte das Dienstmädchen und ging mit seinem Tablett weiter. Jana sah ihm nach und schien dann den Portwein in ihrem Glas zu betrachten. Lenka fragte sich, ob es ihre Schuld war, dass Jana nicht sprach, ob sie Jana durch ihre Lüge gleich bei ihrer Ankunft in dieser Wohnung in eine unmögliche Situation gebracht hatte – oder ob es daran lag, dass es Jana heute Abend zum ersten Mal erlebte, selbst von einem Dienstmädchen bedient zu werden.

»Sie hatten mir doch eine Frage gestellt?«, sagte der Architekt.

Lenka ballte ihre Hände zu Fäusten und ermahnte sich sogleich, sie wieder damenhaft schlaff in ihrem Schoß ruhen zu lassen, sich ihrem Gesprächspartner zuzuwenden, zu lächeln.

»Was schreibt der Herr für Gedichte?«, fragte sie.

»Ach«, sagte der Architekt, »in erster Linie redet er darüber und bringt in der Zwischenzeit das Familienerbe durch.«

Der Ehrengast des Abends saß in einem Fauteuil beim Fenster und unterhielt sich mit Berta Fantas Sohn Otto, auf dem Sofa daneben hatten Else und Hugo Platz genommen. Durchs Fenster hinter ihnen konnte Lenka den Turm des Altstädter Rathauses sehen. Sein Glockenschlag schallte von Sonnenaufgang bis Sonnenuntergang einmal in der Stunde in die Wohnung. Nun lag das Rathaus im Dunkeln, und die Glocke schwieg. Berta Fanta erhob sich.

»Es ist Zeit für den Vortrag von Herrn Professor Doktor Ladislaus Weinek, dem Direktor der hiesigen Universitätssternwarte, über den Halleyschen Kometen«, sagte sie. »Vorgestellt habe ich ihn Ihnen allen ja schon vor dem Abendessen. Die meisten von Ihnen werden wahrscheinlich wissen, dass Herr Professor Doktor Weinek Ende des letzten Jahrhunderts den Mond kartographiert und den Photographischen Mondatlas herausgegeben hat. In wenigen Augenblicken wird er für uns einen Vortrag über ein weiteres kosmisches Phänomen halten, das niemanden hier unberührt gelassen haben dürfte: den Halleyschen Kometen.«

»Wie lange wird es dauern?«, fragte Jana leise.

»Vermutlich bis der Komet die Erde erreicht«, flüsterte Lenka zurück. Das hatte ein Scherz sein sollen, doch Jana nickte nur.

Weinek trank hastig seinen Likör aus und tupfte sich mit einem Taschentuch über den Schnauzbart.

»Entdeckt wurde der Halleysche Komet«, sagte er, »in der Nacht des 11. September 1909 von Professor Wolf in Heidelberg, als er auf einer Photographie als äußerst schwacher Nebelfleck erschien. Nachdem er sich zwischenzeitlich von der Erde entfernt hatte, nähert er sich ihr abermals und kontinuierlich. Sobald er auch für mittelgroße Teleskope zu erreichen war, wurde er überall dort, wo nicht der Ausblick durch Rauch und Laternenlicht gestört wird, fortlaufend beobachtet, seine Position am Himmel optisch gemessen und vielfach photographiert. Am 9. Feber dieses Jahres wurde der Komet von Professor Wolf in Heidelberg erstmals mit freiem Auge wahrgenommen.«

Jana und sie, das wurde Lenka erst jetzt bewusst, waren neben den Fantas die einzigen Frauen. Im Salon ihrer Mutter, das hatte Else ihr mehrfach versichert, war jeder willkommen, der Geistreiches zum Gespräch beizutragen hatte. Vielleicht, dachte Lenka, hatten die meisten Frauen schlicht keine Zeit für geistreiche Bemerkungen, weil sie damit beschäftigt waren, den geistreichen Bemerkungen von Männern zuzuhören.

»Derzeit befindet sich der Komet am Abendhimmel links von der Sonne im Sternbild Fische und geht später als die Sonne unter. Diese Zeit verkürzt sich bis zum 23. März immer mehr, wenn die Sonne in nahezu gerader Linie zwischen Komet und Erde steht und Sonne und Komet fast gleichzeitig untergehen. Danach kann der Halleysche Komet nur am Morgenhimmel vor Sonnenaufgang beobachtet werden, nun rechts von der Sonne. Am 20. April ist er der Sonne am nächsten: Dann wird er deutlich schneller heller und entwickelt einen sichtbaren Schweif.«

Auch Jana war unübersehbar abgeschweift. Sie drehte ihr Glas in den Händen und rutschte auf ihrem Sessel hin und her. Lenka bemerkte, dass Berta Fanta Janas verstohlenen Blick auf die Standuhr an der Stirnseite des Salons registrierte. Es war gerade acht Uhr vorbei. Lenka richtete ihre Aufmerksamkeit wieder auf Weinek und spürte ein leichtes elektrostatisches Prickeln auf ihrer Stirn, das Else Fantas Blick verursachte. Zwischen ihren Augenbrauen bildete sich, wie Lenka selbst wusste, eine steile Falte, wenn sie konzentriert war.

»Am 19. Mai steht der Komet in der unteren Konjunktion, also scheinbar zwischen Erde und Sonne«, sagte Weinek. »Fortan erscheint er wieder am Abendhimmel, und das nach allem, was wir vermuten dürfen, äußerst auffällig. Die größte Annäherung an die Erde wird er am 20. Mai erreichen, wenn die Distanz zwischen den beiden Himmelskörpern lediglich 0,15 Astronomische Einheiten oder 22.609.000 Kilometer beträgt. In der folgenden Zeit bewegt sich der Komet sehr rasch am Himmel. Im Juni befindet er sich südlich vom Sternbild des Löwen und geht etwa um elf Uhr abends unter. Er entfernt sich dann schnell von der Erde und Sonne und dürfte nicht mehr lange mit freiem Auge sichtbar bleiben.«

Er legte eine Pause ein und blickte sich im Salon um. Die Zuhörer lauschten noch immer sehr aufmerksam, kaum jemand trank etwas von den Getränken, die das Dienstmädchen ausgeschenkt hatte.

»Was viele Menschen beschäftigt, ist der Vorübergang des Kometen vor der Sonne. Er wird sich am 19. Mai zwischen 3:20 Uhr und 4:20 Uhr Prager Zeit ereignen, was jedoch nur von der südlichen Erdhalbkugel zu beobachten sein wird. Man hofft aber, dass mittels der neueren verfeinerten Methoden vielleicht doch wenigstens der Kopf des Kometen auf der Sonne zu erkennen ist. Da in dieselbe Richtung auch der von der Sonne abgewandte Schweif des Kometen fällt«, sagte Weinek und illustrierte diesen Vorgang mit raumgreifenden Gesten, »könnte möglicherweise das Schweifende unsere Erde erreichen.«

»Und dann?«, rief der junge Beamte der Postdirektion.

»Zunächst einmal: Von einem solchen eventuellen Durchgang der Erde durch den Kometenschweif ist keinesfalls irgendetwas zu befürchten«, sagte Weinek. Der junge Postbeamte sah wenig überzeugt aus.

»Zudem müsste, wie Berechnungen ergeben haben, die Schweiflänge des Kometen 24 Millionen Kilometer betragen. Es ist nicht gesagt, dass er diese Ausmaße erreicht. Sollte das jedoch der Fall sein, wird es sich lohnen, in der Nacht vom 18. zum 19. Mai nach elektrisch-magnetischen Lichterscheinungen in der Erdatmosphäre Ausschau zu halten, vielleicht auch nach Sternschnuppen.«

»Aber ist der Schweif nicht giftig?«, fragte der Postbeamte. »Müssen wir uns alle Schutzmasken zulegen?«

»Mit spektroskopischen Methoden wurde unter den Gasen, die der Komet ausströmt, auch Dicyan nachgewiesen, eine Vorstufe der Blausäure, das ist korrekt«, sagte Weinek.

»Also Zyankali«, sagte der Postbeamte. Jana schnappte nach Luft und fasste sich unwillkürlich an den Hals.

»Hab keine Angst«, flüsterte Lenka ihr zu und strich ihr über die andere Hand.

»Ob giftig oder nicht, Materie ist in einem Kometenschweif ausgesprochen dünn verteilt«, sagte Weinek. »Schutzmasken werden wir nicht brauchen, glauben Sie mir.«

»Hörst du«, flüsterte Lenka, »keine Gefahr.«

»Vielleicht ist der Komet die gerechte Strafe für unsere Verfehlungen«, sagte jemand. Die übrigen Anwesenden verrenkten sich, um zu sehen, wer die Debatte nun wieder um seine Gedanken bereicherte. Es war der Hauslehrer aus Wien. Man konnte also Naturwissenschaften unterrichten, dachte Lenka, und trotzdem …

»Was, wenn wir so lang in Sünde gelebt haben, dass allein ein gewaltiger Schlag«, bei diesem Wort ließ der Hauslehrer seine Faust wie einen Hammer in seine flache Hand fallen, »uns alle vom Bösen erlösen kann?«

»Ježíšmaria!«, murmelte Jana.

Den Mineralogen hielt es nun nicht mehr auf seinem Sessel. »Haben Sie schon einmal darüber nachgedacht, Herr Prof. Dr. Weinek«, fragte er euphorisch, »dass die Ankunft des Halleyschen Kometen den Übergang der Erde von ihrem physischen in ihr astrales Stadium markieren könnte – und damit den Aufstieg des Menschen ins Geistige?«

Nun wandten sich alle Anwesenden wie auf Kommando zu Weinek um. Der Professor räusperte sich. »Nein, darüber habe ich noch nicht nachgedacht«, sagte er.

Berta Fanta schenkte dem Mineralogen ein wohlwollendes Lächeln. Else hatte erwähnt, dass ihre Mutter Interesse an der Esoterik entwickelt habe. Damit schien sie nicht die Einzige in diesem Salon zu sein. Weinek blickte sich fragend um und setzte dann seine wissenschaftlichen Ausführungen zum Halleyschen Kometen fort.

Jana hielt ihren Hals bis zum Ende des Vortrags umklammert. Ihre kindliche Angst rührte Lenka. Nach dem Vortrag verabschiedeten sich die meisten Gäste und Ladislaus Weinek rasch.

Es war spät geworden, die Sperrstunde rückte näher. Lenka verabschiedete sich von Else, Hugo und Elses Bruder Otto, während es Jana neben ihr immer schlechter gelang, ihre Nervosität zu verbergen. Sie trat von einem Fuß auf den anderen und kaute auf ihrer Unterlippe. Es fehlte nur noch, dass sie sich die Haare raufte. Lenka beschloss, Janas Zustand aus Gründen der Schicklichkeit für ein paar weitere Minuten zu ignorieren, und trat auf Berta Fanta zu. »Danke für diesen wirklich hochinteressanten Abend«, sagte sie. »Ich bin Lenka Weißbach. Vielleicht erinnern Sie sich …«

Berta Fanta unterbrach sie. »Natürlich erinnere ich mich, sehr gut sogar! Wie geht es Ihrer lieben Mutter?«

Sie musste längst Gerüchte über die Verfassung von Lenkas Mutter gehört haben. Wie Lenka diese Stadt kannte, behaupteten die Ersten möglicherweise schon, Ludmila Weißbach habe den Verstand verloren oder sei sogar vom Teufel besessen, doch entweder war Berta Fanta unempfänglich für Klatsch oder einfach sehr freundlich. Lenka versuchte ein Lächeln. »Sie quält sich seit dem Tod meines Vaters mit verschiedenen Malaisen.«

Berta Fanta konnte sie noch zum nächsten Salon-Abend einladen, ehe Jana Lenka ein unmissverständliches Signal gab und sie aufbrachen.

Den ganzen Weg zum Wenzelsplatz hatte Jana kein Wort gesprochen. Erst als sie auf dem Fahrplan sah, dass sie gerade rechtzeitig in Žižkow wäre, hellte sich ihre Stimmung etwas auf. Lenka drückte ihr beim Abschied 20 Heller in die Hand. »Das soll natürlich keine Bestechung sein«, sagte sie bemüht munter, obwohl ihr nicht nach Scherzen zumute war.

»Was ist es denn?«

»Das Entgelt für den Fall, dass Sie doch nach dem Hausbesorger läuten müssen.«

»Ich hätte nicht mitgehen sollen«, sagte Jana.

»Hatten Sie keinen schönen Abend?«

»Schön«, sagte Jana. »Auf einem Fest ist es schön. Im Kino ist es schön. Aber dieses Gerede von einem Kometen, der uns alle ins Verderben stürzen wird …«

»Dann gehen wir das nächste Mal ins Kino«, sagte Lenka.

»Sie glauben wirklich, dass das Leben so einfach ist, ja?«, sagte Jana.

»Nein«, sagte Lenka. »Aber ich will es.« Sie klang beinahe wie Claire.

Jana stieg in die Elektrische, nahm Platz und lehnte ihren Hinterkopf an die Fensterscheibe.

Die Mutter war bei Lenkas Rückkehr noch wach. Sie saß im Salon und spielte eine Partie Domino mit Brodesser.

»Entschuldigen Sie«, sagte Lenka zu ihm. »Ich habe die Zeit vergessen, es geht auf zehn Uhr zu, Sie müssen aufbrechen.«

»Warum so förmlich?«, fragte ihre Mutter. »Du sprichst mit deinem Verlobten.«

Lenka hätte sich ohrfeigen können.

»Ach, es ist doch alles noch so frisch«, sagte Brodesser. »Vergessen Sie nicht, Frau Weißbach, es liegt erst wenige Stunden zurück, dass ich meine reizende Schwiegermutter kennengelernt habe.«

Ihre Mutter lachte geschmeichelt. Lenka warf ihm einen dankbaren Blick zu. An der Tür verbeugte er sich und küsste Lenka und ihrer Mutter die Hand, bevor er ging.

»Ein netter Junge«, sagte ihre Mutter, »auch wenn ich mir für dich ehrlich gesagt eine stattlichere Erscheinung gewünscht hätte, einen Arzt aus dem Allgemeinen Krankenhaus zum Beispiel. Ein Jammer, dass Heinrich nicht Anwalt geworden ist wie sein Vater und seine Brüder, aber man muss nehmen, was man kriegen kann, nicht wahr? Und jetzt gute Nacht, miláčku, ich gehe zu Bett. Bleib du auch nicht mehr so lange auf. Du musst doch ausgeschlafen sein für deine Vorlesungen.«

Zum Glück war dies einer der Abende, an denen ihre Mutter ihr Schlafmittel nahm. Gegen zwei Uhr früh schlich sich Lenka aus der Wohnung. Kisch jauchzte, als er sie ins Wirtshaus kommen sah. Als sie ihm von ihrer Verlobung mit Brodesser erzählte, erstarb sein Lachen. Er brauchte einen Moment, um sich zu fangen, dann bestellte er eine ganze Flasche Becherovka.

21

Seit mehreren Stunden saßen sie um den Tisch und beratschlagten, was nun zu tun sei.

»Reden wir nicht drumherum. Es wird Zeit für den großen Schlag«, sagte einer der Männer, dessen Gesicht im schummrigen Licht der Kerze nicht zu erkennen war. Alle nahmen einen kräftigen Schluck aus den Bechern vor sich.

»Wir haben nur die eine Chance«, erwiderte der Mann gegenüber. »Wir müssen uns über den Zeitpunkt ganz sicher sein. Bis jetzt waren es Fingerübungen, meine Herren. Nun erwartet uns das Meisterstück.«

Der Dritte fügte hinzu: »Es muss diesmal so gewaltig sein, als würde der Himmel über der Stadt brennen.«

Alle stimmten zu, man stieß an und trank.

»Die Straßen werden sich leeren. Die Angst wird regieren. Der Schrecken wird siegen. Und alle ahnen so langsam, dass das nur der Anfang ist.«

»Mir gefällt, was ich höre.«

»Also dann: Tun wir es in der nächsten Nacht?«

In diesem Augenblick wurde die konspirative Stimmung am Tisch gestört. Man hörte, wie die massive Eisentür am Ende des Gangs geöffnet wurde. Die Männer sprangen auf und bliesen die Kerze auf dem Tisch vor sich aus. Die heisere Stimme eines alten Herrn war zu hören. »Wer treibt sich hier herum? Komm raus und sieh zu, dass du verschwindest, sonst hole ich auf der Stelle die Polizei!«

»Ganz ruhig«, zischte einer der Männer, »lasst ihn kommen.«

Und tatsächlich hörten sie zuerst die schlurfenden Schritte des alten Mannes, die Laterne in seiner Hand schwankte hin und her, und immer wieder tauchten die vergrößerten Schatten der Männer kurz und blitzartig auf der Wand hinter ihnen auf. Als der ungebetene Besucher sein Ziel erreichte, wusste er nicht, wie ihm geschah. Ein kurzer und kehliger Schrei hallte durch die Katakomben, dann ein dumpfer Schlag, und wieder Stille, eine absolute Stille diesmal, die für mehrere Minuten nicht mal einer der Schatten zu stören vermochte.

22

Novák sperrte das Mauthäuschen zu. Er konnte es kaum erwarten, Feierabend zu machen. Wenn er sich nicht beeilte, begrüßte ihn neuerdings bei seiner Rückkehr ein Nachbar, als habe er die ganze Nacht hinter dem Tor auf der Lauer gelegen, und verwickelte ihn in ein Gespräch. Herr Pišta fand und fand kein Ende, während er Novák von den Entwicklungen an der Wiener Börse erzählte: »Man müsste in Kautschuk investieren, Novák, Kautschuk!« Auch Novák hatte von Zähnen aus Kautschuk gehört und von anderen bizarren Blüten, die dieser Boom trieb, aber selbst wenn bald ganze Städte aus Kautschuk gebaut würden: Weder er noch Pišta, seines Wissens ein einfacher Droschkenkutscher, hatten doch nennenswerte Ersparnisse, er wusste nicht, warum ihm der Nachbar mit seinem Börsengerede wertvolle Minuten stahl, die er stattdessen in seine sehr reellen Grabungsarbeiten im Keller hätte investieren können. Erschwerend kam hinzu, dass Pišta mit der Sonne aufzustehen schien. Je kürzer die Nächte wurden, desto schneller musste Novák also auch den Heimweg zurücklegen, denn früher seine Schicht beenden konnte er nicht. Vom ständigen Stechschritt in den harten Lederschuhen taten ihm seine Füße weh, aber darauf durfte er keine Rücksicht nehmen, er hinkte über die Franzens-Brücke aufs Nationaltheater zu. Die

Nächte wurden merklich milder, ihm begegnete eine Handvoll Passanten auf diesem kurzen Brückenabschnitt, der im Winter um dieselbe Uhrzeit immer leer dagelegen hatte, und doch schien er der Einzige zu sein, der einen Blick für die Moldau hatte. Er nickte ihr zu wie einer alten Kollegin, die er zu Beginn der nächsten Schicht wiedersehen würde. Das war der Moment, da er etwas Ungewöhnliches am Ufer sah.

Im Morgengrauen verließen sie das Lokal und liefen durch die Straßen der gerade erwachenden Stadt. Lenka war beschwingt, weil ihr das Batignolles, dieser von Raum und Zeit enthobene Ort, stets für ein paar Stunden alle Schwere nahm. Kisch war erleichtert, dass es ihm mit einer beträchtlichen Menge an Alkohol gelungen war, die Melancholie in Schach zu halten. Er war entschieden gegen die Verlobung von Lenka mit diesem seltsamen Kerl aus der BOHEMIA-Redaktion, dessen Namen er sich aus Trotz jahrelang nicht gemerkt hatte. Eine persönliche Niederlage. Aus welchem Grund hatte sie Brodesser gewählt – und nicht ihn? Selbst das Gefühl dieser Schmach war im Augenblick betäubt vom Schnaps, überlagert von der Milde des Morgens. Gemeinsam spazierten Lenka und Kisch in den neuen Tag hinein und summten die schiefe Melodie, die der Pianist bei seinem letzten Bier noch in die Tasten gehämmert hatte, bevor er mit großem Lärm und unter dem Johlen der Gäste besoffen und entkräftet vom Hocker gestürzt war. Lenka und Kisch hatten einander gefunden. Sie waren Freunde. Was gab es eigentlich Schöneres?

Plötzlich hielt Kisch inne. »Still«, raunte er Lenka zu, die nichts bemerkt hatte. Sie hörten eilige Schritte hinter sich, einen scharfen Laut. Kisch wirbelte herum, die geballten Fäuste vor seinem Gesicht. Seine Zigarette war schon so weit heruntergebrannt, dass er ihre Hitze an der Wange spürte, er kniff das linke Auge zu, so konnte er auch besser zielen. Zwar sah er nicht direkt doppelt, aber auch nicht mehr ganz klar. Kisch war bereit zum Kampf Mann gegen Mann.

»Ich bin es doch«, sagte jemand, der keineswegs wie ein Mann klang. Kisch spuckte die Kippe aus und blinzelte einige Male angestrengt. Vor ihnen stand der Botenjunge aus der Redaktion. Er ließ die Fäuste sinken.

Lenka lachte erleichtert auf. »Warum schleichst du dich so an?«, fragte sie.

»Ich habe gepfiffen«, sagte der Junge.

»Ich dachte, du wärst ein Vogel«, sagte Kisch. »Was gibt's?« Er fischte das Päckchen Sport aus seiner Manteltasche und bot dem Jungen eine an, der zu strahlen begann. Kisch gab ihm Feuer und steckte auch sich eine Zigarette an.

»Wir haben zwei Tote«, sagte der Junge. »Ein Ehepaar aus der Rosengasse.«

Lenka spürte, wie das Unheil über ihr aufzog. Wie ein Sommergewitter am gerade noch strahlend blauen Himmel. Die Konturen der Umgebung schärften sich, sie nahm Details wahr, die doch eigentlich keine Rolle spielten, den abgebrochenen Schneidezahn des Jungen, sein leicht hängendes Augenlid, seine Sommersprossen.

»Wo hat man sie gefunden?«, fragte Kisch.

»Am Moldau-Ufer bei der Franzens-Brücke.«

»Wer ist es?«, fragte Lenka.

»Warum erzählst du mir das alles?«, überging Kisch ihre Frage. »Gruber wird dich kaum geschickt haben, ich darf ja über nichts dergleichen schreiben.«

»Kollegen halten zusammen«, sagte der Junge. Er nahm einen tiefen Zug.

Kisch musste grinsen. »Kollegen, hm?«

»Ich werde später auch Kriminalreporter«, sagte der Junge. »Ein paar Jahre helfe ich Ihnen noch bei Ihren Geschichten, und irgendwann arbeiten Sie für mich.«

»Wen hat man gefunden?«, wiederholte Lenka mit fester Stimme.

»Ein Ehepaar namens Sohr«, antwortete der Junge erschrocken. »Sie waren Eisenwarenhändler. Man hat Glasfläschchen bei ihnen entdeckt.«

Lenka wurde schwindelig. Sie stützte sich an der nächstgelegenen Hauswand ab, hörte noch, wie Kisch in die Hände klatschte und wie elektrisiert ausrief: »Das ist ja unfassbar!« Langsam sackte sie in sich zusammen, den grinsenden Kisch mit seiner ewigen Zigarette im Mundwinkel fixierend. Es vergingen elend lange Sekunden, bis er begriff, was vor sich ging.

Er beugte sich zu ihr hinab. Ihr Gesicht war aschfahl.

»Was hast du, Lenka?«, fragte er.

»Verschwinde«, zischte er dem Jungen zu. »Der letzte Becherovka war wohl verdorben«, sagte er dann und lächelte, aber Lenka lächelte nicht zurück.

»Die Sohrs«, murmelte sie ungläubig, »warum die Sohrs.«

»Du kanntest sie«, sagte Kisch.

»Freunde meiner Eltern. Gingen bei uns ein und aus, als ich ein Kind war.«

»Das tut mir leid«, sagte Kisch, hockte sich neben Lenka an die Hauswand und strich ihr über den Kopf. Lenka wehrte Kischs Hand ab, dafür reichte ihre Kraft immerhin noch.

Auf dem Weg zur Herrengasse sprach sie kein Wort.

»So kannst du nicht nach Hause«, sagte Kisch entschieden, als er sah, wie sie sich vorwärtsschleppte. »Es wird wieder besser, das ist der Schock.«

»Das weiß ich auch«, erwiderte Lenka.

Sie waren die ersten Gäste im Café Central, das nur wenige Schritte von Lenkas Wohnung entfernt lag. Die Kellner wunderten sich über das seltsame Gespann: die stumme junge Frau, die sich kaum aus eigener Kraft aufrecht halten konnte, und den jungen Mann, der animiert auf sie einredete. Allerdings kannte man Kisch, nicht selten endeten seine nächtlichen Streifzüge in aberwitzigen Konstellationen für ein letztes oder erstes Getränk eines neuen Tages hier.

»Trink jetzt«, sagte Kisch zu Lenka, also hob sie die Tasse vor sich an und nippte.

»Grässlich«, sagte sie und verzog den Mund. Und weil der Kaffee ausgerechnet in den Prager Kaffeehäusern in der Tat zu den scheußlichsten Getränken zählte, bestellte Kisch für sie beide noch einen Schnaps.

Lenka hatte sich etwas beruhigt. »Ich will nicht mehr«, sagte sie zu Kisch. »Die Stadt bringt mir Unglück.«

»Unsinn«, sagte Kisch. Während Lenka nach der Nachricht durch den Botenjungen ganz und gar erloschen schien, merkte er, wie er nach Tagen der Frustration und Lähmung endlich wieder zu gewohnter Form auflief.

»Ich kann nicht weitermachen«, wiederholte Lenka und starrte auf den Marmortisch vor sich, auf den kaum getrunkenen Kaffee, auf die geleerten Schnapsstamperl.

»Wir müssen weitermachen, Lenka«, erwiderte Kisch, »jetzt wird es persönlich.« Er überging Lenkas vehementes Kopfschütteln. »Du wartest hier, ich bin gleich zurück.« Lenka schloss die Augen. Einige Sekunden nur. Die letzten Wochen zogen im Halbschlaf an ihr vorbei. Ihre hinfällige Mutter, die Enge der Gassen, der noch engere Gang im Bureau der BOHEMIA, die Dame mit dem grünen Smaragdring, zu der sie eine unmittelbare Verbindung gespürt hatte und die doch auch nur auf Erden und, vor allem, in dieser Stadt war, um zu vernichten. Und dann schwebte sie eine Weile im süßen, fliederfarbenen Nichts.

Eine laute Stimme störte ihren Frieden: »Da hast du es.«

Lenka landete wieder, öffnete die Augen und sah den atemlosen Kisch vor sich. Er schmiss einen riesigen Papierstapel vor sie auf den Tisch.

»Was willst du eigentlich von mir?«, fragte Lenka und konnte sich nicht dagegen wehren, angesichts dieses absurden Auftritts so etwas wie Heiterkeit zu empfinden. Vielleicht wurde sie hysterisch.

»Wir ermitteln jetzt«, sagte Kisch. »Schau es dir an.«

Lustlos griff sie nach einem der Blätter und überflog es. »Jetzt verstehe ich«, sagte sie, »jemand, dem Schriftbild zufolge ein Zehnjähriger, beklagt sich über die unpräzise meteorologische Voraussage in der Morgenzeitung und verlangt Regress für seinen durchnässten Gehrock. Das wird uns sicher bei unseren Ermittlungen helfen. Wir sollten Ausschau nach einem grantigen, gut gekleideten Kind halten.«

Kisch freute sich über Lenkas Spott, denn er wusste, dass er sie auch diesmal wieder gekriegt hatte. »Das ist die gesamte Korrespondenz der Leserschaft an das Prager Tagblatt«, sagte er. »Platschek musste zuletzt auch diese undankbare Aufgabe übernehmen Seit seinem Ableben haben sich die Zuschriften gesammelt.«

»Hast du nicht Hausverbot beim Tagblatt?«

»Der Herr Morgenredakteur und ich kennen einander schon lange«, sagte er, »auch er hat ein höchstpersönliches Interesse daran, nicht das nächste Opfer zu werden. Vor Tagen schon hat er mich in der Trafik abgefangen und Merkwürdigkeiten erwähnt, denen ich nachgehen könnte. Aber mir hat einfach der Eifer gefehlt, und bis gerade hatte ich die Angelegenheit vergessen.«

»Also gut«, sagte Lenka. »Was gedenkt der vergessliche Herr BOHEMIA-Redakteur nun mit diesen Papieren zu tun?«

»Liegt das nicht auf der Hand? Eine Handschrift verrät einen Menschen, niemand weiß das wohl besser als du.«

»Das ist doch aussichtslos. Wir wissen ja nicht einmal, wonach wir in diesem Stapel suchen.«

»Warte nur.«

Kisch war nicht mehr zu bremsen. Er wühlte in den Dokumenten, Papiere segelten zu Boden, die vom irritierten Oberkellner mit einem gymnastischen Hechtsprung aufgefangen und zurück auf den Kaffeehaustisch gelegt wurden. Endlich fand Kisch, was er suchte, und reichte Lenka ein zerknittertes Blatt wie ein wertvolles historisches Dokument.

»Dieser Brief ist kürzlich beim Tagblatt eingegangen, wenige Tage nach Platscheks Tod.«

»Was?« Lenka hielt sich das Blatt dichter vor die Augen. »*Das war nicht der letzte Schlaf.*«

»*Schlag*«, sagte Kisch mit vernehmlicher Ungeduld. »*Das war nicht der letzte Schlag.* Eine Anspielung auf Platscheks Tod und eine neue Drohung, Lenka.«

»Man kann dieses Gekritzel kaum lesen. Als hätte es ein Kind geschrieben.« Sie stutzte, griff nach dem Beschwerdebrief, über den sie sich vor Augenblicken noch lustig gemacht hatte, und legte ihn daneben. »Fast könnten diese beiden Briefe vom selben Verfasser sein.« Sie erhob sich und begann, die restlichen Papierbögen auf der Tischplatte auszulegen und umherzuschieben wie in einem Kartenspiel. Sie zeigte auf einen Bogen. »Dieser hier, siehst du? Der Rhythmus ist derselbe wie in den anderen beiden Briefen, die Schriftweite auch.«

»Schau mich nicht so an«, sagte Kisch. »Du bist die Expertin auf diesem Gebiet.«

»Du meinst wohl eher Pfuscherin in Anstellung.« Lenka zog weitere Bögen zu sich und betrachtete Sätze in diversen Abstufungen der Unleserlichkeit. »Weißt du, wer sich wirklich mit Schriften auskennt? Brodesser. Ich werde ihn um Rat fragen.«

»Mir wäre es lieber«, sagte Kisch, »wenn wir jemanden hinzuzögen, der sachlicher ist.«

»Sachlicher als Brodesser?«

»Der Bruder von Else Fanta interessiert sich für Graphologie. Wieso fragst du ihn nicht heute noch nach seiner Meinung? Und könntest du die restliche Korrespondenz durchschauen? Sicher gibt es noch mehr, was für uns von Interesse ist.«

Lenka fehlte die Kraft, um sich gegen Kischs Euphorie zu wehren. Sie nickte nur seufzend, raffte die Papiere zusammen und beschloss, sich zu Hause schnell frischzumachen und dann gleich in die Redaktion zu gehen. Ihre Mutter wäre um diese Uhrzeit noch nicht aufgestanden. Lenka verzichtete bereitwillig auf ein paar Stunden Schlaf, wenn sie so die schreckliche Nachricht der Nacht noch eine Weile für sich behalten konnte. »Du lässt mich also für dich arbeiten«, sagte sie zu Kisch, »und was tust du derweil?«

»Ich gehe direkt ins Sicherheitsdepartement«, sagte er, stand auf und legte einen Geldschein auf den Tisch. »Leopold von Hofmeister wird schon längst am Schreibtisch sitzen und mich erwarten.«

»Du hältst sehr viel von dir«, sagte Lenka. Sie drückte Kisch zum Abschied die Hand. In der Tat konnte man ihn finden, wie man wollte, dachte sie beim Verlassen des Cafés, doch manchmal bewahrte er seine Mitmenschen durch reine Präsenz vor dem Verderben, und sei es auch nur für die kürzeste Zeit.

Inspektor von Hofmeister empfing Kisch in seinem Bureau. Er hatte anscheinend noch nicht davon gehört, dass Kisch als Chefkriminalreporter vorübergehend kaltgestellt war, oder ignorierte es wohlweislich. Es war auch nicht auszuschließen, dass er auf Hilfe von Kisch setzte. Hofmeister hielt sich nicht lange mit Höflichkeitsformeln auf.

»Mich hat heute Nacht ein Telephonanruf aus Berlin erreicht«, sagte er. »Die Dame, die Herrn Doktor Leidinger aus der Arbeiter-Unfall-Versicherungsanstalt, wie soll ich es ausdrücken, gefügig gemacht und ihm sowie wenig später Ihrem Kollegen vom Prager Tagblatt die Giftfläschchen ausgehändigt hat, ist gefasst und geständig und ins Königlich Preußische Weiber-Gefängnis in Königstadt verbracht. Sie hat sich auch zu drei weiteren Morden bekannt, allesamt an unbescholtenen Bürgern, deren Bekanntschaft sie erst wenige Stunden vor der jeweiligen Tat gemacht hatte. Diesen Akt können wir also bald schließen.«

Hofmeister nickte ihm mit einer gewissen Befriedigung zu, während Kisch dasaß wie vom Donner gerührt.

»Wann genau wurde sie festgenommen?«, fragte er schließlich.

»Gestern Vormittag«, sagte Hofmeister.

»Dann haben ihre Auftraggeber aus der Unterwelt wohl nicht lange gefackelt und sogleich einen neuen Mörder gedungen«, sagte Kisch.

»Sie spielen auf den Tod der Sohrs an«, sagte Hofmeister und faltete die Hände auf dem Schreibtisch vor sich. »Nun, die Dame gibt an, auf eigene Faust und aus allgemeinem Männerhass gehandelt zu haben. Mit ihren Taten, ich zitiere ihre Worte, habe sie der Menschheit einen Dienst erweisen wollen. Wir haben es hier schlicht mit einer Geisteskranken zu tun.«

»Hat sie auch einen Namen?«, fragte Kisch.

»Iris van Roon«, sagte Hofmeister. »Sie war den Behörden bereits bekannt, da der Vermieter ihrer Schöneberger Wohnung Anzeige gegen sie erstattet hatte. Angeblich hat sie durch Anhäufung schwerer Gegenstände mutwillig eine Zimmerdecke zum Einsturz gebracht. Es soll sich um Tausende von Büchern gehandelt haben, wenn ich mich recht entsinne. Diese Anzeige wurde allerdings wenig später zurückgezogen.«

Kischs Gedanken rasten, er hatte Mühe, einen von ihnen lange genug festzuhalten. Er sah gesplittertes Holz vor sich, eine Kaskade ins Bodenlose stürzender Bücher, eine elegante Hand, die nach ihnen griff. Eine Hand mit einem auffälligen Smaragdring, wie ihn Lenka ihm beschrieben hatte. Eine Hand, die ein Glasfläschchen hielt. Und dann tauchten endlich zwei Glasfläschchen vor seinem inneren Auge auf.

»Gibt es Anhaltspunkte, wie ein harmloses Eisenhändlerpaar dem organisierten Verbrechen in die Quere gekommen sein könnte?«, fragte er.

»Die gibt es durchaus nicht«, sagte Hofmeister geduldig. »Nach unserer Kenntnis waren die Sohrs hoch verschuldet. In den nächsten Wochen hätten sie das Geschäft und das Haus in der Rosengasse verloren. Leider hat es den Anschein, dass sie sich vor dieser Schande bewahren wollten und in ihrer Verzweiflung bloß den einen Ausweg gesehen haben.«

»Wie Leidinger und Platschek hatten die Toten Glasfläschchen bei sich«, sagte Kisch. »Das kann doch kein Zufall sein, das ist ein Muster!«

»Ich weiß, dass diese Antwort Ihren journalistischen Spürsinn nicht befriedigen wird, aber es handelt sich in der Tat um einen Zufall. Einen auf den ersten Blick grotesken Zufall, wie ich zugeben muss. Die Fläschchen sind Behältnisse, wie sie in jeder Apotheke des Königreichs verwendet werden. Wir wissen zudem noch nicht, ob sie dasselbe Gift enthalten haben, das auch in den beiden anderen Fällen nachgewiesen wurde. Dazu müssen wir das Ergebnis der pathologischen Untersuchung abwarten.«

»Ich glaube nicht, dass die Sohrs sich das Leben genommen haben«, sagte Kisch. »Dieser Schritt ist doch viel zu dramatisch.«

Er hatte eine plötzliche Eingebung und schlug mit der flachen Hand auf den Schreibtisch. Das durfte es noch nicht gewesen sein mit seinem Solokarpfen. »Vielleicht haben sie unabsichtlich etwas beobachtet, das sie nicht hätten beobachten dürfen, und wurden aus dem Weg geräumt.«

Hofmeister lächelte angesichts seines Eifers amüsiert, ehe er wieder ernst wurde. »Es tut mir leid, aber nach allem, was wir wissen, ist Selbsttötung infolge bevorstehenden finanziellen Ruins das einzige Motiv und der einzig plausible Tathergang. Es wäre ja nicht das erste Mal, dass ehrenwerte Bürger den Tod einer öffentlichen Demütigung vorziehen.«

Er erhob sich und streckte seine Hand aus, Kisch schüttelte sie zerstreut. Jeder Detektiv, der ihm auf dem Weg durchs Sicherheitsdepartement begegnete, grüßte ihn mit Namen. Zum ersten Mal hatte Kisch das Gefühl, dass er genauso kurzsichtig war wie die meisten von ihnen, unempfänglich für die Wahrheit, von der ihn nur eine kurze, aber schier unüberwindliche Distanz trennte.

Er fing Lenka am vergitterten Brunnen vor dem Annenhof ab. Wie üblich scharwenzelte Brodesser um sie herum. Seitdem die beiden ihre Verlobung halb offiziell gemacht hatten – es waren noch keine Anzeigen verschickt oder Zeitungsinserate veröffentlicht, aber ihre Vorgesetzten bereits informiert –, spazierten sie mittags gemeinsam eine Runde um den Annenhof und unterhielten sich liebenswürdig-interessiert. Der Abschluss jeder ihrer Pausen bestand darin, dass sie am Brunnen standen und miteinander zwei Äpfel aßen. Kisch konnte sich nichts Stupideres vorstellen, deshalb würde es Lenka ihm bestimmt auch nicht übel nehmen, wenn er sie dabei störte, insbesondere mit einer Nachricht von solcher Tragweite. Sie sah blass und erschöpft aus, Brodesser hielt ihre Hand und redete leise auf sie ein. Als sie Kisch bemerkten, ließen sie einander los wie ertappte Schulkinder.

»Sie haben die Dame mit dem grünen Smaragdring festgenommen«, sagte Kisch ohne Begrüßung und blieb vor ihnen stehen. »In Berlin.«

Lenka schüttelte den Kopf, als könne sie ihm nicht folgen. »Wie?«, fragte sie.

»Ihr Name ist Iris van Roon. Sie hat mehrere Morde gestanden, auch unsere beiden ersten in Prag.«

»Unsere«, sagte Lenka. »Was weiß man noch über«, sie schien Anlauf nehmen zu müssen für die nächsten Worte, »über Iris van Roon?«

»Sie lebt allein in Schöneberg. Anscheinend hat sie auch schon ihren Vermieter hypnotisiert, damit er eine Vandalismus-Anzeige gegen sie zurücknimmt.«

»Vandalismus?«

»Sie hat ihre Wohnung demoliert, indem sie dort Zehntausende von Büchern gelagert hat, bis der Fußboden unter ihnen nachgab.«

»Weshalb hat sie gemordet?«, fragte Lenka. In ihr Gesicht war etwas Farbe zurückgekehrt, das Thema schien sie zu beleben.

»Angeblich aus unstillbarem Hass auf Männer.«

»Das soll vorkommen«, sagte Lenka.

»Ich wusste, dass dir das gefallen würde«, sagte Kisch.

Brodesser hatte sich bislang zurückgehalten, doch jetzt machte er ein unwilliges Geräusch.

»Wollten Sie etwas sagen, Herr Magister Brodesser?«, fragte Kisch.

Brodesser winkte ab und hustete. »Ich habe mich bloß verschluckt«, sagte er. »Zum Glück ist ja eine Ärztin in der Nähe, die weiß, wie man Erstickende rettet, und dieses Wissen in Einzelfällen trotz ihrer starken Rachegelüste gegen Männer auch anwenden würde«, sagte Kisch und grinste Lenka an. »So. Gut. Sie haben die Mörderin und ein Geständnis, das Problem ist bloß: Es gibt zwei neue Morde nach einem sehr ähnlichen Muster.«

Lenka wickelte ihren nicht einmal halb verspeisten Apfel in ein Stofftaschentuch. Wie konnte sie so ruhig bleiben angesichts der Größe dieses Falls?

»Dir bereitet das richtig Freude, oder?«, sagte sie.

»*Freude* trifft es nicht«, sagte Kisch und kämpfte gegen das Grinsen an, das er auf seinem Gesicht spüren konnte wie einen Muskelkrampf. »Kriminalfälle sind nun einmal mein Metier. Und im Gegensatz zu dir kannte ich die Sohrs nicht.«

»Ich kannte das Ehepaar übrigens auch«, sagte Brodesser, was Kisch nur mit einem zerstreuten Nicken quittierte.

»Bist du schon weitergekommen?«, fragte er Lenka. »Mit den Schriftanalysen?« Er sah, dass Lenka das Taschentuch so fest umklammerte, dass ihre Knöchel weiß hervortraten.

»Ich war zu schockiert«, sagte sie. »Manche Menschen haben Gefühle, falls dir das ein Begriff ist. Wenn du nichts dagegen hast, würde ich nun den Rest meiner Mittagspause gern mit Heinrich verbringen.« Sie schenkte ihm ein kleines hartes Lächeln und wandte sich Brodesser zu.

Kisch betrachtete für einen Moment ihren Rücken und eine widerspenstige Haarsträhne, die sich aus ihrer Aufsteckfrisur gelöst hatte und auf ihrem Samtkragen ruhte. »Auf Wiedersehen, Frau Doktor«, sagte er schließlich.

»Wiedersehen, Kisch«, sagte Lenka, ohne sich noch einmal nach ihm umzudrehen.

Sobald er sah, dass Lenka die Redaktion verließ, holte er Mantel und Hut und verabschiedete sich mit einer kleinen Verbeugung von Fräulein Meyer. Gruber trat in die offene Tür von dessen Bureau und musterte ihn argwöhnisch.

»Schon fertig?«, fragte er.

Kisch hatte tatsächlich gerade dem Ressortleiter seinen Artikel über einen Vortrag im Hotel Central zur »Angst der Geschlechter« ausgehändigt. Er nickte.

»Er ist mir gut von der Hand gegangen, auch wenn ich mit der sexuellen Not der Menschen nicht halb so viel Erfahrung habe wie Else Jerusalem«, sagte er und warf Fräulein Meyer einen Blick zu. Ihr glockenhelles Lachen begleitete ihn hinaus. Er trabte ein paar hundert Meter hinter Lenka her und rief nach ihr, bevor sie sich endlich umdrehte. Sie tastete nach ihrem Hut, und als sie ihn auf ihrem Kopf gefunden hatte, nickte sie beruhigt, aber wenig erfreut.

»Was ist jetzt wieder, Kisch?« Sie sah so aus, als hätte sie ihn am liebsten gleich wieder stehen gelassen.

»Ich weiß nicht, was ich verbrochen habe«, sagte er. »Was es auch war, ich möchte mich dafür in aller Form bei dir entschuldigen.«

Sie wandte den Blick ab und blieb für einen Moment stumm.

»Wenn es um meinen läppischen Umgang mit dem Tod der Sohrs geht«, sagte er, aber Lenka brachte ihn mit einer Geste zum Schweigen. »Fühle dich bitte nicht zu einer Entschuldigung genötigt«, sagte sie, »ich bin Wissenschaftlerin. Ich nehme den Tod auch nur dann persönlich, wenn er mich persönlich betrifft. Und in diesem Fall betrifft er vor allem meine Mutter. Ihr muss ich später beibringen, dass zwei ihrer ältesten Bekannten tot sind. Sie waren nie eng befreundet, das nicht. Ihre Gespräche sind in all den Jahren selten über höfliche Konversation hinausgegangen, kaum mehr als die Worte, die man mit dem Stoffhändler oder dem Bäcker wechselt, aber die Sohrs waren ein Teil der Welt meiner Mutter, und es schmerzt mich, dass diese Welt zusehends verschwindet. Bald ist mit Ausnahme von mir gar nichts mehr davon übrig. Und was mir beinahe das Herz bricht, ist die Vorstellung, wie ich ihr sage, dass die Sohrs gestorben sind, und sie mit ihrem Kinderblick fragt: Wer ist das?«

Kisch setzte zu einer Antwort an, die Lenka abermals unterband. »Ich bin nicht aufgebracht, weil du den Tod der Sohrs als glänzende Gelegenheit betrachtest«, sagte sie. »Ich bin aufgebracht, weil dein Leben eine einzige glänzende Gelegenheit ist, während mein Leben seit meiner Rückkehr nach Prag immer kleiner und matter wird. Kurzzeitig hatte ich die Hoffnung gehabt, auch hier eine reale Person sein zu können wie in den Monaten in Berlin, nicht nur dekoratives Beiwerk, doch ich wurde sehr schnell eines Besseren belehrt.«

»Du kannst die Verlobung jederzeit lösen«, sagte Kisch.

Sie starrte ihn irritiert an. »Ich rede von meiner Stellung in der Redaktion«, sagte sie. »Ich mache mich dort zum Gespött mit meinen frei erfundenen Schriftanalysen. Selbst dich scheint es ja zu erheitern, dass ich Texte fabriziere, die niemand ernst nimmt.«

»So ist das Zeitungsgeschäft. In den meisten Fällen entstehen keine Kunstwerke, sondern Gebrauchsgegenstände von begrenzter Haltbarkeit. Schon kurz nach ihrem Erscheinen ist die Hälfte überholt, wertlos und vergessen. Nur Lesesüchtige wie Brodesser verschlingen jeden einzelnen Artikel mit dem Löffel wie aus einer Terrine.«

Die letzte Spitze hatte er sich nicht verkneifen können.

»Brodesser ist der einzige anständige Mensch bei der BOHEMIA«, sagte Lenka. Kisch hatte sie schon ein paarmal wütend erlebt, doch jetzt bekam er beinahe Angst vor ihr.

»Bitte hör mich an«, sagte er. »Ich wusste nicht, dass es so werden würde. Offen gestanden hatte ich bisher keinen Einblick in die redaktionellen Abläufe bei der Frauen-Zeitung.«

»Weil sie dich nie interessiert haben«, sagte sie.

Er zuckte mit den Schultern. »Vielleicht interessiert *dich* ja der Ermittlungsstand im Mordfall Sohr«, sagte er so zurückhaltend wie möglich. Mehr hatte er ihr in diesem Augenblick nicht anzubieten.

»Es war wirklich Mord?«, sagte Lenka.

»Die Polizei spricht von Selbstmord«, sagte er, »wieder einmal, aber ich glaube es nicht.«

Lenka schüttelte vehement den Kopf. »Ich auch nicht«, sagte sie. »Ein Selbstmord hat doch einen Grund. Was soll hier der Grund gewesen sein?«

»Angeblich hatten sie erdrückende Schulden«, sagte er.

»Das glaube ich genauso wenig«, sagte sie.

»Willst du wissen, was ich glaube?«, sagte er, und sie nickte. »Ihr Mörder läuft unerkannt und unbehelligt durch diese Stadt.«

»Und jetzt?«

»Jetzt müssen wir das bloß noch beweisen.«

Eine Elektrische rasselte an ihnen vorbei, das Nachmittagslicht huschte vibrierend über ihre Fenster.

»Sag es«, sagte Lenka.

»Was soll ich sagen?«

»Sag es einfach, Kisch.«

»Ich brauche deine Hilfe«, sagte er. »Mehr denn je.«

Sie war unter der Voraussetzung mitgekommen, dass sie Pledl die Fragen stellen durfte.

»Ich besitze medizinische Expertise«, sagte sie zu Kisch. »Meinetwegen kannst du aus den Fakten anschließend machen, was du willst.«

Diesmal ließen die Gehilfen sie freiwillig mit Pledl allein, nachdem sie Lenka und Kisch in den Sektionssaal geführt hatten. Sie drehten sich lediglich noch einmal mit wehmütigem Ausdruck nach dem Pathologen um, bevor er die Tür von innen schloss, sich an ein Mikroskop setzte, das neben bauchigen Konservengläsern undefinierbaren Inhalts und einem offensichtlich benutzten Dessertteller auf einem Tisch stand, und seine Besucher fortan nicht weiter beachtete. Lenka nahm die beiden Toten, deren Körper schon eröffnet und wieder mit groben Stichen zugenäht worden waren, systematisch in Augenschein und redete dabei leise vor sich hin. Erst glaubte Kisch, sie wolle ihn an ihrer Untersuchung teilhaben lassen oder unterhalte sich mit den Toten, bis ihm schließlich klar wurde, dass sie mit sich selbst sprach. Den kühlen, distanzierten Blick, den sie dabei hatte, kannte er noch nicht von ihr.

»Typische Verletzungen von Ertrunkenen, hauptsächlich Prellungen und Abschürfungen an Schädel und Extremitäten«, hörte er sie murmeln. Er sah, wie sie um Hermann Sohrs Leichnam herum schritt und ihr Gesicht dem Loch in seinem Schädel näherte, in dem es dunkel glänzte.

»Offene Fraktur des Schläfenbeins mit deutlich sichtbaren Einblutungen im umliegenden Gewebe.«

Sie trat an den Tisch, auf dem Betty Sohr lag. Auch deren zerschundenem Leib rückte sie so nah, dass Kisch ein wenig blümerant wurde. Mit den Fingerspitzen schob sie das Haar der Toten auseinander. Die Berührung war so zart, als habe sie Angst, Betty Sohr aufzuwecken.

»Trauma des Scheitelbeins. Wahrscheinlich angebrochen.«

Sie ergriff Bettys rechten Unterarm, betrachtete erst jeden einzelnen Finger, dann den Arm von beiden Seiten und legte ihn vorsichtig wieder ab. Danach öffnete sie mit einem geübten Griff Betty Sohrs Mund.

»Der Mundinnenraum weist die typischen Verätzungen von Gifttrinkerinnen auf.« Sie stutzte und beugte sich tiefer übers Gesicht der Toten. »Die Wange weist auch Verätzungen auf«, sagte sie leise. »Siehst du?«

Diesmal richtete sie ihre Worte ohne jeden Zweifel an Kisch. Als ihn ihr Blick traf, hatte Kisch kurz das Gefühl, selbst auf einer Granitplatte im kalten Licht der Pathologie zu liegen. Er bemerkte, dass Pledl nicht mehr durch sein Mikroskop, sondern in Lenkas Richtung starrte. Kisch trat widerstrebend neben sie an den Seziertisch, und sie ließ ihren Zeigefinger übers Gesicht der Toten schweben.

»Wegen der vielen Abschürfungen im Gesicht sind sie leicht zu übersehen, aber von den Mundwinkeln verlaufen zwei breite Wunden über beide Wangen und enden hier und hier an den Ohren, als sei Betty das Gift im Liegen verabreicht worden.«

»Vielleicht hat Hermann Sohr es seiner Frau eingeflößt«, mischte sich quer durch den Raum Pledl ein, der gar nicht mehr daran dachte, so zu tun, als sei er in die Gewebeproben unter seinem Mikroskop vertieft.

Lenka trat an den anderen Sektionstisch und untersuchte Hermann Sohrs Gesicht. Sie wandte Pledl den Rücken zu und wisperte in Kischs Richtung: »Auch er hat eine Verätzung auf der Wange, die nur im Liegen entstanden sein kann. Schau.«

Ein brandiger Bogen, der Kisch an einen frischen Schmiss erinnerte, verlief zwischen Mundwinkel und linkem Auge von

Hermann Sohr. Als Lenka vorsichtig das Augenlid des Toten in die Höhe schob, wandte Kisch den Blick ab.

Nachdem sie die Körper der Toten wieder sorgfältig zugedeckt hatte, verschränkte Lenka die Arme vor der Brust und begann Pledl zu befragen. Hier, zwischen den blitzenden chirurgischen Instrumenten, in der nach Formaldehyd und menschlichem Körper riechenden Luft, war sie unübersehbar in ihrem Element, dachte Kisch, egal was sie selbst dazu sagen mochte. Nach kürzester Zeit war der herablassende Ton aus Pledls Stimme gewichen, und er musste sich sichtlich Mühe geben, um Lenkas Fragen zu ihrer Zufriedenheit zu beantworten.

»Nein, Fräulein Weißbach«, rief er irgendwann, »nicht der geringste Zweifel, es handelt sich eindeutig um Suizid. Vor ihrem Tod haben sie Gift genommen und sich anschließend in die Moldau gestürzt. Das Gift hat sie dahingerafft, noch ehe sie ertrunken sind.«

»Um welches Gift handelt es sich?«, fragte Lenka ungerührt. »Ich konnte keinen Bittermandelgeruch an ihnen wahrnehmen.«

»Kleesäure«, sagte Pledl. »Das Salz wird verwendet, um Marmor zu polieren, Messing zu reinigen und Rostflecken aus Textilien zu entfernen. Es ist, wie Sie vielleicht wissen …«

»In jeder Drogerie erhältlich, ja«, fiel ihm Lenka ins Wort.

Pledl verzog den Mund. »Und in jeder Apotheke. Die Toten haben einen Eisenwarenladen betrieben. Vermutlich hatten sie deshalb einen größeren Vorrat an Kleesalz angelegt.«

»Die Schädelfraktur muss sich Hermann Sohr zugezogen haben, als sein Blutkreislauf noch intakt war. Sind Sie sicher, dass er nicht mehr am Leben war, als er ins Wasser gestürzt ist?«

»Solche Verletzungen findet man in schöner Regelmäßigkeit bei Giftsuiziden«, sagte Pledl und fuhr sich mit einer knochigen Hand durchs Gesicht. »Kleesäure lähmt die Muskulatur, der Selbstmörder schlägt unkontrolliert der Länge nach hin und bricht sich dabei den Schädel, bevor sein Herz endgültig stehen bleibt. Diesen Fall habe ich schon mehr als einmal auf dem Tisch gehabt, glauben Sie mir.«

»Haben Sie Wasser in den Lungen der Toten gefunden?«, fragte Lenka.

Pledl machte eine fahrige Geste in Richtung seines Mikroskops. »Die Lungen sind so trocken, wie sie das nach einer Nacht in der Moldau nur sein können«, sagte er.

»Das ergibt doch alles keinen Sinn«, sagte Lenka zu Kisch, als sie gemeinsam vor dem Treitz-Institut standen. »Hast du gesehen, wie massiv die Schädelfraktur von Hermann Sohr war?«

»Das habe ich durchaus«, sagte Kisch und zündete sich eine Zigarette an, deren Qualm zum Glück auch den Geruch des Sektionssaals aus seiner Nase vertrieb.

»Wie und warum sollen sie Gift eingenommen und sich zusätzlich ertränkt haben? Weshalb sieht es so aus, als habe sich Betty gegen die Einnahme des Gifts gewehrt? Sie hat nicht nur Verätzungen im Gesicht, sondern auch eine Fraktur der Elle mit beugeseitiger Verschiebung. Über dem Bruch hat sich ein großes Hämatom an ihrem Unterarm gebildet. Sie hat also gelebt, als sie sich die Verletzung zugezogen hat. Vielleicht hat sie einen ersten Schlag noch abwehren können, und der zweite hat ihr dann den Schädel zertrümmert.«

»Danach hast du Pledl gar nicht gefragt«, sagte er.

»Er muss nicht alles wissen, was wir wissen«, sagte sie. »Ich habe ihn auch nicht danach gefragt, warum die Sohrs nebeneinander am Ufer gefunden worden sind, obwohl Betty dreißig Kilogramm leichter als Hermann ist. Man könnte meinen, sie wären nicht angespült, sondern dort abgelegt worden. Auch die Verteilung der Totenflecken spricht dafür, dass sie post mortem auf dem Rücken gelegen sind.«

Lenka knöpfte ihren Mantel zu und vergrub die Hände in den Taschen.

»Wirklich wiedererkannt habe ich nur Bettys Finger«, sagte sie. »Die Haut neben ihren Nägeln war ständig eingerissen und wund. Hermann hat ihr immer die Hand gestreichelt, wenn sie gedankenverloren daran gezupft hat.«

Sie verlor sich in Gedanken und lächelte.

»Als ich zuletzt mit meinen Eltern im Salon der Sohrs gesessen bin und Tee getrunken habe, war Betty eine weiche, warme, lustige Person. Damals hatte sie ein rundes Gesicht, das man die ganze Zeit mit Küssen bedecken wollte.«

»War sie krank?«, fragte Kisch sanft. Lenka warf ihm einen spöttischen Blick zu. Sie war wieder ganz sie selbst, ein Glück.

»Betty Sohr war 54, Kisch. Als man sie getötet hat, war sie bereits eine alte Frau.«

»Denkst du, Pledl glaubt ernsthaft an Selbstmord?«

»Ich weiß nicht, ob dieser Mann an irgendetwas glaubt«, sagte Lenka. »Wenn er mich anschaut, läuft es mir kalt den Rücken herunter. Ich habe einige Menschen kennengelernt, die den ganzen Tag von Toten umgeben sind. Er ist der Erste, der so wirkt, als sei er einer von ihnen.«

Sie grüßte einen jungen Mann, der an ihnen vorbeiging und im Institut verschwand.

»Das war ein Kommilitone«, sagte sie, »wir haben unser Studium gemeinsam begonnen. Ich frage mich, wann alles auffliegt. All die Lügen. Ich bin heute zum ersten Mal seit meiner Rückkehr auf dem Universitätsgelände, aber meine Mutter lasse ich seit Wochen in dem Glauben, ich hörte jeden Tag die anspruchsvollsten Vorlesungen.«

»Du lügst nicht«, sagte er. »Du verschweigst ihr lediglich die Wahrheit.«

»Verschon mich, Kisch!«, sagte sie und schlug ihren Mantelkragen hoch. »Sind dir übrigens die Pupillen von Pledl aufgefallen? Er muss vor unserem Besuch etwas eingenommen haben.«

»Er ist immer so«, sagte Kisch.

»Dann nimmt er wahrscheinlich immer etwas ein.«

»Meinst du Opium?«, fragte Kisch. Er versuchte, abgeklärt zu klingen. Abgesehen von Alkohol und Nikotin hatte er keine nennenswerte Erfahrung mit Rauschmitteln, diese Form des Kontrollverlusts machte ihm Angst, aber das brauchte Lenka ja nicht zu wissen.

»Für Opium war er zu agil. Angesichts seiner Gesamtkonstitution vermute ich eher Kokain. Es wirkt stimmungsaufhellend und vertreibt Hunger und Müdigkeit. Pledl ist extrem selbstbewusst und extrem mager. Außerdem erhöht Kokain das Mitteilungsbedürfnis. Man redet und redet und redet. So wie er, wenn man ihn lässt.«

»Du sprichst aus Erfahrung?«, sagte Kisch im Scherz.

»Ich habe es einmal probiert«, sagte sie. »In Berlin. Am letzten Abend mit Claire. Ich mochte das Gefühl, unbezwingbar zu sein, nicht aber die Erkenntnis am nächsten Morgen, dass es bloß eine chemisch erzeugte Illusion war.«

Lenka überraschte ihn immer wieder. Wer wusste, was diese kleine zarte Person sonst noch alles parat hielt.

Sie beschlossen, den Rest des Tages getrennte Wege zu gehen. Lenka wollte dem Sohn der Sohrs einen Besuch abstatten, um ihm zu kondolieren und so schonend wie möglich mehr über seine Eltern in Erfahrung zu bringen, bevor sie zu ihrer eigenen Mutter nach Hause zurückkehren und ihr die schlechten Nachrichten überbringen musste. Kisch machte sich auf den Weg zu Graef in die Lužickygasse unterhalb der Karlsbrücke.

»Ich weiß, wie sehr Sie eine gute Geschichte zu schätzen wissen«, sagte Graef, als Kisch ihn bei einem Glas Wein auf den neuesten Stand gebracht hatte. »Aber ich gebe Ihnen recht: Es hört sich so an, als entfalte sich vor unseren Augen eine Mordserie.«

»Die Kriminalpolizei will nichts davon hören«, sagte Kisch.

»Zwei Möglichkeiten«, sagte Graef. »Der Fall wird heruntergespielt, um die Bevölkerung nicht in Panik zu versetzen. Oder er wird heruntergespielt, um den Täter in Sicherheit zu wiegen und so schneller ergreifen zu können. Inspektor von Hofmeister ist ein fähiger Mann. Er wird das volle Ausmaß der Sache längst erkannt haben.«

Graef trank seinen Wein aus und hustete heftig. Kisch fiel auf, wie blass er heute aussah, wie eingefallen seine Wangen waren.

»Entschuldigen Sie«, sagte Graef, »aber ich muss mich jetzt ein wenig ausruhen. Meine Lunge macht mir in den letzten Tagen sehr zu schaffen.«

Als sie sich verabschiedeten, trat Graef wenige Schritte aus der Parterrewohnung hinaus auf die Straße und legte den Kopf in den Nacken.

»Seit diese Kometen über uns ihre Bahnen ziehen«, sagte er, »fühle ich mich immer beobachtet. Besonders in der Nacht.«

»Der Himmel hat Augen«, sagte Kisch. Sie lachten und schüttelten einander energisch die Hände. Kisch nahm einen Wagen in die Altstadt. Als er dem Kutscher vor dem Lokal die Kronenscheine in die Hand gezählt hatte, hielt ihn der Alte am Ärmel fest und sah ihn eindringlich an. Kisch rechnete mit einer Prophezeiung, einer Warnung oder einem dunklen Rätsel, doch der Alte sagte bloß: »Sie sollten in Kautschuk investieren, gnä' Herr!«

23

Sie trafen sich diesmal auf der Karlsbrücke und liefen langsam mit tief ins Gesicht gezogenen Kapuzen nebeneinander her. Mitternacht war gerade vorbei, die wenigen Passanten nahmen keinerlei Notiz von ihnen. Sie hatten es geschafft, sich in aller Öffentlichkeit unsichtbar zu machen. Sie waren die Schatten von Prag. Ganz sachte und beiläufig unterhielten sie sich. »Schlagen wir heute los?« »Nein, es liegt noch nicht in der Luft.« »Ich werde langsam ungeduldig.« »Ungeduld ist ein schlechter Helfer.« »Was ist eigentlich mit dem Schnüffler? Sollten wir nicht mit dem anfangen?« »Auf gar keinen Fall. Das wird das letzte große Zeichen. Was danach kommt, gehört schon zur neuen Zeit.« »Zur Freiheit.« »Ja, zur Freiheit.« »Aber dennoch, er ist uns auf den Fersen, finden Sie nicht.« »Vielleicht verpassen wir ihm eine Abreibung. Wenn es zu arg wird und er sie nicht verträgt – um so besser.« »Das ist doch ein fruchtbarer Einfall.« Sie lachten leise und schritten weiter nebeneinander her. Dann, als hätten sie sich abgesprochen, begaben sie sich wortlos in unterschiedliche Richtungen. Doch sie würden sich später in dieser Nacht nochmals finden und losschlagen, das war jetzt beschlossene Sache.

24

Und dann war er wieder im Batignolles. Wo er ohne jede Frage hingehörte. Er war ganz der Alte. Alles und alle hier waren beim Alten. Die Nachtgestalten mit Zigaretten hinterm Ohr und Trunkenbolde mit karierten Hosen, die um die Tische saßen oder irgendwann darauf stiegen, ehe ein gelangweilter Kellner sie wieder herunterscheuchte: Das waren seine Leute. Hašek jubelte wie ein kleiner Junge, als er Kisch erblickte, vermutlich weil er ab jetzt nur noch jedes zweite Bier selbst zu kaufen brauchte. Der Pianist musste schon sein vierzigstes Bier des Abends erreicht haben, von ihm war nichts zu sehen oder zu hören, aber auch so war es laut genug. Auf dem Klavierhocker auf der Bühne saßen zwei barfüßige Mädchen und winkten den männlichen Gästen zu. Die kleine wilde Anna kam auf Kisch zu, als hätte sie ihn schon erwartet, und fasste ihn an der Hand.

»Tanz mit mir«, sagte sie, und er tat es. Und dann noch einmal. Und noch einmal. Zwischendurch klopfte ihn ein junger Kerl ab, den er hier noch nie gesehen hatte, und Kisch ignorierte ihn, bis er von hinten am Kragen gepackt und von Anna weggezerrt wurde.

»Jetzt tanze ich mit der Dame«, sagte der Unbekannte, der bei genauerer Betrachtung ein ganzes Stück größer war als Kisch, und Anna zuckte mit den Schultern und warf Kisch einen letzten Luftkuss zu, ehe sie davonwirbelte.

Kisch bestellte ein Bier. Und dann bestellte er mehr und Stärkeres dazu. Er hatte die feste Absicht, mit seinem Durst auch seinen Kummer zu löschen, ihn zu ersäufen und wegzuspülen wie ein hässliches Insekt.

»Geht das denn überhaupt?«, fragte er Hašek neben sich, und dann noch einmal: »Je to vůbec možné?«, und obwohl oder weil Hašek keine Ahnung hatte, wovon Kisch eigentlich sprach, nickte er sehr entschieden.

»To je přece možné«, sagte er. »Siehst du denn nicht, dass heute Nacht einfach alles geht?«

In diesem Anarchisten steckte ein hoffnungsloser Romantiker. Mit seinem runden Gesicht und den blanken Augen kam Hašek ihm immer vor wie ein jüngerer Bruder, dabei war er zwei Jahre älter. Kisch zündete sich eine Zigarette an und erzählte ihm von allem, was ihn bedrückte, von den Morden, die die Polizei nicht aufklären konnte oder wollte und über die er nicht schreiben durfte, von Lenkas Verlobung, die ihm nicht gefiel, und sogar vom ungehobelten Riesen, der ihm soeben Anna weggenommen hatte. Hašek war in seinen Augen der geeignetste Adressat für solche Bekenntnisse, denn er hörte eigentlich nie zu, sondern schielte immerzu auf die Biergläser in seiner Nähe und kicherte vor sich hin.

Als er einen Alkoholpegel erreicht hatte, bei dem er nicht mehr klar denken, aber noch mühelos einen Fuß vor den anderen setzen konnte, verließ er das Café. Die Nacht war jung, die Nacht war mondlos. Daran konnte es nicht liegen, dass er sich verirrte. Er durchstreifte diese Gassen schon sein ganzes Leben, zu jeder Tages- und Nachtzeit, in jedem Grad der Trunkenheit, und doch stolperte er jetzt plötzlich durch die Melantrichgasse und scheinbar unaufhaltsam aufs Haus Zu den zwei goldenen Bären zu. Er wollte noch nicht nach Hause. Der Nachtwind spielte im Haar einer Frau, die ohne Hut am Straßenrand stand.

»Guten Abend, gnädiger Herr«, sagte sie, erst auf Deutsch, dann auf Tschechisch, also griff er nach ihrer Hand und drückte einen Kuss auf die warme, weiche Haut.

»Drei Kronen, weil Sie so hübsch sind«, sagte sie, aber er verabschiedete sich und ging weiter. Er wusste, dass sie und ihre Schwestern normalerweise eine Krone pro Kunde nahmen. Sein Zustand war wohl auch ihr nicht entgangen. Im Salon Gogo verlangten die hübschesten Mädchen sechzig Kronen, er hatte mehr als genug Geld dabei, aber heute war eine Nacht, in der er es lieber bis auf den letzten Heller versaufen wollte.

Vor der Straßenbiegung hörte er eilige Schritte hinter sich, die gleichen eiligen Schritte wie schon am Morgen. Er lachte gallig. Natürlich passte ihn jetzt der Botenjunge der Redaktion ab. Natürlich gab es ausgerechnet in dieser Nacht, in der er alles vergessen wollte, den nächsten Mord in Prag. Diesmal drehte er sich nicht rechtzeitig um.

Lenka hatte die Stille in der Wohnung nicht ausgehalten und sich hinausgeschlichen, als ihre Mutter tief und fest schlief. Im Wirtshaus in der Herrengasse blieb sie nicht lange. Sobald einer der anderen Besucher sah, dass sie allein war, setzte er sich zu ihr an den Tisch, rückte mit jeder Minute näher und lachte bloß, als Lenka ihn aufforderte zu gehen. Sie betrachtete seine schmale Oberlippe, die auffallend flache Rinne zwischen seinem Mund und der kurzen Nase, die Hautfalten in den Augenwinkeln. Wahrscheinlich hatte seine Mutter in der Schwangerschaft Alkohol getrunken. Sie leerte ihr Glas Bier und machte sich dann wieder auf den Weg. Kisch war bestimmt im Batignolles. Wenn sie irgendwo Zuflucht vor der Stille fände, dann dort. Sie hatte sich das Haar so weit wie möglich unter den Hut gesteckt, lief schnell und mit gesenktem Blick über den Wenzelsplatz und betete, dass sie keinem Wachmann im Laternenschein begegnen würde. Sie dachte wieder daran, wie Albert Sohr am Nachmittag auf dem Sofa im Salon seiner Eltern gekauert hatte. Wie er den Kopf geschüttelt und gelächelt und die Augen aufgerissen hatte, wie er immer wieder zu ihr gesagt hatte: »Sie waren doch so lieb!«

Ihrer Mutter hatte sie noch nichts vom Tod der Sohrs erzählt. Morgen, dachte sie.

Sie überquerte den Graben und ging durch die Melantrichgasse in Richtung Altstädter Ring, als sie Schreie hörte. In ihrer Nähe lehnte eine Frau ohne Hut und mit offenem Haar an einer Hauswand und regte sich nicht.

»Was ist da los?«, fragte sie die Frau.

»Was soll schon los sein«, erwiderte die Frau und gähnte. »Da raufen ein paar Saufbrüder. Der aus dem Bärenhaus hat wohl die Türglocke nicht rechtzeitig gefunden.«

Lenka hörte wieder einen Schrei, und diesmal erkannte sie die Stimme. Sie rannte los. Adrenalin pulste durch ihren Körper. Sie verlor ihren Hut, blieb aber nicht stehen, um ihn aufzuheben. Ihre Mantelschöße flatterten hinter ihr her wie Dohlenflügel. Am Ende der Gasse erkannte sie drei Gestalten auf der Straße und einen vierten Umriss auf dem Pflaster. Die drei Stehenden traten auf den Liegenden ein. Sie erledigten diese Aufgabe methodisch und schweigend. Die einzigen Geräusche, die Lenka neben ihrem eigenen Atem und ihren eigenen Schritten hörte, stammten von Kisch. Demjenigen, der dort am Boden lag.

»Lasst ihn in Frieden!«, schrie sie. Sie hatte nicht geahnt, dass ihre Stimme so laut war. Sie spürte, wie sich das Haar in ihrem Nacken löste und schwer über ihre Schultern fiel. Sie konnte sich vorstellen, wie sie mittlerweile aussah, aber auch das hielt sie nicht auf. »Verschwindet!«, brüllte sie mit aller Kraft.

Kisch schwor später, dass Lenka ein Schwert über ihrem Kopf geschwungen hatte, als sie hinter den Männern aufgetaucht war.

»Sie hatten sich doch längst in Luft aufgelöst, als ich bei dir angekommen bin«, sagte sie.

»Du bist geflogen«, sagte er mühsam. »Wie ein Engel.«

Da waren sie schon im Krankenhaus. Kisch war ein Bett auf dem Flur zugewiesen worden, dessen voriger Nutzer vermutlich kurz vor ihrer Ankunft entlassen worden oder verstorben war. In den Stationsfluren roch es nach Formaldehyd, feuchtem Mull und Blut. Lenka ekelte sich nicht, sondern hatte das Gefühl, in ein Gebäude zurückzukehren, das sie so gut kannte wie ihr Elternhaus. Die Kranken lagen dicht an dicht in den Gängen, wimmernd, ächzend oder schnarchend. Sie musste sich zusammenreißen, um nicht die Reihen abzuschreiten und Verbände zu kontrollieren, Temperaturen zu messen, Pulsschläge zu zählen.

»Bring mich hier weg«, krächzte Kisch und sah sich entsetzt um, als warteten die anderen Patienten nur darauf, sich auf ihn zu stürzen.

Der diensthabende Arzt verabreichte ihm ein großes Quantum Schmerzmittel, das ihn immer wieder wegtreten ließ. Lenka kannte den Arzt. Dr. Salomon, ein Kollege ihres Vaters. Als er zum zweiten Mal an Kischs Bett kam, erkannte auch er Lenka wieder.

»Sie sind doch die kleine Tochter von Samuel Weißbach«, sagte er überrascht. »Bloß dass Sie heute selbstverständlich nicht mehr klein sind. Wie geht es Ihnen und Ihrer Mutter?«

Lenka beantwortete seine Fragen so ausweichend wie üblich. Als Dr. Salomon von ihrem Medizinstudium hörte, nickte er. »Ihr Vater hat immer gesagt: Entweder wird Lenka auch Ärztin oder sie läuft eines Tages mit dem Wanderzirkus davon – insgeheim hat er auf Ersteres gehofft, nehme ich an. Er wäre sicherlich sehr stolz auf Sie.«

Lenka lächelte schwach. Ach, Papa, wenn du wüsstest, dachte sie wehmütig.

Dr. Salomon sorgte dafür, dass Kisch ein Bett mit sauberen Laken in einem Einzelzimmer bekam. Dort war es ruhig und kühl, und die einzigen Gerüche, die Lenka wahrnahm, waren die von gestärkter Wäsche und Karbol. Eine große rote Schwellung hatte sich um Kischs Auge gebildet und verschloss es. In den folgenden Stunden glitt er immer wieder in einen Dämmerzustand, ohne dass Lenka hätte sagen können, wann er bei Bewusstsein war und wann nicht. Einmal griff er nach ihrer Hand und sagte: »Geh nicht weg.«

Im Morgengrauen kamen die beiden Polizeibeamten ins Krankenzimmer, die Kisch schon kurz nach dem Überfall ergebnislos auf der Wachstube befragt hatten: Er hatte ja niemanden erkannt, und die Angreifer hatten nicht gesprochen. »Bringen Sie mich ins Spital«, hatte er während der Vernehmung wieder und wieder gesagt, aber sie hatten ihm nur die immergleichen Fragen gestellt, die er nicht beantworten konnte. Irgendwann hatte er sie förmlich angebettelt, ihn gehen zu lassen. »Du bist doch so ein harter Kerl«, hatte der Jüngere der Polizisten erwidert. »Hier sind schon viel schlimmer zugerichtete Halunken gesessen!« Als Kisch bloß noch mit geschlossenen Augen dagehockt war, hatten sie endlich einen Krankentransportwagen gerufen.

»Wir haben drei Verdächtige festgenommen«, sagte der Jüngere nun zu Kisch, dessen unverletztes Auge sich für einen Moment flatternd öffnete, ehe es wieder zufiel. »Alte Bekannte, Handlanger des Schwerkriminellen Kubitza, den werden Sie ja kennen. Sie haben alles gestanden.«

»Woran hat man sie erkannt?«, fragte Lenka. »Sie waren doch vermummt.«

Der Ältere betrachtete sie abschätzig. »Leihen Sie sich von einer Schwester beizeiten einen Kamm«, sagte er.

»Woran hat man sie erkannt?«, fragte sie noch einmal und so, als hätte sie seine Bemerkung gar nicht gehört.

»Sei froh, dass ich dich nicht nach deinem Gesundheitsbuch frage, Mädel«, sagte er. Sein Kollege grinste. »Es wird sie bestimmt freuen, Herr Kisch«, sagte er dann, »dass die drei Delinquenten schon auf dem Weg nach Pankratz sind.«

Sie verabschiedeten sich von Kisch, der möglicherweise gar nichts von ihrem Besuch mitbekommen hatte. Lenka würdigten sie keines weiteren Blickes.

25

Kisch wollte keine Stunde länger im Krankenhaus bleiben.

»Hier stecke ich mich bloß mit den Blattern an«, sagte er, »oder Schlimmerem.«

»Du hast doch sogar ein Einzelzimmer, du Witzbold!«, sagte Lenka.

»Die Ärzte und Schwestern tragen den Tod herein«, sagte er.

Er wollte auch nicht nach Hause.

»Das kann ich meiner Mutter nicht antun. Sie hat schon meinen Vater zu Grabe getragen, sie soll mich so nicht sehen.«

»Du bist nicht gerade moribund, Kisch.«

»Du weißt, was ich meine.«

Und schon gar nicht wollte er in einem Hotelzimmer darauf warten, dass seine Verletzungen verheilten.

»Allein in einem kleinen Zimmer werde ich verrückt.«

»Was ist dann dein Vorschlag, Kisch?«

Sein Vorschlag war, dass Lenka ihn mit in die Herrengasse nahm und sich dort um ihn kümmerte, bis er wieder auf den Beinen war.

»Warum sollte ich das tun?«, fragte Lenka.

»Hast du nicht den Hippokratischen Eid geschworen«, sagte er und hustete, was ihm sichtlich Schmerzen bereitete.

»Noch nicht«, sagte sie.

»Lenka«, sagte er, »bitte. Ich brauche deine Hilfe.«

Also schaffte sie ihn am Abend, als ihre Mutter schon schlief, mit Janas Unterstützung in die verwaiste Kammer neben dem Hintereingang, deren Tür immer verschlossen war. Früher hatten sich Lenkas Kindermädchen und eine Köchin die Kammer geteilt. Darin standen zwei schmale Betten, ein Schemel und eine Kommode unter einem kleinen Fenster, eher einem Lüftungsschacht, das auf den Dienstbotenaufgang hinausging. Ihre Mutter würde sich hoffentlich nicht dorthin verirren, bis ihr Besucher wieder abgereist war. Sicherheitshalber blieb die Tür auch jetzt verschlossen.

Die drei Männer hatten Kisch übel zugerichtet. Sein linkes Auge war zugeschwollen, die Unterlippe aufgeplatzt und sein Oberkörper von großen Blutergüssen übersät, die am nächsten Morgen, als Lenka ihn auf seinen Wunsch hin untersuchte, um Verletzungen der inneren Organe auszuschließen, eine blauviolette Färbung angenommen hatten. Nicht dass seine Haut vorher nicht auch schon bunt gewesen wäre. Über sein Schlüsselbein wand sich eine Schlange, auf der Schulter breitete ein Vogel seine Schwingen aus, ein Dolch durchstach seine linke Brust.

»Wer ist Paula?«, fragte sie. Er zuckte grinsend mit den Schultern und verzog sofort das Gesicht. Unter den dunklen Hämatomen auf seinem Rücken war das Bild eines Obristen mit Säbel und Feldkappe zu erkennen.

»Warum steht er Kopf?«, fragte sie.

»Er rutscht mir den Buckel runter«, sagte er. »Siehst du, wie er die Zunge herausstreckt?«

»Ich habe immer geglaubt, die Geschichten von deinen Tätowierungen wären allesamt erfunden«, sagte sie.

»Das liegt daran«, sagte Kisch, »dass ich dich bis heute nicht dazu bewegen konnte, mich ohne Kleider anzuschauen.«

Mit etwas mehr Druck als nötig betastete sie die größte Schwellung auf seinem Rücken, und er sog scharf Luft durch die Zähne ein.

»Es mag schmerzen, aber alles heilt gut«, sagte sie. »Du wirst leben, Kisch.«

»Außer du untersuchst mich noch einmal«, sagte er.

Es spielte sich schnell ein fester Rhythmus ein. Morgens brachte Lenka Kisch ein Tablett mit Kaffee und Wecken und wechselte ein paar leise Worte mit ihm. Während sie in der Redaktion war, kümmerte sich Jana so weit um ihn, wie das ihre übrigen Pflichten erlaubten. Am Nachmittag übernahm Lenka wieder den Schlüssel zur Kammer, leistete Kisch Gesellschaft, während er eine Kleinigkeit aß, und behandelte seine Verletzungen, auch wenn diese Maßnahme eher seelischen als körperlichen Nutzen hatte. Sobald sich ihre Mutter am frühen Abend wieder in ihr Zimmer zurückgezogen hatte, sah sie noch einmal nach ihm. Diese Stunden waren ihr am liebsten. Kisch war viel weicher als gewohnt, weniger sarkastisch und dominant. Und wenn sie aus der Kammer ins Esszimmer kam, saß Jana dort am Tisch und polierte Gläser oder legte Karten oder blickte einfach aus dem Fenster. Sie blieb nun immer länger. Sie und František konnten den Extralohn gut gebrauchen, den Lenka ihr für jede Stunde mehr bezahlte.

»Hat er denn immer noch keine Stellung gefunden?«, fragte sie.

Jana antwortete nicht gleich. Erst dachte Lenka, sie sei wütend, dann sah sie Janas resignierten Blick.

»Er arbeitet«, sagte Jana, »und anschließend geht er ins Gasthaus und gibt seinen Lohn für Bier aus. Oft kommt er erst am Morgen nach Hause.«

Sie presste die Lippen aufeinander und senkte den Blick. Lenka griff nach ihren Händen, dann zog sie sie an sich und umarmte sie. Jana lehnte sich schwer gegen sie. Ihr Haar roch nach Seife und Holzrauch.

»Ich kenne diesen Kisch«, sagte Jana, als Lenka bei ihr in der Küche stand und Wasser für die Bettflasche erhitzte. In Kischs Kammer gab es keinen Ofen, und die Wärme half auch bei der Behandlung seiner Blutergüsse. Allmählich verfärbten sie sich grün.

»Ach ja?«

»Er und seine Freunde haben früher gern mit Dienstmädchen getanzt. Vor allem mit tschechischen Dienstmädchen.«

Das Wasser begann leicht zu sprudeln. Lenka nahm es vom Herd und füllte die Messingflasche.

»Meine Freundin Marie«, sagte Jana tonlos, »sie ist gestorben. Sie hat Safran genommen.«

Davon hatte Lenka gelesen. Frauen, die Falschen Safran benutzten, um abzutreiben. Aus irgendeinem Grund hatte sie sich den Preis für die erforderliche Dosis gemerkt. 30 Heller, so viel wie für ein halbes Kilogramm Waschpulver.

»War Kisch der Vater?«, fragte Lenka und kam sich auf der Stelle sehr dumm vor.

»Jemand wie er«, sagte Jana. »Jemand, der in ein paar Jahren ein ordentliches deutsches Mädchen heiraten wird.«

Janas Mund zuckte. Sie legte das Messer aus der Hand, mit dem sie Kartoffeln geschält hatte, und wandte sich ab. Als sie sich nach einigen Sekunden wieder umdrehte, hatte ihr Gesicht seinen ruhigen, kühlen Ausdruck wiedergewonnen.

»Ist es Ihnen unangenehm, Kisch zu versorgen?«

Jana schüttelte den Kopf. Sie griff nach dem Messer. »Er leidet«, sagte sie. »Zumindest ein bisschen. Aber sagen Sie ihm, er soll mich nicht so angrinsen, wenn ich in die Kammer komme. Ich bin nicht da, um mit ihm zu schäkern, sondern um seinen Nachttopf zu leeren.«

Als Kisch später seine Gemüsesuppe löffelte, sagte er unvermittelt zu Lenka: »Seitdem du mich hier eingesperrt hast, vermisse ich meinen Vater.«

»Ich vermisse meinen Vater auch«, sagte sie, und dann war eine Weile nur das Klappern seines Löffels zu hören.

Der Sonntag war für Kisch der einsamste Tag. Lenka war mit ihrer Mutter allein und konnte sich am Vormittag nur für wenige Minuten zu ihm schleichen. Sie brachte ihm ein Tablett mit Kaffee, Hörnchen, Suppe und Büchern.

»Mein Verlobter kommt heute mit seinen Eltern zum Kaffee«, sagte sie und schnitt eine kleine Grimasse, »Mama läuft schon seit dem Morgengrauen aufgeregt durch die ganze Wohnung. Ich muss gleich wieder nach ihr sehen, bevor sie jede freie Fläche mit Blumen und Girlanden dekoriert.«

Eines der Bücher auf dem Tablett, ein in rotbraunes Leinen gebundener Band mit Goldprägung, war das »Album der Verlobten«, das Lenkas Mutter aus Wien bestellt hatte.

»Es ist zu albern, Kisch. In erster Linie besteht es aus Werbeanzeigen für Schlafzimmermöbel und Regenschirme und Kinderpudding. Es gibt aber auch Texte. Ich muss dir daraus vorlesen, es ist wirklich zu albern.«

Sie blätterte im Buch.

»›An den Bräutigam. Die Frau von achtzehn Jahren wird willig die gelehrige Gattin eines Mannes von achtundzwanzig oder dreißig Jahren. Sie glaubt und begehrt ein durchaus neues Leben anzufangen, das mit dem alten in keiner Beziehung steht. Sie will mit ihm, durch ihn wiedergeboren werden‹, und so weiter, die Frau ist ein Kind, das ihr Mann erziehen und neu formen muss, et cetera.

Jetzt kommt das beste Zitat: ›Ihr einziges Glück ist der Gedanke, dass sie von nun an in deiner Hand ist.‹«

Sie schloss das Buch und warf ihm einen Blick zu, der wahrscheinlich mehr Beklommenheit verriet als geplant. Kisch setzte sich im Bett auf.

»Niemand wird dich jemals in der Hand haben«, sagte er. »Schon gar nicht Brodesser.«

Nach einer Pause murmelte er: »Statt seiner hättest du übrigens auch mich fragen können. Ich hätte mich nicht gegen dieses Schauspiel gewehrt.«

Sie schüttelte den Kopf. »Du und ich, Kisch«, sagte sie. »Wer hätte uns das schon geglaubt.« Sie stand abrupt vom Schemel auf und wies aufs Tablett auf der Kommode. »Teil dir alles gut ein, ich kann dich erst heute Abend wieder besuchen.«

»Schade, dass mir das nette tschechische Mädchen bis dahin nicht die Zeit vertreibt«, sagte er.

»Jana ist kein nettes tschechisches Mädchen, sie ist eine verheiratete Frau«, zischte Lenka. »Lass sie in Ruhe, ja?«

Er musterte sie perplex. Sie räusperte sich und klopfte auf die beiden verbliebenen Bücher auf dem Tablett, *Thérèse Raquin*, weil sie wusste, dass Kisch Zola liebte, und *Anna Karenina*, weil sie selbst Tolstoi liebte.

»Mehr Damenbesuch gibt es für dich heute nicht«, sagte sie, »tut mir leid.«

Am Nachmittag hörte er ferne Stimmen aus dem anderen Teil der Wohnung. Er stellte sich vor, wie er aus der Kammer spazierte und sich ganz selbstverständlich zur Tischgesellschaft im Salon setzte. Wie er den Müttern das Lächeln entlockte, das sich Damen in ihrem Alter für Männer wie ihn aufhoben. Er würde diesen Brodesser in Grund und Boden charmieren. Am Ende würden alle Anwesenden ihn heiraten wollen, einschließlich Brodessers Vater und Lenka. Er klemmte sich einen Bleistift in den Mundwinkel und sah zu, wie imaginäre Rauchschwaden zur schummerigen Zimmerdecke aufstiegen.

Lenkas Mutter war in diesen Tagen umgänglicher und ausgeglichener als sonst. Sie stellte keine misstrauischen Fragen, keine unmöglichen Forderungen. Glücklich zeigte sie Lenka die Verlobungsanzeigen in der BOHEMIA und im Prager Tagblatt, die sie für Brodesser und sie aufgegeben hatte. Tagsüber machte sie Erledigungen mit Jana oder saß lesend im Salon, nachts blieb sie in ihrem Zimmer. Um diesen fragilen Zustand nicht zu gefährden, versuchte Lenka am Dienstag gar nicht erst, ihre Mutter zum Besuch ihrer Bridge-Runde zu bewegen. Stattdessen lud sie noch einmal Brodesser ein. Während Lenkas zukünftiger Ehemann mit seiner Schwiegermutter in spe Domino spielte und Lenkas erster und einziger Patient von beiden unbemerkt auf dem Eisenbett in der Kammer lag und von einer Zigarette träumte, gingen Lenka und Jana ins Kino Ponrepo auf dem Altstädter Ring. Wer sagte, dachte Lenka im dunklen Kinosaal, dass es von jetzt an nicht immer so sein würde. Die Vorstellung war magisch.

Am folgenden Nachmittag geriet ihre Mutter in eine solche Erregung, dass Lenka fürchtete, den Arzt rufen zu müssen. Ihre Mutter hörte erst auf zu zittern, als Jana ihr den elektrischen Espressokocher vorführte, ein brandneues Wiener Modell, das Brodessers Eltern als Geschenk mitgebracht hatten. Nachdem ihre Mutter endlich in einem barbitalschweren Schlaf versunken war, brachte Lenka Kisch ein Glas Rum in die Kammer.

»Die Luft ist rein«, sagte sie, »du kannst jetzt gehen.«

»Dabei habe ich mich gerade in meiner Zelle eingelebt«, sagte er. Vom Überfall sah man ihm kaum mehr etwas an. Gelbliche Schatten ums linke Auge und an der Schläfe, eine kleine Rötung unter der Lippe, den Rest verdeckten die Kleidung und sein Dreitagebart.

»Endlich wieder Tageslicht«, sagte sie, als sie am Hintereingang der Wohnung standen. Jana hatte ihm zum Abschied knapp zugenickt und war dann an ihm vorbei in die Kammer gegangen, um das Bett abzuziehen.

»Endlich wieder frische Luft«, sagte er und steckte sich eine Sport in den Mundwinkel. »Und Lenka? Danke. Für alles.«

»Denk dran, die Blutergüsse mit Apfelessig zu behandeln«, sagte sie. »Wobei du die schlimmsten am Rücken selbst nicht erreichen wirst.«

»Mir fällt schon die Eine oder Andere ein, die das gern übernimmt«, sagte er und zwinkerte ihr zu.

»Du bist wirklich eine Zumutung, Kisch«, sagte sie. Er stieg die Treppe hinab, und der Anblick versetzte ihr einen Stich. Er würde ihr fehlen, dachte sie überrascht.

»Halt dir den Sonntag frei«, rief er über die Schulter, als hätte er ihre Gedanken gelesen. »Wir machen einen Ausflug.«

Nachdem sie mit Jana alle Spuren seines Aufenthalts in der Kammer weggeräumt, aufgekehrt, ausgeleert und abgespült hatte, entdeckte Lenka auf dem Esszimmertisch die sechs Tässchen Kaffee aus dem neuen Espressokocher, die niemand angerührt hatte.

»Was machen wir bloß damit?«, sagte sie.

»Zum Wegschütten ist es zu schade«, sagte Jana.

Sie mischten den Kaffee mit Cognac und Honig und stießen an. Das Getränk war bittersüß und stark und wärmend wie ein medizinisches Elixier. Nach der zweiten Tasse begann der Boden unter Lenka sanft zu schwanken. Es ging schon auf zehn Uhr zu, was sie und auch Jana so lange ignorierten, bis sie die Glocke vom Heinrichsturm schlagen hörten.

»Ich sollte nach Hause gehen«, sagte Jana. Und etwas später: »Wenn ich mich jetzt nicht beeile, verpasse ich die letzte Straßenbahn.«

Vielleicht war das Koffein daran schuld, dass Lenkas Herz so wild pochte, noch etwas später, als sie im Bett lag und den gleichmäßigen Atemzügen neben sich lauschte. Als sie am nächsten Morgen aufwachte, war Jana schon fort.

*

Wie üblich kannte Kisch da jemanden, der jemanden kannte. Ein Mann auf der Kleinseite verlieh sein Motorrad, eine Walter mit Beiwagen, tageweise für 5 Kronen, sonntags für 7 Kronen und 50 Heller.

»Fahren können Sie?«, fragte er Kisch, als er die Walter schon an den Straßenrand geschoben hatte. Bei Kisch fragte man sich immer erst auf den zweiten Blick, ob er auch konnte, was er wollte. In den meisten Fällen konnte er es. Er schwang sich auf die Maschine, ohne dass der Mann protestierte, startete den Motor, warf seinen guten Ausflugsstock in den Beiwagen und machte sich auf den Weg zu Lenka. Er hatte Gruber eine unterhaltsame Reportage über einen Ausflug aufs Lande schmackhaft gemacht, 15.000 Zeichen für die Mittwochsausgabe. Er würde die Blicke der Passanten erwähnen, die Sonne und den Wind auf seinem Gesicht, das Schnauben der Kutschpferde, wenn er dicht an ihnen vorbeifuhr, das Kreischen der Kinder und Frauen. Seine nach wie vor schmerzenden Prellungen würde er für sich behalten.

Lenka blieb wie angewurzelt stehen, als sie das Motorrad sah. Er schob für sie den Spazierstock im Beiwagen ein Stück zur Seite.

»Da setze ich mich bestimmt nicht hinein«, sagte sie.

»Und wie kommen wir dann an die Berounka?«, fragte er.

»Was sollen wir an der Berounka?«

»Wir halten unsere Füße ins Wasser.«

»Es sind nicht mal zehn Grad, Kisch.«

»Es ist Sonntag. Sonntags macht der Tscheche einen Ausflug.«

»Sind wir das, Kisch? Tschechen?«

»Ich weiß nicht, wie es bei dir ist, aber ich bin Tscheche, ich bin Deutscher, ich bin Jude, und alle drei wollen wir einen Ausflug nach Černošice machen. Sie haben da ein großartiges Ausflugslokal. Es wird dir sehr gefallen.«

»Und es weiß ja niemand besser als du, was mir gefällt«, sagte sie.

»Komm schon«, sagte er. »Das wird lustig. Franz wartet auf uns, wir kommen jetzt schon viel zu spät.«

»Dafür hat Jana ihren freien Tag geopfert«, sagte sie und stieg in den Beiwagen.

Als sie die Prager Neustadt hinter sich gelassen hatten, kamen sie durch Vororte mit Straßen voller Schlaglöcher zwischen rußgeschwärzten Hausfassaden, wo stets mindestens ein qualmender

Fabrikschlot in Sichtweite und die Luft so schlecht war, dass Lenka sich ihr Taschentuch auf Mund und Nase presste. Eine Schar magerer Kinder in zerlumpter Kleidung lief dem Motorrad hinterher. Dann wurden die Gebäude weniger und weniger, der Himmel weitete sich, und sie fuhren durch eine hügelige Landschaft, der man den nahenden Frühling ansah. Viehweiden, Blumenwiesen und Wäldchen erstreckten sich neben der Landstraße, auf der zur großen Freude von Kisch keine Geschwindigkeitsbegrenzung mehr galt. Lenka hielt mit der einen Hand ihren Hut fest, den ihr Haar umflatterte, und mit der anderen klammerte sie sich an den Spazierstock neben sich.

Zehn Grad hin oder her – als sie an der Berounka angekommen waren, zog Kisch als erstes Schuhe und Strümpfe aus, krempelte die Hosenbeine hoch und watete ins eisige Wasser. Sofort kam ein Schwarm winziger Fische angeschossen und begann, an seinen Füßen zu knabbern. Lenka stand in ihrem Herrenmantel und mit seinem Spazierstock in der Hand wie ein junger englischer Lord am Ufer und beobachtete das Treiben, ihr Hut saß auf ihrem wirren Haar wie auf einem Taubennest. Wie es aussah, hatte halb Prag die gleiche Idee gehabt wie Kisch. Familien im Sonntagsstaat flanierten am Fluss entlang, über den Ruderboote und kleine Schiffe fuhren. Unter den Weiden standen Männer aus der Gegend und angelten.

»Gib dir einen Ruck«, rief er Lenka zu. »Wer nicht ein Mal die Füße in die Berounka gehalten hat, der hat nicht gelebt.«

»Ich bin schon in der Spree geschwommen«, rief sie zurück. »Und erklär mir doch mal, wie ich jetzt und hier meine Strümpfe ausziehen soll, ohne Aufsehen zu erregen.«

Kisch hätte da ein paar Methoden gekannt, aber er ließ es auf sich beruhen. Als er vor Kälte seine Füße nicht mehr spürte, humpelte er ans Ufer und trocknete sie sich mit seiner Krawatte ab.

Er und Lenka saßen schon eine halbe Stunde auf der Terrasse des Ausflugslokals, als Kafka mit erhobenen Armen auf sie zukam.

»Entschuldigung, Entschuldigung«, rief er atemlos, »ich wurde aufgehalten!«

Er ließ sich neben Lenka auf die Bank fallen und blinzelte in die Frühlingssonne. Kisch zündete sich eine Sport an und reichte Kafka die Speisekarte.

»Wir haben schon Kaffee bestellt. Ich habe einen riesigen Hunger.«

Lenka und Kafka entschieden sich für die mit Reis und Kräutern gefüllte Paprika an Semmelknödeln, Kafka bat ausdrücklich um eine grüne Paprikaschote und bestellte die Knödel ab. Lenka und er entdeckten, dass sie beide Vegetarier waren.

»Ich war bei zu vielen Sektionen dabei«, sagte Lenka, »um noch mit echter Freude Fleisch essen zu können.«

»Und ich habe zu viele Berichte über Unfälle im Viehhof gelesen«, sagte Kafka. »Allerdings hat mir Fleisch schon vorher nicht geschmeckt. Es richtet in ohnehin geplagten Körpern die größten Verwüstungen an.«

»Ja, ja«, sagte Kisch, »ihr Feingeister. Prost.«

Sie stießen mit ihrem Bier an. Lenka und Kafka entdeckten noch mehr Gemeinsamkeiten, namentlich Brodesser und Hugo Bergmann, die mit Kafka zur Schule gegangen waren, und Else, die Kafka schon als Mädchen gekannt hatte. Sie wechselten zum Du und unterhielten sich angeregt über vegetarische Gerichte. Spinatpudding, saure Linsen, Reisbrei, Kisch hatte ja gar nicht geahnt, in wie vielen Darreichungsformen ungenießbarer Gatsch existierte. Als die Bedienung das Essen brachte, rief er: »Da kommt ja endlich mein Haxerl. Ich liebe Fleischhaxerl!«

Nachdem Lenka und Kisch noch Mohnstrudel und Marillenschnaps vertilgt hatten, war auch Kafka mit seiner Paprikaschote fertig, und sie verließen die Terrasse und gingen am Fluss spazieren. Kisch erzählte Kafka in den schillerndsten Farben vom Überfall, den Blessuren, die er davongetragen hatte, und den Tagen in der Dienstbotenkammer. Fast alles verlor seinen Schrecken, sobald man eine gute Geschichte daraus machte. Kisch war nicht länger der Mann, den man nachts auf offener Straße krankenhausreif geschlagen hatte, sondern der Erzähler und Held einer Groteske voller abenteuerlicher Einzelheiten. Als er mit dem Spazierstock fuchtelnd sein pechschwarzes, auf Straußeneigröße angeschwollenes Auge beschrieb, klatschte Kafka in die Hände und verlangte mehr und mehr Details, je unwahrscheinlicher, desto besser, während Lenka missbilligend schnalzte. Wie zwei um Aufmerksamkeit heischende Kinder spazierten Wissenschaft und Phantasie mit ihnen an der Berounka entlang.

Sie machten am nächsten Ausflugslokal halt. Lenka bestand darauf, Limonade zu bestellen, weil Kisch noch Motorrad fahren musste, und Kafka bot ihr an, dass sie gemeinsam den Zug nach Prag nehmen könnten.

»Kisch soll auch heil ankommen«, sagte sie. »Ihn einmal gesund gepflegt zu haben reicht mir vollkommen.« Sie lächelte Kisch über den Tisch hinweg an, dann zogen sich ihre Augenbrauen zusammen. »Ist das da hinten nicht Gruber?«, fragte sie. »Schau dich nicht so auffällig um, sonst kommt er noch her.«

Es war tatsächlich Gruber, der dort am äußersten Rand der Terrasse saß. Und er war nicht allein: Neben ihm trank Pledl in der Sonne sein Bier.

»Was hat Gruber mit Janosch Pledl zu schaffen?«, fragte Kisch.

»In der Tat ein seltsamer Zufall«, sagte Lenka.

»Wer ist das?«, fragte Kafka.

»Gruber ist der neue Spiritus rector der BOHEMIA«, sagte Kisch. »Und Pledl ist Gerichtsmediziner an der Universitätsklinik. Ich frage mich, woher sie sich kennen.«

»Prag ist klein«, sagte Kafka. »Und es lässt niemanden los. Du weißt doch, wie es ist. Dieses Mütterchen hat Krallen. Da muss man sich fügen.«

»Schreib das auf, Franz«, sagte Kisch.

»Habe ich schon«, sagte Kafka.

»Ist Pledl eigentlich ein Nationaler?«, fragte Lenka. Kisch nickte.

»Dann hast du deine Antwort«, sagte sie. »Vielleicht kennen sich Gruber und er ja aus der Armee. Oder vom Fechten.«

Seitdem Kisch ihr erzählt hatte, dass er selbst Mensuren geschlagen hatte und nach wie vor jede Aufforderung zum Duell annehmen würde, machte sie besonders viele spitze Bemerkungen in diese Richtung.

»Ein Mann muss mit dem Säbel umgehen können«, sagte er jetzt. »Sollte Brodesser mal deine Ehre verteidigen müssen, springe ich gern für ihn ein.«

Lenka öffnete den Mund, um etwas zu erwidern, doch Kafka kam ihr zuvor.

»Wegen der Nationalisten wird das Land noch zerreißen«, sagte er. »Es wird immer schlimmer mit ihnen. Auf beiden Seiten.«

»Auf deutscher Seite kommen sie mir allerdings noch radikaler vor«, sagte Lenka. »Allein das Getöse, als Minister Schreiner zurückgetreten ist – oder zum Rücktritt gedrängt wurde, wie sie behaupten. Und diese fürchterliche Überheblichkeit. Gruber hat vor kurzem einen Leitartikel veröffentlicht, in dem es hieß, das deutsche Volk bringe mehr Herrennaturen hervor als andere Nationen, speziell die Slawen.«

»Die zarten deutschnationalen Pflänzchen haben immer noch nicht verkraftet, dass ihre Post jetzt nicht mehr nur auf Deutsch, sondern auch auf Tschechisch gestempelt wird«, sagte Kisch.

»Dabei ist das Tschechische doch so wunderschön«, sagte Kafka, »nennt mir eine zweite Sprache, in der man das Rauschen der Bäche genauso hört wie die Schroffheit der Gebirge!«

Kisch haute ihm mit Wucht auf die schmale Schulter. Die einzige Alternative wäre gewesen, ihn an sich zu drücken und auf beide Wangen zu küssen, doch für solche Zuneigungsbekundungen hatte er noch nicht genug Bier getrunken.

»Im Deutschen hört man dafür das Rattern der Schreibmaschinen und das Knarren der Reitstiefel«, sagte Lenka.

»Pledl hat in der Pathologie zu mir gesagt, die Ermordeten seien welche von uns gewesen«, sagte Kisch.

»Sozialisten?«, fragte Kafka.

»Deutschböhmen?«, fragte Lenka.

»Juden«, sagte Kisch.

»Lächerlich«, sagte Lenka und holte Luft, doch statt weiterzusprechen, bückte sie sich jäh und begann, ihre Stiefel zu schnüren. »Pledl und Gruber«, murmelte sie in ihren Rock, »sie kommen direkt auf uns.«

Kisch ließ sich mit dem Oberkörper auf den Tisch sinken, als hätte ihn Trunkenheit übermannt, das beherrschte er auch mit Rippenprellungen sehr überzeugend. Kafka spielte einen Blinden. Ihn kannten Gruber und Pledl zwar nicht, aber er spielte es einfach zu gern.

»Zum Glück sind die Deutschnationalen eine winzige Fraktion einer immer weiter schrumpfenden Gruppe in Böhmen«, sagte Kisch, als die beiden Männer die Terrasse verlassen hatten, ohne Lenka oder ihn zu erkennen. »Das Problem wird hoffentlich früher oder später auf ganz natürliche Weise verschwinden. So wie die Blattern.«

»Gegen die Blattern gibt es allerdings eine Impfung«, sagte Lenka.

Sie tranken ihre Limonade und schauten auf die Berounka. Wie sich herausstellte, waren Lenka und Kafka beide begeisterte Schwimmer. Sie unterhielten sich darüber, bis es an der Zeit war, nach Prag zurückzukehren.

»Wir sollten alle zusammen baden gehen«, sagte Kafka zum Abschied zu ihnen, »wenn es wieder warm genug dazu ist.«

Kisch bevorzugte Wettkämpfe Mann gegen Mann auf dem Fußballplatz oder der Aschebahn, aber Lenka lächelte bloß sibyllinisch.

»Ich hasse dich, Kisch«, sagte sie, als sie in den Beiwagen kletterte, doch ihr Blick ließ keinen Zweifel daran, dass das nicht ganz der Wahrheit entsprach.

26

Am Spätnachmittag war Novák so leise wie möglich in den Keller gestiegen, um das Konstrukt nicht nur zu begutachten, sondern zum ersten Mal auch auf seine Tauglichkeit hin zu prüfen. Sein

Werk lag unter Lumpen und Holzbrettern verborgen. Es roch modrig, aber daran würde er sich früher oder später gewöhnen, wenn er mehrere Tage lang hier läge. Auch außerhalb des Kellers erfüllte das Haus in Žižkow der Geruch alten, feuchten Gemäuers. Novák hatte sich bis auf die Unterwäsche ausgezogen und war mit den Beinen voran ins Erdloch gerutscht, das ihn vor dem Kometen beschützen würde. Bei sich nannte er es liebevoll sein Grab. Er krümmte sich zusammen, bis er in Embryonalhaltung fast schon bequem dalag und es stockdunkel war, egal ob er die Augen offen oder geschlossen hielt. Er entspannte sich. Er musste sogar aufpassen, nicht versehentlich einzuschlafen. Nach einer Weile streckte er sich zufrieden und robbte auf dem Bauch wieder aus dem Loch unter dem Keller, stand auf, klopfte sich die lose Erde vom Leib und kleidete sich wieder an. Seine Unruhe kehrte schon im Treppenhaus zurück. Er fühlte seinen Puls rasen und, das war das Schlimme, seine linke Hand zittern. Novák hatte gehofft, dass ihm diese erste Probe seines Kellerlochs unter alltäglichen Umständen etwas von seiner Panik nehmen würde, die heute so stark war wie nie. Auch das eiskalte Wasser aus seiner Waschschüssel, das er sich jetzt routiniert ins Gesicht warf, trug nicht einmal kurz dazu bei, sein Gemüt zu besänftigen. Es half alles nichts. Nur die Pflicht war stärker als seine Angst. Er legte seine Dienstkleidung an und machte sich auf den Weg. Er nahm keine Elektrische, der Abend war mild, und er hoffte, seiner Besorgnis einfach davonlaufen zu können.

Novák war sogar zu ängstlich, um an jegliche Art von Prophetie oder Wahrsagerei zu glauben. Er konnte nicht verstehen, wie sich ein Mensch so viel Bedeutung beimessen konnte, über die Zukunft zu richten. Er hielt sich für niemand Besonderen, beileibe nicht, und hätte seinen körperlichen Zustand gern ignoriert, aber so einfach war es eben nicht.

»Halt still«, zischte er, während er von Žižkow aus auf die von der untergehenden Sonne entflammte Stadt blickte, »halt einfach still, verdammt.«

Seine linke Hand hörte nicht auf zu zittern. Sie hatte gezittert, bevor 1881 das Dach des gerade erst erbauten und eröffneten Nationaltheaters in Brand geraten war, damals eine Tragödie für die Stadt. Unaufhörlich wie bei einem Trinker auf dem Trockenen hatte seine Hand auch einige Jahre später zu zucken begonnen, Tage bevor eine Moldau-Flut im Jahr 1890 drei Pfeiler der Karlsbrücke wegriss und mehrere Menschen mit den Heiligenfiguren in den Tod stürzten. Und noch vor der Krankheit seiner Frau hatte er selbst geglaubt, von einer Seuche heimgesucht worden zu sein, so sehr hatte ihm seine Hand zu schaffen gemacht. Warum schien er großes Unheil stets vorauszuahnen? Und weshalb äußerte sich diese Vorahnung stets in einem offenkundig nur zeitweise auftretenden Nervenleiden in seiner linken Hand? Wäre er abergläubisch gewesen, hätte er gemeint, verflucht zu sein.

Völlig erschöpft erreichte Novák seinen Platz auf der Brücke, wickelte wortkarg die Übergabe mit seinem Kollegen ab und wartete auf die Nacht. Eine Handvoll Fußgänger, drei Droschken, zwei Fahrräder. Noch ein paar Stunden, dann käme der nächtliche Verkehr über die Brücke nahezu gänzlich zum Erliegen. Vielleicht würde Novák, entgegen seiner sonstigen Gewohnheit, sich für ein Stündchen in seiner Hütte verbarrikadieren und die Augen schließen, sofern er zur Ruhe kam. Es gab selten Kontrollen, und natürlich wussten alle Beteiligten, wie wichtig jemand wie Novák war, der aus freien Stücken die Nächte übernahm und selbst nach dem Tod seiner Frau nur einen Tag gefehlt hatte, um die Formalien zu regeln. Als es gerade leerer und stiller geworden war auf der Franzens-Brücke und sich die tiefen Wolken des sich rasch verdunkelnden Himmels über dem Fluss auf die Stadt legten wie ein schweres Tuch, sah er ihn aus der Ferne schon kommen. Der blinde Svatopluk. Manche erzählten sich, er habe beim fahrlässigen Umgang mit dem Ofen seine Wohnung in Brand gesetzt und dabei Frau und Kind verloren, weshalb er sich anschließend selbst geblendet habe und seit Jahrzehnten durch die Stadt irrlichterte und ausgerechnet Streichhölzer verkaufte. Andere wiederum, und zu denen gehörte Novák, hielten diese Geschichte für eine klassische Prager Übertreibung: In Wahrheit habe Svatopluk in einer Schmiede in Karolinenthal sein Augenlicht verloren, weil er betrunken über eine Stunde in die gleißend helle Glut des Ofens gestarrt habe. Novák hörte das Klappern und Klingeln des mit einem Glöckchen versehenen Bambusstocks auf der Brücke. Er zog ein paar Münzen aus seiner Tasche, da klopfte der Alte schon vehement an die Hütte.

»Sie müssen den Brückenkreuzer auch heute nicht entrichten, gnädiger Herr«, sagte Novák. »Im Gegenteil, nehmen Sie diese Münzen hier, sie werden Ihnen helfen.«

Er wollte Svatopluk das Geld in die Hand drücken, aber der begann, mit seinem langen Stock nach Novák zu stochern und zu stechen.

»Fort mit dir!«, rief Svatopluk. »Deine Opfergaben will ich nicht! Du Böser!«

»Grundgütiger«, sagte Novák, »was ist denn in Sie gefahren?«

Er ballte seine Linke zur Faust, presste sie an den Körper und hörte ungläubig zu, wie Svatopluk, den man sonst nur unverständlich murmeln hörte, nun mit donnernder Stimme zu einer Brandrede ansetzte.

»Du hast alles aus den Fugen gebracht. Den Kosmos. Den Erdkreis. Die Stadt. Du allein bist schuld, wenn der Komet uns ins Verderben stürzt. Das Unheil hast du gerufen. Die Toten hat man dir überlassen, Zöllner, um sie ans andere Ufer zu bringen und ihre Seelen zu retten. Aber was tatest du? Du gabst sie her. Dafür wirst du büßen, du Verräter!«

In einem endlosen Sermon überzog Svatopluk sein Gegenüber mit Vorwürfen. Vielleicht war er verrückt geworden. Novák hielt sich die Ohren zu, aber nur halbherzig, um sich seiner Strafe nicht völlig zu entziehen. Irgendwann war der Ausbruch vorüber. Svatopluk lächelte erleichtert und blieb noch für einen Moment vor dem Häuschen stehen.

»Guten Abend, gnädiger Herr«, sagte er, und dann entfernte sich langsam das rhythmische Klappern und Klingeln des Bambusstocks, während Novák noch eine Weile am ganzen Leib zitterte.

Als er sich wenigstens ein bisschen beruhigt hatte, dachte er über den Streichholzverkäufer nach. Seit Jahren geisterte der arme Schlucker durch die Nacht, aber erst jetzt trat sein Wahn offen zutage. Es passte in diese vermaledeite Zeit. Novák hatte den ersten angeblichen Selbstmord, mit dem der Irrsinn begann, ja mit eigenen Augen gesehen. Seither verfolgte er sehr aufmerksam, wie die Panik langsam über das Kopfsteinpflaster der Stadt kroch und in die Häuser und Köpfe ihrer Bewohner einzog. Die Leute spürten genau, dass aus dem Untergrund etwas Übles an die Oberfläche drang. Sie sehnten sich vielleicht sogar nach dem großen Knall, nach einem Ende, das zumindest alle quälenden Ungewissheiten beseitigen würde. Wer seine Sinne noch beisammen hatte, der bereitete sich vor auf etwas, das größer war als alles Dagewesene. Und wer ohnehin schon um seinen Verstand fürchten musste, der verlor ihn mir nichts, dir nichts auf der anderen Seite vom Fluss. Wie Svatopluk.

Es gelang Novák, sich nach der aufreibenden Begegnung mit dem Zündholzverkäufer zu beruhigen. Während er aufrecht auf seinem harten Stuhl sitzen blieb, fiel er in einen tiefen Schlaf. Von außen betrachtet musste es so wirken, als habe er den Kopf etwas gesenkt, um zu lesen und sich so die leeren Stunden seiner Schicht zu vertreiben. Er träumte nichts, da war nur ein tiefes und wohliges Schwarz, bis er aus der nächtlichen Ruhe gehämmert wurde. Novák hob den Kopf und suchte nach dem Gesicht vor dem Fenster seiner Hütte, doch da war nur Dunkelheit.

»Sie wünschen«, sagte er eine Spur zu laut.

»Sie wünschen«, äffte ihn eine Stimme nach. Betrunkene Burschenschafter, schoss es Novák durch den Kopf, sollen sie bloß weitergehen.

»Der Dreckstscheche schläft, anstatt seine Arbeit zu verrichten«, rief jetzt eine andere Stimme. Novák erkannte nur Schemen vor dem Fenster. Das waren keine Menschen. Das waren Schatten.

»Jetzt zeigen wir dir mal, wie man schlafende Böhmen weckt.«

Lautes Gelächter. Novák sprang auf. Eine der Gestalten trat jetzt näher, etwas in der Hand, einen Knüppel? Instinktiv griff Novák nach der schweren Eisenstange, die neben ihm an der Wand lehnte, und schrie in die Dunkelheit hinaus: »Jděte pryč! Verschwindet!«

Er trat vor die Tür und ging wütend auf die Schatten zu.

»Ganz ruhig, Alter!«

Der mit dem Knüppel holte aus und warf das Holz über die Brüstung der Franzens-Brücke, mit einem dumpfen Platschen traf es auf die Wasseroberfläche. Sie drehten sich um und liefen davon. Novák versuchte gar nicht erst, die drei schwarz gekleideten Männer zu verfolgen.

»Du bist auch noch dran«, hörte er sie noch aus der Ferne rufen. Novák wunderte sich später über seinen Leichtsinn: Was hätte er mit einer Eisenstange und seiner zitternden Hand drei kräftigen Männern schon entgegensetzen können?

Er versteckte die Eisenstange wieder neben seinem Sessel in der Hütte.

Hätte er, fragte er sich, nach den Wachleuten rufen, sie auf der Karlsbrücke abpassen sollen, wo sie regelmäßig patroullierten? Das wiederum hätte bedeutet, sich erneut dem Risiko der Fratzen auf dem Brückenturm auszusetzen, und das war schlimmer als drei Rowdys, die zu tief ins Glas geschaut hatten. Sollen sie doch gehen, wohin sie wollen, sagte Novák sich, er konnte die Welt nicht retten und hatte genug Heimsuchungen für diese Nacht erlebt. Er setzte sich in den Sessel, schloss die Augen, hielt sich selbst an der Hand, die wieder zitterte, und ließ sich von einer Welle der Müdigkeit überrollen. Was auch immer die Schatten noch vorhatten, Novák würde sie an diesem Abend nicht aufhalten können.

27

Sie trafen sich auf dem Hügel über der Stadt beim Kloster Strahov, als die Sonne gerade über dem Fluss unterging. Das Licht war sanft, und Kisch wurde wehmütig, als er den alten Graef dort stehen sah. Der pensionierte Inspektor war in die selbst für einen Prager atemberaubende Aussicht versunken und hatte Kisch den Rücken zugekehrt. Kisch befürchtete, ihn zu erschrecken, doch als er sich gerade bis auf zwei Meter genähert hatte, lachte Graef auf, drehte sich um und sagte: »Wenn du deine Texte genauso unpünktlich abliefertest, dann würden wir bald alle die Nachrichten von vergangener Woche lesen.«

»Wie haben Sie gemerkt, dass ich hinter Ihnen bin?«

»Berufserfahrung, mein Junge«, sagte Graef und umarmte Kisch zur Begrüßung, was er noch nie getan hatte und was Kischs Melancholie nur verstärkte.

Als Kisch sich nach seinem Befinden erkundigte, wiegte Graef den Kopf hin und her.

»Sprechen wir lieber unterwegs darüber«, sagte er, »ich habe das Gefühl, dass man uns beobachtet.«

Jetzt lachte Kisch auf, aber Graef behielt den ernsten Ausdruck bei. Er hatte keinen Scherz gemacht. Bislang hatten sie sich immer bei Graef zu Hause oder im Spielsalon verabredet, um zusammen eine Runde zu spielen und einander auf den neuesten Stand zu bringen. Seit Graefs Pensionierung hatte Kisch ihm wöchentlich Rapport über Erwiesenes und Gerüchte aus dem Sicherheitsdepartement und den zwielichtigen Prager Gassen erstattet. Diesmal hatte Graef all das nicht gewollt, sondern diesen ungewöhnlichen Treffpunkt hier oben vorgeschlagen, um mit Kisch langsam zurück in die Stadt zu spazieren.

Sie setzten sich in Bewegung und brauchten nicht lang bis zur ersten Rast.

»Nehmen wir ein Halbes?«

»Das haben wir uns redlich verdient«, sagte Kisch, »wir sind schon mindestens zehn Minuten unterwegs.«

Im Schwarzen Ochsen war es voll. Kisch und Graef entdeckten im Gastraum weder Freunde noch Feinde, nickten einander zu und fanden in der hintersten Ecke der Kneipe einen Tisch für sich allein. Sie bestellten zwei Großpopowitzer. Nach dem ersten Schluck stand ihnen der Schweiß auf der Stirn, es war zu jeder Tages-, Nacht- und Jahreszeit stickig und heiß im Schwarzen Ochsen. Graef hustete wegen des dichten Zigarettenqualms. Im Stimmengewirr der anderen Gäste fiel Kisch die ungewohnte Stille zwischen Graef und ihm noch mehr auf. Er machte sich Sorgen um seinen alten Freund, der gedankenverloren in sein Bier starrte.

»Ist Ihnen nicht wohl?«

Keine Antwort. Kisch versuchte es nach einer Weile nochmals.

»Was beschäftigt Sie so?«

Graef beugte sich über den Tisch und sprach leise und verschwörerisch auf ihn ein: »Ich glaube, es geht um mehr als das, was wir sehen. Nein, lassen Sie es mich anders formulieren, denn es ist keine Frage des Glaubens: Ich bin fest davon überzeugt, dass diese Morde nur der sichtbare Teil eines viel größeren Übels sind, das sich unserem Blick entzieht.«

»Das vermute ich auch«, sagte Kisch. »Was macht Sie so sicher?«

»Du kannst es göttliche Eingebung nennen, du kannst es Instinkt nennen«, sagte Graef, »ich weiß es einfach. Ich spüre genau, dass etwas über uns ist, eine zerstörerische Kraft, die zuschlägt, wann es ihr passt, in etwa wie ein ...«

»... wie ein Komet«, sagte Kisch, und jetzt musste Graef lachen.

»Was haben Sie über diese *zerstörerische Kraft* in Erfahrung gebracht?«, fragte Kisch. »Ich nehme an, Sie verlassen sich nicht allein auf Ihr Gefühl.«

Graef überging Kischs Worte.

»Wie geht es deinem Kopf?«, fragte er stattdessen.

»Sie haben davon gehört?«

»Dazu muss man kein pensionierter Inspektor sein. Ganz Prag hat davon gehört.«

Kisch nickte ein wenig stolz und zuckte mit den Schultern.

»Alles ist spurlos verheilt. Ich hatte gute Pflege.«

»Ich bin jedenfalls froh, dass der Anschlag misslungen ist.«

»Welcher Anschlag?«, fragte Kisch.

»Du glaubst doch nicht allen Ernstes, dass du das Zufallsopfer einiger Strauchdiebe geworden bist.«

Kisch betrachtete den kümmerlichen Rest des Biers vor sich. Sie würden noch einen Großpopowitzer Ziegenbock bestellen, bevor sie weitergingen.

»Was ich dir sagen will«, sagte Graef und griff nach Kischs Hand. »hör mir genau zu, denn das ist mir wichtig: Lass nicht nach. Aber pass besser auf dich auf.« Kisch erwiderte Graefs Blick und nickte. Und dann entspannte sich Graef. Kisch gab einige Anekdoten aus dem Batignolles zum Besten und erzählte von Lenka und wie sehr sie ihm in den letzten Wochen ans Herz gewachsen war. Sie hatten ihr zweites Bier gerade mal zur Hälfte ausgetrunken, da erhob sich Graef, klopfte auf den Tisch und sagte: »Wir sollten besser gehen.«

Sie liefen jetzt bergab in Richtung Moldau, passierten das Trauttmansdorff-Palais, die Besserungs- und Zwangsarbeitsanstalt auf dem Hradschin, zu deren Auslastung Graef während seiner Dienstjahre beständig beigetragen hatte, folgten langsam dem berühmten Königsweg in umgekehrter Richtung, nachdem sie das Waldstein-Palais und die Burg mit dem Veitsdom hinter sich gelassen hatten, und blieben erst wieder vor der Nikolaskirche am Radetzkyplatz stehen. Mittlerweile war es dunkel geworden, und Graef fühlte sich offenbar unbeobachtet genug, um die Unterredung endlich fortzusetzen.

»Hättest du eine Sport für mich?«

Kisch reichte ihm verwundert eine Zigarette, hatte Graef mit seiner angeschlagenen Lunge doch nie in seiner Gegenwart geraucht. Graef verabscheute den Qualm sogar so sehr wie sonst nur Kischs Freund Kafka, doch nun zündete er sich die Sport wie selbstverständlich an.

»Ich würde mir sehr wünschen«, sagte er, als säßen sie noch immer im Schwarzen Ochsen, und es wäre seit ihrem Gespräch dort nicht eine ganze Stunde vergangen, »dass du der Angelegenheit weiter nachgehst. Aber hüte dich vor falschen Freunden. Dem Leichenschänder zum Beispiel darfst du nicht über den Weg trauen.«

»Sie meinen Pledl?«

»Fällt dir spontan noch jemand von diesem Kaliber ein?«

Graef ließ die halb gerauchte Zigarette fallen und trat sie aus.

»Wie kannst du ständig dieses widerwärtige Kraut rauchen?«, fragte er.

»Man gewöhnt sich an alles«, sagte Kisch und zündete sich genüsslich die nächste Sport an. Die Glocke der Nikolaskirche schlug zur vollen Stunde. Graef begann zu husten. Er wischte sich mit einem Taschentuch über den Mund, schüttelte den Kopf und nahm einen tiefen Atemzug.

»Noch können wir es nicht beweisen«, sagte er dann, »aber ich bin mir sicher, dass dieser Emporkömmling tief in die Angelegenheit verstrickt ist. Sonst wäre er nicht da, wo er heute ist.«

»Von welcher Angelegenheit sprechen Sie?«, fragte Kisch. »Wer ist *wir*?«

»Nicht hier«, sagte Graef, »nicht jetzt. Lass uns weitergehen.«

Er setzte sich in Bewegung.

»Reden Sie mit mir«, sagte Kisch. »Sie wissen, dass Sie mir vertrauen können.«

Graef blieb stehen und drehte sich langsam zu ihm um.

»Ich werde dich einweihen, wenn sich alles hieb- und stichfest beweisen lässt. Vorher wäre es nur das wirre Gerede eines alten Manns. Aber nicht mehr lange, mein Junge. Schaffst du es, dich noch ein paar Tage zu gedulden?«

»Ich brauche keine Beweise«, sagte Kisch. »Mir reicht Ihr Gespür.«

»Du weißt nicht, mit wem wir es zu tun haben«, sagte Graef.

»Weil Sie es mir nicht verraten wollen«, sagte Kisch.

Graef schüttelte bekümmert den Kopf. Er hatte es plötzlich eilig, Kisch kam ihm kaum hinterher. Durch die schmalen Gassen der Kleinseite näherten sie sich dem Haus in der Lužickygasse, wo Graef seit Jahrzehnten wohnte. Vor der Haustür sah er sich abermals nervös um, schien sich dann aber zu besinnen und sagte mit fester Stimme: »Wen fürchte ich hier eigentlich? Unsere eigenen Schatten an der Wand werden uns wohl kaum anfallen.«

»Geben Sie mir nur einen Hinweis«, sagte Kisch. Er wusste, dass er klang wie ein quengelndes Kind, und so fühlte er sich auch.

»Ich kann mich nur wiederholen«, sagte Graef. »Halten Sie sich an Leopold von Hofmeister. Er ist der beste Ermittler, den Prag jemals hatte. Und glauben Sie mir, er ist dabei noch nicht einmal ein schlechter Mensch.«

Kisch nickte. Ihm fiel auf, dass sein Respekt vor Graef nie größer gewesen war als an diesem Abend. Zwar war er zweifelsohne seit dem Tag, an dem sie seinen Vater zu Grabe getragen hatten, ein Vorbild für Kisch gewesen, doch eine solche Autorität wie heute hatte er in all den Jahren nie ausgestrahlt. Erst viel später fiel Kisch auf, weshalb. An diesem Abend, der oben am Kloster Strahov begann und unten am Ufer der Moldau endete, hatten Graef und er sich das erste Mal wirklich von Mann zu Mann unterhalten, ohne auf die üblichen Anekdoten und Räuberpistolen auszuweichen, mit denen sie einander sonst übertrumpften.

»Morgen zur gleichen Zeit am selben Ort«, raunte Graef jetzt. »Vorher treffe ich einen Informanten aus Wien. Danach weiß ich, wie weit das ganze Übel reicht, und kann Ihnen Fakten präsentieren.«

In seinen Jahren als Reporter hatte Kisch gelernt, dass manchmal nichts als Hartnäckigkeit half.

»Welches Übel?«, fragte er.

»Wir sehen uns morgen, Herr Redakteur«, sagte Graef und streckte die Hand aus. Wenn er in seinen Jahren als Inspektor etwas gelernt hatte, dann offensichtlich zu schweigen. Kisch ergriff Graefs

Hand und umarmte ihn mit dem anderen Arm ungelenk, und so standen sie für einen Moment da im Schein der Laternen, die auch den nahen Fluss in ein schwaches orangefarbenes Licht tauchten.

28

Und in Vitry-le-François entgleiste der Orient-Express, wodurch die Lokomotive umstürzte und sich der Heizer tödliche Verletzungen zuzog, während die elf Fahrgäste aus Österreich und Deutschland ihre Reise nach Paris unversehrt fortsetzen konnten. Und in Paris losten die Mitglieder einer der »Apachen« genannten Banden, die aus Bewohnern der Armenviertel Bastille, Belleville und Montmartre bestanden, durch Würfeln aus, wer einer Verräterin den Kopf abschneiden würde. Und in Dalmatien, Triest und Krain wurde die Verfügung erlassen, dass Geistliche in den Kirchen und Lehrer in den Schulen verkünden sollten, dass vom Halleyschen Kometen keine Gefahr ausgehe, um zu verhindern, dass die abergläubische Landbevölkerung in Erwartung des Weltuntergangs ihr Hab und Gut verschleuderte. Und in Neuhäusel im Westerwald übergoss eine Bäckersfrau ihren geistig behinderten Mann mit Petroleum und schob ihn mit Hilfe des Gesellen in den Backofen, um ihn zu verbrennen, doch das markerschütternde Geschrei des Opfers führte rechtzeitig zu seiner Entdeckung. Und vor Wiener Gerichten gingen Ehebruchsklagen gegen Geschiedene, die nach katholischem Kirchenrecht vor Gott für immer verheiratet waren, merklich häufiger zugunsten der Angeklagten aus, da diese nicht zu einem über ihre Willenskraft hinausgehenden Zölibat gezwungen werden dürften. Und in Prag begannen auf der Moldau zwischen Karolinental und Roztok-Kletzau Dampfschiffe zu fahren. Und in Russland wurden am Pessachfest 2700 jüdische Bewohner Kiews vom Gouverneur aus ihrer Heimatstadt ausgewiesen und unter den Augen der Polizei von bewaffneten Kriminellen dazu gezwungen, als »Andenken vor ihrer Abreise« Wertsachen und Geld herauszugeben. Und bei einer Nachtfahrt geriet ein in Bitterfeld aufgestiegener Heißluftballon in ein Gewitter und wurde von einem Blitz getroffen, woraufhin seine vier Insassen aus der Gondel geschleudert wurden und 440 Meter in die Tiefe stürzten.

Lenka erkannte den Geruch sofort, noch ehe sie ein Wort dafür hatte. Sie lief durch die frühabendliche Altstadt und fragte sich, woher dieser Duft stammen mochte. Dann schwebte das Wort heran: Flieder. Hier auf dem Graben wuchs weit und breit kein Flieder. War es nicht ohnehin zu früh und zu kühl dafür? Schlagartig wurden die Bilder üppiger violetter Blüten vor ihrem inneren Auge von etwas anderem verdrängt. Intensives Grün hinter einem schwarzen Spinnennetz. Grüne Augen hinter einem schwarzen Schleier. Die Dame im Zug, auch sie hatte nach Flieder geduftet, so intensiv, dass Lenka selbst im Nachhinein die Knie weich zu werden drohten. Sie hielt sich an einem Laternenmast fest und drehte sich um. War die Dame in diesem Augenblick in ihrer Nähe? Stand sie im Schatten eines Hauseingangs und fixierte sie mit ihrem Blick? Doch wohin Lenka sich auch wandte, überall fand sie bloß fremde, verschlossene Gesichter in der vertrauten Kulisse pastellfarbener Sandsteinfassaden. Sie wusste nicht, ob sie erleichtert war oder enttäuscht, nirgends die Dame mit dem Smaragdring zu entdecken. Sie sah sich ein letztes Mal um und hastete dann nach Hause, von einem plötzlichen Gefühl der Dringlichkeit erfüllt. Sie musste sich vor diesem Geruch, vor diesen Augen in Sicherheit bringen.

Im großen Schlafzimmer hörte sie ihre Mutter und Jana leise miteinander sprechen. Wahrscheinlich half Jana ihr aus dem Bett, damit sie die Tinkturen einnahm, die Else gegen Vergesslichkeit empfohlen hatte. Ginkgo für die Hirndurchblutung und Rosenwurz für geistige Wachheit.

»Im besten Fall hilft es ein wenig«, hatte Else gesagt, »und im schlimmsten Fall schadet es zumindest nicht.«

Jana setzte außerdem jeden Morgen einen Kaltauszug aus Baldrianwurzel an, der die Konzentration stärken und, noch entscheidender, das Gemüt beruhigen sollte. Seitdem sie ihn vor dem Zubettgehen trank, war ihre Mutter nachts nicht mehr ein einziges Mal durch die Wohnung gegeistert.

Im Salon lag ein ungeöffneter Brief. Lenka nahm ihn in die Hand, und die Germania auf der Briefmarke starrte sie herausfordernd an. Claires Schrift in violetter Tinte. Lenkas Herz begann zu pochen. Violett wie Fliederblüten. Bevor sie sich wieder in der Erinnerung an den Geruch verlieren konnte, der sie fast bis in die Herrengasse verfolgt hatte, ging sie in ihr Zimmer und sagte sich währenddessen vor: Es gibt keine geheimen Zusammenhänge, es gibt bloß interessante Zufälle. Ihren vorigen Brief hatte Claire in schwarzer Tinte verfasst, ihren nächsten würde sie vermutlich in Blau oder Grün schreiben. In Berlin hatte sie Lenka ihre Sammlung edler Füllfederhalter und Tinten gezeigt, die Stöße champagnerfarbenen Briefpapiers und viktorianischer Postkarten. Das meiste davon hatte ihr ein Onkel, der Kaufmann war, aus England mitgebracht. Als sie aufs Fässchen mit violetter Tinte zeigte, sagte sie:

»Das hier ist die kostbarste. Sie wird aus dem Holz eines Baums hergestellt, der nur in Mexiko und Niederländisch-Indien wächst. Um den Farbton zu erzielen, muss man das Holz auskochen und den Saft reifen lassen wie Wein.«

Lenka fand es damals wie heute befremdlich, so viel Geld für etwas Alltägliches wie Tinte auszugeben, doch während sie in ihrem Prager Schlafzimmer stand, fiel ihr auch wieder ein, was Claire als Nächstes gesagt hatte:

»Nur meine wichtigsten Mitteilungen schreibe ich in violetter Tinte.«

Lenkas Herzschlag beschleunigte sich. Sie setzte sich an ihren Schreibtisch und griff nach dem Brieföffner. Als sie den Briefbogen aus dem Umschlag zog, fielen zwei gepresste Blumen heraus. Gräuliche Stengel mit kleinen, blauvioletten Blüten. Vor Aufregung überflog sie den Brief bloß, ehe sie sich sammelte und alles so langsam wie möglich las, Wort für Wort, Zeile für Zeile. In diesem Tempo gelangte sie bis zu einem Satz in der Mitte der Seite, wonach sie die Hand sinken und den Blick aus dem Fenster schweifen ließ. Der Satz hallte in ihrem Kopf nach.

Ich komme am Montag nach Prag.

Sie wiederholte ihn stumm, ohne ihn recht zu verstehen. Wie konnte Claire nach Prag kommen? Claire war Berlin. Und wie konnte sie das einfach so beschließen? Die Distanz zwischen Berlin und Prag musste man nicht in Kilometern messen oder in Zugstunden, sondern in Welten. Wie war es möglich, Berlin in Richtung Prag zu verlassen, ohne dass einem das Herz brach? Ohne dass man alles aufgab, was man in Berlin gehabt hatte und gewesen war?

Sie versuchte, den Brief weiterzulesen, konnte sich aber nicht konzentrieren. Ihr Geist kehrte unbeirrbar immer wieder zu Claires Ankündigung zurück. Am Montag würde sie nach Prag kommen. Heute war Freitag. In drei Tagen würden Lenkas Welten miteinander kollidieren wie ein Planet und ein Komet, deren Bahnen sich in einem schicksalhaften Augenblick kreuzten.

Ihre Mutter saß am Tisch, als Lenka ins Esszimmer kam. Auf dem Tisch stand eine Silberterrine. Es hatte sich so eingespielt, dass Jana abends gemeinsam mit ihnen aß, doch heute war nur für zwei Personen gedeckt.

»Da ist ja mein Mädchen«, sagte ihre Mutter und lächelte Lenka an. »Meine kleine Braut.«

Manchmal vergaß Lenka, dass sie nun offiziell verlobt war. Sie spürte, wie sich ihre Wangen erhitzten, ihre dummen verräterischen Wangen, als wäre sie wirklich noch ein Mädchen, doch immerhin konnte man ihr Erröten von außen betrachtet für verschämte Freude halten. Ganz im Gegensatz zum Gesichtsausdruck, mit dem Jana das Esszimmer betrat. Er zeigte reinen Überdruss, beinahe Ekel.

»Essen Sie heute nicht mit uns, Jana?«, fragte Lenka fröhlicher, als ihr zumute war.

Jana schluckte mühsam, ehe sie antwortete. »Danke, aber ich habe keinen Hunger.«

»Das tut mir leid«, sagte Lenka. »Leisten Sie uns trotzdem Gesellschaft?«

Jana nickte knapp. Sie stellte den Brotkorb, den sie aus der Küche geholt hatte, auf den Tisch und füllte ihre Gläser mit Wasser und ihre Teller mit Consommé, bevor sie sich auf den üblichen Platz setzte, neben Lenkas Mutter, Lenka schräg gegenüber. Der Sessel an der Stirnseite des Esstisches, auf dem immer Lenkas Vater gesessen hatte, blieb bei jeder Mahlzeit leer.

»Ist dir nicht wohl?«, fragte ihre Mutter.

»Mir geht es gut«, sagte Lenka. »Der Tag war anstrengend, aber ich habe keinen Grund zu klagen.« Sie aß einen Löffel Suppe, um weiteren Fragen zu entgehen.

»Ich meine dich«, sagte ihre Mutter und legte ihre Hand auf Janas Hand. »Ist dir nicht wohl, mein Mädchen?«

Ihre Mutter hatte Jana noch nie geduzt. Jana sah sie perplex an, dann verbarg sie ihr Gesicht hinter ihrer Hand.

»Ne«, sagte sie. »Není mi dobře.«

»Och je, och je«, sagte ihre Mutter, während sie Janas Hand streichelte. Lenka konnte von ihrem Platz aus sehen, dass Jana flach und schnell atmete. Sie gab keinen Laut von sich. Nach ein paar Sekunden schien sie sich wieder zu fangen. Sie nahm die Hand vom Gesicht und lächelte Lenkas Mutter an.

»Essen Sie bitte«, sagte sie, »Ihre Suppe wird nur kalt.«

Lenka griff nach ihrem Löffel, und auch ihre Mutter gehorchte ohne Widerrede.

»Heute Abend benötige ich Sie wieder etwas länger«, sagte Lenka.

Als Lenka später in der Küche fragte, was sie so sehr bedrücke, schüttelte Jana heftig den Kopf.

»Sag mir doch einfach, was geschehen ist«, sagte Lenka.

»Es ist nichts geschehen«, sagte Jana.

»Warum hast du dann geweint?«

»Unsinn, ich habe nicht geweint«, sagte Jana. »Mir war nur schwindelig.«

»Hast du genug getrunken? Und hast du heute überhaupt etwas gegessen?«

»Ja, Fräulein Doktor Weißbach«, sagte Jana. Sie ließ Leitungswasser in ein Glas laufen und trank es in großen Schlucken aus. »Siehst du?«, fragte sie atemlos.

»Iss bitte wenigstens noch ein Stück Brot, bevor du gehst. Du hast einen weiten Heimweg.«

»Als ob ich das nicht selbst am besten wüsste«, sagte Jana, und dann war es, als erwachte sie aus einer Art Benommenheit. Ihr Gesicht verlor seine kühle Härte und nahm wieder Ähnlichkeit mit dem Gesicht an, das Lenka so mochte. Sie war zurück.

»Entschuldige«, sagte Jana. »Du kannst ja nichts dafür. Ich weiß, du willst mir bloß helfen, aber manchmal kann selbst jemand Kluges wie du nichts tun.«

»Wogegen kann ich nichts tun?«

Jana schüttelte erneut den Kopf, aber schon viel sanfter als zuvor. »Nicht jetzt«, sagte sie. Immerhin zeigte sie dabei die Andeutung eines Lächelns. Immerhin aß sie anschließend ein kleines Stück Brot, auch wenn nicht zu übersehen war, wie viel Überwindung sie es kostete. Immerhin blieb sie noch bei Lenka, nachdem Lenkas Mutter zu Bett gegangen war. Sie setzten sich in den Salon, was sich nie ganz richtig anfühlte. Sie gehörten nicht in Salons, sondern in Küchen oder Kinosäle oder andere stickige, dunkle Räume, wo niemand sie störte. Vielleicht könnte Jana in die Kammer am Hintereingang ziehen, dachte Lenka, in die sie seit dem Tag, an dem Kisch sie verlassen hatte, beide keinen Fuß mehr gesetzt hatten.

»Deine Hände heilen«, sagte sie nun. Jana saß neben ihr auf der Chaiselongue und zog reflexhaft die Ärmel ihrer Bluse weit über ihre Handgelenke. Die Rötungen und Hautrisse, deren Anblick Lenka geschmerzt hatte, waren deutlich zurückgegangen

»Es wird wärmer«, sagte sie, »das hilft besser als jede Salbe. Aber die Creme, die du mir gegeben hast, wirkt auch, siehst du? So früh im Jahr sind die Risse noch nie verschwunden.«

Sie zeigte Lenka ihre Handflächen und lachte, und Lenka fühlte sich für einen Moment erleichtert, ehe ihr einfiel, dass noch mehr auf ihr lastete als nur Janas unerklärliches Unglück.

»Ich habe heute einen Brief bekommen«, sagte sie. Jana nickte. »Ich habe die Post beim Hausbesorger geholt.«

»Ja, ich weiß«, sagte Lenka. »Was ich sagen wollte, ist, dass ich nächste Woche Besuch bekomme. Von Claire.«

»Von Claire«, wiederholte Jana zerstreut. Während sie nachdachte, erstarb nach und nach ihr Lächeln.

»Claire aus Berlin«, sagte Lenka. Sie hatte Jana von Claire erzählt. Jana wusste, dass sie sich bei einer studentischen Veranstaltung kennengelernt hatten, dass Claire sie kurz darauf in den Kegelclub mitgenommen hatte, der nur von Frauen besucht wurde, dass sie gemeinsam schwimmen und tanzen gegangen waren. Den Rest konnte Jana sich vielleicht denken, Lenka aber unmöglich aussprechen, nicht einmal in Nächten, in denen sie dicht an dicht in ihrem Bett lagen und in der Dunkelheit miteinander flüsterten. Claire war Berlin. Jana war Prag. Lenka war irgendetwas dazwischen oder nichts von alledem.

»Sie kommt am Montag«, sagte Lenka. »Ich müsste mich doch eigentlich freuen, aber das Einzige, was ich fühle, ist Unbehagen.«

»Wo wird sie untergebracht sein?«, fragte Jana. »Wenn sie hier logiert, muss ich rechtzeitig das Zimmer für sie zurechtmachen und für die Mahlzeiten eine Person mehr einplanen. Um wie viel Uhr kommt sie gleich an?«

»Das weiß ich gar nicht«, sagte Lenka.

Meinte Jana tatsächlich, dass Lenka ihr von diesem Besuch erzählte, damit sie ihren Pflichten als Haushälterin nachkam?

»Stand das nicht in ihrem Brief?«, fragte Jana.

Als Lenka den Bogen aus dem Briefumschlag zog, fielen wieder die beiden kleinen Blumen heraus. Sie hatte sie ganz vergessen.

»Das sind Leberblümchen, nicht wahr?«

Leberblümchen waren die Lieblingsblumen von Lenkas Vater gewesen. Jana pflückte die Blumen vorsichtig von Lenkas Schoß.

»Das hier ist ein Veilchen«, sagte sie. »Und das hier ist ein Vergissmeinnicht.«

»Als ich nach Prag zurückgekehrt bin, hat Claire mir ein ganzes Bouquet gepresster Blüten mitgegeben. Am Wochenende fährt sie oft aus der Stadt hinaus und pflückt körbeweise Wildblumen.«

»Welche Blüten waren es, die sie dir mitgegeben hat?«

»Wie du gerade miterlebt hast«, sagte Lenka, »habe ich keine große Ahnung von Blumen.«

»Jede Blume hat eine eigene Bedeutung«, sagte Jana. »Was das Vergissmeinnicht heißt, muss ich dir wohl nicht erklären, oder?«

»Claire möchte mir keine geheimen Botschaften schicken«, sagte Lenka schnell. »Sie kann mir doch alles schreiben. Die Blumen legt sie bloß aus dekorativen Gründen bei, glaube ich, und weil sie außerdem besser in einen Briefumschlag passen als Steine oder Muscheln. Wahrscheinlich weiß sie genauso wenig wie ich, wofür die Blumen stehen, die sie mir schickt.«

Jana legte Lenka behutsam die zweite Blume in die Hand. »Das Veilchen«, sagte sie und warf ihr einen kurzen, flackernden Blick zu, »steht für geheime Liebe.«

Nachdem sie den Salon verlassen hatten und auf Zehenspitzen in Lenkas Zimmer geschlichen waren, obwohl aus dem Schlafzimmer von Lenkas Mutter seit Stunden kein Geräusch zu hören war, saßen sie auf Lenkas Bett und sahen gemeinsam aus dem Fenster in die Nacht.

»Ist dieser teuflische Komet schon auf dem Weg zu uns?«, fragte Jana.

»Das ist er die ganze Zeit«, sagte Lenka. Sie hatte den Halleyschen Kometen schon mehrfach gesehen, wenn sie morgens in die Redaktion ging. Er wurde immer heller. In den Straßen passierte man nun regelmäßig einzelne Menschen oder sogar kleine Ansammlungen, die ehrfürchtig in den Himmel starrten.

Da es klar war, dass Jana so schnell nicht nach Hause gehen würde, machte sich Lenka bettfertig. Sie setzte sich im Nachthemd an den kleinen Frisiertisch, den sie von ihren Eltern zum fünfzehnten Geburtstag bekommen hatte. Er war das letzte Geschenk ihres Vaters vor dessen Tod gewesen. Manchmal hielt sie es kaum aus, dass sie jeder Gegenstand in dieser Wohnung an ihn erinnerte, aber der Gedanke, nach der Hochzeit in einer neuen Wohnung zu leben, zwischen unbenutzten, geschichtslosen Möbeln, war ihr auch unerträglich. Sie ließ ihr Haar herab und begann es ruppig mit der Bürste zu bearbeiten. Nach dem zweiundfünfzigsten Bürstenstrich sagte Jana von der Bettkante aus: »Ich möchte nicht nach Hause, Lenka.«

»Dann bleib hier.«

Sie gab Jana eines ihrer Nachthemden. Als Jana sich umzog und Lenkas Blick bemerkte, drehte sie sich von ihr weg.

»Ich habe dich doch schon gesehen«, sagte Lenka. Jana blieb stumm, bis sie nebeneinander im Bett lagen.

»Ich will nie wieder nach Hause«, sagte Jana.

»Bist du deshalb so traurig?«

Als Jana nichts sagte, betrachtete Lenka sie von der Seite. Janas Gesicht war vollkommen ausdruckslos, ihre Augen glänzten im fahlen Licht, das von draußen hereinfiel, der lange Zopf, zu dem sie ihr Haar für die Nacht geflochten hatte, überbrückte die Distanz zwischen ihnen wie ein Rettungsseil. Lenka strich mit den Fingerspitzen über die spröden Haarspitzen.

»Wie fändest du es«, sagte sie, »die Woche über ganz hierzubleiben?«

»Wie stellst du dir das vor?«, fragte Jana, während sie an die Decke starrte.

Sie klang ganz ruhig, so, als erwartete sie eine ernstgemeinte Antwort und hätte sich dieselbe Frage auch schon gestellt.

»Du könntest dir die Kammer einrichten«, sagte Lenka.

»Was würden wir deiner Mutter sagen?«

»Dass du abends so häufig länger bleiben musst, dass es sich nicht lohnt, zwischen deinen Diensten nach Žižkow zurückzukehren.«

»Was würde ich František sagen?«

»Dasselbe wie meiner Mutter.«

Jana nickte. »Die meiste Zeit würde er es ja nicht einmal bemerken, wenn ich nicht zu Hause wäre.«

»Heißt das, dass wir einen Plan haben?«, fragte Lenka, wobei sie darauf achtete, dass ihr Ton in der Schwebe blieb, irgendwo zwischen Ernst, Sehnen und Scherz.

»Das heißt es«, sagte Jana und schloss die Augen.

Als Lenka wenige Stunden später aufwachte, war die Sonne noch nicht aufgegangen, und Jana lag noch immer neben ihr. Wieder hatte sie ihren Blick an die dunkle Zimmerdecke geheftet, diesmal wisperte sie dabei vor sich hin. Für einen Moment glaubte Lenka, sie wäre in ein Gebet vertieft, dann hörte sie, dass es Zahlen waren.

»Mit wem redest du?«, fragte Lenka.

»Ich rede nicht«, sagte Jana, »ich rechne.«

Lenka wusste nicht, was sie damit meinte, aber sie hatte eine andere, drängendere Frage.

»Welche Bedeutung hat Flieder«, fragte sie, »gesetzt den Fall, man glaubt daran?«

Jana blinzelte.

»Ist der Flieder weiß oder violett?«, fragte sie.

»Ich glaube, er war violett. Ich habe ihn aber nicht gesehen, sondern nur gerochen.«

»Der Duft hinterfragt die Treue des Liebsten«, sagte Jana. »Oder der Liebsten.«

»Das ergibt keinen Sinn«, sagte Lenka.

»Doch«, sagte Jana.

Sie drehte sich zu Lenka um und lächelte, ihre Zähne schimmerten im Mondlicht.

»Gesetzt den Fall, man glaubt daran.«

29

Sie saßen dicht an dicht und hielten einander fest an den Händen wie ein frisch vermähltes Paar. Kischs Augen waren blutunterlaufen, seine Haut so blass und ungesund wie selten zuvor. Der Kellner kam an ihren Tisch und brachte ihnen Kaffee und Schnaps. Sie stürzten den scharfen Alkohol herunter, Kischs Blick verlor sich, es gelang ihm nicht, etwas oder jemanden zu fixieren. Lenka wies den Kellner mit einer Kopfbewegung an, mehr vom Wacholderschnaps zu bringen, und der Oberkellner des Café Central nickte so ergeben wie mitleidig, er wusste bereits, was sich ereignet hatte. Kischs erbarmungswürdiger Zustand führte ihm und allen anderen Gästen an diesem diesigen Prager Morgen mit aller Macht vor Augen, wie verheerend das Unglück war, das über den Herrn Redakteur hereingebrochen war. Bislang waren es entsetzliche Todesfälle gewesen, beileibe schlimm genug, aber angesichts der nervösen Zeiten nichts, was die Pragerinnen und Prager in ihren Grundfesten hätte erschüttern können. Diesmal war es anders. Dieser Mord, und etwas anderes konnte es gar nicht sein, brachte die ganze Stadt ins Wanken, aus dem Takt, der unumkehrbaren Katastrophe einen entscheidenden Schritt näher.

»Trink«, sagte Lenka zu Kisch, und weil seine Hände immer noch zu stark zitterten, hielt sie ihm die Tasse an den Mund und flößte ihm einige Schlucke vom starken schwarzen Kaffee ein. Kisch hatte nichts für ihn tun können.

Die Mitteilung hatte sich noch vor Andruck der Morgenausgaben wie ein Lauffeuer verbreitet. Die Prager Tageszeitungen hatten es allesamt auf der Titelseite gebracht. Für die BOHEMIA hatte sogar Gruber persönlich die Meldung geschrieben. Kisch war von seinem treuesten Botenjungen geweckt worden, der es diesmal gar nicht erst wagte, auf Münzen oder Zigaretten zu spekulieren, sondern sich schon leise aus dem Zimmer bewegte, als ein Schmerzenslaut wie von einem getroffenen, schwer verwundeten Tier durch Kischs offenes Fenster auf die Melantrichgasse schallte. Graef war tot. Und Kisch hatte es nicht verhindert.

Im ersten Augenblick hatte er noch rational gehandelt und von der Terrasse des Bärenhauses aus den Botenjungen zurückgerufen. Er hatte ihm befohlen, sämtliche Informationen über die Geschehnisse der Nacht für ihn zu besorgen und auch seine Kollegin Lenka Weißbach zu wecken und in Kenntnis zu setzen. Dann war er zusammengebrochen. Seine Hände zitterten, mit Mühe und Not schaffte er es, zu seinem Schrank zu robben, wo er die Kiste mit den Medikamenten plünderte und auf der Suche nach einem Beruhigungsmittel einfach alles schluckte, was er zwischen die Finger bekam. Magensalz, Guderin, auch noch Purjodal und Larix, bis er endlich fand, was er suchte: Wirklich nur für Notfälle, hatte Max Fanta Kisch ermahnt, als er sich das Mittel in der Apotheke abholte. Kisch legte sich zurück aufs Bett und wartete darauf, dass die Wirkung einsetzte. Bald schien sich das Zimmer um ihn zu drehen, und er bekam wie unter einem warmen, bauschigen Federbett mit, was der Botenjunge ihm nach seiner Rückkehr erzählte. Man hatte Graef in seinem Arbeitszimmer gefunden, nachdem Nachbarn von ohrenbetäubendem Lärm geweckt worden waren und die Polizei alarmiert hatten. Diesmal hatten sich die Mörder keinerlei Mühe gegeben, ihre Tat zu verschleiern: Bei Graefs Leiche hatte man die Reste einer Höllenmaschine gefunden. Sie hatte ihn bei ihrer Explosion schwer an Oberkörper und Hals verletzt, und Graef war verblutet.

Nach dem vierten Schnaps war Lenka angetrunken, während Kisch durch die Wechselwirkung zwischen Sedativum und Wacholderschnaps eine Art Balance wiedergefunden hatte.

»Dir geht es etwas besser«, sagte Lenka undeutlich, »du hast wieder Farbe im Gesicht«.

Kisch nickte erschöpft.

»Dann lass bitte meine Hand wieder los.«

Kisch lächelte das erste Mal an diesem Morgen und warf Lenka einen dankbaren Blick zu, während es im Café leiser als gewöhnlich um diese Zeit zuging. Die Gespräche waren ruhiger, das Besteck klapperte gedämpfter, selbst das Niesen, Husten und Räuspern der Kaffeehausgesellschaft klang zurückhaltender als üblich.

»Warum habe ich ihn nicht gerettet«, sagte Kisch.

»Was hättest du denn tun sollen? Dich gleich mit in die Luft jagen lassen?«

»Mit jeder Geste hat er mir bedeutet, dass er in Gefahr schwebt, und ich habe ihn im Stich gelassen.«

»Mit Verlaub, Herr Redakteur, das ist kompletter Unsinn.«

Herr Redakteur. Lenka fuhr vor Schreck zusammen, als Kisch sein leeres Schnapsglas auf den Tisch donnerte und aufsprang.

»Ich muss zu Hofmeister!«, rief er.

Er klaubte eine Handvoll Münzen aus der Hosentasche und warf sie auf den Tisch. Lenka versuchte gar nicht erst, ihn aufzuhalten. Kisch hatte versagt. Er wusste, dass sich diese Schuld durch nichts wiedergutmachen ließ, aber wenigstens jetzt durfte er nicht zögern und noch mehr Zeit verlieren. Er trabte los, sah weder nach links noch nach rechts und kam nach wenigen Minuten verschwitzt im Sicherheitsdepartement in der Bartholomäusgasse an. Hatte er sich sonst zumindest der Ordnung halber noch angemeldet, stürmte er jetzt an den Wachleuten vorbei und die Treppen hinauf und riss die Flügeltüren zu Leopold von Hofmeisters Bureau auf, gefolgt von einem aufgebrachten Pulk von Wachleuten, die ihn allesamt nicht einholen konnten.

»Stehenbleiben«, riefen sie, als Kisch in Hofmeisters Bureau längst stehengeblieben war, und packten ihn grob an den Armen.

»Lassen Sie den Herrn Redakteur in Frieden«, sagte Hofmeister und wedelte mit der Hand, als vertreibe er eine Fliege. »Und die Türe schließen, wenn ich bitten darf.«

Die Polizisten gehorchten. Hofmeister taxierte Kisch, der, wie er selbst wusste, äußerst derangiert wirkte und nach einer

Mischung aus Schweiß und Alkohol roch. Kisch fiel auf, wie übernächtigt Hofmeister aussah. Seine Pupillen waren stark geweitet, auch Hofmeister hatte also ein Mittel eingenommen, um die vergangene Nacht zu überstehen. Nachdem sie einander eine Weile angestarrt hatten wie zwei wilde Hunde, wandte Hofmeister den Blick ab.

»Es tut mir leid«, sagte er, »es tut mir so unendlich leid.«

Er trat ans Fenster, und obwohl Kisch nur seinen Rücken sah, wusste er, dass Hofmeister weinte. Hofmeister, der sonst die Contenance in Person war. Kisch starrte auf die Bordüre des Perserteppichs, der den Boden bedeckte, bis er das Gefühl hatte, dass die einzelnen Elemente des Webmusters erbebten und sich verschoben.

»Wir haben ihn nicht beschützt«, sagte Kisch.

Hofmeister drehte sich entschieden um. Er marschierte auf Kisch zu und legte ihm mit Nachdruck die Hände auf die Schultern. Das Teppichmuster kam wieder zur Ruhe.

»Weil er nicht zu beschützen war«, sagte Hofmeister sanft. »Aber wir haben noch nicht verloren. Wir werden sie zur Strecke bringen. Darauf haben Sie mein Wort.«

»Was wollen Sie unternehmen?«, fragte Kisch.

Hofmeister zögerte. »Warum sollte ich Ihnen so sehr vertrauen?«, fragte er.

Kisch atmete tief ein und aus. »Weil ich ein Freund des Mannes war, den ich seit frühester Jugend zutiefst bewundert habe, der mich zu dem gemacht hat, der ich heute bin. Ich will die Wahrheit«, sagte er.

»Also schön«, sagte Hofmeister. »Ich hoffe, ich mache damit keinen Fehler. Schwören Sie auf Ehre und Gewissen, dass nichts, was ich Ihnen gleich sagen werde, diesen Raum verlässt?«

Kisch nickte. »Auf Ehre und Gewissen.«

»Unsere Razzia«, sagte Hofmeister, »hat Kubitza und seine Leute empfindlich getroffen. Und sie reagieren wie waidwund geschossene Eber, wenn Sie verstehen, was ich meine.«

»Ich jage nicht«, sagte Kisch.

»Diese Bande will den Kampf um die Stadt gewinnen. Und Kubitza will Rache. Ich kann es noch nicht beweisen, aber ich bin fest davon überzeugt, dass er Graef auf dem Gewissen hat. Mehr werde ich Ihnen nicht erzählen. Reden Sie mit niemandem darüber, schreiben Sie vor allem nichts dazu. Und halten Sie sich aus den Ermittlungen heraus. Auch zu Ihrer eigenen Sicherheit.«

Widerwillig stimmte Kisch zu. Er war sich nicht sicher, ob Hofmeister nicht in Wahrheit noch im Dunkeln tappte und bluffte, um ihn so schnell wie möglich abzuwimmeln. Er verabschiedete sich höflich und verließ Hofmeisters Bureau. Er fühlte sich starr vor Schock, wie die ganze Stadt an diesem Tag. Doch wenigstens wusste er jetzt, was zu tun war: Er würde vielleicht nicht darüber schreiben, noch nicht, aber er würde auf eigene Faust ermitteln und nicht eher Ruhe geben, bis der Mörder seines Freundes Graef ihm gegenüberstehen würde.

30

Prag war außer sich. Nach Graefs Tod kursierten die abwegigsten Gerüchte: Er sei Opfer eines über die Atemluft übertragenen Wahns geworden, der die Betroffenen in den Selbstmord treibe – vereinzelt sah man auf den Straßen sogar Menschen, die Tücher über dem Mund trugen, um sich vor dieser erfundenen Infektion zu schützen. Graef habe als Kriminaldetektiv einen Pakt mit dem Teufel geschlossen und ihm die Seelen der Verbrecher versprochen, die er mit dessen Hilfe festnahm, Satan jedoch um seinen rechtmäßigen Anteil gebracht. Der Halleysche Komet habe Graef durch einen tieffrequenten Brummton, den sensible Menschen angeblich bereits seit Wochen wahrnahmen, einer solchen Tortur ausgesetzt, dass er keinen anderen Ausweg mehr gesehen habe, als dieser mit seinem drastischen Schritt ein für alle Mal ein Ende zu setzen. Natürlich interessierte es keinen der Scharlatane, dass Graef zwar verblutet, ihm die tödliche

Wunde aber durch einen Sprengsatz zugefügt worden war. Aus den Überresten der Höllenmaschine war, sofern sie in diesen erlogenen Versionen überhaupt auftauchten, längst eine Kiste voller Goldmünzen oder Schuldscheine geworden oder sogar die Bundeslade, denn wie jedesmal, wenn ein Todesfall keine einfache Erklärung hatte, wurde das niederträchtige Märchen vom Ritualmord verbreitet, von wenigen, aber immer lauter, bis die Prager Staatsanwaltschaft es schließlich in einer offiziellen Erklärung dementieren musste.

Dachte Lenka an Graefs Tod, war sie nach wie vor schockiert, genauso wie angesichts des Selbstmords des Ehepaars Sohr. Doch die Legenden, die im Umlauf waren, sorgten dafür, dass auch die Tode selbst in den Bereich des Fiktionalen rückten, wie Alpträume, an die man sich nach dem Aufwachen beklommen erinnerte.

Ihre Mutter wirkte beim Frühstück klar und ausgeglichen und erteilte Lenka kleine Aufträge. Sie wünschte sich frische Schnittblumen von einem bestimmten Marktstand, Garn in verschiedenen Farben und neue Sticknadeln.

»Seit wann stickst du wieder?«, fragte Lenka.

»Die alten Nadeln waren so stumpf und verbogen, dass es keine rechte Freude mehr gemacht hat«, sagte ihre Mutter. »Wie heißen noch gleich die Halstüchlein mit Bändern, die Kinder beim Essen tragen?«

»Du meinst Lätzchen«, sagte Lenka und hoffte, dass der Argwohn in ihrer Stimme nicht zu deutlich war. Die Stimmung ihrer Mutter durfte nicht kippen, nicht so kurz vor Lenkas Ausflug in die Altstadt. Sie freute sich darauf. Die Tage waren wärmer als üblich, beinahe sommerlich, und die Zeiten, in denen Lenka allein war und gehen konnte, wohin sie wollte, ohne dabei Anstoß zu erregen, waren selten genug.

»Tak, ich möchte Lätzchen besticken«, sagte ihre Mutter und faltete mit einem seligen Lächeln die Hände im Schoß.

Das war es also. Lenka verzichtete auf die Frage, für wessen Kinder die Lätzchen gedacht waren. Sie war froh, dass sich ihre

Mutter wieder mit Plänen trug, auch wenn sie so klein und abwegig waren wie ein Kinderlätzchen.

Nachdem Lenka das Frühstücksgeschirr abgewaschen und einen letzten Blick in den Salon geworfen hatte, wo ihre Mutter auf einem der hübschen unbequemen Sessel saß und in einer alten Ausgabe der BOHEMIA las, verließ sie die Wohnung.

In ihrer ausgelassenen Stimmung kaufte sie so viel Gebäck, als erwarteten sie am Wochenende Besuch, außerdem Garn in Gelb, Blau und Rot und ein Heftchen Prinzess-Victoria-Nadeln. Auf dem Markt entschied sie sich für die buntesten Wiesenblumen, die eine der Marktfrauen bei Tau und Tag in Rostok geschnitten und zum Strauß gebunden hatte. Jana hätte alle Blumen bestimmen können, Lenka wusste nur, dass sie hübsch waren und dufteten, und das genügte ihr vollkommen.

Als sie mit den Besorgungen in die Wohnung zurückkehrte, blieb sie abrupt im Entrée stehen. Erst dachte sie, es sei der Geruch der Wiesenblumen in ihrem Arm, der eine noch nicht benennbare, unangenehme Erinnerung in ihr wachrief, dann spürte sie ein Flattern in der Magengrube und erkannte den Duft: Flieder.

»Maminko?«, rief sie, doch ihre Mutter antwortete nicht.

Sie lud die Einkäufe in der Küche ab, stellte die Blumen hastig in Wasser und ging in den Salon. Dort saß ihre Mutter, seelenruhig lesend. Sie blickte überrascht auf, als sie Lenkas Schritte hörte. »Da bist du ja«, sagte ihre Mutter.

Der Fliederduft im Salon war so intensiv, dass Lenka Mühe hatte, ruhig weiterzuatmen. Sie blickte sich um. Mitten auf dem Esstisch stand ein prächtiges violettes Bouquet, das dort vor ihrem Aufbruch noch nicht gestanden hatte.

»Woher ist der Flieder?«, fragte Lenka.

»Den hat deine Freundin mitgebracht«, sagte ihre Mutter. »Wie schade, du hast sie um nicht einmal zehn Minuten verpasst.«

»Meine Freundin?«, sagte Lenka. »Meinst du Else Fanta?«

Der Duft von Flieder hinterfragt die Treue des Liebsten oder der Liebsten. War Claire etwa früher als angekündigt angereist, aus einer Laune heraus, oder um Lenka auf die Probe zu stellen? Aber wieso hatte sie dann nicht auf sie gewartet?

»Ja, ja, genau«, sagte ihre Mutter. »Sie hat gesagt, sie habe mich endlich kennenlernen wollen, nachdem sie von dir schon so viel über mich gehört habe. Eine reizende junge Dame.«

»Else Fanta kennt dich schon seit Jahren!«, sagte Lenka.

»Das war doch nicht Else!«, sagte ihre Mutter. »Ich kenne die kleine Fanta, seitdem sie an der Hand ihres Vaters ihre ersten Schritte auf dem Graben gemacht hat. Wer behauptet, dass es Else war?«

Du, Mutter, dachte Lenka, sprach es aber nicht aus.

»Wer war es denn?«, fragte sie.

»Mir ist ihr Name gerade entfallen. So etwas Dummes.«

»Claire Mantey?«

Ihre Mutter legte die Stirn in Falten und starrte aus dem Fenster.

»Ein wenig älter als du. Dunkles Haar. Schmale Lippen. Ganz in Schwarz gekleidet.«

Das war nicht Claire, eher das Gegenteil von Claire.

»Hatte sie einen Smaragd am Finger?«, fragte Lenka einer jähen Eingebung folgend, und noch bevor ihre Mutter nickte, lief ihr ein Schauer den Rücken hinab. »Hat sie dir ein Fläschchen gegeben?«

»Ein Fläschchen?«, wiederholte ihre Mutter ratlos.

»Ja, ein Glasfläschchen mit einer Flüssigkeit darin. Hat sie gesagt, dass du es austrinken sollst?«

»Was redest du denn da?«, fragte ihre Mutter entrüstet.

»Wie ist sie überhaupt hereingekommen?«, fragte Lenka und rechnete fest damit, dass ihre Mutter sagen würde: Sie ist einfach vor mir erschienen.

»Sie hat unten geläutet«, sagte ihre Mutter. »Der Concierge war so freundlich, sie heraufzubegleiten, da er ja wusste, dass du ausgegangen warst und Jana heute nicht hier ist. Er hat sogar den Flieder für sie getragen.«

Lenka musste lachen. Was war bloß wieder in sie gefahren? Sie war Wissenschaftlerin, sie kannte die Fakten, und trotzdem fiel sie auf die Hirngespinste ihrer Mutter herein und verstärkte sie noch durch suggestive Fragen. Vermutlich hatte ihre Mutter nicht nur Lenka, sondern auch den Hausbesorger um einen Blumenstrauß gebeten, damit sie den Salon frühlingshaft schmücken konnte, und er hatte ihr diesen Wunsch selbstverständlich erfüllt. Iris van Roon indes war, wie Lenka nur allzu gut wusste, in 400 Kilometer Entfernung inhaftiert. Berlin war der Nordpol, auf den Lenkas innerer Kompass ausgerichtet war, was Wunder, dass Claire und Iris van Roon in schwachen Momenten eine solche Macht über ihre Gedanken ausübten.

»Ach, maminko«, sagte sie. »Ich habe dir vom Markt auch Blumen mitgebracht. Wohin soll ich sie stellen?«

»Hast du an die Sticknadeln gedacht?«

»An die Sticknadeln und ans Garn. Dann habe ich noch Gebäck für eine ganze Compagnie eingekauft«, sagte Lenka.

Ihre Mutter erhob sich von ihrem Sessel und lief geschäftig vor ihr her in die Küche. »Gut, gut«, sagte sie, während sie die Obsttörtchen, Baisers und Cremeschnitten begutachtete. »Vielleicht kommt deine Freundin ja noch einmal wieder.«

»Wäre das nicht eine reizende Überraschung«, sagte Lenka.

Ihre Mutter lobte überschwänglich das einfache Garn und die Nadeln, und Lenka wäre am liebsten in Tränen ausgebrochen.

*

Die Abende waren mild genug, um sie draußen zu verbringen, und doch leerten sich die Straßen, sobald die Dämmerung einsetzte. Auch jetzt am Nachmittag begegneten Lenka nur wenige Passanten, die übers Trottoir hasteten. Sie ließ sich Zeit und stand trotzdem viel zu früh vor dem Staatsbahnhof in der Hybernergasse. Das war typisch für sie: Konnte sie etwas kaum erwarten, verspätete sie sich zuverlässig. War sie nervös und unwillig, schien sie sich dagegen in Lichtgeschwindigkeit zu bewegen. Sie schloss die Augen und hielt ihr Gesicht in die Sonne, bis sie die Rathausglocke schlagen hörte, dann ging sie über die Straße und in die Ankunftshalle. Das Licht, das durchs Glasdach fiel, tauchte alles um sie herum in einen unwirklichen Glanz: die runden Milchglasleuchten, die gusseisernen Säulen, den gebohnerten Steinboden. Lenka fühlte sich mehr und mehr wie in einem Traum. Wer weiß, vielleicht würde jeden Moment eine der Säulen zu sprechen beginnen und sich als strenger Türhüter entpuppen oder aus einer Kugelleuchte ein Lindwurm schlüpfen. Sie legte sich die Hand an die Wange, Fieber hatte sie keines. Unter einer Sitzbank in der Nähe pickte ein Taubenpaar auf dem Boden herum. Lenka erinnerte sich an die Geschichte über die Tauben in der Josefstadt, die ihr als Kind erzählt worden war: In Wahrheit seien sie verzauberte Engel, die die Altneu-Synagoge vor Feuersbrünsten beschützten. Sie schlenderte zur großen Uhr in der Schalterhalle. Bis zu Claires Eintreffen war immer noch Zeit, also ging sie zur Bahnhofsgaststätte und las sich dort aufmerksam die Speisekarte im Schaukasten durch. Sie war durstig und aufgeregt und hätte gern ein Bier getrunken, doch heute besaß sie nicht die Kraft, den Blicken des Kellners und der anderen Gäste standzuhalten, also kehrte sie in die Ankunftshalle zurück. Sie setzte sich auf die Bank und blickte durchs Glasdach in den Himmel über Prag, während die beiden emsigen Tauben um ihre Füße trippelten. Ihr fiel die Hälfte des Hörnchens in ihrer Manteltasche ein, das Brodesser ihr in die BOHEMIA mitgebracht hatte. Sie wickelte es aus dem Taschentuch aus und warf den Tauben unauffällig ein paar Stücke hin.

Sie erkannte Claire schon von weitem. Mit ihrem schnellen, leichtfüßigen Gang machte sie immer den Eindruck, als wollte sie jeden Moment losrennen. Natürlich lief neben ihr ein Mann, der sich bemühen musste, mit ihr Schritt zu halten. Als Claire Lenka entdeckte, begann sie zu lachen und zu winken. Der Mann blickte sich suchend um. Lenka hob kurz die Hand, woraufhin er den Kopf zu senken schien wie ein Stier. Sie fragte sich, was Claire ihm erzählt hatte. War sie ihre Schwester? Eine Cousine? Eine alte Freundin? Von Claire schien ein Leuchten auszugehen, das intensiver wurde, je näher sie kam. Sie war das Lebendigste, was Lenka seit langer Zeit in Prag zu Gesicht bekam. Claire verabschiedete sich von ihrem Begleiter, der ihr die Hand küsste, bevor er endlich ging. Sie blieb stehen, wo sie war, so weit von Lenka entfernt, dass sie Claires Erscheinung im Ganzen in sich aufnehmen konnte. Zum samtgrauen Rock trug sie eine schimmernde graue Seidenpelerine mit blassrosa Stickereien und einen Strohhut, um den sie ein silbriges Chiffontuch drapiert hatte. Lenka ging auf sie zu.

»Salut, toi, Lenchen«, sagte Claire, was Lenka mit der vertrauten Mischung aus Freude und Ärger erfüllte. Seitdem Claire wusste, dass Lenka diesen Spitznamen nicht mochte, benutzte sie ihn besonders gern.

»Da bist du also«, sagte Lenka. Sie nahm Claire die Hutschachtel ab, in der sich vermutlich etwas weitaus Überraschenderes befand als ein Hut. Claire liebte Spiele.

»Da bin ich also«, sagte Claire und sah sie an, bis Lenka den Blick abwenden musste.

Es waren nur wenige Meter vom Bahnhof zum Hotel, doch ihr Gepäck war bereits dorthin gebracht worden, und Claire wollte gern sofort etwas von Prag sehen. Lenkas Einwand, dass diese Gegend nicht besonders interessant sei, wischte Claire mit einem Lachen weg.

»Dann mach sie für mich interessant«, sagte sie und hakte sich bei Lenka unter.

Lenka beschloss, in einer großen Schleife am Pulverturm und am neu errichteten Gemeindehaus vorbei über den Graben und den Wenzelsplatz wieder zum Hotel zu spazieren. Dieser Umweg würde sie auch am Prachtbau des Böhmischen Nationalmuseums vorbeiführen.

»Hübsch«, sagte Claire, als sie das Museum und das Neue Deutsche Theater hinter sich gelassen hatten. »Aber das sind alles nur Gebäude, kalter Stein. Wo findet das echte Leben statt?«

»Ich habe dir gesagt, dass Prag nicht Berlin ist«, sagte Lenka.

»Das hatte ich auch nicht erwartet«, sagte Claire. »Aber selbst hier muss es doch Menschen geben«, sie blieb stehen und breitete in einer bewusst melodramatischen Geste die Arme aus, »die tanzen und träumen und große Taten vollbringen.«

»Durchaus«, sagte Lenka. »Aber nicht montags halb fünf in der Mariengasse.«

Sie bogen wieder in die Hybernergasse ein, an deren Ende der Pulverturm aufragte. Als sie am Café Arco vorbeikamen, wo vermutlich gerade einige der notorischsten Künstler der Stadt zusammensaßen, vermied sie es, Claire darauf hinzuweisen. Nichts in Prag konnte damit mithalten, was Berlin an jeder Ecke zu bieten hatte. Mit einer Ausnahme vielleicht.

»Morgen Abend gehen wir ins Batignolles«, sagte Lenka. »Dort vergisst man, dass man in Prag ist.«

»Warum gehen wir dann nicht heute?«, fragte Claire.

»Ich kann meine Mutter nicht so lange allein lassen. Morgen Abend hat sie Gesellschaft.«

Hinter den großen Fenstern des Hotel Central brannten schon die Lüster.

»Wer hat der armen Frau eine Laute über den Kopf gehauen?«, fragte Claire und zeigte auf das steinerne Gesicht, das zwischen Ginkgo-Zweigen von der pistaziengrünen Fassade auf sie und Lenka herabblickte.

»Auch die Musen existieren im herrschenden System«, sagte Lenka.

Claire lachte laut auf und klatschte in die Hände. »Das habe ich vermisst«, sagte sie. Und nach einer kurzen Pause: »Ich habe dich vermisst.«

Sie ergriff Lenkas Hände und zog sie ein Stück zu sich heran. Lenka spürte die drohende Gefahr, dass Claire auf offener Straße vergessen könnte, wer sie waren und wo sie waren, und entzog ihr ihre Hände. Während in anderen Ländern über diese Form der Nähe zwischen Frauen vielleicht hinweggesehen wurde, war sie in Österreich-Ungarn ausdrücklich verboten.

»Möchtest du dich frisch machen?«, fragte sie. »Um halb sieben hole ich dich zum Abendessen ab.«

»Ich habe etwas für dich«, sagte Claire. »Oben im Hotelzimmer.«

Es waren Gedichte und ein Haarkamm aus roter Jade. Lenka war sich ganz sicher, dass das Buch eine geheime Botschaft war, die sie nicht verstand. »Was die Ahr rauscht« von Emma Trosser. Die Ahr war noch nie in einem ihrer Gespräche aufgekommen, Lenka wusste nicht einmal, wo genau sie floss. Auch der Name Emma Trosser sagte ihr nichts. Sie und Claire standen nebeneinander im hellen, luftigen Hotelzimmer. Die zartrosa Seide von Claires Bluse sah so glatt und kühl aus, dass sich in Lenka zwei Gefühle regten: Befangenheit angesichts ihres eigenen überaus schlichten Aufzugs und Lust, die Hand auszustrecken und Claire anzufassen. Lenka klappte das Buch auf. Claire hatte eine Widmung in violetter Tinte hineingeschrieben: *»Göttin der Liebe! Empfange mein Blumengebinde.« C.* Darunter lag ein einzelnes gezacktes Blütenblatt.

»Diese Zeile«, sagte Lenka fragend.

»Sappho«, sagte Claire.

Lenka nickte, dann fragte sie vorsichtig: »Kommt deine Familie von der Ahr?«

»Von der Ahr?«, fragte Claire verblüfft. »Nein, bei uns gibt es nur den Duisburger und den Berliner Zweig.« Sie nahm den Jadekamm und steckte ihn in Lenkas Haar. »Ein Geschenk aus Tsingtau«, sagte sie. »Mein Onkel hat ihn mir bei seinem letzten Besuch in Berlin mitgebracht.«

»Der Kaufmann«, sagte Lenka.

Claire zog den Kamm aus Lenkas Haar, strich ihr eine Strähne hinters Ohr und steckte sie mit dem Kamm fest.

»Der Bierbrauer«, sagte sie. »Ich wusste, dass dir dieses Rot schmeicheln würde.«

Lenka erinnerte sich, dass Claire einmal den Bruder ihres Vaters erwähnt hatte, der in China eine deutsche Brauerei leitete.

»Die deutschen Matrosen saufen, was das Zeug hält«, hatte Claire damals gesagt. »Fast so schlimm wie die Missionare.«

»Ich war doch sehr überrascht, als du deinen Besuch angekündigt hast«, sagte Lenka jetzt. »In deinem vorigen Brief hat es nicht so geklungen, als würden wir uns so bald wiedersehen.«

»Ich habe bloß geschrieben, dass du dich entscheiden musst«, sagte Claire. »Aber da du dich anscheinend nicht entscheiden kannst, übernehme ich das ab sofort für dich.«

»Es ist nicht so einfach«, sagte Lenka.

»Doch«, sagte Claire, »das ist es.«

Sie setzte sich aufs Bett und klopfte neben sich.

»Komm her.«

Lenka blieb unschlüssig vor ihr stehen. Obwohl sie sich beide nicht rührten, schien Claire immer näher zu rücken, während sich das restliche Zimmer weiter und weiter von ihnen entfernte. Der ganze Raum wirkte mit einem Mal so, als sei er um Claire herum konstruiert worden.

»Ich sollte«, begann Lenka, doch Claire fiel ihr ins Wort.

»Komm her«, sagte sie noch einmal.

Als Lenka aufstand, streckte Claire die Hand nach ihr aus. Lenka legte ihre Hand hinein. So blieben sie, Claire im Bett, Lenka gebeugt vor ihr.

»Warst du vor mir jemals in ein Mädchen verliebt?«, fragte Claire schläfrig.

»Das habe ich dir schon erzählt«, sagte Lenka.

»Ich weiß, aber ich höre es so gern.«

»Ich war nie zuvor verliebt.«

»Und hast du vorher schon einmal ein Mädchen geküsst?«

»Claire.«

»Sag es.«

»Nein«, sagte Lenka, »du warst die Erste.«

Claire strich mit dem Daumen über Lenkas Finger und stutzte.

»Du trägst einen Ring«, sagte sie. Lenka folgte ihrem Blick. Sie hatte den Verlobungsring nicht abgelegt, den Brodesser und sie gemeinsam bei einem Juwelier auf dem Graben ausgewählt hatten. Er war sehr schlicht, aber der hochkarätige Diamant ließ sich nicht wegdiskutieren. Claire richtete sich auf und betrachtete ihn.

»Wie hübsch«, sagte sie. Und nach einem Moment: »Deine Mutter ist bestimmt sehr glücklich.«

Zu Hause hatte Lenka gerade noch genügend Zeit, um eine andere Bluse anzuziehen, sich das Haar zu kämmen und Jana zu bitten, an diesem Abend so lang wie möglich bei ihrer Mutter zu bleiben.

»Kannst du darauf achten, dass sie ihren Schlaftrunk einnimmt?«, fragte Lenka.

Jana stand blass an der Wohnungstür und nickte mit einigen Sekunden Verzögerung. Unter ihren Augen hatten sich bläuliche Schatten gebildet. Sie wünschte Lenka einen schönen Abend und klang dabei nicht wütend, sarkastisch oder vorwurfsvoll, womit Lenka gerechnet hätte, sondern vollkommen mechanisch. Dann reichte sie Lenka ihren Hut und schloss die Tür hinter ihr.

Unten im Flur war der Hausbesorger dabei, die Milchglasscheiben in der Tür zu seiner Loge abzubürsten. Er verneigte sich leicht, als Lenka vorüberging. Sie blieb stehen.

»Haben Sie übrigens vielen Dank für den hübschen Fliederstrauß«, sagte sie zu ihm. »Er duftet wunderbar. Meine Mutter erfreut sich jeden Tag an ihm.«

Der Hausbesorger winkte ab.

»Ich habe ihn doch bloß hinaufgetragen«, sagte er. »Mitgebracht hat ihn die junge Dame.«

»Die junge Dame«, sagte Lenka.

»Die Besucherin Ihrer Mutter. Hat sie Ihnen nicht davon erzählt?«

Die Fremde in ihrer Wohnung war also doch keine Halluzination gewesen. Lenka begann zu frösteln. »Doch, natürlich«, sagte sie. »Kannten Sie sie?«

»Sie hat sich als Bekannte Ihrer Mutter vorgestellt«, sagte der Hausbesorger. »Aus dem Frauen-Klub? Sie hat es leider Gottes versäumt, mir ihren Namen zu verraten, und ich mochte auch nicht partout in sie dringen.«

Lenka nickte zerstreut. Ihre Mutter war nominell Mitglied im Klub jüdischer Mädchen und Frauen, aber seit dem Tod von Lenkas Vater zu keinem der Vereinstreffen mehr gegangen. Vielleicht hatte ein anderes Mitglied von ihrem Zustand erfahren und ihr deshalb einen Höflichkeitsbesuch abgestattet. Fest stand: Alles hatte eine logische Erklärung, und dass Iris van Roon bei ihrer Mutter gewesen sein könnte, war die unlogischste aller Varianten. Lenka durfte sich weder in die Tagträume ihrer kranken Mutter hineinziehen lassen noch sich mit dem Fieberwahn anstecken, der in den Prager Gassen umging.

Claire wartete mitten in der Hotellobby unter einem Kronleuchter auf sie. An der Rezeption unterhielten sich zwei Gäste im Frack leise miteinander und ließen Claire dabei nicht aus den Augen. Lenka konnte es ihnen nicht verdenken. Claire trug ein Cape aus cremefarbener Seide mit einem übergroßen Kragen aus Spitzenrüschen über einem taubenblauen Abendkleid. Das Licht des Leuchters schimmerte auf ihrem Haar, das sie in weichen Locken zusammengesteckt hatte. In der Hand hielt sie einen großen blauen Hut, dessen Krempe mit einem Kranz aus Pfingstrosen und Seide bedeckt war. Als sie Lenkas Blick bemerkte, verdrehte Claire die Augen und sagte: »Ein Geschenk von Papa. Eigentlich ist er mir zu kokett, aber seine Farbe passt so gut zum Kleid.«

Claire setzte den Hut auf, und sie gingen ins Hotelrestaurant. Der Kellner führte sie an einen Tisch am Fenster. Lenka war zuletzt als Mädchen mit ihren Eltern hier gewesen, um den vierzigsten Geburtstag ihrer Mutter zu feiern. Sie erinnerte sich an das Kratzen ihrer Wollstrümpfe und die Eisbombe mit Erdbeeren, die es zum Nachtisch gegeben hatte. Heute war im Restaurant wenig Betrieb. Ein paar Tische weiter verzehrte ein älteres Ehepaar schweigend sein Menü. An einer großen Tafel in der Mitte des Raums saßen junge Männer mit den Kappen und Bändern einer Verbindung, die Bier tranken, Lenka und Claire ungeniert taxierten und immer wieder in schallendes Gelächter ausbrachen. Auf dem Tisch stand ein Wimpel. Hellblau-Weiß-Hellblau, die Farben der Universitäts-Sängerschaft. Vielleicht fand im Prunksaal des Hotels später ein Konzert statt. Lenka spürte, wie sich die Atmosphäre im Raum veränderte, so, als steige langsam, aber sicher die Temperatur. Sie atmete auf, als sich der Kellner zwischen sie und die Sänger schob und zwei Viertel Rotwein und eine Karaffe Wasser servierte.

»Gestern sind durch diese Straße noch Tausende von Arbeitern gezogen«, sagte Lenka, als der Kellner gegangen war. Sie verbot sich, ihren Blick über die Grenzen ihres eigenen Tisches hinaus schweifen zu lassen, was ihr leichtfiel, solange Claire ihr gegenüber saß.

»Wo wollten die denn alle hin?«, fragte Claire.

»Zum Volkspalast schräg gegenüber.« Lenka machte eine vage Handbewegung in Richtung Straße, Claire sah kurz hinaus und nickte.

»In Berlin war es ruhig, habe ich gelesen?«

»Als wäre es das in Berlin jemals«, sagte Claire und grinste. »Ich war gestern aber nicht in der Stadt. Die Mädels und ich haben einen Ausflug ins Grüne gemacht. Die Temperaturen waren noch ganz schön frisch, das kann ich dir sagen, aber nachdem wir jetzt endlich alle ein Fahrrad haben, wollten wir nicht noch länger warten.«

Lenka hatte keine Ahnung, wer genau »die Mädels« waren – die Frauen aus dem Kegelclub oder aus dem Schwimmverein, die Freundinnen, mit denen Claire regelmäßig ausging, oder die Kommilitoninnen von der Philosophischen Fakultät. Diese Kreise waren elastische Gebilde, die sich teilweise überschnitten und ständig wechselnde Formationen bildeten.

»Du musst dir so bald wie möglich auch ein Fahrrad zulegen«, sagte Claire. »Es ist herrlich, wie eine Schwalbe durch die Straßen zu schießen.«

»Vor kurzem bin ich in einem Motorradbeiwagen mitgefahren«, sagte Lenka. »Ich hatte Todesangst, und am nächsten Tag konnte ich kaum sitzen.«

»Es geht nicht ums Tempo«, sagte Claire. »Es geht um Freiheit. Gestern haben wir alle irgendwann die Internationale gesungen, während wir über die Landstraßen gesegelt sind und sich die Landbevölkerung die Köpfe nach uns verdreht hat. Mein ganzer Körper hat vor Glück gesummt.«

Lenka dachte daran, wie sie selbst den Vortag verbracht hatte. Nach dem Frühstück hatte sie mit ihrer Mutter einen Spaziergang zum Stadtpark unternommen, wo eine der Maifeiern stattfand. Schon aus der Ferne hörten sie Musik und Stimmengewirr, und durch die angrenzenden Straßen zogen Menschenmassen in Richtung Wenzelsplatz. Lenka fragte sich, ob Jana und František wohl darunter waren oder doch eher bei der Versammlung der Jungtschechen, ob der Tag der Arbeit für sie überhaupt ein Grund zu feiern war. Sie und ihre Mutter sahen dem Treiben am Park eine Weile aus sicherer Entfernung zu und gingen dann durch eine Parallelstraße zurück. Lenka fiel zu spät ein, dass es die Rosengasse war.

»Hier wohnen doch die Sohrs«, sagte ihre Mutter. Sie blieb vor dem Ladengeschäft stehen, dessen Fenster mit Tüchern verhängt waren.

»Hier wohnt nur noch Albert«, sagte Lenka. Sie versuchte sich vorzustellen, wie lang Alberts Haare und Bart seit dem Tod seiner Eltern gewachsen sein mussten. Sie machte ein paar Schritte weg vom Laden, doch ihre Mutter betrachtete weiterhin das Schaufenster, die Hände in die Hüften gestemmt.

»Ich weiß nicht, was sich Betty bei dieser Dekoration gedacht hat«, sagte sie kopfschüttelnd.

Lenka wurde aus ihren Gedanken gerissen, als der Kellner das Essen brachte, Brüsseler Poularde für Claire und Salade russe für sie selbst. Claire und sie stießen mit dem Rotwein an. Lenka nahm eine Gabel von ihrem Salat und stellte fest, dass sie keinen Appetit hatte. Wenn sie nichts äße, würde ihr der Wein sofort zu Kopf steigen. Vielleicht wäre das nicht das Schlechteste. Sie betrachtete das tranchierte Huhn auf Claires Teller. Frei wie ein Vogel.

»Schmeckt es dir?«, fragte sie.

»Sehr!«, sagte Claire mit der üblichen Emphase. Nach ein paar Bissen legte sie dennoch ihr Besteck auf dem Messerbänkchen ab und konzentrierte sich auf den Wein. Sie erzählte von einigen der Freundinnen, die Lenka in ihrer Zeit in Berlin kennengelernt hatte. Elisabeth hatte eine Anstellung als Lehrerin gefunden, Sidonie träumte von einer Promotion. Kitty und Antonie waren mittlerweile verheiratet.

»Gleich nach dem Abschluss«, sagte Claire. »Wie aus dem Handbuch für brave Bürgertöchter.« Ihr Blick huschte zu Lenkas Hand. »Du studierst doch noch«, sagte sie mit einem süffisanten Lächeln. »Oder, Lenchen?«

»Bloß auf dem Papier«, sagte Lenka. »Und du?«

Sie hatte nie ganz das Gefühl abschütteln können, dass für Claire das Studium eine weitere hübsche Feder war, die sie sich an den Hut steckte.

»Wann stellst du mir deinen Verlobten vor?«, fragte Claire.

»Ich dachte nicht, dass du ihn kennenlernen möchtest.«

»Versteckst du ihn vor mir, oder versteckst du mich vor ihm?«

»Claire, tu das bitte nicht. Heinrich weiß, dass du in Prag bist.«

»Heinrich«, sagte Claire und trank einen Schluck Wein. »Wie ist Heinrich denn so?«

Lenka seufzte. Eine neuerliche Lachsalve der Sängergruppe dröhnte durch den Raum.

»Er hat ein großes Herz«, sagte sie. »Wir arbeiten zusammen, und er bringt mir jeden Tag eine Kleinigkeit für die Mittagspause mit. Heute war es ein Hörnchen.« Sie musste lächeln. Sie mochte Brodesser wirklich sehr.

Claire leerte ihr Weinglas und gab dem Kellner ein Zeichen. »Männer sind alle gleich«, sagte sie dann. »Vor der Hochzeit tragen sie dich auf Händen, und danach legen sie dich in Ketten.«

»Heinrich kann ich vertrauen«, sagte Lenka. »Ihm liegt wirklich an mir. Er ist ein guter Mann.«

Claire lehnte sich über den Tisch zu Lenka. »Willst du wissen, was ich davon halte?«

Lenka wurde heiß, doch sie hielt Claires Blick stand. »Nein«, sagte sie. »Das will ich lieber nicht wissen.«

Lenka schaffte es gerade so vor Beginn der Sperrstunde in die Herrengasse. Der Hausbesorger blickte ihr murmelnd hinterher, als sie die Treppe hinaufstieg. Sie betrat die dunkle, stille Wohnung. Jana musste gerade erst gegangen sein. Vermutlich hatte sie so lang wie möglich auf Lenka gewartet, hatte sich dann ihr Tuch ums Haar geschlungen und war zur Elektrischen geeilt. Lenka hatte das Gefühl, noch den Luftzug zu spüren, den Janas Körper bei ihrem Weg durch die Räume verursacht hatte.

Lenka öffnete vorsichtig die Tür zum Elternschlafzimmer. Es dauerte ein paar Sekunden, bis sich ihre Augen an die Lichtverhältnisse gewöhnt hatten und sie ihre friedlich schlafende Mutter im großen Bett liegen sah. Dann ging sie in ihr eigenes Schlafzimmer. In Kleidern und Strümpfen legte sie sich ins Bett und zog sich die Decke bis zum Kinn. Egal ob sie die Augen schloss oder in die Dunkelheit starrte – immer begann sich Claires Gesicht vor ihr abzuzeichnen, ihr lebhafter Blick, ihr lächelnder Mund, ihre weiche, nach Veilchenseife duftende Haut.

Ich könnte dich sogar hassen, dachte Lenka, wenn ich dich nicht so sehr wollte.

31

Sie löschten das Licht und befahlen dies auch den Bediensteten, die sich für die Zeit ihrer Unterredung ins Nebengelass zurückziehen mussten. Das Jagdschlösschen in Mittelböhmen lag nun im Stockdunklen da. Hatten sich die Männer vorher den ganzen Tag über amüsiert, zusammen getrunken und gejagt und über ihr alltägliches Leben gesprochen, hatten sie mit dem Hereinbrechen der Nacht nun also wieder ihr anderes, ihr geheimes Gesicht: Sie wurden zu Schatten. Zur Garantie ihrer eigenen Sicherheit standen die Gewehre in der Ecke des Salons. Es gab zwar keinen Hinweis darauf, dass ihre Treffen beobachtet wurden, aber nach den jüngsten Ereignissen war ihnen klar, dass sie durch einen dummen Zufall doch unter Beschuss geraten könnten.

»Die erwartete Unruhe ist eingetreten«, sagte ihr Anführer. »Sie misstrauen einander und beschuldigen sich gegenseitig.«

»Sogar von Ritualmorden ist die Rede, es ist in allen Ecken der Stadt zu hören«, sagte der zweite Schatten. Die Männer brachen in Gelächter aus, das gleich verstummte, als der Anführer wieder das Wort ergriff.

»Der Rat hat sich gemeldet. Der Marschbefehl ist eingetroffen.«

»Und was sagt Berlin?«, fragte der Dritte, der bislang nicht gesprochen hatte.

»Berlin hat zugestimmt.«

»Der Rat verlangt, dass es in Prag seinen Lauf nimmt?«

»Ja, der Rat ist davon überzeugt, dass die Wirkung hier am größten sein wird.«

»Im bestmöglichen Fall fallen sie übereinander her, weil sie nicht mehr an sich halten können.«

»Wie die Ratten in der Falle!«

»Wie die Wilden!«

Der Anführer schlug mit der Faust auf den Tisch.

»Reißen Sie sich gefälligst zusammen«, sagte er. »Ihre Undiszipliniertheit darf unser Ziel nicht gefährden.«

Die beiden anderen Männer murmelten Entschuldigungen.

»Der Rat«, sagte der Anführer der Schatten nun mit unüberhörbarem Bedauern, »hat außerdem beschlossen, die Operation Erzherzog auf unbestimmte Zeit zu verschieben. Das Schicksal liegt allein in unseren Händen.«

»Wann schlagen wir los?«

»Jetzt, da wir den Befehl …«

Der Anführer schnitt ihnen das Wort ab.

»Zunächst«, sagte er, »bewahren wir Ruhe, meine Herren. Die Zeit ist unser bester Freund. Warten wir ab, bis der Himmel brennt.«

32

Graef war tot. Graef war wirklich tot. Kisch hatte ihn mit eigenen Augen auf einem der Tische im kalten Licht der Pathologie liegen sehen – zumindest den Teil, der nicht von einem Tuch bedeckt gewesen war. Das Tuch war fast bis zu Graefs Nasenspitze hochgezogen worden. Als wäre Graef ein Kind, das sich fürchtete. Kisch war froh, dass Lenka ihn begleitet hatte. Sie hatte wieder die Kommunikation mit dem schwitzenden, nervösen Pledl übernommen und Graefs Leichnam untersucht. Kisch hatte währenddessen den Raum verlassen. Nachdem er vor der Pathologie eine ganze Schachtel Sport geraucht hatte, war Lenka herausgekommen und hatte ihm alles Wesentliche berichtet: Die Todesursache war eindeutig. Die Explosion des Sprengsatzes hatte Graefs Halsschlagader durchtrennt, und er war verblutet. An Kinn, Hals, Händen und Unterarmen hatte er schwere Verbrennungen unter Beteiligung tiefer Hautschichten, aber sie sei sicher, hatte Lenka beteuert, dass er diese Verletzungen schon nicht mehr bewusst erlebt habe. Kisch hatte nicht weiter nachgefragt.

Der Begräbnistermin auf dem Friedhof Weinberge stand bereits fest. Graef war tot, und bald würde ihn auch noch der Erdboden verschlucken.

Seit dem Mord konnte Kisch nicht mehr schlafen. Es war, als hätte sein Körper vergessen, wie er zur Ruhe kommen konnte. Sobald er sich ins Bett oder aufs Sofa oder auch auf den kühlen, harten Parkettboden in seinem Schlafzimmer legte, fühlte es sich so an, als flösse unter seiner Haut elektrischer Strom. Er hielt es nicht aus, still zu liegen oder zu sitzen oder zu stehen. Abhilfe schaffte nur Bewegung. Während der Mahlzeiten musste er mit der Fußspitze wippen oder mit den Fingern auf die Tischplatte trommeln, oft sprang er trotzdem nach wenigen Minuten auf und marschierte eine Runde durchs Zimmer. Seine Mutter hatte ihn irgendwann an den Oberarmen gefasst und gesagt: »Du weißt, wie gern ich dich in meiner Nähe habe, aber du treibst mich noch in den Wahnsinn.«

Seitdem kehrte er so selten wie möglich ins Bärenhaus zurück. Es reichte, wenn er selbst wahnsinnig wurde, er musste nicht auch noch seine Mutter mitziehen. Seine Tage verbrachte er zwischen Sicherheitsdepartement, diversen Kaffeehäusern und BOHEMIA-Redaktion und seine Nächte im Batignolles, im Gogo, am Café Kandelaber oder in irgendeiner Schnapsbutik. Zum Glück war es mittlerweile warm genug, um sein Leben rund um die Uhr ins Freie zu verlegen. Bis auf die Menschen, die von der Nachtarbeit lebten, Marktleute, Straßenkehrer, Prostituierte und Wachmänner, traf Kisch nach Einbruch der Dunkelheit allerdings niemanden in den Gassen und auf den Plätzen. Einmal lief ihm am Obstmarkt der alte Fiala über den Weg. Aus Gewohnheit gab ihm Kisch zwei Kreuzer, und Fiala prophezeite schönstes Sommerwetter bis zur Ankunft des Kometen.

»Und dann ist alles aus«, sagte Fiala. »Die Sternwarte der Harvard-Universität hat jetzt auch den Zusammenstoß mit der Erde bestätigt. Jedermann weiß, dass ich das schon vor Wochen vorausgesagt habe, nicht wahr. Und dann geht die Welt unter, das haben die Professoren in Harvard wissenschaftlich berechnet. Wie ich das ja schon vor Wochen vorhergesehen habe, nicht wahr.«

Kischs andere Nachtbekannten, die er sonst mit schöner Regelmäßigkeit im Dreieck zwischen Altstädter Ring, Staatsbahnhof und Wenzelsplatz getroffen hatte, schienen sich neuerdings zu Hause einzusperren, sobald die Sonne unterging. Prag floh vor den Schatten, die doch schon immer da gewesen waren. Kisch sollte es recht sein, so konnte er sich aufs Wesentliche konzentrieren: sich schnellstmöglich betrinken und dann betrunken bleiben.

Wenn die ersten Bäckerjungen, Plakatankleber und Zeitungsausträgerinnen in den Gassen auftauchten, wusste Kisch, dass er wieder eine Nacht erfolgreich hinter sich gebracht hatte. Er machte sich auf den Weg zum Johannisplatz. Ihm war klar, dass man ihm den Rausch nicht bloß ansah, sondern auch anhörte und den Schnaps in seinem Atem roch, und doch ließen es seine Kontaktmänner im Sicherheitsdepartement nie an Höflichkeit mangeln. Die Beamten waren die Hilfsbereitschaft in Person, aber leider keine große Hilfe. Im Fall Graef gab es weder Täter noch Zeugen, keine Spuren, keine Verdachtsmomente, nichts. Wenn Kisch sich grußlos umdrehte und die Polizeidirektion verließ, kam ihm der jeweilige Beamte oft noch hinterher und redete beschwichtigend auf ihn ein.

»Der Mörder wird uns schon noch in die Hände fallen, Sie wissen doch, wie gern Verbrecher mit ihren Taten prahlen«, oder: »Haben Sie Vertrauen in die Prager Kriminalpolizei!« oder: »Kein Mord bleibt ungesühnt, Herr Kisch.«

Manchmal war Kisch dann kurz davor, auszuholen und ihm einen rechten Haken zu verpassen.

Sein nächster Weg führte ihn in die Spelunken der Altstadt und der Josefstadt, in denen sich die Prager Halbwelt zum Frühstückswein traf. Auch hier schüttelte man bloß den Kopf, sobald man Kisch nahen sah. Niemand wollte etwas gesehen oder gehört haben, und selbst die ärgsten Aufschneider und Schwadroneure unter den Kleinkriminellen waren in Kischs Gegenwart plötzlich auffallend wortkarg.

»Was interessiert dich der tote Bulle überhaupt?«, fragte ihn am vierten Morgen nach Graefs Tod ein Brauereigehilfe und Gelegenheitseinbrecher im Bettelstab. »Ein Problem weniger.«

Da konnte Kisch nicht anders und schlug ihm mit voller Wucht das Lachen aus dem Gesicht. Sein Glück war es, dass der Bierbrauer im Bettelstab keine Freunde zu haben schien und die übrigen Gäste ungerührt zusahen, während er sich jammernd die Nase hielt. Nicht auszudenken, wenn die Männer stattdessen ihre Weingläser abgestellt und Kisch eine Abreibung verpasst hätten, wenn er danach wieder tagelang still und stumm und seinen eigenen Gedanken ausgeliefert in der Dienstbotenkammer der Weißbachs hätte liegen müssen. Er schwankte aus der Kneipe, nach draußen ins unbarmherzige Licht der Frühlingssonne.

In die Redaktion ging er noch immer in den Abendstunden, wenn der Rausch abgeflaut war und er weitestgehend fehlerfrei schreiben konnte. Er befürchtete, dass er auch Grubers jovial-herablassendes Grinsen mit einem Faustschlag quittieren würde, wenn er es zu oft zu Gesicht bekäme.

»Du weißt aber«, sagte Lenka zu ihm, als er ihr eines Abends auf seinem Weg in die Redaktion, ihrem Heimweg, zufällig auf dem Graben begegnete, »dass du auf Graefs Tod auch weniger destruktiv reagieren könntest, oder? Schreib über ihn. Über ihn und deine Trauer.«

»Ich bin nicht traurig«, rief Kisch. Die feinen Herrschaften mit ihren wagenradgroßen Hüten und meterlangen Uhrketten, die an ihnen vorbeistolzierten wie Goldfasane, glotzten ihn an. »Ich bin nicht traurig, ich bin wütend«, sagte er etwas weniger laut.

»Das ist das Gleiche«, sagte Lenka.

»Ach ja, ist es das, Frau Doktor?«

Das Mitgefühl verschwand aus Lenkas Blick, und sie betrachtete Kisch kühl und distanziert. Mit diesem Ausdruck untersuchte sie auch Tote. »Du bist nicht der erste Mensch, der jemanden verliert«, sagte sie.

»Graef ist auch nicht der erste Mensch, den ich verliere«, sagte Kisch und blinzelte heftig. Die Sonne war so grell. Er war so müde.

»Ich weiß«, sagte Lenka und legte ihm die Hand auf den Unterarm. Mit seinen Augen stimmte etwas nicht. Die Umgebung zerfiel in Prismen, so, als blickte er durchs Kaleidoskop, das seine Eltern ihm als Kind geschenkt hatten. Er blinzelte noch heftiger und schüttelte Lenkas Hand ab. »Ich muss jetzt in die Redaktion«, sagte er.

»Pass auf dich auf«, hörte er sie hinter sich sagen, als er sich einen Weg durch die blendenden Splitter seiner Stadt bahnte.

Die Redaktion war ruhig und leer. Nur Brodesser stand versunken am Kopfende seines Schreibtisches und bemerkte Kisch erst, als der ihm kräftiger als nötig auf den Rücken haute. Es gab ein hohl klingendes Geräusch.

»Du hörst dich an wie ein Fass«, sagte Kisch.

»Guten Abend, Kisch«, sagte Brodesser, nachdem er wieder zu Atem gekommen war.

»Was machen Sie noch hier?«, fragte Kisch.

»Korrekturen«, sagte Brodesser. »Verzeihen Sie die Bemerkung, aber Sie sehen aus –«

»Wie a schöne Leich«, sagte Kisch.

»Nein, das meinte ich nicht. Sie sehen aus –«

»Wie das blühende Leben«, rief Kisch.

Brodesser seufzte. »Nein«, sagte er, »Sie sehen aus, als gehörten Sie ins Bett.«

Kisch nickte. »Es ist bloß so«, sagte er, »dass ich zur Zeit nicht schlafen kann.«

»Von Lenka weiß ich, dass Sie mit Herrn Graef befreundet waren«, sagte Brodesser sanft.

»Er war wie«, setzte Kisch an. Seine Stimme klang fremd in seinen eigenen Ohren. Er räusperte sich. »Er war …« Ihm versagte die Stimme, und er schüttelte den Kopf.

Brodesser lächelte ihm zu. »Ich verstehe«, sagte er. »Setzen Sie sich doch einen Moment, während ich das hier fertig mache.« Er zeigte auf die dicht beschriebenen Seiten auf seinem Schreibtisch.

Kisch ließ sich auf den erstbesten Sessel fallen. Vor seinem inneren Auge erschien ein älteres Bild, Papiere mit einer anderen Handschrift, winzig klein, nicht zu entziffern. Er brauchte mehrere Sekunden, bis ihm einfiel, was da aus seiner Erinnerung aufstieg: die Notizen des ermordeten Redakteurs, die er aus den Räumen des Prager Tagblatts entwendet hatte. Platscheks verschlüsselte Aufzeichnungen zur Operation Komet.

»Was halten Sie eigentlich von der ganzen Sache?«, fragte er.

Brodesser blickte überrascht auf.

»Die Morde der letzten Zeit«, sagte Kisch. »Meinen Sie, es steckt etwas Größeres dahinter?«

Brodesser holte hörbar Luft, öffnete den Mund und schloss ihn wieder.

»Was ist es, Brodesser?«, sagte Kisch.

Brodesser schüttelte den Kopf, schob die Lippen vor und presste sie dann aufeinander. Es war nicht zu übersehen, dass er mit sich rang.

»Brodesser«, sagte Kisch streng.

Brodesser warf ihm einen unsicheren Blick zu. »Ach«, sagte er schließlich, »ich habe da eine wilde Theorie. Manchmal geht meine Phantasie mit mir durch.«

Kisch lachte laut auf. Das war das Komischste, was er seit langem gehört hatte. Wenn jemand nicht wild oder phantasievoll wirkte, dann Heinrich Brodesser. »Spucken Sie es schon aus«, sagte Kisch.

»Ich weiß nicht«, sagte Brodesser. »Wenn man es laut ausspricht, klingt es möglicherweise ganz und gar verrückt.«

»Keine Sorge, ich bin tolerant«, sagte Kisch. »Und betrunken. Geben Sie sich einen Ruck, Heinrich.«

Brodesser griff sich den wackeligen Hocker, auf dem Lenka üblicherweise saß, und zog ihn neben Kischs Sessel. Er ließ sich nieder, schüttelte den Kopf, sprang wieder auf und sah sich nach einer anderen Sitzgelegenheit um.

»Heinrich«, sagte Kisch mit butterweicher Stimme und klopfte auf den Hocker. Brodesser setzte sich wieder.

»Ich muss etwas ausholen«, sagte er. »Haben Sie schon einmal von August Rohling gehört?«

Selbstverständlich hatte Kisch schon von August Rohling gehört, dem alten katholischen Judenhasser aus Prag, und seiner Hetzschrift *Der Talmudjude*. Ohne ihn selbst überhaupt lesen zu können, hatte Rohling darin den Talmud zerstückelt, Passagen aus dem Zusammenhang gerissen und ihren Sinn entstellt, um seinem Publikum die gewünschten Beweise für die Gefahr zu liefern, die angeblich vom jüdischen Volk ausging. Rohling behauptete, der Talmud lehre die jüdische Weltherrschaft und gebiete allen Juden, Christen auf jede nur erdenkliche Weise zu schaden. *Der Talmudjude* fand reißenden Absatz. Auf dieses bösartige Pamphlet berief sich seit Jahrzehnten jeder Antisemit in Europa, der etwas auf sich hielt. Eine der greifbaren Folgen war auch die Hilsner-Affäre gewesen. Kisch war vierzehn gewesen, als man in Polna die Näherin Anežka Hrůzová mit durchschnittener Kehle aufgefunden und den Schustergehilfen Leopold Hilsner als Verdächtigen festgenommen hatte. Hilsner war Jude. Bald gab es Gerüchte um einen Ritualmord, um fanatische Juden, die mit dem Blut christlicher Jungfrauen Mazze fürs Pessachfest büken. Schon florierte das Geschäft mit Ansichtskarten, die den angeblichen Ritualmord darstellten. Broschüren, Flugblätter und Gedichte verbreiteten die Lüge in ganz Böhmen. Am Tatort wurde ein Bild angebracht, das drei Juden beim Abschlachten des Mädchens zeigte und daneben eine Frau, die das Blut des unschuldigen Opfers in einem Becher auffing. Die Landbevölkerung pilgerte zu Tausenden in den Wald, um das Bild mit eigenen Augen zu sehen, ehe die Polizei es endlich entfernte. Die Geschworenen, die über Hilsners Schuld zu urteilen hatten, stammten allesamt aus der Gegend. Wochenlang war auch auf sie unausgesetzt ein Hagel aus Lügen und judenfeindlichen Vorurteilen niedergegangen, einige hatten vermutlich selbst das Schächtbild am Tatort besucht. Vor Gericht wiederholte die Anklage die Legende vom Ritualmord so penetrant, dass mögliche persönliche Tatmotive Hilsners, so sie denn existierten, vollständig überlagert wurden. Es stand kein Mann vor Gericht, der zufällig Jude war, sondern das Judentum an sich. Hilsner wurde zum Tode verurteilt, das Urteil in höherer Instanz aber wieder kassiert, woraufhin man ihm in einem neuen Prozess einen weiteren Mord anhängte und ihn zum Tod durch den Strang verurteilte. Dieses Urteil wurde später vom Kaiser persönlich in lebenslange schwere Haft umgewandelt. Es spielte längst keine Rolle mehr, was tatsächlich im Wald bei Polna geschehen war. Hilsner war ein Sündenbock, ein Symbol, weniger und zugleich viel mehr als ein einfacher Schuster aus einem mährischen Dörfchen am Haberner Steig.

»Was hat der alte Rohling mit den Morden in Prag zu tun?«, fragte Kisch jetzt. Brodesser räusperte sich.

»Wenn wir uns nur einmal für einen kurzen Moment vorstellen, dass es vielleicht eine Verschwörung gäbe«, sagte Brodesser.

Kisch starrte ihn an. »Sie nicht auch!«, sagte er. Er erinnerte sich daran, wie nach dem Mord in Polna kleine Christen begonnen hatten, ihm und anderen jüdischen Kindern auf dem Schulweg »Du Hilsner« hinterherzurufen und mit einer Geste einen Schnitt am Hals nachzuahmen. Er erinnerte sich ans Lied eines Nachbarsmädchens, mit dem er befreundet gewesen war: *Kaufet nicht beim Juden ein Kaffee, Zucker, Möbel. Die Juden, sie erschlugen uns ein sehr junges Mädel,* und wie er mit plötzlicher Klarheit gewusst hatte, dass er schreiben musste. Schreiben, um die Wahrheit vor den bösartigsten Lügen zu verteidigen, wie Tomáš Masaryk in der Hilsner-Affäre, wie Émile Zola in der Dreyfus-Affäre.

»Um Gottes willen, nein«, sagte Brodesser und errötete, »nicht eine solche Verschwörung! Ich meine ein echtes Komplott. Von einer Geheimorganisation.«

Kisch wurde schlagartig nüchtern. Seine Umgebung gewann wieder an Stabilität. »Tragen Sie schon die ganze Zeit diesen Zwicker?«, fragte er, und Brodesser runzelte die Stirn. Kisch winkte ab. »Reden Sie weiter.«

»Ein Versicherungsangestellter, ein Reporter, ein Eisenwarenhändlerpaar, ein pensionierter Kriminalbeamter«, sagte Brodesser. »Was verbindet sie alle bis auf den Umstand, dass sie in Prag lebten und man mit einer Ausnahme bei allen Glasfläschchen in ihren Taschen gefunden hat?«

»Sie waren Deutsche«, sagte Kisch.

»Man könnte sich vorstellen, dass dahinter tschechische Nationalisten stecken. Jemand hat es auf die Deutschen in dieser Stadt abgesehen. Rache oder Freiheit oder Macht, das Ziel aller Verschwörungen laut Machiavelli.«

Kisch nickte langsam. »Sie meinen, so wie die Omladina und das *unsichtbare Prag*?«, sagte er.

Die Omladina war eigentlich eine antiösterreichische Reformbewegung mit Tendenz zur nächtlichen Verschandelung von offiziellen Wappen und Denkmälern der österreichischen Monarchie gewesen, die tschechische Arbeiter und Studenten gegründet hatten. Sie war zum staatsgefährdenden Geheimbund erklärt worden, nachdem hohe Beamte Drohbriefe und Sprengsätze erhalten hatten und an einer Hauswand in der Elisabethstraße ein Schriftzug aufgetaucht war: *Franz Joseph, krepiere!* Als Kisch acht Jahre alt war, waren ihre Mitglieder enttarnt und unter anderem wegen Hochverrats und Beleidigung des Kaisers und des Hofes vor Gericht gestellt und zu langjährigen Gefängnisstrafen verurteilt worden.

»Stellen wir uns vor, es gäbe ein neues *unsichtbares Prag*, und diesmal würden seine Mitglieder weiter gehen, als Steinadler zu köpfen und Tabaktrafiken und Briefkästen mit roter Farbe zu beschmieren«, sagte Brodesser. »Stellen wir uns vor, diesmal würde echtes Blut fließen. Deutsches Blut. Klingt all das sehr abstrus? Seien Sie bitte ehrlich.«

»Mehr als abstrus«, sagte Kisch. »Es klingt sogar so grotesk, dass es wieder den Tatsachen entsprechen könnte. Ich habe das Gefühl, Sie haben mehr über die Morde nachgedacht als die versammelte Prager Kriminalpolizei. Bloß die Sohrs passen nicht so recht ins Bild. Die übrigen Mordopfer waren in gewisser Weise alle Repräsentanten der deutschen Obrigkeit, aber ein ältliches Ehepaar, das mit Eisenwaren handelt? Wofür sollte es stehen – für das deutsche Bürgertum an sich?«

»Ist Ihnen das Katakombensystem unter der Altstadt und der Josefstadt ein Begriff?«, fragte Brodesser.

»Vom Keller meines Elternhauses hat in früheren Zeiten ein Gang bis zur Grabstätte Tycho de Brahes in der Theinkirche geführt«, sagte Kisch. »Ich habe mich als Junge allerdings mehr für die Durchhäuser interessiert. Ich kenne jede offizielle und inoffizielle Abkürzung in der Altstadt. Egal, weiter.«

»Soweit ich weiß, gelangt man aus dem Keller der Sohrs direkt in dieses weitverzweigte System«, sagte Brodesser. »Vielleicht wollten sich die Täter Zugang zu den Katakomben verschaffen, und die Sohrs waren ihnen dabei im Weg. Ich glaube, sie waren reine Zufallsopfer. Terroristen lieben den Untergrund, wie man weiß.«

Kisch sprang auf, und Brodesser zog den Hals ein, als erwartete er einen Schlag. Stattdessen küsste Kisch ihm lautstark auf den Kopf.

»Woher wissen Sie das alles, Sie Genie?«, rief Kisch.

»Ich lese gern«, sagte Brodesser. »Und was ich einmal gelesen habe, vergesse ich nicht mehr.«

Vielleicht, dachte Kisch, steckte ja doch mehr in diesem faden Fass, als man von außen ahnte.

»Die einzige Frage ist: Warum jetzt?«, sagte Brodesser. »Die Vormachtstellung der Deutschen in dieser Stadt geht auf ihr Ende zu.«

»Vielleicht gerade deswegen«, sagte Kisch.

Natürlich war Brodesser noch nie in seinem Leben im Batignolles gewesen. Als er und Kisch sich mit zwei übervollen Bierkrügen an einen übervollen Tisch gezwängt hatten, sagte er etwas, was im Stimmengewirr und Klavierlärm unterging.

»Was?«

»Wir alle haben eine Beziehung zum Unsichtbaren«, rief Brodesser.

»Aufs Unsichtbare!«, rief Kisch und stieß mit ihm an.

»Deshalb richten wir Teleskope in den Himmel über uns und graben Löcher in die Erde«, sagte Brodesser. »Weil wir nach der Antwort darauf suchen, wovor wir uns so fürchten.«

»Ich weiß nicht, wie es dir geht«, sagte Kisch und zog an seiner Zigarette, »aber ich fürchte mich in erster Linie vor Wirtshausphilosophen.«

Brodesser sah sich scheu um. An ihrem Tisch waren der ewige Hašek und seine anarchistischen Freunde versammelt, die durcheinander schrien und lachten.

»Was sind das für Leute?«, fragte Brodesser.

Kisch lehnte sich zu ihm hinüber. »Das ist der ehrenwerte Redakteur des zoologischen Fachmagazins Welt der Tiere Jaroslav

Hašek mit Teilen seiner ›Partei für gemäßigten Fortschritt in den Schranken der Gesetze‹. Da sitzen zum Beispiel die Satiriker Gellner, Toman und Křikava, Gellner ist der Herr mit Brille und Vollbart und Toman derjenige mit Schnäuzer und stechendem Blick. Die leichenblasse Gestalt daneben ist Dr. Lieben aus dem Allgemeinen Krankenhaus. Kein Wunder, dass er bleich ist, Ende März lag er noch mit Blattern in der Isolierbaracke. Hat sich beim Transport eines Toten in die Pathologie infiziert.«

Ehe Kisch die Geschichte erzählen konnte, wie Dr. Lieben nach ein paar Tagen illegal die Isolation verlassen und seine nichtsahnende Schwester angesteckt hatte, fragte Brodesser: »Und wer ist der große schlanke Mann im gelben Hemd?«

»Franz Wagner. Ein Balletttänzer.«

Brodesser nickte gedankenverloren.

»Und dort«, Kisch wies mit seiner glühenden Zigarette auf den Nachbartisch, »sitzen meine Freunde Karel, Paul und Sokrates. Na ja, oder liegen, du siehst es ja. Einer studiert an der Tschechischen Universität, einer an der Deutschen Universität, der Dritte ist seit mindestens sechzig Semestern an der Schule für Lebenskunst und Schnorrerei inskribiert. Und wer da hinten so ausgelassen den Šlapák tanzt, schau, das sind Revoluce und Slabý. Revoluce legt sich gern mit Polizisten an. Und Slabý ist Polizeikommissar.«

»Dieser Ort ist eine Utopie«, sagte Brodesser.

»Eine Utopie?«, fragte Kisch und deutete auf Sokrates, der aufgewacht und auf den Tisch geklettert war, wo er mit Mühe aufrecht stehenblieb.

»Jawohl, eine Utopie«, sagte Brodesser feierlich.

»Eine Utopie, bist du ganz sicher?«, fragte Kisch. Sokrates hatte seine Hose heruntergelassen und tat nun so, als urinierte er auf die Köpfe und in die Gläser der Umsitzenden.

»Meine Eltern sind so viel zuversichtlicher als ich, was das Zusammenleben von Tschechen, Deutschen und Juden in Prag angeht«, sagte Brodesser. »Mittlerweile seien unvergleichliche Fortschritte erzielt worden, für die Tschechen wie für die Juden. Wenn man ihnen zuhört, könnte man meinen, diese Stadt sei das Paradies auf Erden. Heute Abend sehe ich zum ersten Mal einen Zipfel dessen, was sie sehen.«

»Apropos Zipfel«, sagte Kisch. Jemand war auf den Nachbartisch gestiegen und versuchte, Sokrates, der sich nach Kräften wehrte, die zerlumpte Hose hochzuziehen.

»Man darf natürlich nicht vergessen, was meine Eltern in ihrer Kindheit erlebt haben. Juden, die auf der Straße betteln mussten, weil sie nicht arbeiten durften, oder heimlich auf dem Dachboden geheiratet haben. Tschechen, die in bitterster Armut lebten. Diese Zeiten sind zum Glück vorbei, aber eine solche Durchmischung wie hier«, Brodesser hob die Hände, »habe ich bislang nirgends erlebt.«

»Du bist doch ein braver böhmischer Katholik, oder?«, sagte Kisch.

Brodesser verzog das Gesicht. »Es kommt drauf an, wen Sie fragen«, sagte er.

»Waren wir nicht schon beim Du?«, sagte Kisch. »In diesem Etablissement droht bei Verwendung der Höflichkeitsform außerdem Hausverbot. Bist du jetzt katholisch, oder nicht?«

»Ich bin katholisch geboren«, sagte Brodesser. »So wie schon meine Eltern.«

»Deine Vorfahren sind konvertiert?«, sagte Kisch vorsichtig.

»Der Vater meiner Mutter hatte das Pech, der zweite Sohn einer mittellosen Familie zu sein. Er hätte deshalb nicht heiraten können, wenn er Jude geblieben wäre. Mein Urgroßvater väterlicherseits wollte durch den Übertritt seinen Nationalstolz zum Ausdruck bringen. Dieser Teil der Familie stammt ursprünglich aus dem Rheinland. Deshalb hat er den Namen Brodesser gewählt. Wir waren lange Zeit die einzigen Brodessers in Prag.«

»Sind wir nicht immer die Einzigen, egal, wo wir sind und was wir tun?«, sagte Kisch.

»Hier nicht«, sagte Brodesser und warf dem Balletttänzer im gelben Hemd einen verstohlenen Blick zu.

»Das hier ist auch nicht Prag«, sagte Kisch. »Das hier ist das Batignolles. Prost.«

Er bot Brodesser eine Sport an, aber der schüttelte den Kopf.

»Für Leute wie Gruber werde ich nie ein echter Deutscher sein«, sagte Brodesser. »Ich frage mich, wie viele Generationen es noch dauern wird, bis wir als ihresgleichen akzeptiert werden.«

Kisch hatte öfter mitbekommen, wie Gruber hinter vorgehaltener Hand grobe Scherze über Brodesser machte, wie er sagte, Brodesser sei einer »von denen«, aber das hatte er nie auf Brodessers Abstammung bezogen, sondern auf dessen persönliche Neigungen.

»Soll ich euch miteinander bekannt machen?«, fragte Kisch ihn jetzt und nickte in Richtung des Tänzers.

Brodesser errötete so tief, wie Kisch das noch bei keinem Menschen erlebt hatte.

»Nein«, sagte Brodesser, »wieso solltest du das tun?« Er nahm einen Schluck von seinem Bier und wischte sich mit dem Handrücken über den Mund, eine Geste, die er vermutlich für solche Gelegenheiten eingeübt hatte. »Wenn die Anzahl der Mitwisser drei oder vier übersteigt, wird eine Verschwörung laut Machiavelli zwangsläufig früher oder später aufgedeckt«, sagte er dann. »Vielleicht haben wir Glück, und einer der Verschwörer verrät sich unabsichtlich oder geht zur Polizei, weil er auf eine milde Strafe spekuliert.«

»Lenk nicht mit deinem Machiavellismus vom Thema ab«, sagte Kisch.

»Ich bin kein Machiavellist«, sagte Brodesser. »Ich glaube nicht, dass Menschen im Allgemeinen schlecht und berechnend sind.«

»Woran glaubst du denn?«

Selbst im funzeligen Licht des Batignolles und nach drei Gläsern Bier konnte Kisch erkennen, dass sich Brodessers Wangen wieder leicht röteten, noch bevor er antwortete.

»Ich glaube ans Band der Liebe, das alle Menschen verbindet.«

»Zum Beispiel auch dich und den feschen Tänzer«, sagte Kisch, drückte seine Zigarette aus und stand auf. »Darum hole ich ihn jetzt her.«

»Nein«, rief Brodesser und packte ihn am Arm. »Ich will niemanden. Keinen Tänzer, keine Tänzerin, einfach niemanden. Ich möchte für mich sein.«

Kisch ließ sich wieder auf die Bank fallen und musterte Brodesser. Sein unauffälliges Gesicht, rund, aber nicht feist, glatt rasiert. Das kurzgeschnittene, aschblonde Haar mit zurückweichendem Ansatz. Seine Augen, deren Farbe undefinierbar zwischen Braun und Grau changierte. Seinen anthrazitfarbenen Wollanzug, der weder schäbig noch edel wirkte, weder modisch noch unmodisch. Seine Hände, die Rechte hielt nun wieder das Bierglas, die Linke lag auf dem Tisch, waren gepflegt, aber nicht weibisch. Hätte Kisch den Blick abgewandt und Brodesser beschreiben müssen, wäre es ihm wahrscheinlich nicht gelungen. Brodesser ging alles Markante ab, alles Einprägsame. Die perfekte Tarnung.

»Warst du schon immer so?«, fragte Kisch. »Oder wurde es durch irgendetwas – ausgelöst?«

Vielleicht hatten Brodesser ja gewisse Erfahrungen in der Jugend die Freude an der Zweisamkeit verdorben. Allerdings hatte Kisch von solchen Fällen bislang nur bei Frauen gehört. Entweder machten Männer solche Erfahrungen nie oder vergaßen sie gleich wieder. Kisch konnte sich zwar noch daran erinnern, dass er eine oder zwei der Frauen, die er als Schüler nach den langen Abenden im Klamovka im Park näher kennengelernt hatte, bei Tageslicht wiedergesehen hatte und fast erschrocken war. Das hatte ihn damals aber eher amüsiert als erschüttert. Möglicherweise war Brodesser einfach aus weicherem Holz geschnitzt als Kisch.

»Ich denke oft an ein Zitat von Rilke: *Wenn keine Gemeinsamkeit zwischen den Menschen ist und Ihnen, versuchen Sie es, den Dingen nahe zu sein, die Sie nicht verlassen werden«,* sagte Brodesser. »Ich habe schon als Kind gespürt, dass es zwischen mir und den anderen Menschen einen grundlegenden Unterschied gibt.«

Kisch konnte ihm nur teilweise folgen, also stellte er die erste Frage, die ihm in den Sinn kam. »Und was sind die Dinge, die dich nicht verlassen werden?«

»Bücher«, sagte Brodesser, ohne zu zögern. Kisch verdrehte die Augen, ehe er sich selbst zur Ordnung rief und begeistert nickte.

»Die Vorbereitung auf die Matura war für mich die allerschönste Zeit. Die anderen Jungen sind in die Tanzstunde gegangen oder haben heimlich Mädchen getroffen, wenn sie nicht lernen mussten. Ich konnte lesen, so lange ich wollte. Niemand hat gefragt, warum ich meine Nase immerzu in Bücher stecke. Man hat mich einfach in Ruhe gelassen. Nach der Matura habe ich mich in Rechtswissenschaften eingeschrieben, weil ich gehört hatte, dass man während dieses Studiums nur Gesetzestexte liest und auswendig lernt. Aber irgendwann war das Studium vorbei, und mir wurde klar, dass die Jurisprudenz Menschen wie mir keine Zukunft bietet – so sehr mich meine Eltern auch dazu gedrängt haben, nach der Promotion als Advokat zu praktizieren und mit einem geeigneten Mädchen eine Familie zu gründen. Also habe ich nach einer Möglichkeit gesucht, mich weiterhin den ganzen Tag mit Worten zu umgeben, und habe die Stellung in der BOHEMIA gefunden.«

»Und jetzt hast du ja auch dein geeignetes Mädchen«, sagte Kisch.

»Lenka ist für mich wie eine Schwester«, sagte Brodesser. »Unsere Verbindung wird eine glückliche sein.«

»Du warst wirklich noch nie mit jemandem zusammen?«, platzte es aus Kisch heraus.

»Nicht auf diese Weise«, sagte Brodesser und vertiefte sich in den Anblick einer Scharte in der Tischkante.

»Und dir fehlt nichts?«

»Mir würde etwas fehlen, wenn ich nicht jeden Abend sechs oder sieben ungestörte Stunden zum Lesen hätte.«

»Das müssen aber gute Bücher sein«, sagte Kisch und warf seine Zigarettenkippe in ein verwaistes Bierglas.

Wie sich herausstellte, las Brodesser neben französischer Poesie und russischen Romanen im Original auch seit Jahren alles, was ihm zum Thema Kryptographie in die Hände fiel.

»Geheimschriften haben mich schon als Kind fasziniert«, sagte er. »Ich habe mir tagelang eigene Alphabete und Grammatiken ausgedacht.«

Brodesser hatte sogar eine Rehmann Discret, eine Verschlüsselungsmaschine, mit der man geheime Botschaften schreiben konnte. Er erklärte Kisch die Funktionsweise, doch Kisch war zu angetrunken, um ihm zu folgen.

»Hast du viele Liebesbriefe damit geschrieben?«, fragte er und zerknüllte seine leere Zigarettenschachtel, dann zielte er und warf sie Hašek an den Kopf, der ihm lachend mit dem Zeigefinger drohte.

»Ich wäre doch der einzige Empfänger gewesen. Um eine Nachricht zu entschlüsseln, muss man auch eine Discret besitzen und die Ausgangsstellung der drehbaren Scheibe kennen«, sagte Brodesser. »Andernfalls ist der Text nur eine unverständliche Aneinanderreihung von Zeichen.«

»Warum um alles in der Welt hast du dann …« setzte Kisch an, ehe er wieder das Blatt auf dem Schreibtisch des toten Redakteurs vor sich sah. »Traust du dir zu, etwas für mich zu dechiffrieren?«, fragte er.

»Hand- oder Maschinenschrift?«

»Handschrift«, sagte Kisch, »also nichts für deine Discret.«

»Selbst wenn der Text mit einer Discret geschrieben wäre«, sagte Brodesser, »könnte ich ihn ohne die zuvor vereinbarte Ausgangsstellung der drehbaren Scheibe …«

»Ja, ja«, fiel ihm Kisch ins Wort. »Nimmst du den Auftrag an?«

Brodesser dachte kurz nach und nickte.

»Dann haben wir einen Pakt.«

Kisch streckte die Hand aus, und Brodesser schlug ein.

»Lenka hat das Dokument. Frag sie nach Platscheks Aufzeichnungen. Und wenn du schon dabei bist, kannst du auch einen Blick auf den Rest der merkwürdigen Briefe werfen, die beim Prager Tagblatt eingegangen sind. Lenka bewahrt das ganze Konvolut auf.« Kisch merkte, wie betrunken er wieder war, doch das verstärkte bloß sein Hochgefühl sowie die Überzeugung, der Aufklärung der Morde einen Schritt näher gekommen zu sein und mit Brodesser jemanden vor sich zu haben, dem er vertrauen konnte. Sein Zustand war vermutlich auch der Grund, weshalb ihm eine alte Idee wieder einfiel, ein Plan, den er in einer seiner schlaflosen Nächte geschmiedet und im ernüchternden, zermarternden Licht des Tages wieder verworfen hatte. »Du musst mir bei einer weiteren Sache helfen«, sagte er und rückte näher an Brodesser heran.

33

Lenka traf Claire zum Frühstück im Hotel. Das Morgenlicht flutete durch die großen Fenster des Speisesaals und verlieh Claires Haar einen kupferfarbenen Glanz. Sie trug wieder Seide, diesmal eine lindgrüne Bluse mit gewelltem Kragen zu einem dunkelblauen Rock, und um den Hals eine zweireihige Perlenkette. Lenka hatte am Morgen länger, als ihr lieb war, über ihre Kleidung nachgedacht. Sie hatte sich für eine helle Baumwollbluse und ein Ensemble aus festem dunkelgrauen Leinen entschieden. An ihrem Frisiertisch hatte sie den roten Jadekamm in ihr Haar gesteckt und wieder herausgezogen, den Verlobungsring abgenommen und wieder auf den Finger geschoben. Mit dem Kamm im Haar fühlte sie sich so verkleidet und durchschaubar wie ohne Ring am Finger.

Nachdem sie ihre Mélange getrunken und zwei eifrige Frühstückskellner Claires noch zur Hälfte gefüllten und Lenkas gänzlich unberührten Teller abgeräumt hatten, streckte sich Claire in ihrem Sessel und sagte: »Was unternehmen wir heute?«

»Ich muss gleich zur Arbeit«, sagte Lenka.

»Heute?«, rief Claire. Der in der Nähe stehende Kellner drehte sich nach ihnen um.

»Es ist Dienstag«, sagte Lenka.

»Aber ich bin nur bis morgen hier«, sagte Claire.

»Du hast deinen Besuch sehr kurzfristig angekündigt.«

Lenka hob die Hände und ließ sie wieder sinken.

»Dann bist du eben sehr kurzfristig unpässlich«, sagte Claire und grinste verschwörerisch. »Oder hältst du es keinen Tag ohne Heinrichs Hörnchen aus?«

Lenka schnaubte.

»Ihr habt hier in Prag doch Telefone, oder?«

Der Rezeptionist des Hotels wandte sich diskret ab, während Lenka Fräulein Meyer anlog. Anschließend nahmen sie und Claire die Elektrische zum Laurenziberg und fuhren mit der Drahtseilbahn den Hügel hinauf. Während der Fahrt klammerte sich Claire an Lenkas Schulter und kniff die Augen zu. Ihr Gesicht war so nah, dass Lenka ihren Atem roch.

»Ich habe Höhenangst«, flüsterte Claire, »aber sag das niemandem.«

In der Kabine saßen noch ein Mütterchen mit Kopftuch und einem Eimer voller dünner Rhabarberstangen, zwei Männer in Arbeitskleidung, ein Ehepaar mit vier kleinen Kindern. Selbst das Kleinste war in den Anblick der Burg vor dem Fenster vertieft. Niemand schenkte ihr oder Claire Beachtung.

»Reiß dich zusammen«, flüsterte Lenka ihr ins Ohr, »die Leute schauen schon alle her.«

»O Gott, o Gott, o Gott«, murmelte Claire.

»Die Seilbahn wird durch das Gewicht von Wasser angetrieben«, flüsterte Lenka, »ist das nicht faszinierend?«

»Wie soll das denn funktionieren?«, fragte Claire verzweifelt.

»Böhmische Ingenieurskunst«, sagte Lenka und beobachtete, wie sich auf Claires Stirn ein feiner Schweißfilm bildete.

Claire weigerte sich, auf den Aussichtsturm hinaufzusteigen, obwohl Lenka ihr versicherte, dass die Plattform zu allen Seiten durch eine Balustrade abgesichert war.

»Dir entgeht ein einmaliger Blick über die Stadt«, sagte Lenka, ehe sie Mitleid mit Claire bekam. Sie war noch immer blass und bohrte die Spitze ihres Sonnenschirms in den Boden, als fürchtete sie, dass Lenka sie mit Gewalt auf die Aussichtsplattform schleppen könnte.

»Der Turm ist übrigens dem Eiffelturm in Paris nachempfunden«, sagte Lenka.

Claire nickte matt und tupfte sich mit einem Taschentuch über die Schläfen.

»Bekommt man hier irgendwo ein Glas Bier?«, fragte sie.

»An der Mittelstation gibt es ein Ausflugslokal mit Terrasse«, sagte Lenka. »Wir müssten nur ein ganz kleines Stück mit der Seilbahn fahren.«

»Ist das die einzige Möglichkeit?«, fragte Claire.

»Wir können auch zu Fuß gehen«, sagte Lenka und lachte. Claire lachte nicht.

Lenka wusste nicht, ob es an Claires Unbekümmertheit lag oder an ihrer Anmut. Vielleicht hielt man sie beide auch für Touristinnen, ungleiche Schwestern aus Berlin, die eine Reise nach Böhmen unternahmen. Jedenfalls servierte ihnen der Kellner des Restaurants Nebozízek, ohne mit der Wimper zu zucken, das Bier, das Claire bei ihm bestellt hatte. Sie saßen in der Sonne, tranken kleine Schlucke Pilsner Urquell und blickten auf die Moldau hinab.

»Kann man darin schwimmen?«, fragte Claire.

»Theoretisch schon«, sagte Lenka. »Mein Vater hat mir das Schwimmen in der Moldau beigebracht. Er fand es wichtig, dass der Mensch die Elemente beherrscht, von denen er umgeben ist. Nachdem ich es gelernt hatte, bin ich aber erst wieder in Berlin schwimmen gegangen.«

»Es ist wie mit dem Fahrradfahren«, sagte Claire. »Schwimmen verlernt man nie.«

»Ich vermisse es so«, sagte Lenka.

Claire betrachtete sie aufmerksam.

»Warst du dieses Jahr schon in Mariendorf?«, fragte Lenka.

Claire schüttelte den Kopf.

»Zu kalt«, sagte sie. »Bis vor kurzem haben sie im Bad noch Eis geerntet. Ein paar der Mädels aus dem Schwimmverein sind zum

Eisbaden in der Spree gegangen, im März, kurz nachdem du nach Prag abgereist warst, aber ich konnte mich nicht überwinden.«

»Wenn ich an Berlin denke«, sagte Lenka, »sehe ich dich im Flug zwischen Sprungturm und Becken.«

Claire lächelte sie an. Lenka ertappte sich dabei, dass sie an ihrem Verlobungsring herumdrehte, und verschränkte die Hände im Schoß.

»Es tut mir leid, was ich gestern Abend gesagt habe«, sagte Claire. »Über deine Verlobung. Ich finde nur, du hast jemand Besseres verdient.«

»Du kennst Heinrich doch gar nicht.«

»Ich meine«, sagte Claire, »jemand Besseres als einen Mann.«

Als sie ihr Bier ausgetrunken hatten, spazierten sie wieder bergauf und streiften durch die Parks an der Ostflanke des Laurenzibergs. Den Seminar-Garten mit seinen blühenden alten Bäumen hätte Claire am liebsten gar nicht mehr verlassen.

Sie blieb alle paar Meter stehen und rief: »Sieh doch nur!«

Erst mit dem Versprechen, das Spiegel-Labyrinth zu besuchen, ließ sie sich schließlich fortlocken. Daran musste Lenka später oft noch denken: Wie sie sich zwischen Dutzenden Doppelgängerinnen von sich und Claire durch das Labyrinth tastete. Wie sie immer wieder eine der Claires anlächelte und darauf wartete, ob diese das Lächeln erwidern würde. Wie sie die vielen Lenkas studierte, bis sie selbst nicht mehr ganz sicher war, ob eine von ihnen das Original war. Dass Claire und sie mehr als genug waren, um einen ganzen Raum zu bevölkern.

Bei ihrer Rückkehr am frühen Abend hörte Lenka die Stimmen ihrer Mutter und Brodessers aus dem Salon. Jana stand unschlüssig im Flur, in der Hand hielt sie zusammengeknüllt die gestärkte Schürze, die sie zum Kochen trug.

»Du begleitest uns doch gleich?«, sagte Lenka, und Jana blickte auf, als habe sie Lenka zuvor nicht bemerkt. »Else hat mehrfach nach dir gefragt.«

»Ich weiß nicht, ob ich es wieder den ganzen Abend auf diesen unbequemen Stühlen aushalte«, sagte Jana.

»Wir bleiben diesmal auch wirklich nicht so lange«, sagte Lenka. »Ja?«

Lenkas Mutter trug das neue Kleid, das sie sich vor wenigen Wochen hatte schneidern lassen, als es ihr gut genug ging, um größere Erledigungen mit Jana oder Lenka zu machen. Schwarze und weiße Spitze mit großen Applikationen in Form von Ahornblättern auf dem Oberteil, einem hohen Kragen und kleinen Zierverschlüssen an den Ärmeln, im Rücken ließ sich mit einer blauen Schleife der Taillenumfang regulieren. Schon beim bloßen Gedanken daran, ein solch aufwendiges Kleid anzuziehen, fühlte sich Lenka erschöpft. Sie wurde traurig. Ihre Mutter hatte sich so viel Mühe gegeben, um mit dem Verlobten ihrer Tochter in der eigenen Wohnung Tee zu trinken.

»Was habt ihr heute Abend vor?«, fragte Lenka.

»Wahrscheinlich werden wir Domino spielen«, sagte Brodesser. »Ich möchte ein einziges Mal ehrlich gegen deine Mutter gewinnen. Immerzu lässt sie mich gewinnen.«

Lenkas Mutter blickte lächelnd von Brodesser zu Lenka. Im Schoß hielt sie das Lätzchen mit der kleinen gelben Ente, an der sie seit Tagen stickte.

»Wir warten bloß noch auf Samuel«, sagte sie.

Lenkas Augen begannen augenblicklich zu brennen.

»Ihr wartet auf Papa?«, fragte sie.

»Ja, er müsste jede Minute nach Hause kommen«, sagte ihre Mutter.

»Mama«, sagte Lenka, »Papa ist doch –«

»Ihr Gatte ist doch auf der Konferenz«, unterbrach sie Brodesser. Er warf Lenka einen Blick zu. »Er kommt vor morgen leider nicht nach Hause, Frau Weißbach. Wir müssen heute Abend zu zweit spielen.«

»Ach ja, richtig«, sagte Lenkas Mutter, »wie konnte ich das vergessen.«

Auf dem Weg aus dem Salon blieb Lenka hinter Brodesser stehen und ließ ihre Hand auf seiner Schulter ruhen. Er legte seine Hand auf ihre Hand und drückte sie kurz.

Im Flur wäre Lenka fast mit Jana zusammengestoßen, die sich anscheinend keinen Zentimeter von der Stelle bewegt hatte.

»Komm«, sagte Lenka und wischte sich wenig damenhaft über Augen und Nase, »gehen wir uns auftakeln.«

»Pfui, dieser Likör«, sagte Claire auf dem Weg durch die dunkle, leere Altstadt. »Was war das, Jodtinktur?«

»Immerhin sind unsere Mundschleimhäute jetzt nach allen Regeln der Kunst desinfiziert«, sagte Lenka.

Jana lief hastig und stumm neben ihnen her. Sie blickte sich immer wieder um und zuckte bei jedem Geräusch zusammen. Vogelrufe, das ferne Rumpeln von Wagenrädern, zuschlagende Fenster. Wie laut die Stadt auch nach Einbruch der Dunkelheit noch war.

»Deine Freundin Else ist nett«, sagte Claire. »Aber ihr Mann? Was für ein Spießer!«

»Hugo ist sehr ernst«, sagte Lenka. »Aber ich mag ihn. Tagsüber arbeitet er für ein paar Heller als Praktikant an der Universitätsbibliothek und nachts an philosophischen Traktaten. Diese Hingabe imponiert mir.«

Claire lachte zweideutig.

»Es reicht«, sagte Jana und blieb wie angewurzelt stehen. »Ich gehe keinen Schritt weiter.«

Im Zwielicht der Gasse vor ihnen standen zwei bullige Gestalten mitten auf der Fahrbahn und schienen in ihre Richtung zu starren. Sie hörten das leise Grollen tiefer Stimmen.

»Wir sind fast da«, sagte Lenka leise zu Jana, die heftig den Kopf schüttelte.

»Wir müssen bloß durch den Durchgang da vorne, an der Gaslaterne, siehst du? Im Innenhof ist dann schon das Batignolles. Komm.«

»Nein, Lenka«, sagte Jana. »Nicht nach allem, was in den letzten Wochen in dieser Stadt passiert ist. Ich werde nicht in mein Verderben laufen.«

»Ich kläre das«, sagte Claire und ging mit federnden Schritten auf die beiden Gestalten zu.

»Bleib hier«, zischte Lenka, doch Claire dachte nicht einmal daran.

»Deine Freundin hat den Verstand verloren«, sagte Jana tonlos.

Claire blieb bei den Männern stehen und redete mit ihnen. Nach ein paar Worten lachten alle drei laut auf, und einer von ihnen griff in seine Jacketttasche, reichte Claire etwas und beugte sich dann zu ihr hinab. Das Aufglühen einer Zigarettenspitze. Claire kam zu Lenka und Jana zurückgeschlendert, die brennende Zigarette zwischen den Fingern.

»Die erste Runde geht auf Krethi und Plethi, oder wie auch immer die beiden heißen«, sagte sie und nickte in Richtung ihrer neuen Bekannten. »Es sei denn, sie ermorden uns vorher.« Sie kicherte.

Janas Blick verdüsterte sich. »Das war leichtsinnig«, sagte sie.

Claire zuckte mit den Schultern und zog aufreizend lang an ihrer Zigarette. »Das Leben ist immer nur so schwer, wie man es nimmt«, sagte sie. »Findest du nicht auch, Lenchen?«

Im Batignolles war die Stammbelegschaft versammelt. Niemand hier schien einer geregelten Arbeit nachzugehen, jeder konnte an einem Dienstagabend so zügellos zechen und feiern wie an einem Samstag. Auf der Bühne hämmerte der Pianist aufs verstimmte Klavier ein, an dem wie üblich mehrere junge Frauen lehnten und Zigarren rauchten. Lenka sah Kischs Freundin Anna – oder Revoluce, wie sie hier genannt wurde – wild mit einem jungen Mann tanzen. Erst nach einem Moment fiel Lenka auf, dass ihm ein Bein fehlte. Vermutlich war es dann seine Krücke, mit der Hašek hochkonzentriert und äußerst ungeschickt nach einem herrenlosen Bierkrug am Ende seines Tisches stocherte. Die üblichen Halbweltgestalten in gestreiften Hosen reihten sich an den Wänden auf, hinter dem Tresen zapfte der ältere Melancholiker mit eingefallenem Gesicht und buschigem schwarzen Schnauzbart ein Bier nach dem anderen. Lenka, Claire und Jana fanden Plätze im hinteren Bereich der Kneipe, wo der Qualm nicht ganz so beißend war, unweit der Toilette, die Lenka niemals freiwillig aufgesucht hätte. An ihrem Tisch schlief ein Mann, der wegen seines langen weißen Barts und seiner Trinkernase den Spitznamen »Sokrates« trug. Lenka fand es selbst erstaunlich, wie groß ihr Wissen übers Batignolles bereits war, obwohl sie ihre Besuche an einer Hand abzählen konnte. Das war wohl unvermeidlich, wenn man hier auch nur einen einzigen Abend mit Kisch verbracht hatte. Sie, Claire und Jana hatten gerade die erste Runde Bier bestellt, als hinter Lenka eine tiefe Stimme rief: »Da bist du ja, miláčku!«

Ihr lief ein kalter Schauer über den Rücken. Ehe sie reagieren konnte, nickte Claire hoheitsvoll und sagte: »Holt rasch Schnaps, meine Freundinnen und ich haben Durst!«

Lenka drehte sich um. Hinter ihr standen Krethi und Plethi. Aus der Nähe betrachtet waren sie nicht ganz so groß und kantig, wie sie in der dunklen Gasse gewirkt hatten, dafür war ihr Grinsen für Lenkas Geschmack eine Spur zu breit.

»Dein Wunsch, unser Befehl, miláčku«, sagte Krethi. Er hatte rote Haare und einen schmalen Schnurrbart. Er und Plethi, der Lenka mit seinen dunklen Haaren und hellen Augen an einen Schlittenhund erinnerte, trollten sich. Lenka wandte sich wieder Claire zu, die zufrieden einen Schluck von ihrem Bier trank.

»Warum nennt er dich *miláčku*?«, fragte Lenka sie.

»Er hat mich draußen gefragt, ob ich nicht die Miláčka wäre, und da habe ich ja gesagt«, sagte Claire. »Er braucht ja nicht meinen echten Namen zu kennen.«

Lenka warf Jana einen Blick zu, doch die drehte bloß ihr Bierglas zwischen den Händen und schien nicht zuzuhören.

»*Miláčka* heißt *Liebling*«, sagte Lenka. »Er hat dich hineingelegt. Und du hast ihm die Erlaubnis erteilt, dich den ganzen Abend lang in aller Öffentlichkeit als seinen Liebling zu bezeichnen.«

Claires Lächeln erlosch für einen Moment.

»Mir ist es gleichgültig, was irgendein tschechischer Saufbruder über mich denkt oder wie er mich nennt. Und ich habe auch nicht das Gefühl, dass ich hier um meinen guten Ruf bangen müsste.«

Jana begann, langsam den Kopf zu schütteln, während sie immer noch ihr Glas drehte.

»Je ti fajn?«, fragte Lenka sie.

Hinter ihnen ertönten dröhnende Stimmen, dann wurden Biergläser und Stamperl voller Schnaps auf den Tisch geknallt, und Krethi und Plethi ließen sich zu ihnen auf die Bänke fallen. Allem Anschein nach hatten sie vor der Bekanntschaft mit Claire schon kräftig gebechert. Krethis Blick flackerte im Raum umher, um immer wieder auf Claire zu landen, und Plethi stützte sich auf Sokrates ab wie auf einem Möbelstück. Die Männer gossen ihren Schnaps in ihre Biere und stießen miteinander und mit Claire und Lenka an. Jana ignorierte sie.

»Was führt dich nach Prag, miláčku?«, fragte Krethi.

Claire schürzte die Lippen. »Die Liebe«, sagte sie und warf Lenka einen eindringlichen Blick zu. Lenka trank schnell von ihrem Bier.

»Auf die Liebe«, rief Krethi und stieß wieder mit allen an, diesmal auch mit Sokrates, der kurz hochschreckte, einen Schluck von seinem abgestandenen Bier nahm, »Liebe« lallte und wieder einschlief.

Plethi, der neben Jana saß, rückte an sie heran und fragte: »Wie heißt du, meine Hübsche?«

Jana begann wieder den Kopf zu schütteln.

»Sie spricht nur Tschechisch«, sagte Claire.

»Nicht«, zischte Lenka.

»To není problém!«, rief Plethi. »Jaké je tvé – Karel?«

Krethi betrachtete wie gebannt Claire, die ihrerseits Lenka nicht aus den Augen ließ.

»Was trittst du mich?«, blaffte er Plethi an.

»Was heißt *Name*?«, fragte Plethi.

»Name?«, fragte Krethi verständnislos.
»Auf Tschechisch«, sagte Plethi.
»Tschechisch«, sagte Krethi verständnislos.
»Jméno«, sagte Lenka, was niemand zu hören schien.
»Jméno«, wiederholte Jana mechanisch.
»Ach ja«, sagte Plethi. »Jaké je tvé jméno, miláčka?«
»Miláčku«, sagte Lenka wieder zu leise.
»Miláčku«, sagte Jana.
»Miláčku«, rief Plethi triumphierend.

Jana schüttete ihren Schnaps in Plethis Bierglas und drängte sich an Lenka vorbei. Sie verschwand auf der Toilette. Als Plethi Anstalten machte, ebenfalls aufzustehen, hielt Lenka ihn am Ärmel fest.

»Wie heißt du eigentlich?«, fragte sie und zwang sich, ihm ins Gesicht zu blicken. Er hatte den breiten Unterkiefer eines Menschen, der seit frühester Kindheit bestes Rindfleisch zu essen bekam. Sie drehte sich unauffällig ihren Verlobungsring vom Finger und ließ ihn in die Tasche ihres Jacketts gleiten. Als Plethi ihren Blick erwiderte, hatte Lenka das Gefühl, von einer Karbidlampe angestrahlt zu werden.

Nachdem Plethi ihr seine ganze unerhebliche Lebensgeschichte erzählt hatte, bis hin zu den Wirtschaftsvorlesungen, die er an der Karls-Universität belegte, und Jana noch immer nicht von der Toilette zurückgekehrt war, ging Lenka sie suchen. Sie fand sie zusammengekauert neben dem Waschbecken, das so aussah, als sei darin vor nicht allzu langer Zeit ein Tier zu Tode gekommen. Jana hielt ihre Knie umschlungen und wiegte sich hin und her. Lenka wollte sich lieber nicht vorstellen, was ihr Rocksaum dabei alles streifte.

»Was hast du?«, fragte Lenka.

Jana hob den Kopf. Ihre Wangen glänzten feucht, Lenka konnte nicht sagen, ob von Schweiß oder von Tränen.

»War diese Claire schon immer so süchtig nach Bewunderung?«

Lenka stutzte. »Sie meint es nicht böse«, sagte sie schließlich.

»Natürlich meint sie es nicht böse«, sagte Jana und lachte bitter. »Kinder meinen es auch nicht böse, wenn sie nur an sich selbst denken. Das ist ihre Natur.«

»Warum hockst du hier?«, fragte Lenka. »Ich habe mir Sorgen gemacht. Willst du mir nicht endlich sagen, was los ist?«

Jana erhob sich und hielt sich am Rand des Waschbeckens fest, um ihre Balance wiederzufinden. Dann öffnete sie den Hahn, wusch sich ausgiebig die Hände und benetzte ihr Gesicht. Lenka betrachtete sie im angeschlagenen Spiegel über dem Becken. Sie hatte das Gefühl, dass ihr Blick auf die gleiche Weise von Janas Haut abtroff wie das Wasser. Jana schüttelte ihre Hände trocken und nickte.

»Ich brauche Freiraum, damit ich mich bewegen kann!«, rief Claire gerade, als Lenka und Jana an den Tisch zurückkamen. Krethi hatte seine Hoffnungen offenbar noch nicht aufgegeben und johlte zustimmend. Plethi war mittlerweile wie Sokrates auf dem Tisch zusammengesunken. Lenka bestellte eine neue Runde Bier. Wenn sie richtig rechnete, würde ihnen danach auch Krethi nicht länger zur Last fallen. Sie stießen an, und Lenka beobachtete, wie Jana ihr Glas unberührt wieder abstellte.

»Lenchen«, sagte Claire. »Lenchen, schau mich an.«

Lenka gehorchte. Wenn Claire nicht lächelte, war sie sogar noch schöner.

Else hatte beim Abschied zu Lenka gesagt: »Deine Freundin Claire ist genauso, wie ich die Frauen in Berlin kennengelernt habe. Blitzgescheit und ein wenig grausam.«

»Das ist unser letzter Abend in Prag«, sagte Claire nun. »Ich will ihn mit dir verbringen.«

»Ich bin doch hier«, sagte Lenka.

»Bist du das?«, sagte Claire. »Bist du das wirklich?«

Jana machte ein missbilligendes Geräusch. Ehe sie ihren Gedanken laut aussprechen konnte, sagte Lenka auf Tschechisch zu ihr: »Trink doch ein Glas Bier mit uns und genieß deinen freien Abend! Warum trinkst du nichts?«

»Jsem těhotná«, sagte Jana.

Lenka stellte mit einem Schlag ihr Bierglas ab.

»Das ist …«, sagte sie auf Tschechisch.

»Das ist was?«

»Willst du das Kind?«

Jana sah sie zum ersten Mal seit Tagen richtig an.

»Lenchen«, rief Claire von gegenüber.

»Was ist das für eine Frage?«, sagte Jana. »Wirst du mir gleich anbieten, Safran zu besorgen?«

»Nein, natürlich nicht«, sagte Lenka.

»Lenchen«, rief Claire, »findest du nicht auch, dass das Leben ein wunderbares Spiel ist?«

Jana drehte sich zu Claire um. »Manche von uns«, sagte sie, »können es sich nicht leisten zu spielen. Hast du darüber schon einmal nachgedacht?«

Claire betrachtete Jana interessiert. »Es ist eine Entscheidung, die man trifft«, sagte sie. »Wenn man die Dinge nicht so ernst nimmt, dann sind sie auch nicht ernst.«

»Das ist das Dümmste, was ich je gehört habe«, sagte Jana.

»Ach jo«, lallte Krethi, »du sprichst ja doch Deutsch, miláčku.«

Claire blickte von Jana zu Lenka und wieder zurück. »Eure Haushälterin ist ganz schön unverschämt«, sagte sie zu Lenka, während sie weiterhin Jana fixierte. »Willst du sie nicht in ihre Schranken weisen?«

»Lass dich nicht von ihr reizen«, sagte Lenka auf Tschechisch zu Jana. »Stell dich taub.«

»Ich weiß nicht, warum sie deine Freundin ist«, sagte Jana.

»Ich weiß nicht, ob sie das jemals war«, sagte Lenka.

Jana lächelte matt. »Du musst das nicht mir zuliebe tun«, sagte sie. »Sie hat recht. Ich bin nur eure Haushälterin.«

»Sag das nicht.«

»Hast du gehört, was Elses Mutter heute zu mir gesagt hat?«, sagte Jana. »Sie hat mir das Kulturprogramm von Frau Náprstková empfohlen.«

»Das war bestimmt gut gemeint«, sagte Lenka.

»Ja, bestimmt«, sagte Jana. »Aber das Kulturprogramm von Frau Náprstková wird für Dienstmädchen veranstaltet. Warum meint Elses Mutter, dass ich Dienstmädchen bin? Du hast es doch niemandem im Salon gesagt? Anscheinend sieht man es mir also schon auf den ersten Blick an.«

»Berta Fanta ist eine alte Freundin meiner Mutter«, sagte Lenka. »Vielleicht hat eine gemeinsame Bekannte ...«

»Sprecht gefälligst Deutsch!«, rief Claire. Ihre Wangen waren gerötet, und ihre Augen glänzten dunkel. Wut stand ihr gut.

»Entschuldige bitte«, sagte Lenka. »Jana und ich hatten etwas Dienstliches zu besprechen. Wegen meiner Mutter.«

»Dann will ich dabei nicht länger stören«, sagte Claire und stand abrupt auf. Krethi wurde von der unerwarteten Bewegung zur Seite gerissen und blieb auf der Bank liegen wie gefällt. Langsam sah es an ihrem Tisch aus wie nach einem Sturm im Gebirgswald. Claire warf Lenka einen letzten Blick zu, raffte Mantel, Tuch und Hut zusammen und verschwand zwischen den anderen Gästen des Batignolles.

»Kennt sie den Weg zu ihrem Hotel?«, fragte Jana.

Lenka dachte an die Polizei-Streifungen in der Altstadt, an die Wachmänner, die nachts allein umherspazierende Frauen anhielten und ihr Dienstbuch sehen wollten.

»Wahrscheinlich steht sie vor der Tür und wartet darauf, dass ich ihr hinterherlaufe, um sie aufzuhalten«, sagte Lenka.

»Was hindert dich daran?«, sagte Jana. »Ich weiß nicht, wie ich dir noch deutlicher machen soll, dass ich es nicht tun werde.«

»Wenn du das Kind bekommst und Hilfe brauchst«, sagte Lenka, »dann helfe ich euch.«

»Was?«, sagte Jana. »František und mir?«

»Dir und dem Kind«, sagte Lenka. »František ist egal. Du hast selbst gesagt, dass du ihn nicht liebst.«

»Liebe«, sagte Jana verächtlich. »Es geht hier doch nicht um Liebe. Was ist, wenn ich nicht mehr arbeiten kann? Wovon soll ich dann die Miete und das Essen bezahlen? Von Liebe gewiss nicht.«

Sokrates regte sich ächzend und murmelte: »Láska«, ehe er wieder auf der Tischplatte einschlief.

»Du bekommst weiter deinen Lohn«, sagte Lenka. »Ob du arbeiten kannst oder nicht.«

»Willst du mich als deine Mätresse halten?«, stieß Jana hervor. »Soll ich mit dem Kind in eurer Kammer wohnen, und tagsüber schließt du die Tür ab, damit deine Mutter uns nicht entdeckt? Und wenn du heiratest und dir eine Wohnung mit Brodesser nimmst, versteckst du dann auch dort mich und das Kind?«

»Ich weiß nicht, was wird«, sagte Lenka. »Ich weiß bloß, dass ich mich um dich kümmern will. Um dich und dein Kind.«

»Es ist nicht mein Kind«, sagte Jana. »Und dein Kind ist es auch nicht. Es ist das Kind von František und mir. Er hat das letzte Wort. Und bevor du jetzt sagst, dass er nichts davon erfahren muss: Er weiß es bereits. Er freut sich auf seinen Sohn.«

Lenka schluckte. »Was, wenn es ein Mädchen wird?«

Jana schüttelte irritiert den Kopf. »Dann wird er sich damit abfinden.«

Plethi wachte kurz auf, als sich Jana an ihm vorbei aus der Bank schob, und rief ihr lallend nach: »Jaké je denn jetzt tvé Name?«

Lenka legte ihm eine Hand auf den warmen weichen Hinterkopf und drückte sein Gesicht so sanft wie möglich zurück auf den Tisch.

Als sie sich ihren Weg in Richtung Ausgang bahnte, sah sie über die Köpfe der Männer hinweg, die die Luft im Gastraum mit ihrem Lärm, ihrer Körperwärme und ihrem Geruch nach Ziegenstall schwängerten, wie die Tür aufgerissen wurde.

Claire, dachte Lenka erschrocken, und dann, hoffnungsvoll: Oder Jana.

Wer ins Batignolles gehastet kam, war ein junger Mann. Bloß irgendein junger Mann. Lenka hatte das Gefühl, dass ein straff gespanntes Band in ihrer Brust zerriss. Sie senkte den Kopf und drängte sich mit angehaltenem Atem zwischen den Umstehenden hindurch wie zwischen Mauern, die sich immer weiter aufeinander zubewegten. Kurz vor der Tür geriet sie in eine Sackgasse. Jemand stand vor ihr und machte keine Anstalten, sie vorbeizulassen. Sie blickte auf. Es war der junge Mann, den sie jetzt als einen der Botenjungen der BOHEMIA erkannte.

»Es ist etwas passiert«, rief er. »Kommen Sie!«

Sie heftete ihren Blick auf seine grobe Jacke und folgte ihm nach draußen. Obwohl er nicht größer oder breiter war als sie, machten ihm die Männer bereitwillig Platz.

»Sie haben Kisch geholt«, sagte er, sobald die Tür hinter ihnen zugefallen war.

»Wer hat ihn geholt?«, fragte Lenka. Sie dachte an die drei Männer, die ihn krankenhausreif geschlagen hatten, bitte nicht, und begann, Kischs Verlegung in die Dienstbotenkammer zu planen, diesmal ohne Janas Hilfe, als der Junge ihre Überlegungen unterbrach.

»Die Polizei«, sagte er. »Er hat jemanden angegriffen.«

»*Er* hat jemanden angegriffen? Wen? Warum?«

»Ihren Verlobten«, sagte er kleinlaut und zog eine Zigarettenschachtel aus der Jackentasche. Sport, Kischs Marke.

»Brodesser?«, sagte Lenka. »Bist du sicher? Heinrich?«

»Wie viel Verlobte haben Sie denn noch?«, sagte der Junge.

»Geht es Brodesser gut?«, fragte sie. »Ich meine, Heinrich?«

Der Junge zuckte mit den Schultern.

»Ins Krankenhaus musste er jedenfalls nicht.«

Sie wartete ab, bis er die Zigarette angezündet hatte, dann pflückte sie sie ihm aus dem Mund. »Du solltest nicht rauchen«, sagte sie. »Glaub mir, ich bin Ärztin.« Sie nahm einen tiefen Zug, dann noch einen und schnipste die Kippe weg. Als sie den Innenhof durchquerte, hörte sie, wie der Junge hinter ihrem Rücken das nächste Streichholz anriss und etwas Unflätiges zischte.

Was war bloß in Kisch gefahren? Ihr fiel nichts ein, was Brodesser gesagt oder getan haben könnte, was Gewalt gegen ihn rechtfertigen würde. Brodesser war der sanfteste Mensch, den sie kannte.

Anscheinend hatte sie sich in Kisch getäuscht. Im Nahbereich versagte ihr klinischer Blick, das kannte sie ja bereits. Wieso war sie schockiert? Es hatte sich zum ersten Mal der Abgrund gezeigt, der sich die ganze Zeit unter Kischs legerer Selbstgewissheit verborgen hatte.

34

Sie war nicht Kisch. Sie stürmte nicht mitten in der Nacht aufs Polizeirevier oder in die BOHEMIA-Redaktion und klingelte auch nicht den armen Brodesser und seine Eltern aus dem Schlaf. Sie kehrte in die Herrengasse zurück, ertrug wortlos den Blick des Hausmeisters, als er ihr das Tor aufsperrte und sie ihm das Sperrsechserl aushändigte, und saß anschließend im Jackett an ihrem Schreibtisch. Sie spannte ein Blatt in die Schreibmaschine und ließ die Finger über die Tasten huschen, ohne dass sie anschlugen. *Claire Mantey*, schrieb sie in Geisterschrift, *Jana Fišerová*, *Heinrich Brodesser* und *Kisch,* nur *Kisch*. Als sie hörte, wie sich am Morgen die Hintertür öffnete und Jana die Wohnung betrat, stand sie auf und steckte sich am Frisiertisch das Haar neu auf. Das Frühstück ließ sie ausfallen. Sie wusste nicht, wie sie Jana entgegentreten sollte. So bedacht war sie darauf, ihr nicht zu begegnen, dass sie ausnahmsweise nicht einmal ihren Hut vergaß. Im Treppenhaus entfernte sie die kleine blaue Feder, die sie daran gesteckt hatte, und ließ sie aus der Hand fallen, als sie auf die Straße trat.

Nach Fräulein Meyer war Lenka die Erste in der Redaktion. Sie setzte sich an ihren Platz und tat beschäftigt. Währenddessen spürte sie Fräulein Meyers Blick wie eine leichte, störende Berührung an der Schläfe. Als sie Fräulein Meyer aufkreischen hörte, wusste Lenka, dass Brodesser angekommen war. Er hatte ein blaues Auge, das man schon von weitem sah, wirkte aber darüber hinaus seltsam heiter. Wahrscheinlich der Schock.

»Was ist passiert?«, fragte Lenka ihn, als ihn Fräulein Meyer endlich hatte weitergehen lassen. Er blieb an Lenkas Schreibtisch stehen und schüttelte den Kopf. Sie stand auf und nahm seine Hand.

»Geht es dir gut?«, fragte sie. »Hast du noch Schmerzen?«

»Nachdem deine Mutter zu Bett gegangen war«, sagte er, »habe ich eure Wohnung verlassen und bin noch einmal hierher gekommen. Kisch hatte mich vor wenigen Tagen beauftragt, ein wichtiges Dokument in Geheimschrift zu entschlüsseln. Gestern Abend ist mir das endlich gelungen. Als ich die Aufzeichnungen Zeile für Zeile übertragen habe, ist Kisch hier aufgetaucht, ziemlich angetrunken, glaube ich. Das ist er in letzter Zeit ja öfter.«

»Wie furchtbar«, sagte Fräulein Meyer begeistert, die plötzlich neben Brodesser aufgetaucht war.

»Ich habe die Arbeit kurz unterbrochen und mich nach seinem Befinden erkundigt«, sagte Brodesser. »Ich hatte Mitleid mit ihm. Es hat ihn ja sehr mitgenommen, dass Kriminalinspektor Graef so brutal ermordet worden ist. Kisch ist ihm sehr nahgestanden. Um ihn aufzumuntern, habe ich ihm gesagt: Kisch, wenn du noch fünf Minuten bleibst, kann ich dir sagen, wer all diese Morde begangen hat!«

»Die Morde begangen?«, sagte Lenka.

»Kisch hielt diese Aufzeichnungen für den Schlüssel zu den Morden der jüngsten Zeit.«

»Aber …« sagte Lenka. Weiter kam sie nicht.

»Es gab ja so viele Unstimmigkeiten in diesen Fällen – oder besser: in diesem Fall«, sagte Brodesser. Mittlerweile standen zwei Redakteure hinter Fräulein Meyer und blickten interessiert zwischen Lenka und Brodesser hin und her.

»Schon bevor mir Kisch das Dokument zugänglich gemacht hatte, war mir klar, dass all diese Taten zusammenhängen, doch mit den zusätzlichen Informationen bestand keinerlei Zweifel mehr an der Person des Täters. Er musste jemand sein, der sich mit dem Geschäft des Mordens auskennt wie kein Zweiter.«

Wenzel, der nun auch unter den Zuhörenden war, japste. »Wollen Sie damit sagen«, rief er, »dass Kisch der Täter ist?«

Unter den Anwesenden brach Unruhe aus. Wenzel begann, mit einem Feuilletonredakteur zu tuscheln, und jemand machte: »Pst!« Der Feuilletonredakteur sagte entrüstet: »Ich habe den Anfang verpasst!«

»Um Gottes willen, nein, das will ich natürlich nicht sagen«, sagte Brodesser. Er blickte sich erschrocken um. Ihm schien erst in diesem Moment bewusst zu werden, wie viel Menschen sich um ihn geschart hatten. Lenka erkannte darunter mehrere Botenjungen und Schreibkräfte und sogar einige der Drucker in ihrem Zwillichzeug, die üblicherweise keinen Fuß in die Redaktionsräume setzten.

»Als ich die letzte Zeile des Dokuments übertragen hatte, habe ich totenblass aufgeblickt, direkt in Kischs erwartungsvolles Gesicht. Und dann musste ich ihn, ausgerechnet ihn, mit der schrecklichen Wahrheit über die Identität des Mörders konfrontieren.«

Die Zuhörer begannen wieder zu murmeln.

»Ich wiederhole es: nicht Kisch! Kisch ist nicht der Mörder!«, sagte Brodesser und tupfte sich Schweiß von der Stirn.

»Kisch ist nur ein Schläger«, sagte Lenka und wies auf Brodessers Auge. Er zuckte vor ihrer Hand zurück.

»Was soll das heißen?«, rief jemand von ganz hinten, den Lenka nicht sehen konnte.

»Kisch hat Brodesser verdroschen wie einen Straßenköter«, sagte Fräulein Meyer mit entrücktem Gesichtsausdruck.

»Warum hat Kisch Brodesser verdroschen wie einen Straßenköter?«, rief ein Mann im Livree, den Lenka nicht wiedererkannte. Offenbar strömten nun auch Menschen aus den umliegenden Gebäuden in die Redaktion, um die neueste Skandalgeschichte mit eigenen Ohren zu hören. Wie gut Kisch dieses Spektakel gefallen hätte, dachte sie.

»Das versuche ich ja die ganze Zeit zu erklären«, sagte Brodesser. »Ich musste ihm mit dem äußersten Taktgefühl eröffnen, dass Kriminalinspektor Graef selbst es war, der die Morde begangen hat.«

In der Menschenmenge brach Tumult aus. Die einen riefen: »Schande!« oder »Hanba!«, andere pfiffen, und irgendwer wiederholte den Bericht, den Brodesser in seiner leisen, für eine solche Publikumsgröße ungeeigneten Stimme abgegeben hatte, Wort für Wort und doppelt so laut für diejenigen, die zu weit entfernt standen oder später gekommen waren.

»Und was ist dann geschehen?«, fragte ein Mann mit weichem ungarischen Akzent, der von einer mondän gekleideten Dame begleitet war. Vermutlich Touristen auf der Durchreise. Lenka hätte es nicht gewundert, wenn plötzlich auch Kisch in der Menge aufgetaucht wäre und Fragen gestellt hätte.

»Erst hat er ungläubig gelacht«, sagte Brodesser. »Und dann ist er explodiert. Er hat vollkommen die Beherrschung verloren, mich beschimpft und mir Schlimmstes angedroht. Mit einem Mal ist er auf mich zugesprungen, hat mit der Faust ausgeholt und zugeschlagen. Als ich wieder auf den Füßen war, hatte er einen Brieföffner in der Faust wie ein Stilett und ist damit brüllend auf mich zugerannt. Ich konnte ihn nur mit Mühe abwehren, und dabei hat er mich an der Hand verletzt.«

Brodesser hielt seine Hände in die Höhe. An der Rechten hatte er einen kurzen, nicht sehr tiefen Schnitt, der schon heilte, eher ein Kratzer. Die Zuhörer waren nun trotzdem völlig außer sich. Einen solchen Aufruhr hatte Lenka zuletzt vor Jahren erlebt, als eine Frau, nur mit einem dünnen Unterrock und einem Tschako bekleidet, auf den Sockel der Mariensäule auf dem Altstädter Ring gestiegen war und minutenlang die Passanten zu ihren Füßen dirigiert oder gesegnet hatte. Damals hatte die Polizei die Frau schließlich mit einer schweren Decke eingefangen wie einen Vogel und in die Irrenanstalt abtransportiert. Jetzt und hier musste Lenka schrill auf den Fingern pfeifen, um die Menge in der Redaktion zum Schweigen zu bringen. Sie hatte nicht gewusst, dass sie das überhaupt noch konnte. Ihr Vater hatte es ihr als Mädchen beigebracht.

»Mein Glück war«, sagte Brodesser, »dass Fritz, einer der Botenjungen, durch ein geöffnetes Fenster meine Schreie gehört hat und mir zur Hilfe geeilt ist. Gemeinsam haben wir Kisch überwältigt, ihm die Waffe abgenommen und ihn gebändigt.«

Brodesser musste ein Lächeln unterdrücken. »Kisch hat dabei auch einiges abbekommen.«

»Und dann?«, rief jemand.

»Dann hat ihn die Polizei nach Pankratz gebracht«, sagte Brodesser, »und ich habe Anzeige wegen Körperverletzung erstattet.«

»Aber wenn dieser Graef der Mörder war«, rief eine junge Tschechin mit Kopftuch und derber Kleidung, vielleicht eine Marktfrau vom nahen Kohlmarkt, »wer hat dann ihn …« Sie beendete ihre Frage, indem sie sich den Daumen wie eine Klinge über den Hals zog.

»O, das«, sagte Brodesser. Er faltete ein Taschentuch auseinander und wischte sich damit den Schweiß von der Stirn, bevor er es wieder zusammenlegte und in seine Hosentasche steckte. »Das ist eine gute Frage«, sagte er. »Das geheime Dokument ist vor dem Mord an Graef entstanden. Der Name seines Mörders findet sich leider Gottes nicht darin.«

Ein enttäuschtes Raunen ging durch den Raum. Die Menge begann sich so rasch aufzulösen, wie sie zuvor zusammengelaufen war. Während die Redaktion bald von der üblichen morgendlichen Betriebsamkeit erfüllt war, rührten sich Lenka und Brodesser nicht von der Stelle und betrachteten einander fassungslos.

35

Die Wärter waren nicht zimperlich mit ihm umgegangen. Er betastete die Schürfwunden an seinen Gelenken, verursacht durch die Handfesseln, an denen sie ihn durch die Gänge des Pankratzer Gefängnisses geschleift hatten. Als er sich auf die steinharte Pritsche legte, spürte er auch seinen lädierten Rücken. Immer wieder hatten sie ihn von hinten geschlagen, um ihn anzutreiben. So schnell war niemand, selbstverständlich ging es ihnen um die

Schläge und nicht ums Tempo. Seinen Schmerzen zum Trotz dachte Kisch: Jetzt werde ich also endlich auch behandelt wie der Verbrecher, der ich bin.

Pankratz war nicht der schlechteste Ort. Seit anderthalb Jahrzehnten landeten im neu erbauten Gefängnis Kriminelle aller Couleur, unverbesserliche Tagediebe ebenso wie Mörder. Das Gebäude war ausgesprochen modern. Es gab Gaslampen, Lernstuben, Werkstätten, eine Turnhalle, sogar eine mit Dampf betriebene Zentralheizung und heißes Wasser in den Einzelzellen. Fast wie im Hotel, dachte Kisch.

Insgeheim hatte er trotzdem gehofft, schon in der Nacht seiner Ankunft auf die richtigen Wärter zu treffen und den üblichen Misshandlungen zu entgehen. Natürlich hatte er seine Leute hier, und natürlich würde er sie brauchen. Bis zum Morgen blieb ihm nun aber nichts anderes übrig, als in der Zelle zu liegen und sich auszuruhen. Das war leichter gesagt als getan: Seine Nachbarn schliefen nicht, ein unentwegtes Gehämmer und Geklapper, Geschrei und Gestöhne hallte durch die Gefängnisgänge. Einerseits konnte Kisch von Glück sagen, dass sie ihn in eine Einzelzelle gesperrt hatten, weil sie ihn wegen seines Angriffs auf Brodesser für unberechenbar hielten. Andererseits hätte es ihn gereizt, zumindest diese Nacht als Gefangener unter Gefangenen zu verbringen. Das Erlebnis hätte für eine halbe Zeitungsseite gereicht, mindestens.

Als er aufwachte, drang ein wenig Tageslicht durch den Schacht vor seinem vergitterten Fenster. Die Tür öffnete sich, und ein Wärter trat ein. Kisch atmete auf. Es war Rudiš, der wahrscheinlich freundlichste Mensch, den es im gesamten Pankratzer Gefängnis gab. Er schloss die Tür hinter sich und lächelte Kisch zu. Sie hatten einander vor Jahren in der Kneipe kennengelernt, und Rudiš hatte Kisch bei der Reportage über einen exzellenten Prager Hochstapler geholfen, der ohne jegliche Vorbildung erfolgreich Operationen durchgeführt hatte. Im Augenblick der Entlarvung hatte er sein Gegenüber, einen schmächtigen Herrn aus einer Prager Amtsstube, der ihm auf die Schliche gekommen war, mit bloßen

Händen erwürgt. Doch er hatte sich uneinsichtig gezeigt und stellte sich selbst in Pankratz gegenüber den anderen Häftlingen nach wie vor als Professor Doktor vor.

Diesmal hätte es allerdings nicht gereicht, Rudiš in der Kneipe um Unterstützung zu bitten. Kisch musste seinen Plan hier in Pankratz in die Tat umsetzen.

»Was machst du hier, Kisch?«, fragte Rudiš.

»Aufs Frühstück warten. Ein Kaffee und eine Buchtel wären mir sehr recht.«

Wieder lachte Rudiš, der sich trotz des täglichen Umgangs mit den übelsten Typen der Prager Unterwelt seinen Frohsinn bewahrt hatte.

»Im Ernst, du musst mir helfen«, sagte Kisch.

»Kann ich dir denn helfen?«, fragte Rudiš.

»Bring mich zu Kubitza«, sagte Kisch, »den Rest erledige ich.«

»Das kann ich nicht«, sagte Rudiš.

»Du kannst doch alles«, sagte Kisch, »wenigstens hast du das in der Kneipe um zwei Uhr morgens behauptet.«

Rudiš dachte nach. Mit einer Hand strich er sein gescheiteltes Haar zur Seite und richtete sich die Brille.

»Nein, das kann ich wirklich nicht.«

»Wie finde ich Kubitza?«

Rudiš lachte verlegen.

»Er residiert in den ehemaligen Räumlichkeiten des Direktors. Wegen seiner Tuberkulose wird er isoliert, das ist zumindest die offizielle Version. Den Gang runter, rechts um die Ecke, dann direkt wieder rechts. Du klopfst fünf Mal zaghaft und danach ein einziges Mal laut.«

»Fantastisch«, rief Kisch.

Rudiš schüttelte entschieden den Kopf.

»Ich kann dir nicht helfen, dabei bleibt es.«

Mit diesen Worten drehte er sich um und ging hinaus. Kisch sah, wie Rudiš durchatmete und erneut den Kopf schüttelte, dann konnte er hören, wie der Wärter mit den klimpernden Schlüsseln an der massiven Tür hantierte. Nachdem sich seine Schritte entfernt hatten und es still geworden war auf dem Gefängnisflur, stand Kisch auf, streckte seine schmerzenden Beine, ging zur Tür und probierte, sie zu öffnen. Ein wenig Druck genügte. Rudiš hatte sie zwar abgeschlossen, aber im angelehnten Zustand.

Kisch schlich an der Wand entlang über den Flur und erreichte die beschriebene Tür, die sich in keiner Weise von den anderen Türen in diesem Trakt unterschied. Er klopfte fünfmal zaghaft und ein einziges Mal laut. Nach einer Weile wurde ihm geöffnet, er trat in ein enges Treppenhaus, das nach oben zur ehemaligen Residenz des Direktors führte. Hinter Kisch fiel die Tür wieder ins Schloss. Jetzt war es stockdunkel. Kisch wurde unheimlich. Ganz in seiner Nähe spürte er jemanden. Roch kalten Männerschweiß, hörte den schweren Atem eines Mannes. Sicherheitshalber ballte er die Fäuste, aber dann berührten ihn schon überraschend weiche Hände.

»Sie kommen spät, Herr Redakteur«, sagte der Mann. »Mein Herr erwartet Sie bereits seit dem Sonnenaufgang. Bitte sehen Sie mir meine Distanzlosigkeit nach, ich bin angehalten, Sie nach Waffen zu durchsuchen.«

Wo war er hier gelandet, dachte Kisch, ist das ein Traum, sind es die Pillen von Max Fanta, die mir die Sinne und den Verstand vernebeln? Während er aufreizend langsam von seinem Gegenüber abgetastet wurde, wagte er es nicht, auch nur eine Spur von Widerwillen zu zeigen. Dann flog die nächste Tür auf.

»Bloß keine Scheu, bitte treten Sie ein!«

Es dauerte einen Augenblick, bis sich seine Augen und seine Nase an den neuen Raum gewöhnt hatten: Im Gegensatz zu seiner zugigen Haftzelle war es hier wohlig und warm. Es duftete nach Parfüm. Eine lange Holztafel machte auf ihn den Eindruck eines Gabentisches. Frische Blumensträuße reihten sich aneinander, dazu mehrere Kuchen und Gebäck. An der Wand unter dem mit schweren bordeauxroten Samtvorhängen versehenen Fenster stand eine Ottomane. Dort lag er, den Kopf auf seinen Arm gestützt, seinen für einen Schwindsüchtigen ungewöhnlich massigen Körper in einen pfauengrünen Morgenrock aus Seide gehüllt. Václav Kubitza. Er lächelte sanftmütig, als er Kisch erblickte.

»Komm näher, mein Sohn«, sagte er, und Kisch wusste nicht, was ihn mehr verblüffte: die glockenhelle, weiche Stimme des gefährlichsten Manns von Prag oder dessen vollendetes Wienerisch. Kubitza verschluckte sich und bekam einen Hustenanfall. Aus dem Raum, durch den Kisch diesen seltsamen Ort betreten hatte, kam ein riesiger, muskulöser Glatzkopf gehastet, der außer seinen Hosen bloß ein Unterhemd trug. Er stützte Kubitza und klopfte ihm auf den Rücken. Dann lächelte auch er Kisch an wie ein geliebtes Kind und brachte einen Stuhl, den er neben der Ottomane abstellte. Ohne genau zu wissen, ob man es von ihm erwartete, setzte sich Kisch darauf. Kubitza atmete mehrmals schwer, bevor er weitersprach.

»Früher oder später, dachte ich mir, würdest du kommen. Zum Glück ist es früher geworden«, sagte er. Das Sprechen bereitete ihm hörbar Probleme. Wieder näherte sich der kräftige Mann, offenbar Kubitzas Kammerzofe, und brachte auf einem Silbertablett zwei Gläschen mit dunkelrotem Inhalt. Kubitza griff nach einem davon, erhob es und wartete darauf, dass Kisch das zweite Glas nahm. Kisch wusste, dass er sich in dieser Situation nicht zieren durfte. Trank er nicht, wäre das ein Affront. Genauso gut könnte er Kubitza das Getränk ins Gesicht schleudern. Wenn sie ihn jetzt vergifteten, dann hätte er immerhin alles versucht. Also nahm Kisch das Gläschen und stieß mit Kubitza an, der breit zu lächeln begann, als er Kisch dabei zusah, wie er am Getränk nippte. In Gedanken zählte Kisch so langsam wie möglich bis zwanzig, danach ließ seine Anspannung etwas nach. Erst beim zweiten Schluck schmeckte er, was er da eigentlich trank. Es war ein exzellenter Portwein, vielleicht der beste, den er je gekostet hatte.

»Nun geht es besser«, sagte Kubitza mit fester Stimme, nachdem er sein Glas geleert hatte. »Weißt du, mein Sohn, ohne Oleg wäre ich aufgeschmissen. Er kümmert sich rührend um mich.

Bald bin ich sowieso dahin. Erst gestern ist der Arzt da gewesen, nichts mehr zu retten.«

»Weshalb haben Sie mit mir gerechnet«, fragte Kisch.

»Weil ich wusste, dass du mich brauchen wirst«, antwortete Kubitza.

»Wieso Graef?«, fragte Kisch.

Kubitza presste die Lippen aufeinander.

»Mein Beileid, mein Sohn.«

»Ich will kein Mitgefühl, ich will wissen, warum.«

»Ich verstehe deine Rage«, antwortete Kubitza, »Es ist wohl nur allzu logisch. Und ja, ich hätte Graef gern tot gesehen. Vor fünf Jahren, vor zehn Jahren. Sieh mich doch an. Was habe ich noch davon?«

Kisch glaubte Kubitza kein Wort. Das hier war ein einziges großes Schauspiel. War er überhaupt krank? Wie konnten sie ihn hier bloß ein derart fürstliches Leben führen lassen? Als hätte Oleg Kischs Gedanken erraten, erschien er erneut mit dem Silbertablett, darauf einige Törtchen.

»Iss, mein Sohn«, sagte Kubitza. Und Kisch konnte sich nicht wehren, er aß gleich zwei der Süßspeisen, während Kubitza ihn zufrieden betrachtete.

»Ich habe mich immer gefragt, wann wir einander begegnen würden«, sagte Kubitza, während Kisch noch kaute, »irgendwann dachte ich, es könnte zu spät sein. Deine Artikel habe ich immer gemocht, weißt du das? Dein Interview mit Karl May war köstlich. Nie vergesse ich, wie er zu dir sagte: ›Ich schreibe jetzt ein Buch, worin ich nichts leugne und meine Gefängnisstrafen schildere.‹ Ach, ich hätte es auch sein können, der dir diese Perlen diktiert.«

Kisch gelang es nicht länger, seine Wut zu unterdrücken.

»Sie können sich Ihre schönen Worte sparen. Sie haben noch wenige Wochen zu leben, vielleicht nur noch Tage, und doch denken Sie an nichts als an Vergeltung. Wenn Sie meine Texte tatsächlich berühren, wie kann es Sie da so kalt lassen, dass unschuldige Menschen sterben? Dass meine Kollegen verrecken? Meine Freunde?«

»Du bist ein dummer, dummer Junge«, sagte Kubitza, richtete sich schwerfällig auf und strich seinen Morgenrock glatt. »Ich werde dir jetzt etwas über Vergeltung erzählen, was du nie wieder vergessen wirst.«

An Stelle von Kischs Wut trat Beklommenheit. Könnte Kubitza auch ihn einfach an Ort und Stelle töten? Würde man ihn in diesem Gefängnis im Gefängnis überhaupt finden, wenn Kubitza es nicht wollte? Über die Übertragungswege von Tuberkulose wollte er in diesem Moment nicht einmal nachdenken.

»Oleg, verschwinde!«, rief Kubitza jetzt mit ungeahnter Kraft. Dann waren sie allein, und Kubitza lehnte sich zu Kisch hinüber.

36

Lenka war mit Brodesser auf der Franzens-Brücke verabredet. Sie war fast eine halbe Stunde zu früh dort. Ungeduldig lief sie auf und ab und ließ die Fingerspitzen über das Steingeländer streifen wie ein Schulkind. Nach einer Weile bemerkte sie, dass der alte, wettergegerbte Zöllner aus seinem Mauthäuschen getreten war und sie nicht aus den Augen ließ. Und wenn schon, ich tue ja nichts Verbotenes, dachte sie und ging weiter. Das Gefühl des rauen, sonnenwarmen Steins unter den Fingern erfüllte sie mit unmittelbarer Befriedigung. Wenn sie das nur lang genug wiederholte, dachte sie, wären ihre Fingerspitzen irgendwann so glatt geschliffen wie die Fingerspitzen alter Apotheker, die täglich mit Laugen und Säuren arbeiteten. Sie hatte Else gefragt, ob sie der Verlust ihrer Fingerabdrücke nicht stören würde, und Else hatte geantwortet: »Im Gegenteil, was meinst du, welche Möglichkeiten sich mir eröffnen werden, wenn man mich mit Hilfe der Daktyloskopie nicht mehr identifizieren kann.« Dann hatte sie schallend gelacht.

Als der Zöllner wieder in Hörweite war und immer noch starrte, fragte Lenka ihn: »Kostet es extra, auf der Brücke hin und her zu spazieren?«

»Nein, nein«, sagte er und trat einen Schritt auf sie zu. »Entschuldigen Sie bitte die indiskrete Frage, aber Sie denken doch nicht etwa daran, übers Geländer zu steigen und zu springen, wertes Fräulein?«

Lenka war so überrascht, dass sie laut auflachte, was den Zöllner nicht zu beruhigen schien.

»Ich vertreibe mir bloß die Zeit, bis mein Verlobter hier ist«, sagte sie. »Wir sind um sechs Uhr verabredet.«

»Sie glauben ja nicht, was man hier alles erlebt. Die vornehmsten Damen, die ihre Pelzmäntel fallen lassen und sich von der Brücke in die Moldau gleiten lassen, als wäre sie ein warmes Bad.«

»Doch, das glaube ich Ihnen«, sagte Lenka. »Man weiß nie, was in den Menschen vorgeht, nicht wahr, selbst wenn man meint, man kennte sie.«

»Wir haben alle ein Loch in uns«, sagte der Zöllner. »Und das füllen wir entweder mit Geld, mit Schnaps oder mit Liebe. Und wenn nichts davon reicht, dann mit Moldauwasser.«

Lenka betrachtete ihn aufmerksam, diesen kleinen, verwitterten Mann in seiner abgenutzten Uniform. Ungeheuer ist viel, hatte ihr Vater immer gesagt, aber nichts ungeheurer als der Mensch. Sie glaubte nicht, dass er diesen Satz auf dieselbe Weise verstanden hatte wie Sophokles oder Lenka. Oder wie der Zöllner. Mit der Rechten hielt er seine Linke umklammert, die dennoch unablässig zitterte. Vermutlich Handtremor durch Alkohol-Abusus, möglicherweise auch Schüttellähmung. Für beide Erkrankungen war er im typischen Alter. Als wollte er sich für ihre Ferndiagnose bedanken, machte der Zöllner eine kleine Verbeugung. »Kundschaft«, sagte er entschuldigend und kehrte in sein Mauthäuschen zurück. Lenka drehte sich um. Brodesser winkte und zahlte dann den Brückenzoll. Lenka hoffte, dass der Zöllner anschließend noch einmal herauskommen würde, doch hinter Brodesser hatte sich eine Schlange aus Feierabendausflüglern gebildet. Wegen des Kometen konnten sie nicht hier sein, er ging mittlerweile beinahe zwei Stunden vor der Sonne auf.

Der Bluterguss um Brodessers linkes Auge hatte sich gelb-violett verfärbt. Lenka musste an verdorbenes Obst denken.

»So kannst du meiner Mutter am Dienstag aber nicht unter die Augen treten«, sagte sie.

»Ich weiß«, sagte er mit unverhohlenem Stolz. Sie hakte sich bei ihm unter, auch wenn es sie immer noch etwas befremdete, so dicht neben ihm zu laufen.

»Erzählst du mir jetzt endlich die Wahrheit?«, sagte sie.

Brodesser blickte sich um. Was war nur mit den Männern und ihrer ständigen Sorge, belauscht zu werden, dachte Lenka. In Prag lebten 223.000 Menschen. Die statistische Wahrscheinlichkeit, dass hinter ihnen jemand ging, der sich für ihr Gespräch interessierte oder auch bloß mit dem Inhalt etwas anfangen konnte, war verschwindend gering. Es sei denn, Brodesser wurde beschattet, aber wer sollte ihn beschatten?

»Wirst du verfolgt?«, fragte sie spöttisch. Er wurde bleich.

»Nicht so laut«, flüsterte er.

»Dann sag schon, was in der Nacht wirklich zwischen dir und Kisch passiert ist«, sagte sie so leise, wie es ihre Widerspenstigkeit zuließ. »Ich weiß, dass er dich nicht angegriffen hat.«

Während sie von der Franzens-Brücke auf die Kleinseite flanierten, erzählte Brodesser ihr vom Abend mit Kisch in der Redaktion und im Batignolles. Vom Pakt, den sie geschlossen hatten. Von seiner verstiegenen Theorie, dass es in Prag eine Verschwörung nationalistischer Tschechen geben könnte, hörte Lenka zum ersten Mal. Sie hätte ihn an dieser Stelle am liebsten unterbrochen, hielt sich aber zurück. Dann kam er endlich zur Nacht in der Redaktion, die Kisch nach Pankratz gebracht hatte. Lenka hatte sich von Anfang an nicht vorstellen können, oder besser: wollen, dass er Brodesser tatsächlich verprügelt hatte. Als Brodesser bei seinem Auftritt in der Redaktion die geheimen Aufzeichnungen erwähnt hatte, die Kisch aus der Redaktion entwendet hatte, war ihr klar gewesen, dass etwas an dieser Geschichte nicht stimmte. Denn schon vor Wochen hatte sie eine Kopie dieses Dokuments angefertigt und an

Brodesser übergeben, der seitdem an der Entschlüsselung arbeitete. Kisch hatte sie nichts davon gesagt.

Was ihr indes noch schwerer zu glauben fiel als die Fabel von Kischs Angriff auf Brodesser war die knospende Freundschaft zwischen den beiden. Beim Gedanken, dass Kisch Brodesser nicht nur als ebenbürtig akzeptiert, sondern auch als Komplizen auserwählt hatte, regte sich in ihr zu ihrem eigenen Erstaunen Eifersucht. Ein Flämmchen, nicht das übliche Lodern, aber eindeutig: Eifersucht. Sie wusste bloß nicht, auf wen sie eifersüchtig war. Auf Kisch? Auf Brodesser?

»Wie weit bist du mit Platscheks Aufzeichnungen?«, fragte sie.

Brodesser schüttelte bedauernd den Kopf. Er nahm seinen Hut ab und fächelte sich damit Luft zu. Sie waren am Fuß des Laurenzibergs angekommen. Wie kurz der Tag zurücklag, den Lenka mit Claire dort verbracht hatte, und wie weit entfernt er sich doch anfühlte. Seitdem Claire wutentbrannt das Batignolles verlassen hatte, herrschte Schweigen zwischen ihnen. Claire war nun längst wieder in Berlin, wo sie mit ihren *Mädels* Fahrrad fuhr und kegeln, tanzen und schwimmen ging. Diese Vorstellung reichte aus, damit die zarte Flamme der Eifersucht auf Faustgröße anwuchs und Lenkas Gesicht glühte. Ihr war doch nicht mehr zu helfen.

»Als Kisch seinen Plan vor mir ausgebreitet hat, habe ich ihn zunächst für das Produkt von zu viel Schnaps gehalten, genauso wie die Vertraulichkeit mir gegenüber«, sagte Brodesser. »Aber am nächsten Morgen hat er mich vorm Annenhof abgefangen und mir zu verstehen gegeben, dass es ihm ernst war. Er wollte nach Pankratz, und ich sollte ihm dabei helfen.«

»Warum hat er nicht mich gefragt?«, platzte es aus Lenka heraus. Jetzt wurde es ihr klar: Sie war nicht eifersüchtig auf Brodesser, Kisch oder Claire. Sie war neidisch.

»Wer hätte euch das denn abnehmen sollen?«, sagte Brodesser. »Es ist allgemein bekannt, dass ein Blick von dir reicht, und Kisch wird zahm wie ein Lämmchen. Jedenfalls hat er mich überzeugt. Nur so lässt sich beweisen, dass in Prag eine geheime Kraft am Werk ist.«

»Und dann hat er dir ein blaues Auge verpasst, und du hast ihm die Nase eingehauen?«

»Na ja«, sagte Brodesser und lächelte verschämt, »eigentlich war es so, dass Kisch erst mir einen Schlag verpasst hat und dann Fritz ihm. Er stand ja sowieso als Zeuge der Attacke parat, und ich habe es einfach nicht über mich gebracht, Kisch ins Gesicht zu schlagen.«

»Obwohl ihm das umgekehrt kein bisschen schwergefallen ist?«, sagte Lenka.

Brodesser zuckte die Schultern.

»Nicht einmal zur Strafe dafür, dass er dich bis vor kurzem bei jeder Gelegenheit verspottet hat?«

»Hat er das?«, fragte Brodesser. Er klang alarmiert.

Lenka winkte ab. »Und der Schnitt an der Hand?«, fragte sie.

»Ich habe mich an einem Bogen Papier verletzt«, sagte er.

Sie kehrten um. Der Abend war mild und vom Seifenduft der Pfingstrosten durchweht, die in den Vorgärten blühten. In der Flussgasse fragte Lenka: »Und wie geht es jetzt weiter?«

»Als die Polizei Kisch abgeführt hat, hat er Fritz und mir zugerufen: ›Ihr werdet von mir hören, verlasst euch drauf! Blickt von nun an immer zweimal über eure Schulter, wenn ihr das Haus verlasst!‹ Ich nehme an, er schickt uns ein Zeichen.«

»Oder er wollte einmal klingen wie ein echter Schwerverbrecher«, sagte Lenka.

»Oder das«, sagte Brodesser.

37

Die Tür wurde aufgestoßen, und zwei Wärter stürmten in den Raum.

»Mitkommen«, blafften sie Kisch an. Kubitza gelang es im letzten Moment, seine Hand zu greifen, dann wurde Kisch fortgerissen von den Männern, die ihn links und rechts gepackt hatten.

»Was haben Sie mit mir vor? Wohin bringen Sie mich?«

Die Wärter zerrten ihn über die Flure, Tore öffneten und schlossen sich, besonders auf den Treppen hatte Kisch Schwierigkeiten, Schritt zu halten. Die Tür am Ende eines langen Gangs führte in einen der Innenhöfe. Jemand warf den Mantel neben Kisch, den er bei der Verhaftung bei sich gehabt hatte. Vor ihm stand jemand. Kisch blinzelte. Nach der Zeit im Kerker gewöhnten sich seine Augen nur langsam ans Tageslicht. Leopold von Hofmeisters Gesicht tauchte vor ihm auf.

»Sie sehen übernächtigt aus, Herr Redakteur.«

Kisch hob seinen Mantel auf, fand Zigaretten und Streichhölzer und steckte sich noch im Hof eine Sport an.

»Kommen Sie«, sagte Hofmeister, »wir sollten uns unterhalten.«

Vor ihnen öffneten sich wie von Geisterhand alle Pforten, bis sie vor der grob behauenen Außenmauer des Pankratzer Gefängnisses standen. Kisch war wieder frei.

Der Weg in die Stadt war weit, doch Hofmeister gab dem Fahrer der bereitstehenden Taxidroschke ein Zeichen, und sie gingen zu Fuß.

»Ist Ihnen eigentlich noch zu helfen?«, sagte Hofmeister aufgebracht, als sie ein gutes Stück gegangen waren. »Was haben Sie sich in Gottes Namen dabei gedacht?«

»Ich habe während einer privaten Auseinandersetzung mit Heinrich Brodesser die Beherrschung verloren, das ist alles.«

»Jener Heinrich Brodesser, Herr Redakteur, ist heute früh im Sicherheitsdepartement erschienen, hat nach einer erneuten Befragung sämtliche Vorwürfe gegen Sie fallen lassen und ausgesagt, er habe Sie provoziert und zu Ihrem Übergriff animiert«, sagte Hofmeister. »Selbstverständlich war ich zu diesem Zeitpunkt schon umfassend über Ihre Inhaftierung informiert und habe mich sogleich auf den Weg gemacht, damit Sie nicht noch mehr Schaden anrichten.«

»Ich wollte mir selbst ein Bild machen«, sagte Kisch. Hofmeister blieb stehen und packte Kisch an den Schultern.

»Herrschaftszeiten, Sie gefährden unsere Arbeit und sich!«

Mittlerweile hatten sie die Moldau erreicht, den Rest des Weges würden sie am Fluss entlanggehen.

»Was haben Sie von Kubitza erfahren?«

»Nichts«, sagte Kisch zerknirscht.

»Und dafür riskieren Sie alles?«

»Ich glaube, er wollte eine Lebensbeichte ablegen, aber in diesem Moment ist leider Ihr Fußtrupp in die Zelle gestürmt. Oder sollte ich besser sagen: in Kubitzas Pankratzer Salon.«

»Sehen Sie sich vor«, sagte Hofmeister in ungewohnt strengem Tonfall. Kisch zündete sich eine neue Zigarette an und rauchte schweigend.

Nach ein paar Metern hatte sich Hofmeister wieder gefasst.

»Ich werde Ihnen erzählen, was wir wissen. Aber unter einer Bedingung: Sie verhalten sich ab jetzt angemessen und mischen sich nicht mehr ein.«

Kisch nickte ernst.

»Es wird Sie vielleicht wundern, aber Kubitza ist nichts mehr wert. Er stopft sich voll, bis er erstickt. Er ist wie ein träger Fisch da unten im Fluss. Er wartet nur darauf, selbst gefressen zu werden.«

»Ich dachte«, sagte Kisch, »er steht unter Verdacht?«

»Unterbrechen Sie mich nicht«, sagte Hofmeister. »Während Sie jeden Tag im Batignolles gesessen sind, haben wir jemanden von Kubitzas Leuten verhaften können. Wir haben ihn auf einen Außensitz am Rande der Stadt gebracht und mit außergewöhnlichen Methoden zum Reden gebracht.«

Kisch blieb stehen, sprachlos, wie er war, doch Hofmeister zog ihn weiter.

»Prag ist tatsächlich unterwandert«, sagte Hofmeister. »Es geht allerdings um mehr als um unsere Stadt, um viel mehr. Kubitza hat sich die Geschäfte aus der Hand nehmen lassen von einer Gruppe, die sich bisher in Wien und Berlin einen Namen gemacht hat.«

»Was für eine Gruppe?«

»Nennen Sie sie, wie Sie wollen, Kisch. Organisiertes Verbrechen, Mafia, illegale Vereinigung. Jedenfalls agieren sie im

Verborgenen. Ein Geheimbund skrupelloser Schwerkrimineller ohne jede Moral, die stets ihre international agierende Auftragsmörderin für das erste Opfer vorschicken, wenn sie eine neue Stadt erobern wollen – ausschließlich um ein Zeichen ihrer Überlegenheit und ihrer Verachtung für die herrschende Ordnung auszusenden. Meine Kollegen aus Berlin haben mich nebenbei bemerkt darüber unterrichtet, dass Iris van Roon sich wieder auf freiem Fuß befindet. Ein Kalfaktor aus Schöneberg hat die beiden Berliner Morde gestanden, die Fräulein van Roon zur Last gelegt wurden, und daraus hat man geschlossen, dass es sich bei ihr um eine Phantastin handelt, eine von Sensationsgier getriebene Hochstaplerin.«

Kisch beschloss, diese letzte Information im Geiste beiseitezulegen, um sich bei einer späteren Gelegenheit damit zu beschäftigen. »Aber wenn ich ein Zeichen setzen will«, sagte er nach einem Moment, »nehme ich mir doch keinen bedeutungslosen Beamten der Arbeiter-Unfall-Versicherungsanstalt wie Leidinger vor.«

»Die Unschuld von Fräulein van Roon scheint Sie nicht zu wundern?«

»Mich wundert schon lange nichts mehr«, sagte Kisch. »Ich habe festgestellt, dass man jede vermeintliche Wahrheit nur als vorläufig ansehen sollte, so erspart man sich böse Überraschungen.«

Hofmeister nickte. »Aus Ihnen wäre ein guter Kriminalbeamter geworden. Leidinger war einem groß angelegten Versicherungsbetrug auf die Spur gekommen. Deshalb hat die Organisation ihre Agentin auf ihn angesetzt, die ihn bezirzt, hypnotisiert und in den Selbstmord getrieben hat.«

»Und mein Kollege vom Prager Tagblatt«, sagte Kisch, »warum musste er sterben?«

»Herr Platschek wusste zu viel. Er hat an einer Reportage über die Strukturen der Unterwelt zwischen Berlin, Wien und Prag gearbeitet. Sie hätte ihn über die Landesgrenzen hinaus berühmt gemacht. Europa hätte gebebt, glauben Sie mir.«

»Verzeihen Sie mir diese Bemerkung, aber das klingt für mich alles nicht überzeugend«, sagte Kisch. »Warum wurden dann Ihren Ermittlungen zufolge die Sohrs getötet?«

»Die Gruppe hat von Hermann Sohr Schutzgeld erpresst, aber nach mehreren Zahlungen hat er sich geweigert. Also hat man ein Exempel am Ehepaar statuiert. Der Herr wurde in eine Falle gelockt, und es wurde erst ihm und dann seiner Frau der Schädel eingeschlagen, bevor sie beide in den Fluss geworfen wurden.«

Sie schwiegen. Kisch dachte nach, und auch Hofmeister schien dankbar zu sein für die Stille, die zwischen ihnen eingetreten war. Sie kamen zur Franzens-Brücke, und als hätten auch sie eine geheime Absprache, setzten sie sich nebeneinander auf die Bank, auf der das Unheil seinen Lauf genommen hatte. Hier hatte der arme Leidinger das Gift aus dem Fläschchen getrunken. Kisch und Hofmeister blickten auf die Prager Burg. Es war diesig.

»Den ganzen Morgen«, sagte Hofmeister, »habe ich mir diesen Moment ausgemalt. Und jetzt bringe ich es kaum über mich.« Kisch hörte, wie ihm die Stimme brach, und reichte ihm reflexhaft seine Zigarettenschachtel. Tatsächlich nahm sich Hofmeister eine Sport und zündete sie sich an.

»Wir dachten wohl beide, wir kannten Herrn Graef. Wenn ich Ihnen nun aber sage, was wir herausgefunden haben…«

»Bitte nicht«, sagte Kisch. Hofmeister räusperte sich.

»Graef hat den Geheimbund mit Informationen versorgt. Regelmäßig. Sobald Neuigkeiten an sein Ohr drangen, hat er sie weitergegeben. Dafür hat er zwei Dinge bekommen: Erfolge im Kampf gegen Kubitza, den vermeintlichen König der Unterwelt.«

»Und was noch?«, fragte Kisch, als Hofmeister nicht weitersprach.

»Es auszusprechen fällt mir schwer.«

Hofmeister zog an der Zigarette und blickte auf die Moldau. Kisch nickte.

»Geld, nehme ich an?«

»Viel Geld, Herr Redakteur. Damit hat er seine Spielsucht finanziert.«

Kisch schluckte hart.

»Aber warum töten sie ihn dann ausgerechnet jetzt?«

»Er wollte einen Informanten treffen, wie Sie sich sicherlich erinnern«, sagte Hofmeister. »Was meinen Sie, wer dieser Informant war?«

Kisch zuckte ratlos mit den Schultern.

»Ich war es«, sagte Hofmeister. »Er wollte reinen Tisch machen. In den Tagen vor seinem Tod fühlte er sich verfolgt. Aber ich habe es abgetan. Kubitza war schließlich im Gefängnis, und unsere Leute dort hatten ihn im Blick. Und ja, ich habe auch Graefs Bitte um ein konspiratives Treffen für ein wunderliches Ansinnen gehalten.«

Kisch schaffte es nicht, gelassen zu bleiben.

»Das alles beruht doch einzig auf erzwungenen Aussagen«, sagte er heftig. »Von jemandem, der ein noch kleinerer Fisch ist als Kubitza.«

»Der Mann war ein Überläufer, Kisch. Er fürchtete doch selbst um sein Leben, und zwar von allen Seiten.«

»Graef war so nicht. Er hat das nicht getan.«

»Unsere Informanten in Berlin und Wien bestätigen die Aussagen. Und eine genaue Inaugenscheinnahme von Graefs höchstpersönlichen Angelegenheiten untermauert sie leider auch.«

»Ich möchte jetzt nach Hause«, sagte Kisch, »ich bin müde.«

Mit diesen Worten stand er auf und reichte Hofmeister zum Abschied die Hand, doch Hofmeister ließ ihn nicht gehen.

»Geben Sie besser auf sich Acht, Herr Redakteur. Die Gruppe agiert im Schatten und ist uns bisher immer einen Schritt voraus gewesen. Und so schwer es Ihnen auch fällt: Kein Wort davon zu niemandem, auch nicht zu Ihrer kleinen Freundin Fräulein Weißbach. Gehen Sie mit unseren Erkenntnissen hausieren, dann sorge ich dafür, dass Sie wieder nach Pankratz kommen und die Einrichtung dieses Mal in- und auswendig kennenlernen.«

»Verstanden«, sagte Kisch. Er senkte den Blick und ging langsam davon, ohne sich noch einmal nach Leopold von Hofmeister umzusehen. Erst auf der Ferdinandstraße, weit weg von der Franzens-Brücke und dem Inspektor, straffte Kisch die Schultern und beschleunigte seinen Schritt.

38

Und der Halleysche Komet kam unaufhaltsam näher und näher. Und ein 18-Jähriger von der Prager Kleinseite versuchte, einer Millionärswitwe aus der Nachbarschaft mit einem fingierten Erpresserbrief im Namen der *Schwarzen Hand* mehrere Millionen Kronen abzuluchsen, weil er damit ein Perpetuum mobile erfinden wollte. Und Eduard VII., König des Vereinigten Königreichs von Großbritannien und Irland, König der Dominions, Kaiser von Indien und exzessiver Raucher von Zigaretten und Zigarren, starb nach mehreren Herzinfarkten im Buckingham Palace. Und bei einem großen Unwetter über Prag wurde ein Mann vom Blitz erschlagen. Und in Wronja in Serbien wurden Flugschauen verboten, weil sich die Bevölkerung vor Aeroplanen fürchtete und die örtlichen Gebäude zudem so marode waren, dass sie durch Erschütterung einzustürzen drohten. Und über 2500 jüdische Bewohner Kiews mussten nach Prüfung ihrer Beschwerden gegen die Zwangsausweisung ihre Heimatstadt im Russischen Kaiserreich für immer verlassen. Und in Wien wurden für die Kometennacht Feste unter dem Motto »Wir wollen zusammen sterben« geplant. Und Franz Kafka las mit seinem Freund Max Brod im Palais Platteis aus neuen Texten vor, doch Kisch fehlte die Geduld zum Stillsitzen.

Er traf Lenka und Brodesser auf dem Altstädter Ring, wo sie, wie er hoffte, im Getümmel keine Blicke auf sich ziehen würden.

»Wir müssen vorsichtig sein«, sagte er, »bis sich die Wogen glätten.«

»Ist unsere Tarnung nicht sowieso schon aufgeflogen?«, fragte Lenka. »Der Botenjunge ist nach deiner Verhaftung gleich zu mir gekommen. Er weiß, wie nahe wir einander stehen.«

»Welche Tarnung?«

Brodesser blickte von Lenka zu Kisch und zurück.

»In der Redaktion sind Kisch und ich doch nur Kollegen«, sagte Lenka.

»Da hat mir Fräulein Meyer aber schon vor Wochen etwas ganz anderes angedeutet«, sagte Brodesser.

»Mir auch«, sagte Kisch und lachte Qualmwolken. »Und vergiss nicht, mittlerweile hat dein Kollege respektive Freund Kisch deinen Verlobten respektive Kollegen Brodesser tätlich angegriffen, und wenngleich Letzterer noch einmal in sich gegangen ist und in der Tiefe seines Herzens Gründe gefunden hat, die es unumgänglich machen, die Anschuldigungen gegen Ersteren allesamt zu widerrufen, was Ersterer aufs inbrünstigste begrüßt, so würde es doch allzu viel Aufmerksamkeit erregen, wenn du, Lenka, mit ihm, also mir, jetzt schon wieder in trauter Eintracht durch die Prager Gassen und Nächte gaukeltest. Man könnte uns drei noch für Betrüger halten. Oder für Perverse.«

»Betrüger und Perverse«, sagte Lenka, »das trifft es doch ganz gut, wenn man unser Arrangement von außen betrachtet.«

Als sie an der Einhorn-Apotheke vorbeikamen, winkten Lenka und Brodesser hinein, und Else und ihr Vater winkten zurück.

»Was habe ich euch gerade gesagt«, rief Kisch.

»Ach, Kisch«, sagte Lenka. »Die Leute sind mit dem Kometen beschäftigt, niemand interessiert sich für unsere Privatangelegenheiten.«

»Wir dürfen nicht auffallen«, sagte Kisch.

Lenka blieb stehen.

»Du meinst das wirklich ernst«, sagte sie.

»Todernst«, sagte Kisch. »Bleibt in den nächsten Nächten lieber zu Hause. Geht keine unnötigen Gefahren ein.«

»Wo sollten wir denn nachts auch hingehen?«, fragte Brodesser.

Als Kisch sich wieder in Bewegung setzen wollte, hielt Lenka ihn am Arm fest.

»Was verschweigst du uns?«, fragte sie.

»Nichts«, sagte Kisch wütend und machte sich von ihr los. »Es sind unruhige Zeiten. Übrigens ist Iris van Roon wieder frei. Die Morde in Berlin hat jemand anders gestanden.«

»Wann?«, fragte Lenka. »Wann hat man sie freigelassen?«

»Vor ein paar Tagen.«

Lenka sah bestürzt aus. »Es stimmt also«, murmelte sie.

»Wie meinst du?«, fragte Kisch.

Sie schüttelte entschieden den Kopf. »Nichts. Nein. Nur ein merkwürdiger Zufall.«

»Die Berliner Polizei hat konkludiert, dass es sich bei ihr um eine Hochstaplerin handelt, die sich aus Geltungssucht mit fremden Taten schmückt«, sagte Kisch. »Iris van Roon ist nichts als eine charismatische Verrückte.«

»Einfach den Verstand verlieren, wie ein Taschentuch«, sagte Lenka, »das kann ich mir neuerdings auch erschreckend gut vorstellen.«

»Du bist hier die Letzte, die ein Taschentuch oder den Verstand verliert«, sagte Kisch. Sein Blick fiel auf Brodesser. »Die Vorletzte.«

Eine Runde drehten sie noch über den Platz, dann trennten sich ihre Wege.

*

Um seine Nervosität zu bekämpfen, unternahm Kisch in den folgenden Tagen stundenlang ziellose Spaziergänge durch die Stadt. Er wählte einen Passanten aus, dem er mit einem gewissen Abstand folgte, bis er oder sie in eine Elektrische stieg oder in einem Hauseingang verschwand, und dann suchte sich Kisch einen neuen Führer aus. Nur ins Ledergässchen ging er niemandem hinterher. Er war seit Graefs Tod nicht mehr in der Nähe des Maxim gewesen und wollte lieber nicht überprüfen, ob der Betrieb dort einfach weiterlief, als sei nichts geschehen.

Er folgte einem Herrn im Pepper-and-Salt-Anzug. Kisch fragte sich, ob dieser Stoff immer noch aus London importiert wurde. Seit der Schließung von »S. Kisch & Bruder« hatte er bedauerlicherweise keinen Einblick mehr in den internationalen Textilwarenhandel.

Seine Überlegungen wurden abrupt durchs Messeglöckchen der nahen Theinkirche beendet. Sein Schellen transportierte ihn ins vorige Jahrhundert, zurück in seine Kindheit. Damals hatte dieses Glöckchen bei der Parade der Bürgermiliz geläutet, bevor die Milizionäre ihre Salven abfeuerten. Der Bürgermiliz gehörten Prager Gewerbsleute an, Männer, die er aus dem Laden seines Vaters oder aus ihren eigenen Geschäften kannte: Auch der Fleischhauer und der Bäcker waren einmal im Jahr in Uniform und mit Flinte am Rathaus vorbeimarschiert wie zum Leben erwachte Zinnsoldaten.

Der Herr in Pepper and Salt verschwand nun in einem kleinen verwitterten Haus in der Zellnergasse, und eine junge Frau im karminroten Umhang übernahm. Sie brachte Kisch den ganzen Weg bis in die Jungmannsgasse zurück. Hier hatte wenige Schritte von St. Maria im Schnee in ihrem mittelalterlichen Versteck entfernt sein Onkel Samuel in einer mit einem echten Tigerfell, Aktgemälden und Damenporträts ausstaffierten, immer leicht staubig riechenden Wohnung gelebt. Onkel Semi war schon fast genauso lange tot wie sein Vater, doch das Juweliergeschäft im Erdgeschoss des Hauses gab es noch immer. Als Junge hatte Kisch oft das Schaufenster betrachtet, während er darauf wartete, dass Onkel Semi ihm die Tür öffnete. Statt Schmetterlingen saßen nun saphirblaue Vögelchen zwischen kleinen Automobilen und Fahrrädern aus echtem Silber, die die Miniaturkutschen aus Kischs Erinnerung ersetzten. Als er sich vom Schaufenster abwandte, war die Frau im karminroten Umhang nirgends zu sehen, und stattdessen folgte er einem Jungen im Matrosenanzug, der ein Holzschiff unter dem Arm trug. In Prag landete man früher oder später immer an der Moldau. Kisch sah zu, wie der Kleine am Franzens-Kai sein Schiffchen zu Wasser ließ, indem er es in die Luft hielt und vor dem Hintergrund des Flusses schaukelnde Bewegungen damit machte. Schlauer Bursche. Hätte er sein Spielzeug wirklich auf der Moldau ausgesetzt, hätte sie es auf der Stelle mit sich fortgerissen. Kisch dachte an die große Flut, die in seiner Kindheit die Karlsbrücke gefällt und, was ihm zu jener Zeit genauso dramatisch vorgekommen war, den Keller und den Innenhof des Bärenhauses überschwemmt hatte. Der singende Scherenschleifer war mit seinem Velociped in den ersten Stock evakuiert worden und die Feuerwehr mit Pferden angerückt, die eine enorme Pumpe hinter sich herzogen. Mit anderen Kindern aus der Nachbarschaft war Kisch in Richtung Moldau gerannt, unterwegs hatten sie Leute mit Booten durch die Postgasse fahren sehen. Wo einmal die Uferpromenade gewesen war, dort, wo er in diesem Augenblick stand und den Jungen mit dem Schiff beobachtete, waren damals Sessel und Tische, Telegrafenstangen, ganze Hütten und sogar ein bellender weißer Hund auf einem Dach an ihm vorbeigetrieben. Gegenüber war der kleine Park, in dem Kaiser Franz hoch zu Ross über allegorischen Skulpturen der böhmischen Regionen, der Stadt Prag und des Wohlstands des Königreichs thronte. Diese Figuren hatte die Moldau während des Hochwassers mit Haut und Haar verschluckt. Kaiser Franz hatte sie immerhin an den Füßen gekitzelt.

Kisch schlenderte den Kai entlang und auf die Franzens-Brücke. Im Mauthäuschen saß der schrullige alte Zöllner, mit dem er das letzte Mal nach dem Fund des toten Eisenwarenhändlerpaars am Moldau-Ufer gesprochen hatte. Wie wenig Zeit seit diesem Tag vergangen war. Wie viel seitdem geschehen war.

Er freute sich, den Zöllner zu sehen. Wenn Kisch neben körperlicher Verausgabung etwas von seinen eigenen Sorgen ablenkte, dann waren es gute Geschichten, und bei Karel Novák witterte er gute Geschichten in Hülle und Fülle.

»Guten Tag, Herr Redakteur«, sagte Novák.

»Dobrý den, pane celníku!«, sagte Kisch überschwänglich. Als Novák das Geld entgegennahm, fiel Kischs Blick auf dessen linke Hand, die er bislang unter der Rechten verborgen hatte.

»Was ist mit Ihrer Hand?«, fragte er.

»Wie?« Novák betrachtete seine eigene Hand, als sähe er sie zum ersten Mal. »Sie zittert«, sagte er dann.

»Ein altes Leiden?«, fragte Kisch.

»Tak jo. Es kommt und geht wie die Ebbe und die Flut.«

»Die Flut«, sagte Kisch, »daran habe ich gerade gedacht.«

»1890?«

Kisch nickte und wechselte mit Novák einen einvernehmlichen Blick, von Moldau-Veteran zu Moldau-Veteran. Es spielte keine Rolle, dass Kisch fünf Jahre alt gewesen war, als der Heilige Ignatius von Loyola und der Heilige Franz Xaver kopfüber von der Karlsbrücke in die Wassermassen gestürzt waren, und Novák fast vierzig Sie waren beide dabei gewesen und würden es niemals vergessen.

Kisch leistete Novák für die volle Dauer seiner Schicht Gesellschaft. Sie tauschten Anekdoten über die Menschen aus, mit denen sie Tag für Tag in Kontakt kamen, zu einem erheblichen Teil Betrunkene und Verrückte.

»Ein herrlicher Abend, um auf die untergehende Sonne über dem Fluss zu schauen«, sagte Novák, nachdem er aus dem Mauthäuschen getreten war, »finden Sie nicht auch, Herr Redakteur?«

Kisch hatte sich auf der Brüstung abgestützt und starrte hinab. Noch wälzte sich die Moldau schlammbraun dahin, doch bald würde sie im letzten Licht des Tages aufglühen wie flüssiger Stahl. Er nickte.

»Ich weiß, Sie kennen Prag wie Ihre eigenen Schuhe«, sagte Novák, »aber haben Sie schon einmal auf der Bank vor dem Haus mit dem Bild der Jungfrau Maria gesessen?«

Und als Kisch verneinte, sagte Novák: »Dann kommen Sie mit und trinken genau dort mit mir und meinem Freund Brousek ein Bier.«

39

Seit dem schrecklichen Abend im Batignolles waren nicht einmal zwei Wochen vergangen. Lenka hatte Jana danach gemieden, und auch Jana hatte sich nicht angeschickt, die Kluft zwischen ihnen beiden zu überbrücken, die sich von Tag zu Tag spürbar vergrößerte. Wenn sie nach Hause kam, huschte Lenka meist einfach in ihr

Zimmer und aß erst zu Abend, wenn Jana gegangen war. Jana betrat Lenkas Zimmer ausschließlich am Vormittag, wenn Lenka in der Redaktion arbeitete, aber das war nicht neu. Sie hatten keinerlei Vereinbarungen getroffen, wie sie sich in der restlichen Zeit am sichersten aus dem Weg gehen könnten. Das führte dazu, dass sie sich an einem Dienstag unerwartet im Wohnungsflur trafen, nachdem es an der Tür geklingelt hatte. Der Schreck durchfuhr Lenka wie ein Stromstoß. Jana wirkte erschöpft, aber glücklich.

»Man sieht es dir ja schon richtig an«, sagte Lenka.

»Das Kind wächst und wächst«, sagte Jana. »So, wie es sein soll.«

Jana umgab etwas, wofür Lenka die Worte fehlten. Eine Art Aura. »Du strahlst«, sagte sie.

»František beschwert sich immer nur, dass ich doppelt so viel esse wie vorher«, sagte Jana. »Dabei bin ich es, die das Essen kauft und heranschleppt. Vor ein paar Tagen hat er zu mir gesagt: *Du wirst noch fett wie ein Mastschwein.*«

»Du brauchst die zusätzliche Energie«, sagte Lenka. »Ihr braucht sie, du und das Kind.«

»Ich weiß«, sagte Jana. »Ich nehme diesen Mann doch sowieso nicht ernst.«

Es klingelte erneut an der Tür, dann klopfte es auch verhalten.

»Was ich im Batignolles zu dir gesagt habe, tut mir leid«, sagte Lenka schnell, bevor sie der Mut verließ. Jana tat etwas, was sie noch nie getan hatte: Sie zog Lenka an sich und schloss sie in die Arme. »Danke«, sagte sie dicht an Lenkas Ohr, und Lenka hatte das Gefühl, dass von Janas Körper eine ungeheure Hitze ausging.

»Mich hat diese Claire viel mehr aufgebracht«, sagte Jana. »Sie behandelt dich wie ihre Dienerin. Stört dich das nicht? Ich würde mir das nicht einmal von meiner Herrin gefallen lassen.« Sie schmunzelte. »Aber von meiner Herrin habe ich ja eher das Gegenteil zu befürchten.«

»Das Gegenteil?«, sagte Lenka. »Du meinst, dass deine Herrin von dir behandelt werden will wie deine Dienerin – oder dass sie dich behandelt, als wärst in Wahrheit du die Herrin?«

»Und ich habe immer geglaubt, ich arbeite für deine Mutter«, sagte Jana.

Lenka lachte, und zu ihrer Erleichterung fiel Jana mit ein.

»Mein Gott«, sagte Jana, »diese Spitzfindigkeit. Hoffentlich erbt sie das Kind nicht von dir.«

Lenka stutzte, sagte aber nichts dazu. Jana selbst schien ihren Fehler nicht bemerkt zu haben.

»Wir müssen uns später unterhalten«, sagte sie wieder ernst, »über deine Mutter. Du warst in letzter Zeit so beschäftigt, dass du gewisse Dinge vielleicht nicht mitbekommen hast.«

»Meinst du die halb bestickten Lätzchen, die überall in der Wohnung herumliegen?« fragte Lenka. Sie hatte es sich angewöhnt, jeden Abend zumindest diejenigen Stickarbeiten einzusammeln, die ihre Mutter mal nach ein paar Stichen, mal kurz vor der Fertigstellung weggelegt und seitdem nicht mehr angerührt hatte. Lenka deponierte sie auf der Pritsche in der Dienstbotenkammer. Als sie zuletzt nachgezählt hatte, waren es einundzwanzig gewesen.

»Das ist es nicht«, sagte Jana. »Kannst du heute Abend zu Hause bleiben, und wir reden?«

»Selbstverständlich«, sagte Lenka. Sie hatte gar nicht vorgehabt auszugehen, auch wenn Dienstag war und Brodesser den Abend mit ihrer Mutter verbringen würde.

»Um Himmels willen, Brodesser!«, rief sie. Sie lief zur Tür und öffnete sie. Brodesser stand davor und knetete den Hut in den Händen.

»Du bist noch da«, sagte sie mit einer Mischung aus Erleichterung, Unglauben und Vorwurf.

»Ich konnte ja die ganze Zeit eure Stimmen hören«, sagte er. »Ich dachte mir, dass ihr mich schon irgendwann hereinlassen werdet.«

Auch das war ungewohnt: Lenka saß mit Jana in der Küche und trank ein Glas Tee, ehe ihre Mutter zu Bett gegangen war. Sie war zwar abgelenkt durch den Besuch ihres zukünftigen

Schwiegersohns, doch theoretisch hätte sie jederzeit hineinkommen und Lenka mit Jana sehen können. Und dann? Dann hätte sie gedacht: Da sitzt meine Lenka mit unserer Jana. Und danach hätte sie es vergessen. Lenka konnte sich das Versteckspiel, das sie wochenlang gespielt hatten, nachträglich bloß damit erklären, dass es aufregend gewesen war, sich beim Abschied an der Hintertür mit geflüsterten Worten und geheimen Zeichen unten auf der Straße zu verabreden, an einer Stelle, wo ihre Mutter sie von der Wohnung aus nicht sehen konnte. Dabei war es nicht anstößig, die eigene Haushälterin abends zur Straßenbahnhaltestelle zu begleiten oder mit ihr ins Kino zu gehen. Auch Berta Fanta hatte nicht geglaubt, dass Jana eine Freundin von Lenka aus Berlin war, spätestens dann nicht mehr, als mit Claire eine zweite Freundin von Lenka aus Berlin im Fanta-Salon aufgetaucht war. Wie es bewertet werden würde, dass Lenka und Jana mehr als einmal im selben Bett geschlafen hatten, war eine andere Frage, wobei Schwestern oder enge Freundinnen das auch taten, soweit Lenka wusste. Der Unterschied waren wohl die Gedanken, die eine oder beide Beteiligten dabei hatten.

»Deine Mutter kann nicht mehr eine Minute allein bleiben«, sagte Jana, »auch nicht nachts. Besonders nicht nachts. Vor kurzem ist sie aufgewacht und hat dich in jedem Zimmer gesucht. Als sie dich nicht finden konnte, wollte sie zur Polizei. Sie war sicher, dass du entführt worden bist wie die kleine Božena Sladká. Zum Glück hat sie die Tür nicht öffnen können.«

»Wann war das?«, fragte Lenka. An einem Morgen in der vergangenen Woche hatte sie ihre Mutter im Wohnungsflur vorgefunden, im Nachthemd und sichtbar verwirrt, doch auf Nachfrage hatte sie behauptet, sie sei auf dem Weg ins Badezimmer gewesen. Lenka hatte sich erinnert, dass sie sie in der Nacht auch in ihrem Zimmer gehört hatte.

»In der Nacht auf letzten Freitag«, sagte Jana. Lenka schluckte.

»Da war ich zu Hause«, sagte sie. »Und sie war in meinem Zimmer, aber anscheinend hat sie mich nicht erkannt.«

»Sie hat ja auch nach einem kleinen Mädchen gesucht«, sagte Jana. »Nicht nach einer erwachsenen Frau.«

»Was können wir tun?«, fragte Lenka.

»Sie braucht eine Pflegerin«, sagte Jana. »Und was den Rest angeht: Du bist doch Ärztin. Was tut man in solchen Fällen? In Žižkow würden wir sie nachts einfach anbinden, aber das schickt sich natürlich nicht.«

Lenka starrte sie entsetzt an.

Jana warf ihr einen Seitenblick zu. »Das war ein Scherz, Lenka.«

Jana versprach, sich nach einer verlässlichen Frau umzuhören, die als Pflegerin in Frage kam, und Lenka beschloss, sich nach Therapiemethoden zu erkundigen, die weder den Einsatz von radioaktivem Material noch von elektrischem Strom beinhalteten. Am liebsten hätte sie ihre Mutter selbst behandelt, doch ihr fehlte das nötige Fachwissen.

»Aber ja«, rief sie und schlug mit der flachen Hand so heftig auf den Küchentisch, dass die Teegläser klirrten und überschwappten. Jana zuckte zusammen.

»Erschreck mich doch nicht so«, sagte sie. »Denk an dein Kind.«

»Mein Kind?«, sagte Lenka.

Jana erstarrte. »Habe ich das wirklich gesagt?«, fragte sie. Lenka nickte. Mehr traute sie sich nicht zu tun.

»Es ist bloß so«, sagte Jana zögerlich, »manchmal stelle ich mir vor, es wäre das Kind von dir und mir. Ich weiß, wie töricht das klingt.«

»Tut es nicht«, flüsterte Lenka. »Es klingt wunderschön.«

Sie sah Jana an, die ihren Blick erwiderte und nach ein, zwei, drei ewigen Sekunden langsam den Kopf zu schütteln begann.

»Was ist dir eingefallen?«, fragte Jana.

»Wann?«

»Ehe du die Teegläser umgeworfen hast?«

»Ich werde mich im nächsten Semester für Psychologie einschreiben«, sagte Lenka. »Ich habe genug davon, den ganzen Tag unfundierte Gutachten über die angebliche Bedeutung von Schnörkeln in der Handschrift zu schreiben.« Ihr kam ein Gedanke, fast hätte sie wieder auf den Tisch geschlagen, so gut gefiel er ihr. »Lieber«, sagte sie, »will ich die Bedeutung von Kräuseln auf der Seele analysieren.«

Jana betrachtete sie stumm.

»Ich werde Analytikerin«, sagte Lenka. »Mit eigener Ordination, vielleicht sogar in dieser Wohnung. Die Kammer wäre ideal dafür, vorausgesetzt, du willst sie nicht für dich und das Kind. Ich werde alle behandeln, Deutsche und Tschechen, Frauen und Männer, Arme und Reiche.«

Ihr fiel noch etwas ein. »Wie mein Vater«, sagte sie.

»Ach, wir Närrinnen«, murmelte Jana, dann stand sie auf, um den verschütteten Tee aufzuwischen.

40

Kisch fühlte sich ruhig, ganz ruhig. Er verließ seine neuen Freunde Novák und Brousek so spät, dass er miterlebte, wie der Komet am Morgenhimmel aufging. Für Kisch sah er nicht aus wie ein böses Omen, sondern wie eine strahlende Kaulquappe oder ein missglücktes pochiertes Ei am Firmament. Nach seiner Rückkehr ins Bärenhaus legte er sich ins Bett und schlief zum ersten Mal seit Wochen stundenlang, traumlos und tief. So gut hatte er vielleicht noch nie in seinem ganzen Leben geschlafen. Geweckt wurde er durch einen Schlag und aufgeregte Stimmen. Er schreckte hoch und verstand erst nach einigen Sekunden, was gerade passierte. Jemand hatte sich Zutritt zu seinem Zimmer verschafft und kam nun auf sein Bett zu marschiert. Kisch griff nach dem Wasserglas auf seinem Nachttisch, um es dem Angreifer notfalls an den Kopf zu werfen, da hörte er seine Mutter: »Nun lassen Sie ihn doch erst einmal richtig wach werden. Ich verstehe Ihr Aufregung, aber müssen Sie wirklich jetzt sofort mit ihm sprechen?«

Kisch stellte das Glas ab, blinzelte, blinzelte noch einmal. Vor seinem Bett stand ein Mann mit schneeweißer Haut, dessen

Wangen und Haar in der Maisonne, die durchs Fenster fiel, rot glühten. In der Hand hielt er eine Papierrolle. Ein Engel, dachte Kisch. Ein Engel im grauen Flanellanzug.

»Es ist ein Notfall«, sagte der schneeweiße, feuerrote Mann atemlos und blickte auf Kisch herab.

»Was, um alles in der Welt, Brodesser?«

»Der Herr ließ sich nicht aufhalten«, sagte Kischs Mutter. »Nicht einmal den Mantel ausziehen wollte er, nicht einmal eine Tasse Kaffee trinken, bis ich dich geweckt habe.«

»Wie gesagt«, sagte Brodesser, »ein Notfall. Letzte Nacht habe ich es entschlüsselt, Kisch.« Er hob die Papierrolle in die Höhe und ließ sie wieder sinken, als niemand reagierte. »Platscheks Dokument.«

Kisch sprang aus dem Bett auf. Seine Mutter reichte ihm seinen Morgenmantel, er griff in die Tasche und zog eine Sport und Zündhölzer heraus.

»Dann lasse ich euch in Ruhe miteinander sprechen«, sagte seine Mutter, »und wenn ihr fertig seid, hat Marie auch das Frühstück angerichtet. Sie sind herzlich eingeladen, uns Gesellschaft zu leisten, Herr Brodesser.«

Als sie das Zimmer verließ, sah Kisch das Hausmädchen im Flur stehen. Marie war offenbar vom Tumult in seinem Zimmer angelockt worden. Sie hielt einen einzelnen Pantoffel in der Hand, wenn Kisch nicht alles täuschte, gehörte er seinem Bruder Paul.

»Womit fange ich an?«, sagte Brodesser, als sie allein waren. »Der Schlüssel, das hat die Entzifferung auch so erschwert, war gemäß dem Kerckhoff'schen Prinzip –«

Kisch unterbrach ihn. »Komm zum Wesentlichen, Brodesser.«

Brodesser setzte sich auf die Kante von Kischs Bett und entrollte das Papier.

»Platschek hat seit Monaten zu Geheimbünden recherchiert, die sich in Prag und anderen europäischen Hauptstädten gebildet haben. Ich rede von nationalistischen Terroristen. Die Lage in Prag ist schwer zu durchschauen. Sind es Deutsche, die gegen Tschechen kämpfen? Tschechen, die gegen Deutsche kämpfen? Die hiesige Situation macht alles sehr verworren und verwirrend. Der Mord an Leidinger war in jedem Fall die erste große Aktion, das erste kapitale Verbrechen dieser Organisation. Der Beginn der Operation Komet. Hat Kubitza dir nichts davon erzählt?«

»Er ist geistig schon etwas umnachtet«, sagte Kisch. »Wenn man bloß lange genug an der Schwindsucht leidet, sieht man nicht nur aus wie ein mittelalterlicher Märtyrer, sondern klingt auch wie einer.«

»Ich zitiere: *Der Bund durchwuchert alle Bereiche der Prager Gesellschaft wie ein Krebs.* Das hat Platschek allerdings mit einem Fragezeichen versehen.«

»Wahrscheinlich hat ihm dieses Bild so gut gefallen, dass ihn auch die unzureichende Faktenlage nicht davon abhalten konnte, es zu bemühen«, sagte Kisch. »Dabei ist es nicht mal gut. Besser wäre: Der Geheimbund hat seine Wurzeln in alle Schichten der Prager Gesellschaft getrieben und bildet nun unter dem staunenden Blick der Stadtbevölkerung seine Blüten des Bösen aus. Oder nein, noch besser wäre Folgendes: Der Geheimbund hat der Prager Gesellschaft seine Hände um den Hals gelegt und drückt nun langsam, ganz langsam zu.«

Mit einer entschiedenen Bewegung löschte er seine Zigarette im Aschenbecher, nur um sich gleich danach die nächste anzustecken.

»Nennt Platschek auch irgendwelche Namen?«

»Das ist die eigentliche Sensation«, sagte Brodesser. »Es sind genau zwei: Simon Maximilian Gruber und Johannes Pledl.«

»Warum sagst du das nicht gleich?

»Ich war so aufgeregt«, sagte Brodesser.

»Schon gut«, sagte Kisch. »Gruber und Pledl also. Mach weiter.«

»Der Sohn vom alten Gruber, der uns seit Wochen im Nacken sitzt, und der Mann, der alle Mordopfer gerichtsmedizinisch untersucht hat?«, rief Brodesser. »Und du bist nicht entsetzt?«

»Ja und nein«, sagte Kisch. »Bei beiden war ich mir nahezu sicher, dass sie in illegale Machenschaften verstrickt sind. Die Frage war bloß, in welche.«

Brodesser wirkte etwas enttäuscht von dieser Antwort. »Ich bin immer noch völlig entsetzt«, sagte er.

»Mach trotzdem weiter, Brodesser.«

»Gruber und Pledl scheinen bessere Handlanger zu sein. Vielleicht wurden sie zur Kooperation erpresst, vielleicht haben sie sich aus Geldnot oder Gier verwickeln lassen. Es gibt Hinweise auf einen dritten Mann, den wahren Kopf und Gründer des Geheimbunds. Ihm war Platschek in den Tagen vor seinem Tod auf der Spur. Er hat alle Details zu ihm zusammengetragen, derer er habhaft werden konnte, aber sie besitzen eher spekulativen Charakter und lassen keine eindeutigen Schlüsse zu. *Ist Ermittlern immer einen Schritt voraus. Bewegt sich so unsichtbar zwischen den Beamten der Polizeidirektion wie zwischen lichtscheuem Gesindel im Omnibus, Bettelstab etc.*«

»Bevor du fragst: Ich bin es nicht«, sagte Kisch.

»Aber wer ist es dann?«, fragte Brodesser.

Kisch dachte daran, was Novák am Abend erzählt hatte, als sie gemeinsam mit seinem Freund, dem Bootsverleiher, an der Moldau saßen. »Der Anführer der Prager Schatten«, sagte er.

»Platschek hat geschrieben, auch er könne schon das Flügelrauschen des Todesengels hören«, sagte Brodesser. »Er wusste, dass er in Gefahr schwebte. Und er wusste, wer die nächsten Opfer sein würden.«

»Brodesser!«, rief Kisch so unbeherrscht, dass ihm die Zigarette auf den Morgenmantel fiel. Ehe er sie wieder aufgelesen hatte, hatte sie ein Loch in den Stoff gebrannt. Ein kleiner schwarzer Komet mit einem Schweif aus Asche.

»An der Stelle«, sagte Brodesser, »bricht das Dokument leider ab.« Er warf Kisch ein entschuldigendes Lächeln zu. »Ich habe mir auch den Drohbrief angeschaut, der nach dem Mord an Platschek beim Tagblatt eingegangen ist. Lenka hatte recht. Derselbe

Verfasser hat eine Vielzahl anderer Leserbriefe verschickt, offenbar in fluktuierenden Rauschzuständen. Möglicherweise hat er auch mit der Linken geschrieben, damit ihm die Schrift nicht zugeordnet werden kann. Er hätte sich die Mühe sparen können – auf einem frühen Schreiben habe ich fein leserlich den Abdruck seiner Unterschrift gefunden: Simon Maximilian Gruber.«

Kaum hatte Brodesser die Frühstückseinladung von Kischs Mutter mit Verweis auf seinen desolaten Zustand nach einer durchwachten Nacht ausgeschlagen – *einer* Nacht, dachte Kisch, *einer einzigen* Nacht! – und die Wohnung verlassen, während Kisch auf die Terrasse getreten war, um den alten Lederball gegen die Mauer zu treten und nachzudenken, läutete es wieder an der Tür.

»Hier geht es ja zu wie im Bienenhaus«, hörte Kisch seine Mutter im Wohnungsflur sagen.

Es war von Hofmeister. Wie Brodesser ließ er sich weder von Marie noch von Kischs Mutter Einhalt gebieten und betrat Kischs Zimmer, ohne zu klopfen.

»Woher wissen alle, wo ich schlafe?«, fragte Kisch mehr sich als ihn.

Von Hofmeister sah aus wie der Tod. Die Wangen unrasiert, das Gesicht grau vor Müdigkeit, tiefe Augenringe, das Haar zerwühlt. Nur noch ein Schatten des jungen, agilen Inspektors, den Kisch bislang immer erlebt hatte. Ohne weitere Begrüßung ließ er sich in einen Sessel fallen, nahm seine Brille ab und sagte: »Kubitza ist tot.«

»Nun, er war sehr krank«, sagte Kisch, »das war wohl nur eine Frage der Zeit.«

»Er ist keines natürlichen Todes gestorben«, sagte von Hofmeister. »Seine Kehle war durchgeschnitten, und auch bei ihm hat man ein leeres Glasfläschchen gefunden. Ich bin hier, um Sie zu warnen, Kisch. Sie schweben in akuter Gefahr.«

»Keine Sorge, mit dem organisierten Verbrechen stehe ich auf gutem Fuße«, sagte Kisch.

»Lassen Sie die Scherze und hören Sie mir lieber zu«, sagte Hofmeister aufgebracht. »Sie waren nachweislich der letzte Kontakt von Graef wie von Kubitza, die beide kurz danach ermordet wurden. Merken Sie nicht, wie Ihnen der Tod immer näher kommt? Ich tue alles, was in meiner Macht steht, um Sie zu schützen, aber nach Kubitzas Tod wird die Lage eskalieren und in der Folge sehr unübersichtlich werden, fürchte ich. Bitte erwarten Sie nicht, dass ich mich auch öffentlich in dieser Form äußere, aber hier und jetzt, unter uns, werde ich es einmal zugeben: Durch Ihre unermüdliche Schnüffelei haben Sie zu diesem Ermittlungserfolg beigetragen, Kisch. Wir wissen von einem Treffen der Gruppe in zwei Tagen auf der Schwarzenberg-Insel in Podol. Gegenüber der Zementfabrik.«

»In der Kometennacht?«, fragte Kisch.

»Höchstwahrscheinlich erhoffen sich die Angehörigen der Gruppe, in der allgemeinen Volksfeststimmung, die an diesem Abend in der Stadt zu erwarten ist, nicht aufzufallen. Wie dem auch sei: Ich will, dass Sie dabei sind, wenn der Zugriff erfolgt. Danach können Sie schreiben, was auch immer Sie wollen.« Hofmeister setzte seine Brille wieder auf und warf Kisch einen vielsagenden Blick zu.

Da war er also endlich: Kischs Solokarpfen. Kreiste aufreizend langsam, fett und zum Greifen nah unter der Oberfläche, sodass Kisch sich nur im rechten Moment zu bücken und den Arm auszustrecken brauchte, um ihn zu packen und dem brackigen Wasser zu entreißen.

»Das werde ich«, sagte Kisch und reichte von Hofmeister feierlich die Hand.

Als sich der Inspektor verabschiedet hatte, legte sich Kisch aufs Bett und schloss die Augen. Er war immer noch ruhig, so ruhig. Es gab nichts mehr zu tun, als abzuwarten. Und wenn der Augenblick kam, auf den er sich schon sein ganzes Leben vorbereitete, würde er seine Beute im gleißenden Licht des Tages der ganzen Welt präsentieren.

41

Und auf dem Hügel beim Kloster Strahov drängten sich die Chorherren der Prämonstratenser, und der Wind fuhr ihnen in ihre cremefarbenen Gewänder wie ein Menetekel des kommenden Tumults, bei dem, so fürchteten selbst die Christenmenschen, kein Stein auf dem anderen bleiben sollte. Und die Arbeiter in den Höllenfabriken von Smichow und Karolinenthal hatten trotz Verbots ihre Schmiedezangen beiseite geworfen und säumten in Scharen die staubigen Vorplätze der Produktionshallen. Und die Mädchen waren aus den düsteren Vergnügungslokalen getreten und blinzelten, weil ihre Augen das Licht nicht gewohnt waren. Und die Burschenschafter unterbrachen ihre Mensur und verließen mit bluttropfenden Visagen den Paukboden. Und eine Frau wollte ihrem Leben rechtzeitig im Baumgarten ein Ende setzen und hatte das Fläschchen mit Gift schon aufgeschraubt – doch vor dem ersten Schluck reichte sie es ihrem durstigen Mann, der es gedankenverloren trank. Auch der Streichholzverkäufer Svatopluk stellte das Streichholzverkaufen ein und gesellte sich mitten in das Getümmel auf dem Altstädter Ring, um nicht allein zu sein, wenn es zu Ende ging. Sie alle verband, dass sie wie hypnotisiert in den Himmel starrten. Selbst die steinernen Heiligen auf der Karlsbrücke schienen ihren Blick nach oben zu wenden. Die Nacht der Nächte stand bevor. Doch anders als erwartet, anders als befürchtet war der Halleysche Komet nirgends zu sehen. Er blieb unsichtbar wie ein Fluch, und so verstärkte sich die Sorge, dass er mit umso roherer Gewalt über die Nacht hereinbrechen würde. Schutz gab es keinen mehr: Kometenpillen, Sauerstoffflaschen und Atemschutzmasken waren seit Wochen ausverkauft. Wer die Wohnung nicht verlassen wollte oder konnte, verstopfte notdürftig alle Fensterritzen und Schlüssellöcher mit Lumpen gegen das Kometengas. Und wer in aller Eile noch das heilige Sakrament erhalten wollte, fand nur leere Kirchen vor. Karel

Novák interessierte das alles nicht. Er lag ganz ruhig da, so ruhig wie seit Monaten nicht mehr. In der tröstlichen Schwärze seines Grabs, das seine Rettung sein sollte.

»Und wo ist Brodesser?«, fragte Kisch, als er zu Lenka auf die Melantrichgasse trat.

»Neuerdings kannst du wohl gar nicht genug von ihm bekommen«, sagte sie. Durch die Straße schallten spitze Schreie. Aus einem offenen Fenster drang laute Zirkusmusik, aus einem anderen wenige Schritte weiter ebenso laut der Trauermarsch aus Wagners *Götterdämmerung.*

»Seine Eltern sind ohne ihn bei uns erschienen. Angeblich hat er noch eine Verabredung.« Sie zog eine Augenbraue in die Höhe. »Und damit meinten sie kein Buch.«

»Vielleicht genießt er seine neue Freiheit«, sagte er. »Seitdem ich ihn ins Batignolles mitgenommen habe, ist er ein neuer Mensch.«

»Ach, Kisch«, sagte sie. »Ich war doch vorher schon längst mit ihm dort.«

»Ja? Wann? Spielt er nicht an deinem einzigen freien Abend in der Woche Domino mit deiner Mutter?«

»Manchmal sage ich Dinge, nur um dir den Wind aus den Segeln zu nehmen«, sagte sie. »Ich bin jedenfalls froh, dass Heinrichs Eltern den Abend gemeinsam mit meiner Mutter verbringen, und nicht nur weil ich deshalb die Wohnung verlassen konnte.«

Das war nicht Teil von Kischs Plan gewesen. Sein Plan hatte vorgesehen, dass Lenka an diesem Abend mit ihrer Mutter zu Hause bleiben würde.

»Heinrichs Eltern haben große Angst vor dieser Nacht«, sagte Lenka und sah sich um. »Nicht, dass ich es nicht verstehen könnte.«

»Glauben sie etwa auch den Humbug vom Weltuntergang?«

»Bist du nicht nervös? Diese ausgelassene Endzeitstimmung«, sagte sie und wies auf eine Ansammlung von Schaulustigen, die Champagnerflaschen und Zigarren in den Händen hielten wie Gäste einer opulenten Silvesterfeier, »kann ganz schnell kippen, und du weißt, wen es dann am härtesten trifft.«

Er hatte ihr nichts von der bevorstehenden Polizeiaktion am Moldau-Ufer erzählt, um sie nicht zu beunruhigen. Es musste ihm gelingen, sie rechtzeitig abzuschütteln, ohne dass sie Verdacht schöpfte. Sie hatte ein feines Gespür dafür, wenn er ihr etwas vorenthielt.

Sie passierten einen Mann, der auf dem Altstädter Ring kauerte und einem Dutzend Hunden, die ihn umscharten, im Flüsterton die Tierkreiszeichen erklärte, dann folgten sie dem Geflecht der Altstadtgassen unwillkürlich in Richtung Fluss.

»Wohin gehen wir?«, fragte Lenka.

»Zur Moldau«, sagte Kisch.

»Ich weiß, dass wir zur Moldau gehen«, sagte sie. »Aber aus welchem Grund?«

Je näher sie dem Fluss kamen, desto lauter wurde das erwartungsvolle Summen, das in der Luft lag. Es korrespondierte mit dem Summen, das Kischs ganzen Körper zu erfüllen schien. Sie sahen eine Gruppe von Männern mit den Masken mittelalterlicher Pestärzte. Sie sahen Menschen mit selbst hergestellten Hauben aus unterschiedlichsten Stoffen und Abzugsrohren und Sieben und Leder und Kautschuk. Sie sahen Prediger, so viele Prediger, die den Himmel und die ihn beobachtenden Menschen anschrien. Am Palacky-Quai sahen sie Revoluce in einem vertäuten Fischerkahn sitzen, Kisch erkannte sie trotz des Getümmels um sie herum, selbst im Halbprofil und mit einem Fernrohr vor dem Gesicht, das sie in den leeren Himmel gerichtet hielt.

Je weiter sie sich von der Stadt entfernten, desto ruhiger und dunkler wurde es. Das Ufer der Moldau war menschenleer, und hatten sie vorher noch das Gefühl gehabt, sich im geschützten Licht Prags zu bewegen, so waren sie nun endgültig auf die Schattenseite der Stadt gelangt. Kisch hatte Durst. Vor dem alten Zollhaus der untergegangenen Fischersiedlung Podskal blieben sie stehen. Und wieder wurde Kisch von Erinnerungen heimgesucht: Hier hatten die Flößer ihre Heimat gehabt und den Zoll früher noch in Form von Holz entrichtet. Und im Winter hatten sie hier das Eis gebrochen, das sie an die Kneipen verkauften. Ein einfaches, gutes Leben. Kisch sehnte es sich gerade herbei, aber er wischte Melancholie und Vorahnung weg. Denk dran, dachte er, dieser Komet ist nichts als ein leuchtendes Ei.

»Sollte das hier unsere letzte Nacht auf Erden sein, dann wollen wir wenigstens noch ein vernünftiges Bier trinken«, sagte er, und Lenka hatte keine Einwände. Sie waren allein mit dem knurrigen Wirt, dessen wettergegerbte Haut wie auch seine Pranken dafürsprachen, dass er selbst einer der Flößer auf der Moldau gewesen war. Sie setzten sich an einen Tisch und tranken beide ein Halbes.

»Willst du mir vielleicht endlich sagen, was wir hier wollen?«, fragte Lenka.

»Wir trinken jetzt unser Bier, und dann gehst du zurück in die Stadt. Deine Mutter und Brodessers Eltern werden sich über deine Gesellschaft in dieser Nacht freuen«, sagte Kisch.

Lenka schlug empört auf den Tisch, aber nicht einmal diese Szene löste eine Regung beim Wirt aus, der stoisch hinter seinem Tresen stand und sich nicht rührte. »Ich bin nicht irgendein Mädchen, dass du wegschicken kannst, wenn es dir passt«, sagte sie.

»Es ist zu gefährlich.«

»Was, um alles in der Welt, Kisch?«

»Heute Nacht geht eine Bombe hoch«, sagte Kisch. Dann sah er Lenka auffordernd an, aber sie leerte in einem Zug ihr Bier und verschränkte die Arme.

»Wenn du bleibst, dann bleibe ich auch. Und wenn du aufstehst, dann stehe ich auf und folge dir. Dieser einmalige Umstand müsste dir doch eigentlich ausgesprochen gefallen«, sagte sie.

Kisch seufzte. »Dann soll es wohl so sein«, sagte er. Als sie zusammenrückten und Kisch Lenka zuraunte, was ihnen bevorstand, erwachte auch der Wirt zum Leben und machte einen langen Hals, vielleicht, weil er ahnte, dass das eigentliche Ereignis der Kometennacht gerade am Tisch seiner Kneipe besprochen wurde.

Als Lenka und Kisch aus der Kneipe traten, wartete dort wie verabredet Brodesser. Er und Lenka wirkten beide gleichermaßen ungläubig.

»Was machst du hier?« fragte Brodesser. »Du solltest doch zu Hause sein!« Er wandte sich an Kisch: »Sie sollte doch zu Hause sein!«

»*Sie* weiß selbst, was sie tut«, sagte Lenka. »Und was machst du hier, Heinrich?« Sie wandte sich an Kisch: »Was macht er hier? Hältst du ihn für einen besseren Partner als mich, wenn es brenzlig wird?«

Kisch schloss die Augen und atmete tief ein und aus. »Ihr seid beide die zweite Wahl, wenn ihr es genau wissen wollt«, sagte er dann. »Aber da es manchmal keine erste Wahl gibt und angesichts der besonderen Umstände, muss ich mit euch vorliebnehmen. Und jetzt hört auf, mich so giftig anzustarren, und kommt lieber mit. Wir haben noch ein Stück Weg vor uns.«

Vereint in ihrer Empörung folgten ihm Lenka und Brodesser Seite an Seite. Gut, dachte Kisch, gut.

Als sie die Schwarzenberg-Insel gegenüber der Zementfabrik erreichten, hatten sie mit allem gerechnet, aber nicht mit diesem Anblick: Einsam und allein, mit vom Flusswind zerzaustem Haar, stand Lenkas Mutter auf dem Uferweg. Sie faltete dankbar die Hände, als sie ihre Tochter und die Männer auf sich zukommen sah.

»Da seid ihr ja«, sagte sie.

»Was tust du hier?«, fragte Lenka mit unüberhörbarer Angst in der Stimme. Sie drehte sich zu Kisch um und versetzte ihm mit beiden Händen einen Stoß gegen die Brust. »Warum ist meine Mutter hier?«, fragte sie. »Wie konntest du das bloß zulassen?«

»Das war nicht Teil des Plans«, rief er.

»Du und dein verfluchter Plan!«, schrie Lenka und versetzte ihm noch einen heftigen Stoß.

Kisch griff nach ihren Handgelenken und hielt sie fest, um weitere Attacken zu unterbinden. »Das wollte ich nicht, glaub mir«, sagte er. Er sagte nicht: Du hast sie doch allein gelassen.

Lenka schüttelte mit tränenerfüllten Augen den Kopf, dann riss sie sich los und rannte zu ihrer Mutter, also blieb Kisch und Brodesser nichts anderes übrig, als ihr zu folgen.

»Haben sie dir wehgetan?« fragte Lenka ihre Mutter.

»Deine Freundin hat mich hierhergebracht«, sagte die Mutter. »In einer Kutsche. Der Fahrer hat gesagt, wir sollten in Kautschuk investieren. Haben wir denn noch so viel Geld?«

»Welche Freundin?«, fragte Lenka. »Dieselbe Freundin, die dich vor kurzem in der Wohnung besucht hat?«

Ihre Mutter nickte.

»Eine nette junge Dame«, sagte sie.

»Was hat sie mit meinen Eltern gemacht?«, fragte Brodesser.

»Ja, was hat sie mit Ihren Eltern gemacht?«, sagte die Mutter. »Heinrich, seit wann gehen Sie nachts spazieren? Fürchten Sie sich denn gar nicht?«

Kisch blickte sich nervös um. Mehrere Gestalten traten aus verschiedenen Richtungen aus dem Schatten und näherten sich ihnen von drei Seiten. Kisch, Lenka und Brodesser wichen vor ihnen zurück, bis sie die Kühle einer Ziegelmauer im Rücken spürten. »Mama, komm bitte«, sagte Lenka, doch ihre Mutter schüttelte vehement den Kopf.

»Mir ist kalt«, sagte sie, »ich möchte jetzt nach Hause.«

»Mama«, sagte Lenka flehentlich.

»Ich bringe Sie gleich nach Hause«, sagte Brodesser, »aber könnten Sie erst noch einmal zu uns kommen, Frau Weißbach? Dann müssen wir nicht so schreien.«

Lenkas Mutter gehorchte. Als sie bei ihnen war, legte Brodesser einen Arm um ihre Schultern.

»Besser?«, fragte er.

»Besser«, sagte die Mutter.

Die Gestalten waren nun ganz nah. Gruber und Pledl erkannte Kisch auf Anhieb, mit ihnen hatte er gerechnet. Die dritte Person war eine Frau.

»Claire?«, sagte Lenka neben ihm.

Doch dann machte die Frau noch einen Schritt auf sie zu, und Kisch wusste, wer sie war, ohne ihr je zuvor persönlich begegnet zu sein.

»Fräulein van Roon«, sagte er, und die Dame schien hinter ihrem Schleier zu lächeln.

»Guten Abend«, sagte sie. Ihre Stimme war überraschend weich und warm, und Kisch spürte einen Sog aus ihrer Richtung. Fast hätte er nach ihrer Hand gegriffen. Diesmal hielt Lenka ihn am Ärmel zurück.

»Schau ihr nicht direkt in die Augen«, sagte sie, »und hör ihr nicht zu.«

»Wo sind meine Eltern?«, fragte Brodesser.

Sie hörten Schritte. Der vierte Verschwörer ließ sich Zeit. Als Erstes sahen sie den Lauf seines Revolvers, den er auf sie gerichtet hielt, während er langsam, langsam auf sie zukam.

»Wie schön, dass Sie in dieser ereignisreichen Nacht Zeit für uns gefunden haben«, sagte Leopold von Hofmeister. »Ich hoffe, es erschüttert Sie nicht in Ihren Grundfesten, dass wir uns ausgerechnet in dieser weiß Gott historischen Nacht auf unterschiedlichen Seiten wiederfinden.«

»Mitnichten. Sie sind an jenem Morgen zu spät gekommen, Hofmeister«, sagte Kisch. »Kubitza hatte mir da schon alles über Ihre größenwahnsinnigen Machenschaften erzählt. Als Sie und Ihre Leute im Pankratzer Gefängnis auftauchten, wusste ich längst, wer Sie sind.«

Hofmeister blickte mit einer Mischung aus Ratlosigkeit und Enttäuschung in die Runde. Kisch hatte ihm seinen großen Auftritt verdorben. Dann wurde sein Blick wieder kalt und hart. »Dieses Wissen wird ihnen nicht viel nutzen«, sagte er.

»Was habt ihr mit meinen Eltern gemacht?«, fragte Brodesser.

»Trichlormethan«, sagte Pledl. »Ein gebräuchliches Betäubungsmittel. Sie haben nur eine kleine Dosis erhalten und dürften in diesem Moment bereits wieder aus ihrem Schlaf erwachen. Wahrscheinlich werden sie in Folge der Betäubung an starken Kopfschmerzen leiden, die sie sich aber zurückwünschen werden, wenn sie erst von …«

»Was wollt ihr?«, unterbrach ihn Kisch.

»Ganz einfach«, sagte Hofmeister. »Zuerst nehmen wir euch das Liebste. Und nachdem ihr das mit angesehen habt, nehmen wir euch auch noch das Leben.«

»Lasst wenigstens meine Mutter gehen«, sagte Lenka. »Sie ist eine alte, hilflose Frau. Habt ihr keinen Funken Ehre im Leib?«

Die Dame lachte auf, woraufhin auch Gruber zu kichern begann.

»Dieser Moment«, lallte er, »wenn die Erkenntnis einsetzt, dass sie sterben werden.« Er wandte sich an die anderen Verschwörer. »Der Blick, den sie dann haben, ist wie eine Droge.«

»Er ist geisteskrank«, sagte Lenka.

»Schlimmer«, sagte Kisch. »Er ist böse.«

»Ihr redet und redet und redet«, sagte Hofmeister ungehalten, »als hättet ihr alle Zeit der Welt. Habt ihr denn immer noch nicht verstanden, dass das Gegenteil der Fall ist?«

Er entsicherte seine Waffe. Kisch griff nach Lenkas Hand.

»Es reicht«, sagte Brodesser. Er nickte Lenkas Mutter zu. »Gehen wir.« Ohne jede Hast setzte er sich mit ihr in Bewegung.

»Was soll das werden?«, fragte Hofmeister.

»Ich bringe Frau Weißbach nach Hause«, sagte Brodesser. Sanft schob er Lenkas Mutter so vor sich, dass sie in der Deckung seines Körpers war. Hofmeister richtete den Revolver auf Brodessers Rücken, und da ging die Dame zu ihm, legte ihre Hand auf Hofmeisters ausgestreckten Arm und drückte ihn hinab, bis die Mündung der Waffe zu Boden zeigte. Hofmeister schien keinen Widerstand leisten zu können. Sein Blick wanderte von der nutzlosen Waffe in seiner Hand zu Brodesser und Lenkas Mutter, die sich immer weiter entfernten. Sie alle sahen zu, wie die beiden in der Dunkelheit verschwanden. Beinahe kam es Kisch so vor, als sei die Zeit stehengeblieben. Die Dame ließ Hofmeisters Arm wieder los.

»Danke«, flüsterte Lenka.

Dann ging alles sehr schnell. Hofmeister gab Gruber ein Zeichen, und der trat an Kisch heran und verpasste ihm einen Schlag in die Nieren. Kisch japste nach Luft und ging in die Knie.

»Du Schwein!«, sagte Lenka.

Gruber schlug ihr mit seiner behandschuhten Hand ins Gesicht. »Mannsweib«, zischte er und spuckte neben ihr aus.

Lenka versuchte, Kisch wieder auf die Beine zu helfen, doch Hofmeister trat an sie heran und stieß sie weg. Dann richtete er die Waffe auf Kischs Kopf. Es knallte.

»Nein«, schrie Lenka, »Kisch, nein!«

Kisch riss die Augen auf. Der Knall war ohrenbetäubend gewesen, lauter als jeder Revolver. Er dröhnte ihm noch immer in in den Ohren. Novák hatte nicht zu viel versprochen. Den *Kanonenschuss* hatte Kisch bislang nur von historischen Abbildungen gekannt: ein kleiner, mit Schießpulver gefüllter und durch eine geleimte Schnur verschlossener Ledersack, der mit unglaublichem Getöse explodierte. Kisch wusste nicht, wie der alte Zöllner an ein Exemplar gekommen war, er wusste bloß, dass es funktioniert hatte. Hofmeister stand da, den Revolver in der Hand, und starrte entgeistert über Kischs Schulter, in die Richtung, aus der das Getöse gekommen war. Kisch senkte den Kopf und machte einen Satz auf ihn zu. Er packte Hofmeisters Arm und schlug ihm die Waffe aus der Hand, dann trat er sie mit Wucht in Richtung Moldau. Hofmeister kam wieder zu sich. Er umklammerte Kisch und versuchte, ihn in den Schwitzkasten zu nehmen. Der Kerl kämpfte noch immer wie auf dem Schulhof. Während sie miteinander rangen, sah Kisch am Rand seines Gesichtsfelds einen Schatten vorbeihuschen. Er wand sich aus Hofmeisters Griff, nutzte dessen Überraschung aus, um ihn zu Boden zu stoßen, schmiss sich auf Hofmeisters Rücken und blickte sich um. Novák und Brousek waren aus ihrem Versteck gestürmt, der eine mit einer Eisenstange, der andere mit einem Holzpaddel in den Händen. Pledl und Gruber standen mit erhobenen Armen vor ihnen, Pledl schwitzend und mit irrem Blick, Gruber unsicher grinsend und schwankend. Wo war Lenka? Am Rand des Geschehens stand die Dame mit dem Smaragdring. Sie sah sich um, vielleicht suchte auch sie nach Lenka. Kisch hatte das Gefühl, dass sie seinen Blick erwiderte, und ihm lief ein Schauer über den Rücken.

»Lasst sie nicht weg!«, rief er Novák und Brousek zu, doch genauso gut hätte er den Mond anrufen können.

Wo war, verdammt noch mal, Lenka? Er verlagerte sein Gewicht und sah sich wild um, Hofmeister ächzte unter ihm, während sich Kischs Knie in seinen Rücken bohrten, und da war sie endlich: Auf allen vieren kroch sie auf der Uferböschung umher, als suchte sie etwas, was sie im schütteren Gras verloren hatte. Hinter ihr, auf dem Festland, ragten fahl die Schlote der Zementfabrik in den Nachthimmel. Als Lenka sich erhob, sah Kisch einen Gegenstand in ihrer Hand schimmern. Er brauchte einen Moment, um zu begreifen, dass sie Hofmeisters Revolver aufgehoben hatte und ihn auf jemanden in Kischs Rücken richtete. Wenn das so weiterging, dachte er, würde er noch einen Drehwurm bekommen. Er wandte sich um und sah die Dame mit dem Smaragdring auf sich zukommen.

»Bleiben Sie, wo Sie sind!«, rief Lenka, doch die Dame ging seelenruhig weiter, Schritt für Schritt für Schritt. Sie blieb neben Kisch stehen und blickte durch ihren Schleier auf ihn hinab.

»Die können Sie sicherlich gebrauchen«, sagte sie und reichte ihm ein Tuch. »Für unseren gemeinsamen Freund hier.«

Mit der Spitze ihres Stiefels stieß sie Hofmeister an, der quiekte wie angestochen.

»Ich kann auch sehr gern das Fesseln übernehmen«, sagte sie. »Ich kenne eine Technik für bombensichere Knoten.«

»Kisch, nicht!«, sagte Lenka. »Das ist eine Falle!«

Kisch nahm der Dame das Tuch ab und stopfte es sich in die Tasche seines Jacketts.

»Mein Angebot steht«, sagte sie leichthin.

Lenka näherte sich ihnen mit erhobenem Revolver. Sie gab Novák und Brousek ein Zeichen, und die beiden versetzten Pledl und Gruber leichte Stöße und scheuchten sie auf diese Weise vor sich her, bis sie mit Hofmeister und der Dame einen kleinen Pulk bildeten.

»Hier«, sagte Novák und drückte Kisch, der aus der Mitte in den Kreis der Bewacher getreten war, eine große Stahlschraube in die Hand, »besser als nichts.«

»Hat nicht noch jemand ein scharfes Messerchen beizusteuern?«, sagte die Dame. Sie ging zu Pledl, griff ihm in die Innentasche seines Jacketts und förderte ein Skalpell zutage.

»Lassen Sie es fallen«, sagte Lenka.

»Wir wollen doch niemanden ernstlich verletzen«, sagte die Dame und ging einige Schritte auf Lenka zu.

»Fallen lassen!«, rief Lenka und entsicherte den Revolver.

Die Dame zuckte die Schultern und legte das Skalpell vor sich auf den Boden, bevor sie in die Mitte des Kreises zurückkehrte. Mit einer Wendigkeit, die Kisch ihm nicht zugetraut hätte, lief Novák zum Skalpell, bückte sich danach und nahm es an sich.

»Geben Sie es mir«, sagte Lenka.

»Ich nehme den Revolver«, sagte Kisch leise.

»Wer bekommt dann die Schraube?«, fragte Novák.

»Herrgott, Novák«, sagte Kisch, gab ihm die Schraube und nahm den Revolver.

»Weißt du, wie man sie bedient?«, flüsterte Lenka ihm zu.

»Ich war in der Armee«, flüsterte Kisch zurück.

»In der Arrestzelle, meinst du.«

Durch die Gruppe der Verschwörer ging eine Bewegung. Kisch richtete die Waffe auf Hofmeister, der sich in seinem ehemals blütenweißen Hemd, das ihm nun besudelt und zerknittert aus dem Hosenbund hing, zu voller Größe aufrichtete und nur ein Wort sagte: »Deutschland!«

Hofmeister, Pledl und Gruber zogen Glasfläschchen hervor und öffneten die Verschlüsse. Pledl und Gruber setzten die Fläschchen an und tranken sie in einem Zug aus.

»Was macht ihr Feiglinge?«, rief Kisch.

»Nehmt es dem Anführer weg!«, rief Novák.

Brousek näherte sich Hofmeister mit dem Paddel, doch noch ehe er ihn erreicht hatte, ließ Hofmeister das Fläschchen fallen. Es zerschellte vor seinen Füßen. Hofmeisters Gesicht wechselte innerhalb von Sekundenbruchteilen immer wieder den Ausdruck. Erleichterung, Scham, Wut, Angst, Überlegenheit. Und dann: völlige Leere.

»Leopold?«, fragte Gruber ungläubig, bevor er zu keuchen begann und zusammenbrach. Er schnappte noch ein paarmal nach Luft und blieb dann leblos liegen. Bei Pledl, der wahrscheinlich mehr gewohnt war, dauerte es etwas länger. Sie alle standen wie betäubt da und sahen zu, wie er zu Boden stürzte.

»Deutschland«, lallte er, während ihm Schaum vor den Mund trat. »Deutschland! Deutschland! Deutsch!« Dann war sein Kiefer zu verkrampft, als dass er hätte weitersprechen können. Als auch Pledl sich nicht mehr rührte, klatschte die Dame mehrmals in die Hände. Tatsächlich: Sie applaudierte.

»Welch eine zu Herzen gehende Inszenierung«, sagte sie. »Sie sahen: *Es endet immer mit Tränen.* Und anderen Körperausscheidungen.«

»Was redest du da?«, blaffte Hofmeister sie an.

»Ach, Leo«, sagte sie, »kleiner, dummer Leo. Hast du etwa wirklich geglaubt, die Operation Komet, *eure Sache,* wäre auch meine Sache? Lass dir eines gesagt sein: Ich habe nur eine einzige Überzeugung.«

»Halt deine Goschen«, sagte Hofmeister.

»Halt du gefälligst deine Goschen, Hofmeister«, sagte Lenka.

»Vielen Dank, meine Liebe«, sagte die Dame. »Ein Komet taucht am Himmel auf, und die Menschheit fürchtet den Weltuntergang. Wie frivol! Wie kurzsichtig! Wie – rührend! Den Untergang der Welt bringt kein Komet. Den Untergang der Welt bringen auch nicht *der Tscheche, der Jude* oder *der Deutsche.* Der Untergang der Welt ist und war schon immer der Mann. Wir können erst in Frieden leben, wenn dieses Problem ein für alle Mal gelöst ist. Und ja, werter Kisch, meine Worte betreffen früher oder später auch Sie, nur in dieser lauschigen Nacht kommen Sie noch einmal davon.«

Sie nahm ihren Hut ab, löste ihre Haar und schüttelte es, bis es lang und dunkel ihren Rücken hinabfiel. »Schon die Bekanntschaft mit Ihnen war die Reise nach Prag wert«, sagte sie zu Lenka und schenkte ihr ein warmes Lächeln. »Trotz aller Unannehmlichkeiten. Bestellen Sie Ihrer Mutter noch einmal herzliche Grüße, und richten Sie Jana aus, dass ich ihr ein gesundes Mädchen wünsche.«

Lenka starrte sie an. »Woher wissen Sie davon?«, fragte sie.

»Ihre Mutter hat mir die Lätzchen gezeigt, die sie für Janas Kind bestickt hat. Die blaue Katze hat mir am besten gefallen.« Dann zog sie mit einer schwungvollen Bewegung die lange Nadel aus ihrem Hut und Hofmeister, der vor ihr stand, durchs Gesicht. Er schrie auf und presste sich die Hand auf die Wange, und als das Blut durch seine Finger rann und alles für einige Sekunden in Unruhe geriet, war es, als gehe die Dame mit dem Smaragdring einfach durch Novák und Brousek hindurch, die zwischen ihr und dem offenen Wasser der Moldau standen, und löste sich im Dunkeln auf wie eine Nebelschwade. Zurück blieb nur der betörende Duft von Flieder.

EPILOG

Früh am Morgen hatte der Kometenwind die Moldau noch aufgewühlt, doch nun schlug sie keine Wellen mehr, sondern floss ruhig und gleichmäßig dahin. Die Sonne stand hoch über der Stadt. Es würde ein makelloser Frühsommertag werden.

Lenka, Kisch und Brodesser standen Schulter an Schulter am Ufer. Sie hatten keine Lust zu sprechen. Nachdem Hofmeister von der Polizei abgeführt worden war, waren Lenka und Kisch wie selbstverständlich mit Brousek und Novák ins Batignolles eingekehrt und hatten im schummerigen Licht der Spelunke die Schatten der Nacht mit Bier, Schnaps und Gelächter vertrieben. Nach einer Weile war Brodesser an ihrem Tisch aufgetaucht, und Lenka war ihm um den Hals gefallen. »Es geht ihnen gut, sie schlafen«, hatte er gesagt, »alle Eltern schlafen. Und falls deine Mutter aufwacht, Lenka, ist Jana da.« Kisch hatte ihn gefragt: »Was ist vorhin in dich gefahren? Er hätte dich erschießen können!« Und Brodesser hatte erwidert: »Was hätte ich denn sonst tun sollen?« Brousek und Novák hatten sich danach rasch verabschiedet, und Kisch hatte sich den beiden angeschlossen. Er war beinahe den ganzen Weg in die Redaktion gerannt und hatte dort wie im Rausch auf die Schreibmaschine eingehämmert. Danach war er ins Batignolles zurückgekehrt und gemeinsam mit Lenka und Brodesser geblieben, bis selbst Hašek unter den Verwünschungen des schnurrbärtigen Kellners kichernd auf allen vieren aus der Kneipe gekrochen war.

»Wohin gehen wir jetzt?«, hatte Kisch gefragt.

»An die Moldau«, hatte Brodesser übermütig gerufen.

»Dann muss ich meinen Badeanzug holen«, hatte Lenka gesagt. »Heute gehe ich schwimmen.«

Die Männer hatten gelacht, doch wie üblich war es ihr damit ernster gewesen, als sie meinten.

Dann standen sie am Fluss. Lenka stieg aus ihrem Kleid und watete in ihrem Berliner Badeanzug ins kalte Prager Wasser. Brodesser zierte sich ein wenig, doch dann ließ er sich von Kisch ein Stück mitziehen. Sie standen da, während sie die Strömung an den Knöcheln spürten, und suchten den Himmel ab, doch vom Kometen gab es auch heute keine Spur, also sahen sie weiter zu, wie Lenka weltvergessen ihre Bahnen zog.

Hinter ihnen thronte die Burg strahlend über der Stadt. Die Sonne spiegelte sich auf der hellwachen Moldau, während Kisch zum ersten Mal seit Wochen eine bleierne Müdigkeit verspürte, gähnte und sich eine Sport anzündete. Er vermisste Graef ganz fürchterlich. Die Genugtuung, Hofmeister in einer Zelle im Pankratzer Verlies zu wissen, linderte den Schmerz kaum. Auch Lenka bemerkte die Schwere der Nacht. Zugleich fühlte sie sich federleicht. Prag ist nicht Berlin, dachte sie, aber Prag ist Prag. An Land, wo sie und die Männer ihre Sachen zurückgelassen hatten, lag die Morgenausgabe der BOHEMIA. Der Scoop, der Solokarpfen, nahm die gesamte Titelseite ein. Kisch hatte nie daran gezweifelt, dass sie alle noch da sein würden, wenn der Artikel erschien. Brodesser hatte ungläubig den Kopf geschüttelt, als Kisch ihnen im Batignolles die Zeitung mit triumphaler Geste präsentiert hatte. Lenka hatte genickt. Kisch hatte also Wort gehalten. Über dem Artikel standen drei Namen.

E. E. Kisch, L. Weißbach, H. Brodesser

Wir leben noch!

Gewiss, es scheint unglaubwürdig. Drei Herren der besten Prager Gesellschaft tun sich zusammen, um zu morden und ihre Heimatstadt Prag wochenlang im Würgegriff der Angst zu halten. Und dies mit internationaler Unterstützung. Indes, die Anklage gegen den Redaktionsassistenten Magister Simon Maximilian Gruber und den Rechtsmediziner Doktor Johannes Pledl wurde bereits fallengelassen, da sie nach der Aufdeckung ihrer Taten in der letzten Nacht mithilfe von Gift einmütig am Moldau-Ufer aus dem Leben schieden. Allein die treibende Kraft der Verschwörung konnte von der Polizei dingfest gemacht und ins Pankratzer Gefängnis verbracht werden. Der Aberwitz daran ist, dass der Verhaftete selbst Zeit seines Lebens damit beschäftigt war, Verbrechern das Handwerk zu legen. Der Chefinspektor der Prager Kriminalpolizei Doktor Leopold von Hofmeister hat uns den Abgrund offenbart, den er mit seinen gepflegten Manieren und gewählten Worten jahrelang zu verbergen suchte. Waren die Worte nicht gewählt, sondern ehrlich, dann klangen sie so, wie wir sie letzte Nacht zu Ohren bekamen: »Schon zu Studienzeiten wussten wir, dass wir kämpfen müssen. Gegen die verfluchten Tschechen, gegen die verlogenen Juden, gegen die verdammten neuen Weiber, gegen alles, was ihr Freiheit nennt.« Warum wir dies alles am Ufer des Flusses in der letzten Nacht vernahmen? Weil wir als die nächsten Opfer auserkoren waren. Und stattdessen zu Ermittlern in eigener Sache wurden, denen es gelang, die deutschnationale Verschwörung aus dem Schatten ins Licht zu heben. Der gefallene Genius Hofmeister wollte eisern schweigen, aber er stürzte über seine unermessliche Eitelkeit. Es genügte schon eine einfache Unterstellung unsererseits: »Diese wahllose Meuchelei! Dass du so weit gekommen bist, verdankst du mehr dem Glück als deinem Verstand«, garniert mit etwas spöttischem Gelächter, und schon erläuterte er uns eilfertig die Hintergründe der furchtbaren Mordserie der letzten Wochen, die das Fanal eines großen gesamteuropäischen Umsturzes sein sollte, noch im kleinsten Detail und belastete sich dabei schwer. Ein besseres Geständnis kann sich kein Richter wünschen.

Für den ersten Mord hatten den Verschwörern Kameraden aus Berlin eine Auftragsmörderin vermittelt, vorgeblich einwandfreier nationalistischer Gesinnung. Von dieser Dame fehlt zur Stunde jede Spur. Zu Anfang, bramarbasierte Hofmeister, sei es wie ein Spiel gewesen: War es möglich, eine Mordserie zu initiieren und damit nicht aufzufallen? Der verdiente Beamte der Arbeiter-Unfall-Versicherungsanstalt Herr Dr. Leidinger war ihr erstes Opfer geworden, weil Dr. Pledl Rache für das deutsche Hausmädchen nehmen wollte, dessen Freitod ihr Dienstherr Dr. Leidinger angeblich zu verschulden hatte. Danach durfte Gruber sich wie auf dem Viehmarkt ein Opfer aussuchen. So traf es den Redakteur Platschek, weil Gruber ihm eines Morgens in der Kneipe freimütig seine fanatische deutschnationale Gesinnung offenbart hatte. Der Eisenwarenhändler Sohr wiederum hatte die Verschwörer beim konspirativen Treffen in den Katakomben unter seinem Geschäft überrascht, weshalb sie ihn und seine Ehefrau totschlugen. Und der hochverehrte Kriminalinspektor a.D. Graef? In Hofmeisters Augen schon seit Jahren ein Hochverräter. Weil er sich an Recht und Gesetz hielt. Weil er keinen Unterschied machte zwischen den Volksgruppen in unserer Stadt. Weil er unbestechlich blieb bis zum Schluss. Fast schon als Randbemerkung ist zu notieren, dass auch der stadtbekannte, schwerkranke Verbrecher Kubitza von den Verschwörern eigenmächtig gerichtet wurde, weil er sie in einem letzten Akt der Aufrichtigkeit ans Messer zu liefern drohte.

Welch eine schaurige Farce erlebten wir, als Leopold von Hofmeister in der Kometennacht endlich von seinen ehemaligen Kollegen abgeführt wurde.

»Und wenn Ihr mich in die Moldau werft«, rief er im Wahn, »es gibt noch genug von uns. Mehr Schatten als Licht.« Seine Stimme hallte noch durch die Nacht, als er schon nicht mehr zu sehen war: »Mehr Schatten als Licht!«

Wir blieben zurück im Licht des unsichtbaren Kometen, erschüttert, aber mit der vorläufigen Gewissheit, unsere Stadt von den Schatten befreit zu haben. Jetzt ist es hell. Und wir leben noch!

Mehr dazu in der nächsten Ausgabe.

Von der Moldau her kam plötzlich Wind auf. Eine Böe fuhr zwischen die dünnen Zeitungsseiten und wehte die Nachrichten der langen Nacht und des beginnenden Tages mit einem Rascheln davon.

Martin Becker / Tabea Soergel

Tänze zwischen Tatsache und Tatsache

Nachwort

Eines ist wirklich keine Erfindung von uns: Egon Erwin Kisch konnte tanzen. Und wie. Zur Freude der anderen Gäste in seinen Prager Stammkneipen, nach dem ersten und nach dem zehnten Bier, bevorzugt nachts. Auch seine journalistische Arbeit hat Kisch mit dem Tanz verglichen: »Bedarf die Gestaltung der Wahrheit keine Phantasie? Es ist wahr, die Phantasie darf sich hier nicht entfalten, wie sie lustig ist, nur der schmale Steg zwischen Tatsache und Tatsache ist zum Tanz freigegeben.«

Auch wir haben Kisch in unserem Roman tanzen lassen, wie es ihm höchstwahrscheinlich gefallen hätte. Er nimmt unter allen Figuren eine Sonderstellung ein. Wir haben uns an seinem Leben und seinen Texten orientiert, aber das meiste, was in diesem Roman geschieht, ist frei erfunden. Unser Kisch ist eine Variante des historischen Egon Erwin Kisch. Deshalb heißt er bei uns auch nur Kisch und nie, wirklich nie Egonek. Lenka, Brodesser und auch den Zöllner Novák, der in seinem Mauthäuschen auf der Franzens-Brücke die Schatten von Prag fürchtet und Katastrophen spürt, weit bevor sie eintreten, hat es so nie gegeben, doch es hätte sie geben können (darauf bestehen wir!). Daneben tauchen in unserem Roman Personen auf, die tatsächlich im Prag der damaligen Zeit gelebt und Spuren hinterlassen haben, die wir jedoch in fiktive Situationen versetzt haben: Franz Kafka hat vermutlich nie im Biergarten an der Berounka einen Blinden gespielt, Jaroslav Hašek ist unseres Wissens nicht kichernd auf allen vieren aus der Kneipe gekrabbelt (heimlich Kischs Bier ausgetrunken hat er allerdings schon), und ob Else Fanta je eine alte Schulfreundin in den Salon ihrer Mutter mitgenommen oder ihr Vater in seiner Apotheke wirklich auch Egon Erwin Kisch bedient hat: Wir wissen es nicht.

Wir haben natürlich Egon Erwin Kischs Reportagen und viele, viele Ausgaben der BOHEMIA des Jahres 1910 gelesen (zum Glück gibt es ein umfangreiches Online-Archiv) und dazu sämtliche Kisch-Biographien, derer wir habhaft werden konnten, außerdem Franz Kafkas Tagebücher und Biographien, wir haben uns vor Ort in den Prager Straßen herumgetrieben und Hunderte von Fotos gemacht, wir haben Lesezeichen in unseren Browsern hinzugefügt, die alles von der Lesbengeschichte im Deutschen Kaiserreich über die Sprachenverordnung für Böhmen und Mähren bis zur Geschichte des Hauspersonals in Österreich abdecken. Einige der Fakten, die wir bei unserer Lektüre zutage gefördert haben, haben wir in diesem Buch verarbeitet, einige nicht. Die Ergebnisse unserer Recherchen könnte man möglicherweise als historische Hintergrundstrahlung bezeichnen. Unser Anspruch ist nicht Realismus, sondern Glaubwürdigkeit. Schließlich wollten wir einen Roman schreiben und keine Chronik. Deshalb haben wir auch nicht die Sprache des Jahres 1910 verwendet. In den Dialogen klingt sie manchmal ein wenig an, aber wir wollten ganz bewusst kein Imitat herstellen, sondern einen eigenen, organischen, lebendigen Text.

Beim Schreiben über Prag, die Stadt, die Egon Erwin Kisch über alles liebte, haben wir also guten Gewissens die Fakten mit unserer Fantasie angereichert. Denn das Fabulieren gehört zu Prag wie die Moldau. Das berühmt-berüchtigte Batignolles etwa ist, so enttäuschend das sein mag, eine reine Erfindung. Aber eben auch nicht so ganz. Das Café Montmartre, eröffnet im Jahr 1911 und bis heute in Betrieb, war Vorbild für unser Nachtlokal. Und den sehr beleibten Pianisten soll es dort auch gegeben haben. Behauptet zumindest Kisch. Die BOHEMIA war nie Schauplatz einer nationalistischen Verschwörung, und die Prager Polizei sowie die Pathologie waren nicht von Rechtsextremisten unterwandert. Auch dieser Teil der Handlung entspringt allein unserer Fantasie. Die BOHEMIA-Redaktion ist bei uns einer der Orte der Verschwörung, weil Egon Erwin Kisch dort von 1906 bis 1913 als Lokalreporter gearbeitet hat, und abwegig ist es ja nicht, dass rechtsextreme Kräfte Medien infiltrieren. Zudem hatte die BOHEMIA eine unübersehbar nationalistische Ausrichtung, was damals leider dem Zeitgeist entsprach (und Egon Erwin Kisch zuwider war). Hauptaugenmerk ihrer politischen Berichterstattung bestand darin, an welcher Stelle die Deutschen wieder einmal zu kurz gekommen waren. Den Tschech*innen, die in Prag längst in der Mehrheit waren, gönnte sie nichts, nicht einmal was ihnen seit Jahren ganz legal zustand. Auch im Alltag waren die Trennlinien zwischen deutscher und tschechischer Sphäre in Prag zum Schneiden scharf. Man existierte weitestgehend nebeneinander her. Die Utopie vom friedlichen Zusammenleben aller Nationalitäten in Prag blieb ein Traum, den vor allem die jungen Künstler um Egon Erwin Kisch, Franz Kafka und Max Brod im Café Arco oder im Café Central träumten, wo ganz selbstverständlich Deutsch und Tschechisch gesprochen wurde – oder eben im Montmartre, wo Kisch gemeinsam mit tschechischen und deutschen Nachtgestalten auf dem Tisch tanzte. Womit wir wieder beim Tanz und der Mechanik dieses Romans landen, der ein Spiel ist zwischen Fakten und Fiktionen und Fantasien. Wir haben beim Schreiben immer wieder den schmalen Steg zwischen Unwahrscheinlichkeit und Unwahrscheinlichkeit betreten, dabei jedoch den Ehrgeiz entwickelt, ein wahrhaftiges Porträt über Kisch, seine Stadt Prag und seine Zeit zu entwerfen. »Gerade weil mir bei der ersten Jagd nach der Wahrheit die Wahrheit entgangen war, wollte ich ihr fürderhin nachspüren«, hat Egonek selbst einmal bekannt. »Es war ein sportlicher Entschluß …«

Danksagung

Wir bedanken uns von ganzem Herzen bei Christina Frankenberg und Ralf Pillatzki, die sich mit uns durch Prager Gassen und Nächte geschlagen, Pförtner überlistet und das noch brennende Licht in Lenkas Zimmer entdeckt haben. Für die Beratung bei historischen und juristischen Details zur Stellung der Frau danken wir Martina Lisa, Stephan Fadinger und Miroslav Šepták. Danke auch an unseren Freund Jaroslav Rudiš, der uns seit zwanzig Jahren immer wieder vor Augen führt, warum man Prag und den tschechischen Humor nur lieben kann.